W0245038

Daniel Douglas Wissmann

Dillingers Luftschiff

Roman   Rowohlt

Für Claudia

1. Auflage März 1995
Copyright © 1995 by Rowohlt Verlag GmbH,
Reinbek bei Hamburg
Alle Rechte vorbehalten
Redaktion Siv Bublitz
Umschlaggestaltung Theres Weishappel
Foto des Autors Kirsten Petersen
Herstellung Joachim Düster
Satz aus der Breughel und Gill (Linotronic 500)
Gesamtherstellung Clausen & Bosse, Leck
Printed in Germany
ISBN 3 498 07335 4

Kein Leben soll vertan sein und kein Sterben.
Mögen wir leuchtende Wesen sein, ewiglich.
(Dona Corajosa)

Gral
(altfranz. «graal») … ein geheimnisvoller Gegenstand,
der seinem Besitzer irdisches und himmlisches Glück verleiht,
den aber nur der Reine, dazu Vorherbestimmte finden kann.
(F. A. Brockhaus)

Alles ist miteinander verknüpft.
(Houdini)

«… Immer wieder hört man, daß diese Präparation auch
heute noch geschieht, trotz schwerer Strafen, die dafür
verhängt werden. Nur ist der Grund ein anderer. Nicht
mehr Schädelkult und Prestigegewinn in der
Gemeinschaft sind die Motive zur Herstellung, sondern
Sammler und Touristen bieten leider so hohe Summen für
einen echten Schrumpfkopf, daß die Eingeborenen
immer einmal in Versuchung geführt werden, solch einen
Kopf herzustellen …, und so kommt es vor, daß man auch
blondhaarige, hellhäutige Schrumpfköpfe findet, die
offensichtlich von verstorbenen Europäern stammen.»
(Aus: Heinrich Harrer, «Mythen und Märchen»)

Ein solches Exemplar befindet sich im Besitz des Autors.
Wie um fast alle Dinge auf dieser Welt rankt sich auch um
diesen Kopf eine Legende:

Erstes Buch

Das Geschenk auf der Schwelle

Es war Winter. Zu einer Zeit, da es im Winter noch Schnee gab. Es gab besonders viel Schnee in jenem Winter; der Schnee bedeckte das ganze Land, die ganze Stadt und auch das Haus aus rotem Backstein, das am Ende der Straße stand. Alles war sauber, glatt und weiß, selbst nachts. In jener Nacht war es sehr kalt. Kein Mensch, der es irgend vermeiden konnte, setzte einen Fuß vor die Tür.

Um Autos und Hecken hatten sich bizarre Verwehungen gelegt. Im Licht der Straßenbeleuchtung schimmerte der Schnee auf eine ganz besondere Weise. Die Sterne standen klar und kalt am schwarzen Himmel. Sie schienen höher, weiter entfernt als sonst, und doch waren sie groß und klar. Sie funkelten nicht. Es war, als würden sie auf diesen Planeten herabblicken, ohne zu blinzeln, ohne Mitgefühl.

Alfred Dillinger sah aus dem Wohnzimmerfenster des roten Backsteinhauses auf seinen verschneiten Vorgarten. Er war ein großer, kräftiger Mann von fünfunddreißig Jahren. Er trug einen Vollbart, und ein beträchtlicher Bauch wölbte sich über seinem Gürtel in die Welt hinein. Dennoch hatte seine Erscheinung etwas Wohlgeformtes. Man hätte ihn für einen italienischen Tenor halten können.

Jetzt trat er näher an die Scheibe. Ihm war, als hätte er draußen eine Bewegung gesehen. Doch nichts regte sich. Die Fensterscheibe beschlug vom Dampf seines Atems. Die Umrisse erinnerten an Frankreich. Ihre Flitterwochen hatten Alfred und Hannah Dillinger in Paris verbracht. Er rieb sich nachdenklich den Bauch. Konnte es sein, daß das schon acht Jahre her war?

Kaum zu glauben. Er zupfte sich ein Barthaar aus dem Mundwinkel und machte dann mit dem Finger einen Punkt auf die Fensterscheibe, dort, wo Paris lag.

Er ließ sich wieder in seinen Lieblingssessel sinken, ein uraltes, grün gepolstertes Ungetüm, und trank einen Schluck aus seinem Weinglas auf dem Beistelltisch. Dann griff er zu dem Buch, das er gerade las – «Wem die Stunde schlägt» von Hemingway.

Aber die Buchstaben nahmen ihn nicht gefangen. Seufzend ließ er das Buch wieder sinken und runzelte die Stirn. Er war es nicht gewohnt, allein zu sein. Daran mochte es liegen. Hannah, seine Frau, war bei ihrer Mutter. Sie hatte angerufen. Sie seien eingeschneit und sie werde am nächsten Morgen kommen. Wenn es denn möglich sei. Im Radio sprachen sie schon von einer Schneekatastrophe. Alfred Dillingers Blick wanderte wieder zum Fenster, verlor sich in den schneebedeckten Wipfeln der Tannen dort draußen.

Kalt war es. So kalt wie seit dem Krieg nicht mehr. Tagsüber hatte es noch heftig geschneit, aber jetzt, in der Nacht, lag keine Wolkendecke über der Stadt. Die Kälte griff nach allem, was da war, und alles Lebendige, das nicht in einem geheizten Heim hockte, kroch in sich selbst zurück, in eine warme Bastion inmitten des eigenen Körpers, und hoffte auf ein Morgen.

Ursa Maior ist ein Sternzeichen. Es besteht aus sieben Sternen, die in der unvorstellbaren Ferne von dreihunderttausend Lichtjahren ihr atomares Feuer entfachen, dort draußen, im Nichts des Alls. Das Licht, das endlich bei uns anlangt, nach seiner dreihunderttausend Jahre währenden Reise, ist das Licht der Vergangenheit. Wir sehen das, was vor ewigen Jahren dort geschah.

Und so spiegelte sich der Große Bär, jene Welt der Vergangenheit, in dieser Nacht in einer Welt der Zukunft. In den Augen eines neugeborenen Kindes.

Das Kind lag vor der Haustür des roten Backsteinhauses. Und Ursa Maior glitzerte in seinen hellen, blauen Augen. Die

Augen blickten starr. War es schon erfroren, trotz der Decken, in die es gewickelt war? Es schrie nicht. Es lag nur da, und die Kälte des Weltalls drang auf es ein, Milliarden Lichtjahre von allen Seiten.

Doch da, ein Lebenszeichen. Es blinzelte. Ein schwaches Husten, trocken. Eine Wolke gefrorenen Atems glitzerte im Sternenlicht wie Funken. In den großen, blauen Augen spiegelten sich nun Tausende von fremden Welten. An den Seiten war sein Blickfeld schwarz begrenzt. Es lag in einem Sarg. In einem kleinen Kindersarg.

Neben dem Haus, an der windabgewandten Mauer, stand ein ganzes Dutzend solcher Särge aufeinandergestapelt. Die Schneeschicht auf dem Stapel war vorn teils fortgewischt. Im Schnee sah man frische Fußspuren. Jemand mußte den Sarg vom Stapel genommen und ihn mit dem Kind darin vor die Haustür gelegt haben. Wer immer es gewesen sein mochte, er war sehr leise, denn niemand hatte etwas gehört. Auch das kleine Kind mußte leise gewesen sein.

Wenn sich jemand die Mühe gemacht hätte, den Fußspuren im Schnee zu folgen, wie sie sich von dem Kind entfernten, erst vorsichtig, mit dicht beieinanderstehenden, klaren Abdrücken, dann weiter ausschreitend und verwischt, er wäre zu einer Telefonzelle gelangt, die am Anfang der Straße stand. Er hätte vielleicht, so wie derjenige, dessen Spuren er folgte, es bestimmt getan hatte, den Hörer abgenommen. Er hätte festgestellt, daß das Telefon stumm blieb. Kaputt.

Die Spuren waren nun wild um die Zelle herum verstreut, bald unentschlossen nach rechts ausgreifend, dann, in Panik, wieder nach links. Bis sich die neue Richtung herausbildete: nach rechts. Dort, viele Straßen weiter, leuchtete die nächste Zelle in der Nacht. Die Spuren, die durch den frischen Schnee führten, standen weit auseinander, und es war immer nur der Abdruck der Sohlenspitze in den Schnee gegraben.

Wer also den Spuren gefolgt wäre, hätte nun jemanden gesehen, der in der Zelle stand und mit zitternder Hand eine Nummer wählte.

«Oh, bitte!» flüsterte die Gestalt flehend gegen das Freizeichen an. «Oh, bitte!»

In dem roten Backsteinhaus klingelte das Telefon. Alfred Dillinger nahm ab und meldete sich mit seinem Namen. «Hallo?» Er hatte eine ruhige, volltönende Stimme. «Wer ist da?»

Der Anrufer faßte sich kurz. «Vor der Tür», keuchte die Stimme. «Da liegt ein Geschenk für Sie.» Dann wurde aufgelegt.

Alfred Dillinger sah den Hörer stirnrunzelnd an. Er schüttelte ihn, als müßten darauf weitere Worte herausfallen. Dann kratzte er sich den Bart und ging zur Haustür, um zu sehen, was für ein Geschenk das wohl sein mochte.

Alfred Dillinger war Bestattungsunternehmer. Es war schon mehrmals vorgekommen, daß man ihm eine Leiche vor die Tür gelegt hatte. Etwa ein Verkehrsopfer, das ein Überlebender des Unfalls im ersten Schock dorthin geschleift hatte. Oder einen Wermutbruder, dessen bereits totenstarre Leiche von ein paar volltrunkenen Kollegen auf seiner Fußmatte abgeladen worden war.

Daher war er nicht sonderlich erstaunt, als er vor seiner Türschwelle einen kleinen Sarg erblickte. Erstaunt war er vielmehr, daß sich im Sarg noch etwas rührte.

«Na, wer bist du denn?» fragte er, während er sich stirnrunzelnd zu dem Baby hinabbeugte.

Das Baby sah ihn an und holte mit seinen kleinen Lungen tief Luft. Dann brüllte es aus Leibeskräften los. Der Dampf des Atems benahm Alfred Dillinger die Sicht, und das Gebrüll ließ seine Trommelfelle klingeln. «Oha», brummte er und beeilte sich, das kleine Lebewesen in die Wärme seines Hauses zu schaffen. Er tat dies mit durchaus widerstreitenden Gefühlen, denn er ahnte, daß diese Handlung unwiderruflich sein würde. Er war es gewohnt, mit Toten umzugehen. Er war Fleisch gewohnt, das faulte, Haut, die kalt war, ledrig. Nun strichen seine Fingerkuppen über die Wange dieses fremden Kindes. Mit jeder Berührung wich die Fremdheit aus seinem Herzen. Diese Haut lebte. Dieses Fleisch war warm. Da war ein lebendiges Kind. Es wuchs. Es würde weiter wachsen. Dafür würde er Sorge tragen müssen.

Als Hannah Dillinger am nächsten Tag nach Hause kam, fand sie eine Spur von Rosenblüten auf dem Fußboden vor, die die Treppe hinaufführte.

«Alfred?» rief sie, noch im Türrahmen. Sie war eine schöne Frau, mit schweren, dennoch kecken Brüsten und kräftigen Wangenknochen. Ihre Taille war nicht mehr ganz so schmal wie die eines Mädchens, und vielleicht hatte sie in letzter Zeit ein wenig an Gewicht zugelegt. Trotzdem war sie eine begehrenswerte Frau, mit ihrem rötlichbraunen Haar und den warmen, grünen Augen. Ihr Mann hatte allen Grund, stolz auf sie zu sein. Eine Spur von Rosenblüten war dennoch etwas Neues, und sie war sich nicht sicher, was sie davon halten sollte.

«Alfred?»

Keine Antwort.

«Fred?»

Sie schloß die Haustür. Die Blüten wirbelten im eisigen Luftzug einen Moment auf, legten sich dann ein paar Zentimeter weiter wieder zu Boden.

«Bist du da?» rief sie, während sie Handschuhe und Schal abnahm und auf die Ablage über dem Spiegel warf. Treffer. Ein gutes Omen. Sie sah sich an. Ihr Gesicht war gerötet von der Kälte. Geplatzte Äderchen an den Wangen.

Sie hängte ihren Mantel an den Haken. Dann, zögernd, als taste sie sich über eine morsche Hängebrücke, stieg sie die knarzende Treppe hinauf. («Sehen Sie nicht nach unten, Miss.» Sie tat es trotzdem. Sie sah die Krokodile.)

Die Rosenspur führte ins Schlafzimmer. Hinter der Tür, die sie mit einer Fingerspitze aufstupste, lag ihr Mann auf dem Bett, mit einem Bündel auf dem Bauch. Neben dem Bett stand einer der Kindersärge, die draußen an der Wand gestapelt waren.

«Was macht der Sarg hier?» fragte Hannah Dillinger ihren Mann, der ihr entgegengrinste. Sie trat vorsichtig näher, als hätte sie Angst, daß irgend etwas sie anspringen könnte. Sie zeigte auf seinen Bauch. «Und was ist das da auf deinem Bauch?»

«Hannah», brummte der Baß ihres Mannes. «Das ist unser Sohn.» Ein dröhnendes Lachen entfuhr seinem gewaltigen Körper. «Ich hab uns einen Sohn geboren.» Er wieherte, als er die Verblüffung im Gesicht seiner Frau sah. Das Baby wurde auf seinem Bauch auf und ab geschüttelt. Die warme Hand des Bestattungsunternehmers hielt den kleinen Körper fest, umschloß ihn fast völlig.

Hannah fiel vor dem Bett auf die Knie. Großer Gott. Im gleichen Moment erwachte das Kind. Es pumpte Luft in seine Lungen, ballte sein kleines Gesicht zu einer roten Faust und schrie.

«Kleiner Schreihals», brachte Hannah Dillinger heraus. Sie nahm das Kind zärtlich in die Arme und senkte es in ihre Liebe hinein, die wie die Flut aus ihren Brüsten stieg.

Hannah Dillinger hatte sich immer ein Kind gewünscht. Aber es hatte nie geklappt. Sie waren bei Ärzten gewesen, und die Ärzte hatten mit den Schultern gezuckt. Nun war Hannah schon achtundzwanzig und kurz davor gewesen, sich in ein Leben der Kinderlosigkeit zu fügen. Und nun das. «Es ist ein Wunder!» rief sie in begeisterter Andacht.

«Es ist ein Geschenk», verbesserte Alfred sie. Er erzählte ihr von dem Telefonanruf. «Es war kurz vorm Erfrieren, als ich es fand. Es lag in dem Sarg da. In einem ‹Romulus›.»

«Romulus» lautete die Modellbezeichnung des Sarges. Er war aus Kiefernholz und achtzig Zentimeter lang.

«In einem Sarg.» Hannah schauderte.

«Was hast du gegen Särge?» fragte Alfred. Er war stolz auf seinen Beruf.

Sie warf ihm einen Blick zu. «Daß er alle gleichmacht.»

«Gleich?» Ihr Mann runzelte die Stirn. «Aber es heißt doch, man ist *verschieden*. Wenn man im Sarg ist.»

«Witzbold.» Sie kannte seine Kalauer. «Im Tod mögen ja alle Menschen gleich sein. Wenn sie verschieden sind. Aber im Leben nicht. Auch wenn sie vielleicht in einem Sarg gelegen haben.» Sie legte den Säugling aufs Bett und wickelte die Decken beiseite. «Dafür ist das Leben ja schließlich da. Im Leben gibt es Unterschiede. Kleine und große.» Sie schürzte die Lippen und versuchte einzuordnen, was sie sah. «Der hier ist ... mittelgroß, würde ich sagen.»

Der Junge fing an zu brüllen.

«Na gut.» Sie rollte die Augen und kitzelte das Kind am Bauch. «Für dein Alter ist er nahezu gigantisch.»

Aber das Brüllen ging unvermindert weiter. «Bruhäääää!»

«Ich fürchte, er will in seinen Sarg», sagte Alfred.

«Nichts da.»

«BRUHÄÄÄÄÄ!!»

«Jajajaja.» Sie zog ihn an die Brust. «Der nächste Sarg, in den mein Junge kommt, soll mindestens ein ‹Präsident› sein.»

Ein «Präsident» war ein Mahagonisarg von zwei Meter Länge, samtausgeschlagen. Er war sehr teuer und wurde von Politikern und Industriellen bevorzugt. Menschen, die es zu etwas gebracht hatten.

«Alles zu seiner Zeit!» Alfred tat sein Bestes, um das Gebrüll des Jungen zu übertönen.

«BRUHÄÄÄÄÄ!»

«Was?»

«Leg ihn in den Sarg, dann ist er ruhig!»

«Was?»

«IN DEN SARG! Ich hab es ausprobiert! Es klappt!»

Widerwillig befolgte sie den Vorschlag ihres Mannes.

«BRUH-hm.»

Die frischgebackenen Eltern sahen sich an. Es funktionierte.

Hannah Dillinger zuckte die Achseln. «Solange er nicht unter der Erde ist …»

Der kleine Roberto, so sollte er später getauft werden, schlief noch viele Jahre hindurch in diesem Sarg. Er hatte sich daran gewöhnt, und als er in ein normales Kinderbett umgebettet werden sollte, schrie er so lange, bis er wieder die vertrauten, hohen Wände um sich sah. Der Sarg schränkte sein Gesichtsfeld an den Seiten ein; wenn er darin lag, sah er nur einen Ausschnitt des Himmels oder die Zimmerdecke. In einem normalen Kinderbett, mit Gitterstäben, durch die man hindurchsehen konnte, schien die Außenwelt allzu lebhaft auf ihn einzubranden.

«Er mag es, wenn alles überschaubar bleibt», sagte seine Mutter. «Unser kleiner Romulus.»

«Oder vielleicht will er doch unter die Erde?»

«Red keinen Quatsch, Alfred Dillinger.»

Später, der Einfachheit halber, gingen sie dazu über, ihn Ro zu nennen, als Kurzform. Noch später kamen sie überein, daß es doch etwas pietätlos sei, ihren Sohn nach einem Sargmodell zu taufen. Aus Ro wurde deshalb Robert und schließlich Roberto. Doch das alles soll noch ausführlicher erzählt werden.

Von Dingen, die verschwinden
und doch bleiben

Das älteste Bild, an das sich Roberto Dillinger aus seiner Kindheit erinnern konnte, war das eines roten Lieferwagens, der plötzlich hupend und reifenquietschend vor ihm zum Stehen kam. Er mochte damals etwa vier Jahre alt gewesen sein. Ein kleiner Mensch, der sich verwundert und erschrocken umsah.

Er war auf der Straße vor dem Haus seiner Eltern, aber es kam ihm vor, als sei er aus dem Nichts in diese fremde, gefahrvolle Welt hineingeschleudert worden. Ein Vogel zwitscherte, und von irgendwoher tönte ein Radio. Der Motor vor ihm grollte und strahlte Hitze aus. Ein glitzernder Kühlergrill ragte über dem kleinen Jungen auf, und darüber gab es einen hohen, bläßlichblauen Himmel. Es roch nach Öl und Frühling und nach dem verbrannten Gummi der Reifen.

«Spinnstu, Kind?»

Der Fahrer.

«Bistu lebensmüde?» Sein Arm fuchtelte aus dem Fenster. «Runter von Straße!»

Roberto sah zu ihm empor, mit seinen großen Kinderaugen. Auf der Windschutzscheibe klebten tote Insekten. Der Fahrer beugte sich vor, er hatte einen Vollbart, in dem ein Tropfen trockenen Eigelbs hing. Einen Moment lang sah er Roberto stumm und anklagend an. Seine Augen waren schwarz. Dann hieb er auf die Hupe. «Hau ab!»

Das tat Roberto auch endlich. Mit zitternden Knien und hämmerndem Herzen trottete er beiseite. Er fühlte Schuld. Das erste Gefühl, an das Roberto Dillinger sich aus seiner Kindheit erinnern kann, ist Schuld.

«Lebensmüde», fauchte der Fahrer noch einmal, als er Gas gab. Ein Ruck durchfuhr den Lieferwagen, dann ratterte er an Roberto vorbei. Es war ein Pritschenwagen, und drei blonde Mädchen mit Zöpfen saßen auf ein paar Kisten auf der Ladefläche. Roberto hatte sie erst jetzt bemerkt. Es waren flachsblonde Mädchen mit braungebrannten Gesichtern, und ihre streng geflochtenen Zöpfe tanzten über ihren Schultern, als der Wagen Fahrt aufnahm. Sie sahen Roberto an und lächelten. Vielleicht hatten sie nicht mitbekommen, was passiert war, oder vielleicht freuten sie sich, daß nichts Schlimmeres passiert war. Da saßen sie auf ihren Kisten und fuhren davon.

Auch später, wenn er an die Szene zurückdachte, hatte Roberto sich nie vollständig erklären können, was die Kinder dort hinten auf der Laderampe zu suchen hatten. Sie schienen nicht dort hinzugehören. Noch nie zuvor, und auch niemals später, hatte Roberto solche Mädchen gesehen, mit solchen Zöpfen. In diesem Moment aber, da er ihnen nachstarrte, waren sie für ihn, der gerade mit dem Leben davongekommen war … sie waren für ihn eine Offenbarung. Sie waren wie das Licht der Welt.

Jedoch: Sie fuhren weiter.

«Wartet», murmelte Roberto. Er stolperte ein paar Schritte, dem rumpelnden Lieferwagen hinterdrein. Er winkte. «Halt!» rief er. Doch nichts geschah.

«Wartet!»

Die Zöpfe tanzten. Die Kinder wurden kleiner. Der Lastwagen blinkte, bog um die Ecke. Er war fort, nicht mehr vorhanden. Ganz so, als sei er nie dagewesen, und auch die bläuliche Abgaswolke stieg dem Himmel entgegen und löste sich auf.

Roberto stand allein auf der Straße, dann, langsam, stolperte er über das Kopfsteinpflaster und erklomm den sicheren Kantstein. Er war sich nicht ganz klar, was es bedeutete, lebensmüde zu sein, aber das Wort verankerte sich in seinem jungen Hirn wie kaum ein anderes.

Es roch nach Frühling. Flieder. Pfannkuchen von zu Hause. Ein Vogel landete auf einem Ast auf der anderen Straßenseite. Es war eine ruhige Straße. Der Ast bog sich unter dem leichten Gewicht. Ein weiterer Vogel kam, landete neben dem ersten, so daß der Ast sich tiefer bog und beide mit einem kehligen Schrei davonstoben. Roberto betastete das Innere seines Mundes mit der Zunge. Wären nicht die schwarzen Bremsspuren auf dem Kopfsteinpflaster gewesen, nichts hätte von Robertos Einstand in dieses Leben gekündet und von der Gefahr, in der er geschwebt hatte.

Vom sicheren Bürgersteig sah Roberto auf das Kopfsteinpflaster hinunter, auf Hunderte, Tausende verschiedenfarbiger, verschieden geformter Steine. Ein kleiner roter Käfer kroch über einen der Steine. Er hatte gelbe Punkte auf dem Rücken. Vielleicht saßen dort winzig kleine Mädchen mit gelben Zöpfen, die um ihre Schultern tanzten. Roberto trat zu dem Käfer hin, um das nachzuprüfen. Aber der Käfer flog davon. Roberto sah ihm nach, bis er nur noch ein kleiner Punkt am Himmel war und schließlich ganz verschwand.

«Dinge verschwinden», sagte sich Roberto. Das war eine seiner ersten Lehren. «Dinge verschwinden und Autos verschwinden, und Gerüche verschwinden, und Mädchen mit gelben Zöpfen verschwinden.» Doch er wußte auch, daß die Mädchen mit den gelben Zöpfen nicht wirklich verschwunden waren. Er hatte sie mit seinem Herzen eingefangen.

Der Pfannkuchenduft lockte, und Roberto hob die Nase und folgte ihr an der Hecke entlang, durchs Gartentor und über die Steinplatten zur Haustür. Es war viel geschehen, und er war hungrig.

«Auf die Welt zu kommen», sagte Robertos Vater, «ist immer gefahrvoll.» Roberto war fünf. Er fuhr mit einem Spielzeugauto die Linien auf dem Teppich nach. Die Familie saß im Wohnzimmer. Draußen sank die Sonne, ließ die Schatten lang und schmal werden. Der Duft von frisch geschnittenem Gras drang durch die geöffneten Fenster.

«Denn es ist eine Unternehmung, die unweigerlich mit dem Tod endet.» Er setzte sich in seinem Lieblingssessel zurecht und hob den Zeigefinger. Roberto sah zu ihm auf und starrte fasziniert auf die dunklen Härchen, die sich auf dem Finger sträubten wie der Schopf eines Elefantenbabys. Sein Vater war groß und stark. Stark wie zehn Elefanten. Mächtige Muskeln arbeiteten unter der dünnen Fettschicht seiner Arme. Er stand auf und hockte sich vor Roberto hin. Seine Schuhe waren groß wie Rettungsboote und brachten die Teppichfransen in Unordnung. Er nahm Roberto bei den Achseln. «Hepp?»

«Hepp», sagte Roberto strahlend.

Sein Vater nahm ihn mühelos hoch und setzte ihn sich auf die Schultern. Seine Mutter saß am Tisch und schälte Äpfel. Es würde gemixte Äpfel geben, mit Milch und Zucker. Sie lächelte. Hinter dem Strahlen ihrer grünen Augen erkannte Roberto sprungbereite Wachsamkeit. Auch sie war stark, selbst wenn es nach außen hin nicht so wirkte.

«Was gut für uns ist», erläuterte sein Vater weiter. Roberto spürte das Brummen der Vokale in seinen Schenkeln. Sein Vater schritt durch den Raum, über den Teppich, der unendlich tief unter Roberto lag. Robertos Mutter winkte zu ihm hinauf, als wäre er ein Pilot. Er winkte zurück.

«Denn der Tod ernährt uns ...»

Ein Grinsen. Roberto fühlte es mit seinen Händen. Die haarige Haut der Wangen warf kraftvolle Falten auf.

«... so wie die Hyänen.» Und dann stieß Robertos Vater ein keckerndes Lachen aus, so wie es Hyänen taten. Roberto zuckte zusammen. Er spürte das Lachen in seinen Beinen wie helle, harte Hüpfer. Verwirrt sah er zu seiner Mutter hinunter, die lächelnd die Augen verdrehte: Es ist in Ordnung. Roberto lächelte unsicher. Der Humor der Erwachsenen war ihm noch allzu fremd. Zumindest der Humor der Bestattungsunternehmer.

«Laß mich runter, bitte, Papa», sagte er.

«Dein Wunsch ist mir Befehl.»

Zwei starke, unfehlbare Hände packten ihn, und zwei Arme wie Kräne setzten ihn wohlbehalten zu Boden.

«Humor hat, wer als letzter lacht», informierte Alfred Dillinger seinen Sohn. Er wußte, wovon er sprach. Sein Beruf behielt ihm die Freiheit vor, auch dann noch zu lachen, wenn seinen Kunden das Zwerchfell schon von den Würmern zernagt wurde.

Wieso heiße ich eigentlich Roberto und nicht Robert, wie Robert?» fragte Roberto seinen Vater. Er war sieben Jahre alt, und er hatte sein erstes blaues Auge. Er drückte ein kaltes Kotelett darauf.

In seiner anderen Hand knautschte er das Tuch, das ihm seine Großmutter geschenkt hatte. Das Tuch war mittlerweile weich und schmiegsam geworden, weil Roberto es immer bei sich trug in seiner Hosentasche oder es sanft an seiner Wange rieb.

Er hatte einmal fürchterlichen Schnupfen gehabt, als er mit seiner Mutter bei seiner Oma gewesen war, und er hatte beim Niesen die Tischdecke verunreinigt. «Hier, nimm das», hatte seine Oma gesagt und ihm dieses Taschentuch gegeben und einen polnischen Kuhbonbon. (Sie hatte immer Kuhbonbons bei sich, diese köstlichen Dinger aus Karamel in dem weiß-gelb gestreiften Papier. Sie schien einen unerschöpflichen Vorrat an Kuhbonbons zu haben, denn sie schenkte jedem Kind Kuhbonbons und bot sie sogar Erwachsenen an.) Den Kuhbonbon hatte Roberto sofort gegessen, aber das Tuch wollte er ihr nach Benutzung zurückgeben. «Behalt es», hatte sie gesagt. «Ich schenke es dir.»

«In echt?» hatte Roberto gefragt.

Sie hatte genickt.

«Aber was soll ich damit?»

«Was du willst. Es könnte neben dir liegen, wenn du schläfst, okay? Und dann würdest du von Engeln träumen.»

«Häh?» machte Roberto.

«Oder du könntest damit schmusen.»

«Schmusen? So wie Linus?» Roberto liebte die Peanuts. Seit er lesen konnte, verschlang er regelmäßig die Comics im Wochenmagazin.

«Meinetwegen auch so wie dein Linus.»

Roberto hatte das Tuch in sein Herz geschlossen, und er hatte es in seinen kleinen Händen geknetet, denn es fühlte sich weich an und hatte eine ganz besondere Struktur. Es war violett und grau und grün, aber wenn man nicht so genau hinsah, wirkte es wie eine Mischung aus allen Farben, die es gab.

Roberto mochte seine Oma sehr, und er mochte dieses Tuch. Er nuckelte nachts daran, wenn er allein in seinem Sarg lag, und er knetete es, wenn er nervös war. Er strich sich mit dem Tuch über die Wangen, wenn er auf dem Rasen lag und in den Himmel starrte. Das Tuch war ihm Trost und Schutz geworden, Zuflucht und Versprechen.

An jenem Tag aber hatte es ihm nicht helfen können. Die Kinder in der Schule hatten ihn geärgert, so wie sie es sonst nur mit der dicken Birte Bohnacker gemacht hatten, die ständig Süßigkeiten fraß und die stank. («Wie der Name schon sagt», hieß es. «Die furzt ständig, weil sie immer Bohnen frißt.» Birte argumentierte vergeblich, ihr Name komme aus dem Lateinischen und bedeute «gutes Wasser» – «Bon Aqua».) Roberto jedenfalls hatte das Tuch in seiner Tasche geknetet, aber er hatte sich trotzdem schrecklich allein gefühlt, umkreist von verächtlich lachenden Mitschülern.

«Ey, Alter, was soll denn das für ein Name sein? Roberto?» hatte Schillo Wienholz ihn gefragt, und er hatte ihn dabei mit beiden Händen vor die Brust gestoßen, daß Roberto nach hinten getaumelt war. «Bist du 'n Spaghetti, oder was?» Schillo Wienholz war älter als Roberto, und er war jüngst binnen kurzer Zeit erheblich gewachsen. Seither galt er als übler Schläger. Er versuchte, Frank Oesterberg zu beeindrucken, der als Chef auf dem Pausenhof galt, und er mobilisierte dazu seine beiden hervorstechendsten Charakterzüge: Gemeinheit und Brutalität.

Schillo Wienholz war ein ausgemachtes Arschloch. Aber seit
er vom blassen, schüchternen Kind zum lässigen Riesen geworden war, traute sich niemand mehr, ihn darauf hinzuweisen.

«Was soll ’n das heißen, ey, Mann, Roberto?» Wieder ein
Schubser. Mit einem Seitenblick registrierte Schillo, daß Frank
Oesterberg das Geschehen mit einem uninteressierten Blick be-
dachte. «Hä? Hä? Antworte!»

«Und was soll das o bei dir am Ende?» raunzte Roberto mutig zurück. Jetzt stand er mit dem Rücken zur Wand. Er konnte
nur hoffen, daß Frank eingreifen würde.

«Auch noch frech werden, was?» Ein Klaps auf die Backe.
Frank regte sich nicht.

«Laß mich, du Arsch!»

«Was hast du da eben gesagt?»

Roberto schielte zu Frank hinüber. Dessen blaßblaue Augen
zeigten keinerlei Regung. Es schien, als sähe er durch Roberto
hindurch. «Nichts», sagte Roberto kleinlaut.

«Nichts. So, so. Siehst du die Faust hier?» Schillo zeigte
Roberto seine Faust. «Die macht jetzt auch gleich nichts. Achte
mal drauf.»

«Du heißt Roberto wie Roberto», sagte Robertos Vater.

«Wie?» Roberto wendete das Kotelett. Die eine Seite hatte
bereits seine Körperwärme angenommen. Er preßte sich die
kalte Seite auf sein blaues Auge. «Welcher Roberto?»

«Irgendeiner.»

«Ich kenne keinen Roberto. Es gibt keine Robertos.»

«Ich kenn einen. Einen gibt es wenigstens.»

«Tatsache? Wen?»

«Na, dich.» Robertos Vater lachte einfältig.

Inzwischen verstand Roberto Humor. Und er konnte einen
guten von einem schlechten Witz unterscheiden. Er rollte sein
gesundes Auge zur Decke, so wie es seine Mutter in solchen Fäl-
len immer tat.

«Wieso?» Es war Roberto Ernst. Das nächste Mal, wenn sie in der Schule über ihn herfielen, wollte er ihnen eine Antwort geben können, die sie in die Schranken wies. «Was soll dieses o da am Ende?»

«Na gut.» Sein Vater ließ die Zeitschrift sinken. Roberto kannte den Mann auf der Titelseite. Er hieß Willy Brandt. Brandt war gut. Es gab auch einen Bösen. Der hieß Barzel.

Robertos Vater sagte: «Das ü von Rüdiger ist ein Umlaut, nicht wahr?»

Roberto nickte. Er war in der zweiten Klasse. Seine blauen Kinderaugen hatten sich längst in kastanienbraune verwandelt. Er war von seinem ersten Sarg-Bett, dem «Romulus», in einen «Hääuunnen» umgezogen, oder so ähnlich, den Exportschlager einer finnischen Großtischlerei, und schließlich in den gemütlicheren «Wolkenstein».

«Okay», sagte Roberto. «Ein Umlaut.»

«Genau. Und das h von ... na, sagen wir: Hahn ist ein Dehnungs-h, okay?»

«Mhm.»

«Nun.» Robertos Vater lächelte. «Das o am Ende deines Namens ist ein Rettungsvokal.»

«Ein Rettungsvokal?»

«Ein Rettungsvokal.»

«Was ist denn ein Rettungsvokal?»

«Etwas Ähnliches, eigentlich, wie ein Rettungsring.»

«Häh?»

«Ein Rettungsring hat die Form eines O, nicht wahr?»

«Meinetwegen, aber was hat das —»

«Ich werde dir erklären, was das mit dir zu tun hat.»

Und dann erzählte Robertos Vater die Geschichte von Robertos wundersamer Rettung durch den Vokal o.

Es war bei Robertos Taufe. Das heißt, es war bei der Taufe dieses namenlosen kleinen Wurms, das (denn es heißt ‹das Wurm› bei

Kleinkindern) kaum größer war als eine Handpuppe. Es war ein Sonntag, und es waren einige Kinder zu taufen in der Paulskirche, und als das Ehepaar Dillinger vorfuhr und Robertos Vater den Wagen am Kantstein vor dem Kirchenschiff zum Halten brachte, da ging ein bestürztes Gemurmel durch die Menge. Es waren schon etwa ein halbes Dutzend Täuflinge da, meist auf den Armen ihrer Mütter, umgeben von allen möglichen Familienangehörigen.

Die Dillingers fuhren natürlich im Leichenwagen vor. In einem schwarzen Opel Kapitän, auf dessen getönten langen Seitenscheiben sich nun die Taufgesellschaft düster widerspiegelte, hinter der Aufschrift: «Dillinger – Bestattungen».

Die Dillingers hatten kein anderes Auto. Sie konnten sich nur dieses eine leisten. «Es wird zuwenig gestorben, hier bei uns», sagte Alfred Dillinger immer. «Meinen Berechnungen nach müßten bei uns viel mehr Menschen sterben.» Er argwöhnte, die Menschen schleppten sich in ihren letzten Zügen anderswohin, in die Wirkungskreise konkurrierender Bestattungsunternehmer oder gar an weit unwahrscheinlichere Orte. «Es gibt hinter dem Wald einen Wasserfall», pflegte er Roberto zu erzählen, seit der seiner Meinung nach alt genug für ein solches Gespräch war. «Dort finden sich die alten Menschen ein. Sie gehen einen geheimen Pfad durch den Wald. Einen Pfad, den kein Sterblicher kennt, bis er spürt, daß für ihn die Stunde geschlagen hat.»

«Woher weiß er das?»

«Ein Engel schwebt über ihm und weist ihm den Weg. Die alten Menschen gehen also langsam, denn sie sind sehr alt und schwach, diesen Weg entlang, durch die Bäume, das Licht der Sonne fällt in Streifen durchs Blattwerk, Pilze wachsen an den Baumstämmen, und überall ist grünes Moos. Und die Menschen saugen den Duft des Mooses und der Pilze und der Sonnenstrahlen in sich ein, denn sie wissen, es ist das letzte Mal, daß sie dies alles riechen.»

«In echt? Sie riechen Sonnenstrahlen?»

«Selbstverständlich.»

Robertos Vater war ein Träumer, wie Roberto selbst. Solange alles gut lief, sah er das Leben in einer unbekümmerten, optimistischen Weise. Solange alles gut lief. Wenn es Schwierigkeiten gab, neigte er dazu, schnell aufzugeben und zu schmollen. Betrogen fühlte er sich dann von der Welt und bitter enttäuscht von den Menschen.

Es war Robertos Mutter, die ihn immer wieder aufrichtete. Hannah Dillinger wußte stets, was sie wollte. Sie gab nie auf. Wie ein Eisbrecher pflügte sie durchs Packeis des Lebens. So auch jetzt.

Robertos Mutter sah von ihren Papieren auf und hüllte ihre beiden Männer mit ihrem Blick in einen Kokon der Geborgenheit. Sie saß über der Buchführung des Bestattungsunternehmens.

«Du willst mich wohl verhohnepipeln», sagte Roberto empört. Er machte sich gerade die besonders langen Worte zu eigen, wie ‹nichtsdestotrotz› oder ‹Donaudampfschiffahrtsgesellschaft›.

Alfred räusperte sich und warf seiner Frau einen fragenden Blick zu, worauf sie unmerklich nickte. Sie liebte die Phantasie ihres Mannes.

«Das ist die schiere Wahrheit», beteuerte Robertos Vater. «In diesem besonderen Moment riechen sie die Sonnenstrahlen. Also. Sie gehen weiter, und dann, zunächst kaum hörbar, vernehmen sie das leise Rauschen des Wasserfalls. Sie denken erst, es ist die Autobahn, aber je weiter sie gehen, desto klarer wird ihnen: Es ist ein anderes Rauschen. Es ist der Wasserfall. Das Rauschen wird immer stärker, und sie bemerken, daß die Vegetation – das sind die Pflanzen –, daß die Vegetation viel grüner ist, mit einemmal, weil nämlich die feinen Wassertropfen ständig in der Luft schweben und die Pflanzen tränken. Und sie gehen weiter, dem tosenden Lärm entgegen, diesem Rauschen, das sie schwanken läßt, denn es verwirrt ihren Gleichgewichtssinn. Und dann biegen sie einen letzten Ast beiseite und stehen vor dem Wasserfall, der hoch und weiß und tosend wie aus dem Himmel selbst herunterbraust. Ein ewiger Regenbogen ist über den ewigen Sprühregen gemalt, dort, wo das Wasser ins Flußbett fällt. Selbst nachts ist dieser Regenbogen da, durch das Licht der Sterne. Nur ist er sehr fein, man muß wissen, daß er da ist, und ihn suchen, dann sieht man ihn. Die Gräser am Rand des Wassers zittern von dem Wind, der durch die Zugluft entsteht, bei all dem Wasser, was da runterkommt. Und da sind Frösche, die winken sich mit ihren Schwimmflossen gegenseitig zu.»

«Das glaub ich nicht.»

«Doch. Es ist wahr. Der Lärm des Wasserfalls ist so laut, daß man ihr Quaken nicht hören würde. Um sich zu verständigen, müssen sie also winken. So.» Robertos Vater imitierte einen winkenden Frosch.

«Aha.»

«Ja. Und die Menschen, die dem Tod geweiht sind, sehen sich das alles an, und sie haben Tränen in den Augen.»

«Sie weinen.»

«Ja, aber sie weinen vor Glück. Gut, sie sind auch ein bißchen traurig, aber eigentlich weinen sie vor Glück, wenn sie all das sehen, und dann treten sie an den Wasserfall heran und hinter das Wasser, und dann sind sie verschwunden, und niemand hat sie je wieder gesehen.»

«Da ist eine Höhle hinter dem Wasserfall», sagte Roberto, der sich an einen Tarzan-Film erinnerte.

«Wer weiß.»

Seine Mutter schaltete sich ein: «Ein Elefantenfriedhof mit Stoßzähnen.» Sie legte einen Stapel Papiere beiseite.

«Na ja», machte ihr Mann vage. «Wer weiß. Müßte man die Elefanten fragen.»

«Und wieso weinen die Menschen vor Glück, vorher?» wollte Roberto wissen.

«Weil sie wissen, daß ihre Nachkommen uns kein Geld für
die Bestattung geben müssen.»

«Wie?»

«Tjaja. Und weißt du, was das bedeutet?»

«Was?»

Seine Mutter addierte eine Summe und unterstrich sie zweimal. «Daß es kein Eis zum Nachtisch gibt», sagte sie. Sie schob
ihrem Mann die Papiere zu, deutete auf die Zahlen.

«Deine Mutter hat recht», sagte Robertos Vater. «Wir haben
zuwenig Geld.» Er lachte. Aber durch das Lachen klang ein Riß.
«Gut, daß wir nicht noch ein zweites Kind haben», sagte Alfred
Dillinger zu Hannah. «Sonst müßte ich noch mehr Kunden unter die Erde bringen. Und woher nehmen und nicht stehlen?»

«Wir schaffen es schon», sagte Hannah ruhig.

«Ja.» Robertos Vater seufzte. «Ja, natürlich. Was guckst du
denn so, Roberto?»

Roberto guckte durch seinen Vater hindurch. Er blickte dem
Lachen nach, das sich mit Schallgeschwindigkeit von ihm entfernte. Er sah den Riß in dem Lachen. Durch diesen Riß drang
etwas wie Kälte hindurch, wie Schmutz und Armut. Etwas wie
Furcht. Mit einemmal spürte Roberto, daß das Leben, das sie
führten, zerbrechlicher war, als er geglaubt hatte. Für eine halbe
Sekunde hatte sein Vater ihm etwas gezeigt, das Väter ihren Söh-
nen nie zeigen durften: Angst.

An jenem Tag aber, damals, als die Dillingers in ihrem schwarzen Leichenwagen bei der Kirche vorfuhren, wollten sie niemanden unter die Erde bringen. Sie wollten einfach das ihnen gerade
geschenkte Kind taufen. Aber das konnten die anderen Menschen vor der Kirche ja nicht ahnen, und man dachte, vielleicht
sei der Küster plötzlich gestorben, beim Glockenläuten habe er
vergessen, seinen Kopf in Sicherheit zu bringen, und alles sei zer-
matscht! (So die spontan geäußerte Hypothese eines zehnjähri-
gen Gemeindemitglieds.)

«Nein. Dann würde ein Krankenwagen kommen.»

«Ein Krankenwagen? Ein Krankenwagen ist für Kranke. Nicht für Tote.»

«Krank und tot, das ist dasselbe. In diesem Fall.»

Man rechnete also mit dem Schlimmsten, und als dies keineswegs eintrat, sondern statt dessen eine lächelnde Kleinfamilie dem unheilverkündenden Gefährt entstieg, mit einem gütigen Vater, einer hinreißenden Mutter und einem brüllenden Kleinkind, da war man doch etwas enttäuscht.

Man ahnte ja noch nicht, daß das Schlimmste einen weiteren Versuch unternehmen würde, sich zu manifestieren.

Das heißt, vielleicht ahnte man es doch, als Pastor Marms vor die Gemeinde trat. Er hatte, das sah ein jeder sofort, dem Blut des Herrn gehörig zugesprochen. Und das am Vormittag.

Während der Zeremonie fiel auf, daß der Pastor sich nach einer jeden Taufe für einen kurzen Augenblick in eine dunkle Ecke hinter dem Altar zurückzog, zweifellos, um Kraft zu schöpfen und Zwiesprache mit dem Herrn zu halten. Er wurde zusehends spiritueller.

Als die Reihe an dem kleinen Sohn der Dillingers war, zögerte die Mutter kurz, bevor sie den zerbrechlichen Erdenbürger in die Hände des Himmelsdieners gab. Dessen Hände, so sah sie, zitterten bereits vor religiöser Inbrunst. «Bitte vorsichtig», hauchte sie dem Pastor zu.

Der schnaufte, als er das Bündel entgegennahm. «Wie soll er heißen?» hauchte er gehaltvoll zurück. Es warf Frau Dillinger fast aus den Schuhen.

«Robert», flüsterte sie und hüstelte.

«Bitte?»

«Robert. Robert.»

«Ah.»

Der Pastor hielt das Kind in einem Arm, während er mit der anderen geweihtes Wasser aus dem Becken schöpfte. «Im Namen des Vaters.» Er benetzte den Kopf des Kindes mit Wasser.

«Des Sohnes.» Das Wasser perlte über das kleine Näschen. «Und des Heiligen Geistes taufe ich dich auf den Namen …» Pastor Marms sah würdevoll in die Runde. «Auf den Namen …» Er sah die Dillingers an, die ernst zurücklächelten.

Der Pastor hielt das Kind im rechten Arm, mit der Linken machte er liturgische Bewegungen zu den Eltern hin. «Taufe ich dich auf den Namen …»

Gleichzeitig wurde Herrn und Frau Dillinger bewußt, daß dem Pastor der Name entfallen war.

«Robert», sagten sie wie aus einem Mund, und während sie es sagten, bemerkten sie, wie aus dem Arm des trunkenen Pastors das Kind hinauszurutschen begann. «Oh!» rief Hannah Dillinger erschrocken.

«Roberto», verkündete Pastor Marms und fing den drohenden Sturz mit der linken Hand ab. Sein rot angelaufenes Gesicht nickte ein Kreuz über den kleinen Christen.

Die Eltern sahen sich an, noch blaß im Gesicht, und nickten ebenfalls. Roberto. Gut. Wenn das O dem kleinen Robert das Leben gerettet hatte, so sollte es fortan eine Zierde sein, die seinen Namen schmückte. Ein «Rettungsvokal», durch den man, falls der Knabe noch einmal stürzen sollte, einen Haken werfen könnte wie durch einen Ring.

Tatsachen des Lebens

Roberto war acht Jahre alt, als er in die Tatsachen des Lebens eingeweiht wurde. Da gab es dieses Mädchen, das neu in die Straße gezogen war. Sie war in Robertos Alter, aber sie wirkte wie jedermanns große Schwester. Sie hatte blondes Haar, und sie kaute ständig Kaugummi; wenn sie keins hatte, dann tat sie so, als würde sie Kaugummi kauen.

(Sie kaute Taschentücher, fand Roberto später heraus, Wattebäusche, die sie zuvor in Wasser getränkt hatte, und einmal sogar Klee. Nur einmal. Am nächsten Tag behauptete sie, sie sei in der Nacht beinahe gestorben, so wie Flicka, das Pferd. Sie hätte eine Kolik bekommen. Wie alle Mädchen benahm sich Sonia nämlich häufig wie ein Pferd. Das heißt, sie spielte, sie sei ein Pferd, aber gleichzeitig war sie auch die Reiterin, die auf dem Pferd saß. «Ein Hermaphrodit», stellte Robertos Vater fest. Er verwechselte oft Dinge.

«Was für ein Affe?» fragte Roberto.

«Oder besser: eine Hermaphroditin.»

«Quatsch», sagte Robertos Mutter. Sie sah von ihrem Buch auf und verdrehte die Augen. «Ein Zentaur. Halb Mensch, halb Pferd.»

«Ich bin ein Pferd», sagte Sonia manchmal, wenn sie wiehernd an Roberto vorbeigaloppierte.

«Quatsch», sagte Roberto dann. «Mein Vater sagt, du bist ein Affe.»

«Dein Vater ist ein Arsch.»

Klammer zu.

Jedenfalls – das neue Mädchen hieß also Sonia, sie lebte mit ihren Eltern in dem Haus mit dem gelben Zaun, und man wußte sich schon einiges über die neuen Nachbarn zu erzählen. Ihr Vater war ein viel zu klein geratenes Männchen, kraftvoll, aber derart gedrungen, daß seine Frau – Sonias Mutter – ihn um einen Kopf überragte. Das war in der damaligen Zeit etwas, was selten vorkam, fast schon anrüchig war das. Die Erwachsenen in der Kramerkoppel (so hieß die Straße) vermuteten, daß nächtens in dem Haus hinter dem gelben Zaun ungeahnte Praktiken ausgeführt wurden.

«Was sind Pratiken?» fragte Roberto.

«Dein Essen wird kalt.»

Die Kinder beließen es dabei, einfach nur Witze zu machen, unbeholfene, aber doch recht kränkende Witze. Mehrmals geschah es, daß eines der Kinder kreischend etwas über den «Zwerg» erzählte, gerade während jener «Zwerg» aus der Haustür geschritten kam und zu seinem Auto ging. An der traurigen Miene von Sonias Vater sah man, daß er die Worte gehört hatte und daß sie ihm durchaus nahegingen.

Seiner Tochter Sonia gegenüber, die immerhin die Tochter eines Zwerges war, verhielten sich die Kinder jedoch still. Sie hatte zuviel Autorität. Außerdem war sie selbst nicht klein, im Gegenteil. Sie schlug wohl mehr nach ihrer Mutter, einer blonden, schönen Frau, die immer ein wenig hektisch im Garten herumwerkelte. Sie rupfte Unkraut, goß ihre Blumen oder beschnitt – unsachgemäß, wie Robertos Vater feststellte – den Apfelbaum im Vorgarten. Sie sah dabei höchstens einmal kurz auf, um die Kinder zu beobachten, die auf der Straße spielten, so als ginge der Blickkontakt mit Menschen über ihre Kraft oder als hätte sie Furcht, jemanden zu lange anzusehen, selbst wenn dieser Jemand ein Kind war, und am Ende gar irgend etwas sagen zu müssen.

Sonias Mutter war zwar groß und blond und schön, aber sie schien nie zu wissen, was sie sagen sollte. Sie rieb die Hände an ihrer Jeans (sie war die erste Frau mit Jeans in der Straße), wenn der Postbote kam, und wirkte immer ein wenig nervös. «Schönes

Wetter heute», sagte sie etwa, während Schauerböen die Bäume schüttelten, und starrte dem Postboten dabei auf seinen Adamsapfel. Der Postbote war ein baumlanger Kerl und hatte einen ungewöhnlich großen Adamsapfel. Roberto stellte sich vor, das käme daher, daß er, seine besondere Körpergröße ausnutzend, einen der Äpfel aus dem Vorgarten von Sonias Eltern gestohlen hatte, der ihm dann im Hals steckengeblieben war. Die Äpfel aus Nachbars Garten, das war ein ehernes Gesetz, waren verboten. Verbotene Früchte.

Eines Tages kam also das neue Mädchen direkt auf Roberto zugeschritten. Sie hatte dünne, lange Beine, an denen die Knie hervorstanden wie bei diesen Gliederpuppen aus Holz. «Hallo, ich bin Sonia», sagte sie. «Wer bist du?»

«Roberto», sagte Roberto.

«Hallo, Roberto.» Sie streckte ihm eine Hand hin, die er zögernd ergriff. Sie war klebrig. Wovon, wagte er nicht zu fragen.

«Weißt du, wo die kleinen Kinder herkommen?» fragte Sonia als nächstes.

«Was?»

«Glaubst du an den Storch oder was?»

«Storch?»

«Daß der Storch die kleinen Kinder bringt?»

«Der Storch? Quatsch!» Robertos Eltern hatten ihm diese Geschichte nie weismachen wollen. Sie hatten ihm gar nichts weisgemacht. Er hatte nicht gefragt. Aber jetzt fragte dieses neue Mädchen mit den klebrigen Händen.

«Was meinst du, wieso die Jungen einen Piller haben und die Mädchen eine Scheide?»

Roberto blinzelte unsicher. «Zum Pinkeln natürlich, wozu sonst?» Er versuchte, sich die Hände an seiner Hose abzuwischen. Das Ganze war ihm irgendwie unangenehm.

Das Mädchen, das Sonia hieß, lachte ihm höhnisch ins Gesicht. «Zum Pinkeln!» schrie sie. Dann sah sie ihn ernsthaft an und stellte fest: «Du bist ein Schwachkopf.»

Damit ließ sie ihn stehen, wohl auf der Suche nach Kindern, die ihr zur Erörterung dieser Frage besser geeignet erschienen. Roberto war fürs erste als Schwachkopf abgestempelt, und in den nächsten Wochen sah er Sonia nur aus der Ferne, meist umringt von einer Schar staunender Kinder.

Nach dieser ersten Begegnung starrte er verwirrt in die Richtung, in die sie davonmarschierte. Sie hatte blonde, lange, verfilzte Haare. Er gaffte ihr mit blöde offenstehendem Mund hinterher und stellte sich vor, wie sie wohl mit Zöpfen aussähe.

«He», schrie Sonia ihn einmal an, als er in gebotener Entfernung dastand und zusah, wie sie einem Haufen Kinder befahl, verschiedene komplizierte Bewegungen zu machen, die mit einem seltsamen Spiel zu tun hatten. «Willst du mitspielen?»

Roberto zögerte.

«Wenn du mitspielen willst, mußt du dich entscheiden zwischen zwei Namen», schrie Sonia. Sie überlegte, wobei sie zunächst die Stirn in Falten legte und schließlich ihr ganzes Gesicht.

«Äh», machte Roberto lahm. «Und was für Namen sind das?»

Sonia sah ihn an. Ihr Kinn hob sich. «Penis», setzte sie mit lauter Stimme fest. «Oder Rapsfeld.»

Ihr Mund zuckte.

Roberto stand stumm da.

Sonia hielt sich eine Faust vor den Mund. Dann ging sie in die Knie und wälzte sich fast am Boden vor Lachen. «Penis!» schrie sie vor Vergnügen. «Penis!»

Die Kinder kreischten: «Penis! Penis!»

«Rapsfeld!» japste Sonia. Sie keuchte: «Rapsfeld!»

«Rapsfeld! Rapsfeld!» kreischten die Kinder.

Roberto lief nach Hause.

«Hast du überhaupt einen Penis?» rief Sonia ihm luftschnappend nach.

«Nein, er hat ein Rapsfeld!» kreischten die Kinder.

«Er weiß gar nicht, was ein Penis ist!»

(Da hatten sie recht. «Piller» kannte er. Robertos Mutter sagte immer «Glied».)

«Er weiß ja auch nicht, wie man Kinder macht!»

Roberto, gedemütigt, verkroch sich hinter der Gartenhecke und schmollte.

Abends dann fragte er seine Eltern. Von wegen Kinder, Penis und so weiter.

Sie gestanden es ein.

«Igitt», sagte Roberto.

«Na ja.» Robertos Vater zuckte mit den Schultern. «So eklig ist es eigentlich gar nicht, mein Sohn.»

«Es ist sehr schön, Roberto.» Seine Mutter schlug die Augen nieder und lächelte. «Früher oder später wirst du das auch herausfinden.»

«Alles zu seiner Zeit», brummte sein Vater.

«Und jetzt, hopp, ins Bett.»

In jener Nacht träumte Roberto, er sei eine in Folie eingeschweißte Blutwurst. Er lag in einem Storchennest, und die kleinen Storchenkinder ekelten sich vor ihm, denn er war klebrig, und sie klebten mit ihren Flügeln an der Folie fest.

Er hatte alles durcheinandergebracht.

Der geschlechtliche Akt erschien Roberto als eine nicht sonderlich erstrebenswerte Verrichtung. Er war inzwischen acht Jahre alt, und es konnten, wie man ihm erzählte, noch etwa vierundsechzig weitere Jahre auf ihn warten (rein statistisch, wie sein Vater betont hatte). Sie hielten ungeahnte Gefahren bereit, diese Jahre. Viele dieser Gefahren hatten mit Mädchen zu tun, oder mit dem, was aus Mädchen wurde, mit Frauen. Von ihm selbst, so argwöhnte er, erwartete man, daß er zu einem Mann wurde. In Büchern und in Filmen hatten Männer Pistolen, sie trugen Hüte und bestanden Abenteuer. Das war soweit in Ordnung.

Aber dies andere? Ihn schauderte bei der Vorstellung, er müsse sein ... Nein, nein. Da schien es doch naheliegender, die Tour de France zu gewinnen. (Er hatte gerade ein Fahrrad geschenkt bekommen, das viel zu groß für ihn war. Sein Vater behauptete, er sehe aus wie ein Affe auf dem Schleifstein, wenn er darauf fuhr. Keine Litfaßsäule in der Umgebung war vor ihm sicher, und seine Eier taten ihm permanent weh, weil er ständig vom Sattel auf die Stange rutschte.)

Oder er würde Soldat werden und alle totschießen. Das schienen ihm weniger gefahrvolle Alternativen, als ausgerechnet sein Glied in die Scheide eines Mädchens zu stecken. Denn – wie er aus sicherer Quelle erfahren hatte, und zwar von einem Jungen, der es wissen mußte, weil er eine Schwester hatte –, denn: «Sie haben Zähne da drin.»

Der Junge war Frank Oesterberg, und sie saßen im Kellereingang des Hauses seiner Eltern, des Eckhauses mit dem verwilderten Garten. Er und Gockel und eben Frank. Frank war der Boß. Er war älter und größer als die beiden anderen. Sein Berufswunsch war Verbrecher. «Die verdienen am meisten Schotter», erklärte er. «Und», so erläuterte er weiter, «seid froh, daß ich mich mit euch überhaupt abgebe.» Das waren Roberto und Georg in der Tat, denn Frank galt etwas unter den Kindern der Grundschule.

Gockel dagegen galt, ähnlich wie Roberto, gar nichts. Er wurde Gockel genannt, weil er eine außerordentlich schrille Stimme hatte. Eigentlich hieß er Georg, aber so nannten ihn nicht mal mehr seine Eltern.

Frank hatte selbstgedrehte Zigaretten mitgebracht, mit echtem Zigarettenpapier. Allerdings mit Watte drin statt mit Tabak. «Tabak ist gesundheitsschädlich. Steht auf jeder Packung, Alter.» Frank kannte sich aus. Er war mindestens zehn, und er redete den halben Tag lang vom Führerschein, den er bald machen wollte. Außerdem hatte er die Angewohnheit, seine Popel zu essen. Er gab Roberto und Gockel je eine Wattezigarette, pulte sich dann in der Nase und aß einen Popel. «Hat einer Feuer?» fragte er.

Die kleineren Jungen schüttelten die Köpfe. Roberto sah die Steintreppe hinauf, auf den grauen Himmel dort oben. Er fürchtete, ein Erwachsener könnte auftauchen, um ihnen die Hölle heiß zu machen.

«Na, dacht ich's mir doch», sagte Frank und förderte triumphierend eine Packung Streichhölzer zutage. «Wenn ich nicht an alles denke.» Er rieb ein Streichholz an, doch es war offensichtlich feucht, jedenfalls brannte es nicht. «Mist.»

Roberto betrachtete inzwischen die Zigarette, die er ungeschickt zwischen Mittel- und Zeigefinger hielt. Sie war sauber gedreht, und die Watte schloß exakt mit dem Papier ab. «Wo hast du das gelernt?» fragte er.

«Was?» Frank riß das vierte Streichholz an. «Scheiße!»

«Zigaretten drehen.»

«Der Freund von meiner Schwester hat es mir gezeigt.» Franks Schwester war fünfzehn. Sie hatte schon richtige Titten. Und ihr Freund hatte eine Mofa und echten Raucherhusten. «Aber er hat mir keinen Tabak gegeben. Die Blättchen mußte ich ihm auch aus der Nase ziehen.»

Roberto stellte sich vor, wie das Papier mit einem Eckchen aus der Nase des Freundes von Franks Schwester rausschaute und wie Frank daran zog. («Vorsichtig! Du zerreißt es noch. Ganz langsam, ja so, gut.») Frank aß einen Popel.

«Machen die es miteinander?» fragte Gockel mit seinem hellen, schrillen Stimmchen. Er hatte den ganzen Tag nichts gesagt, oder besser, die anderen hatten nie hingehört, aber jetzt hörte Frank hin, und er sah den kleinen Jungen mit spöttischer Miene an.

«Was denkst du denn?»

«Ja», sagte Roberto. «Was denkst du denn?» Und er pulte auch in seiner Nase, bekam etwas zu fassen und steckte es in den Mund. Er stellte sich vor, wie Franks Schwester und ihr Freund es machten. Sie fingen damit an, daß sie sich gegenseitig Zigarettenpapier aus der Nase zogen, es zu kleinen Kügelchen rollten und aufaßen.

Frank verzog das Gesicht und sah den beiden Kleinen in die großen Augen. «Aber ich sag euch, für mich wär das nichts.» Er schüttelte den Kopf, betrachtete die Streichholzschachtel eingehend und begann dann, sie trockenzuhauchen. «Vielleicht klappt das ja.» Er hauchte, und Roberto roch seinen säuerlichen Atem. «Aber ich sag euch. Alter, Mann! Frauen sind ja schön und gut. Wenn sie kochen oder wenn man ihnen eine scheuern kann. Aber ich würde denen mein Ding nie da reinstecken. Niemals. Wißt ihr, wieso?»

Roberto steckte sich seine Wattezigarette in den Mundwinkel und sabberte sie voll. Er zog eine Augenbraue hoch, wie die Männer im Fernsehen, und nuschelte: «Kein Schimmer.»

«Wieso?» krähte Gockel.

Franks Blick verdüsterte sich, er zog die Schultern hoch, als würde ihm mit einemmal eisig kalt. «Sie haben Zähne da drin.»

«Was?» krakeelte Gockel.

Frank sah ihn mit seinen blaßblauen Augen verächtlich an. «Wußtet ihr das etwa noch nicht?»

«Doch, klar», behauptete Roberto und wischte sich mit dem Handrücken Spucke vom Kinn.

«Ich hab's gesehen», raunte Frank verschwörerisch. «Ich hab gesehen, wie er ihn, Tatsache, bei ihr reingesteckt hat.»

Roberto und Gockel rückten näher. Roberto hustete.

Frank nickte, hastig jetzt. «Ich hab durchs Schlüsselloch geguckt.» Sein Blick verschleierte sich durch die Erinnerung. «Er hat also diese Fickbewegungen gemacht, ihr wißt schon.»

Roberto nickte. Er wußte nicht.

«Und gleich danach hat er geschrien und gestöhnt. Und als er ihn wieder rausgezogen hatte, war alles voller Blut. Alles. Das ganze Bettlaken war voller Blut. Und sein Ding erst! Alter! Der sah aus, als sei er damit in den Fleischwolf geraten!»

Roberto fühlte, wie sich seine Hoden zusammenzogen.

«Die Weiber haben alle Zähne in der Möse», faßte Frank zusammen und schüttelte den Kopf über diese unfaßbare Welt, die sich ihnen nun mit all ihren Schrecken offenbarte.

Er fing wieder an, Streichhölzer anzureiben. «Na, wer sagt's denn?» Endlich hatte er eins zum Brennen gebracht. Er schirmte es mit der Hand gegen den Wind ab, während er es an Robertos Zigarette hielt. «Ziehen, Mann, nicht pusten!»

Roberto zog. Der Qualm der brennenden Watte biß ihm in die Luftröhre. Er schwankte. Dann kotzte er sich von oben bis unten voll.

Tatsachen des Tötens

Zu Weihnachten bekam Roberto einen Hamster geschenkt. Er hatte sich das ganze Jahr über ein Tier gewünscht, um das er sich kümmern könnte. Seine Eltern hatten ihn von einem Pferd auf einen Hund, eine Katze und schließlich einen Hamster herunterhandeln können. Sein Vater hatte eigentlich eine Schildkröte vorgeschlagen, denn: «Eine Schildkröte setzt du irgendwohin, und gut. Sie bewegt sich nicht, frißt alten Salat und wird hundert Jahre alt. Hamster sterben ständig. Sie erkälten sich, man tritt auf sie drauf, weil sie durch die ganze Wohnung flitzen. Zum Schluß spült man sie im Klosett runter.»

«Ich würde ihn im Käfig lassen», wandte Roberto ein.

«Das Laufrad würde immerzu quietschen. Nachts. Die Viecher schlafen den ganzen Tag, und nachts machen sie Lärm.»

«Ich würde das Laufrad ölen.»

«Nun laß doch den Jungen seinen Hamster haben.» Robertos Mutter schüttelte ungeduldig den Kopf. «Ich hatte früher auch einen.»

«Eben. Ich auch.» Sein Vater seufzte. «Herrgott, ich weiß nicht mal mehr, was ein Hamster frißt!»

«Wie wär's mit Fischstäbchen?» schlug seine Frau vor.

«Ja!» jubelte Roberto. «Wir geben ihm die Fischstäbchen.»

«Die Fischstäbchen? Na gut. Du sollst deinen Hamster haben.»

Damit hatte Roberto gewonnen. Im Keller stand nämlich noch eine ganze Tiefkühltruhe voller Fischstäbchen, deren Haltbarkeitsdatum abzulaufen drohte. Den Lebensmittelhändler, dem sie vorher gehört hatten, hatte vor ein paar Monaten ein heftiges Fieber hinweggerafft. Nach seiner Einäscherung durch das Bestattungsunternehmen Dillinger stellte sich jedoch heraus, daß er seiner Witwe nicht einen Pfennig Barschaft hinterlassen hatte. So war sie denn eines Tages mit einer Schubkarre vor dem Haus der Dillingers aufgetaucht (sie war eine kräftige Frau) und hatte dort einen Berg tiefgefrorener Fischstäbchen abgeladen. «Geld stinkt nicht», hatte sie gesagt. «Und unsere Fischstäbchen auch nicht. Das ist vom Verkaufspreis her gesehen mehr, als die Einäscherung meines Mannes gekostet hat.»

Herr und Frau Dillinger hatten auf den Treppenstufen ihres Hauses gestanden, bis zu den Knöcheln in Tiefkühlpackungen. «Sie brauchen mir nicht zu danken», sagte die Witwe. «Nehmen Sie's hin. Fisch ist gesund. Hirnnahrung.» Und damit machte sie sich samt quietschender Schubkarre wieder vom Grundstück.

«Sie muß es sich vom Hirn abgespart haben», vermutete Robertos Vater.

Die Dillingers aßen in den nächsten Wochen so viele Fischstäbchen, daß sie ihnen zu den Ohren herausquollen.

«Merkt ihr schon was?» pflegte Vater Dillinger zu fragen.

«Ich weiß nicht recht», antwortete Mutter Dillinger. «Teste mich mal.»

«Na gut. Quadratwurzel aus 73?»

Hannah Dillinger kaute nachdenklich. Dann sagte sie: «Keine Ahnung.»

«Hm. Roberto! Drei mal vier?»

«Siebzehn?»

«Oje. Insel östlich Afrikas?»

«Fehmarn?»

Der Vater schüttelte den Kopf. «Eßt mehr Fisch, Kinder, eßt mehr Fisch.»

Sie aßen so oft und lange Fischstäbchen, bis Roberto eines Mittags die Tischdecke vollkotzte.

«Seht nur», hatte sein Vater darauf entzückt gerufen. «Es

44

wirkt! Er hat die Umrisse von Madagaskar auf den Tisch gekotzt!»

Jedenfalls hellte sich die Miene Alfred Dillingers auf, als er die Möglichkeit eines Fischstäbchenvertilgers im Kreis der Familie in Erwägung zog. «Es ist ein Graus, Nahrungsmittel wegzuwerfen, während in Afrika die Menschen sterben.»

«Bestattungsunternehmer in Afrika, sind die sehr reich?» wollte Roberto wissen.

«Nein. Sie können mit ihrem Lohn nichts anfangen. Es ist zu heiß dort für Tiefkühlfischstäbchen.»

«Krieg ich jetzt den Hamster oder nicht?»

«Zu Weihnachten, okay?»

«Juhuuu», jubelte Roberto. «Das wird der klügste Goldhamster der Welt!»

«Was er auskotzt, fixieren wir auf Acrylplatten und lassen es bei Sotheby's versteigern.»

«Juhuuu», jubelte Roberto.

Am Heiligen Abend fiel ein Hauch von Pulverschnee auf die Stadt und bedeckte Hausdächer und Gärten mit einer dünnen Schicht, wie aus Puderzucker. Roberto saß die meiste Zeit oben auf dem Dachboden in einem der alten, muffigen Sessel und sah dem Schnee zu, wie er fiel. Vielleicht, wenn es weiter so fleißig schneien würde, könnte er mit seinem Vater und seiner Mutter wieder rodeln. Er rodelte gern, und natürlich rodelte er auch mit seinen Freunden, aber es war etwas anderes, wenn er mit seinem Vater auf dem Schlitten saß. Sein Vater war groß und stark. Roberto hatte einen schönen Schlitten, den er vor einigen Jahren zu Weihnachten bekommen hatte. Selbst im Sommer hatte er einige Male den gefährlichen Weg in den Keller gewagt und die Kufen des Schlittens geölt und gewachst. Roberto liebte den Schnee, den blauen Himmel im Winter und den Dampf, der aus den Mündern der Menschen quoll. Er liebte die klaren blauen Augen seines Vaters, die aus seinem geröteten Gesicht strahlten, wenn es kalt war, und er liebte die geheimnisvollen grünen Augen seiner Mutter.

Er nuckelte an einem Zipfel seines Schmusetuches und sah den Flocken zu, die jetzt dicker zu werden schienen, schwerer. Selbst das Baugrundstück einen Block weiter, wo der Rasen von Baggern durchwühlt worden war und sie den schönen Baum gefällt hatten, wirkte unter der Schneedecke jungfräulich und rein. Die Reinheit der Schneedecke, die sich wie ein Zauber über eine unvollkommene Welt gelegt hatte, erfüllte Roberto mit einem vagen Gefühl von Reue und Erstaunen.

Als es dunkel wurde, rief seine Mutter hinauf, ob er helfen wollte, den Weihnachtsbaum zu schmücken.

«Klar!»

«Dann komm!»

«Jubeltrubel!» schrie Roberto und flitzte die knarrende Steigleiter hinunter.

«Gott, paß bloß auf», sagte sein Vater, der aus dem Elternschlafzimmer kam. «Du brichst dir noch das Rückgrat.» Er schüttelte den Kopf und schloß die Tür hinter sich ab, denn in jenem Zimmer lagerten die Geschenke. Roberto wußte auch genau, wo. Er hatte die Pakete im Kleiderschrank bereits eingehend untersucht. (Er hatte «gespickt», wie die Dillingers das nannten, und sein Herz raste bei dieser verbotenen Tätigkeit.) Der Badezimmerschlüssel, das hatte er festgestellt, paßte nämlich ebenfalls ins Schloß des Schlafzimmers.

Die Treppe ins Erdgeschoß rutschte Roberto auf dem Geländer hinunter.

Seine Mutter grinste. «Fast wie Tarzan», staunte sie pflichtschuldig. «Oder Beckenbauer?» (Deutschland hatte in jenem Jahr in Mexiko bei der Fußball-WM den dritten Platz belegt. Dabei war Beckenbauer bei einem Spiel mit dem Arm in der Schlinge aufgelaufen. Seither war der Mann ein Held.)

«Hui», machte sein Vater, als sich Roberto wieder aufgerappelt hatte. «Sehr gewagt.» Lachend wollte er es ihm nachtun, aber das Geländer knirschte bedrohlich, als er sich draufsetzte. «Ich bin zu schwer», sagte er.

«Du bist ja auch der Weihnachtsmann. Ein Weihnachtsmann muß dick und schwer sein.»

«Na, na.»

Im Wohnzimmer war Roberto für das Anbringen der Kerzen am Baum verantwortlich. Er mußte darauf achten, daß die Flammen der Kerzen nicht die Zweige entzündeten und daß die Klemmen der Kerzenhalter auch wirklich fest waren.

«Mach die mal lieber etwas weiter nach außen», sagte seine Mutter, auf eine Klemme deutend.

«Okay.»

«Ja, so ist es besser. Na, zur Not haben wir ja immer noch den Wassereimer.»

Vater Dillinger erschien, mit Schal und Mantel. «So, ihr Lieben», sagte er. «Ich fahr noch mal schnell los, was besorgen.»

«Gut, Schatz.»

«Bin in einer halben Stunde wieder da.»

«Okay.» Roberto grinste. Er wußte, wohin sein Vater fuhr. Zur Zoohandlung, um seinen Hamster zu holen. Denn im Wäscheschrank war der Hamster nicht gewesen.

Als alle Kerzenhalter befestigt waren, fragte Robertos Mutter: «Alles fertig?»

Roberto nickte. «Ja.» Er betrachtete sein Werk.

«Gut. Dann darfst du anzünden.»

Das tat Roberto auch. Danach mußte er wieder in sein Zimmer hinaufgehen, denn nun wurden die Geschenke unter den Baum gelegt. In seinem Zimmer ertrug Roberto die Spannung nur mit Mühe. Er nahm sein Schmusetuch von der linken Hand in die rechte und von der rechten Hand in die linke. Dann zog er sogar seine Schuhe und Socken aus und ließ das Tuch zwischen den Zehen hindurchgleiten. Voll Wonne erwartete er die Rückkehr seines Vaters und den Augenblick, da die Glocke von unten zur Bescherung klingeln würde. Er zog seine Schuhe wieder an und strich mit seinem Tuch an seinen Wangen entlang. Dann legte er sich auf den Rücken, bedeckte das Gesicht mit dem Tuch und blies es in die Höhe, wo es für kurze Zeit stehenblieb, bevor es wieder – weich und sanft – auf sein vor Aufregung gerötetes Gesicht niederglitt.

Als es an der Tür klingelte, sprang Roberto von seinem Stuhl kerzengerade in die Höhe, so daß er sich den Kopf an einem Regal stieß. Mein Hamster, dachte er, und erst als er die Zimmertür schon hinter sich zugeschlagen hatte, fiel ihm ein, daß sein Vater, Herr dieses Hauses, wohl kaum klingeln würde.

Es mußte sich also um eine andere Art Bescherung handeln. Vielleicht etwas ganz Tolles, Unerwartetes, etwas, womit seine Eltern ihn überraschen wollten. Etwas, das so groß war, daß es angeliefert werden mußte. Roberto wußte, daß es nicht Rechtens war, sich Geschenke schon im voraus anzugucken, es war nicht richtig zu «spicken». Aber er konnte nicht widerstehen.

Von oben, still hinter die Quersprossen des Geländers gekauert, schaute er auf seine Mutter hinab, die stirnrunzelnd zur Tür eilte und öffnete.

Der Mann, der im Türrahmen stand, scheute sich, über die Schwelle zu treten. Er hielt einen Hut in der Hand, war nicht groß, aber sehr kräftig gebaut und hatte dunkle, fast schwarze Augen. Eine Narbe, wie von einer Klinge, zog sich über seine rechte Wange. Er sah aus wie ein Mann, der einem auf der Kinoleinwand begegnet, aber nicht im wirklichen Leben. Trotzdem kam er Roberto auf sonderbare Weise vertraut vor.

Der Fremde sah Robertos Mutter mit seinen dunklen Augen an, und Roberto fürchtete, er würde etwas Böses tun. Doch da war er bereits zurückgewichen, und Robertos Mutter hatte die Tür hinter ihm geschlossen. Er hörte, wie sich die Schritte des Mannes entfernten.

Robertos Mutter hatte die Stirn gegen die Tür gelehnt. Ihre rechte Faust ballte sich, wie um einen kleinen Gegenstand festzuhalten. So hatte er sie noch nie gesehen. Plötzlich blickte sie zu

ihrem Sohn hinauf. Er zuckte schuldbewußt zurück. Schließlich
sollte er in seinem Zimmer warten. Schnell, lautlos sprang er auf
und lief zurück. «Ich hab nicht gespickt!» wollte er fröhlich rufen. Aber da war etwas im Blick seiner Mutter gewesen, das die
Fröhlichkeit erstickte. Etwas, das Roberto nicht verstand. Eigentlich hätte er, Roberto, sich schuldig fühlen müssen. Merk-
würdigerweise war es jedoch genau dies, was er für einen Moment in den Augen seiner Mutter gesehen hatte: Schuld.

Als er seinen Vater mit dem Wagen kommen hörte, war der
fremde Mann vergessen. Roberto biß sich vor Vorfreude auf die
Lippen, als er seine Eltern im Flur tuscheln hörte. Dann das typische Geräusch, als sein Vater den Mantel aufs Geländer legte, der
Mantel herunterglitt und auf die Kellertreppe hinabfiel. «Herrgott!» sagte sein Vater. «Nächstes Jahr wünsch ich mir eine Gar-
derobe zu Weihnachten.»

Aber dann war es endlich soweit. Die Glocke klingelte, und
seine Eltern riefen im Chor: «Bescherung!»

Im Wohnzimmer fiel Roberto sofort das neue, große Paket
unter dem Tannenbaum auf, das er noch nicht aus dem Wäscheschrank kannte. Es war ein mit Geschenkpapier umwickelter
Schuhkarton, und es waren Luftlöcher darin. Und – hörte er
da nicht ein Rascheln? Er stürzte sofort auf den Weihnachtsbaum zu.

«Moment, junger Mann!» Sein Vater hielt ihn in gespieltem
Ernst am Arm fest. «Erst wird gesungen. Die Vorfreude ist die
schönste Freude», dozierte er. Dann verteilte die Mutter lächelnd drei Gesangbüchlein.

Später sollte sich Roberto nicht mehr genau erinnern, wann
er die Flammen gesehen hatte, ob es eine Sekunde vor dem
Schreien war oder erst danach. Denn es war ein Schreien, ein
Ton, so fremd und erbarmungswürdig und angstvoll, wie ihn ein
kleines Tier nur ausstoßen kann. Ein kleines Tier, das bei lebendigem Leib verbrennt.

«Schnell, den Eimer!» rief Robertos Mutter, aber sein Vater war schon da und goß das Wasser in einem Schwall über die Flammen. Roberto stürzte auf das halb verbrannte Paket zu, riß das verkohlte Papier beiseite.

«Sieh nicht hin», murmelte sein Vater und machte einen halbherzigen Versuch, seinen Sohn davon abzuhalten. Aber Roberto schlug die große warme Hand beiseite, riß das Papier in Fetzen, und da lag er. Das schlimmste war, daß der Hamster noch lebte. Noch einmal entrang sich ein schwacher Piepser seiner Kehle, und man sah seine kleinen Lungen atmen, irrsinnig schnell unter der nackten, verkohlten Haut. Dann ein Husten. Noch nie hatte einer der Dillingers einen Hamster husten hören. Dann lag das Tier still.

Roberto sprang in Panik auf und lief die Treppe hoch. Er kehrte auf halbem Weg um, lief an seinen versteinerten Eltern vorbei, nahm den kleinen verkohlten Leichnam in seine Hand und rannte auf den Dachboden hinauf. Laut schluchzend zog er die Trittleiter hoch und schloß die Luke des Dachbodens.

Roberto warf sich auf den Sessel, der am Fenster stand. «Bitte», schluchzte er, indem er auf den verkohlten Leichnam in seiner Hand hinabblickte. «Bitte, sei nicht tot! Bitte, lieber Gott, mach, daß er nicht tot ist!» Aber er spürte, wie der kleine Körper in seiner Hand kalt wurde. Ganz kalt. Roberto starrte aus dem Fenster. Die schneeweißen Dächer der Häuser bildeten einen harten Kontrast zum schwarzen Himmel. In den Fenstern leuchteten Kerzen, Tannenbäume. Nicht einer ging in Flammen auf. Nichts brannte, bis auf Roberto Dillingers Seele.

«Roberto», hörte er irgendwann die Stimme seiner Mutter. Sie mußte unter der Luke im Flur stehen. «Komm doch runter», flehte sie. «Es war meine Schuld. Hörst du? Ich hab dir nicht vertraut und hab die Kerzen noch einmal umgeklemmt. Ich hab da wohl eine falsch hingestellt. Komm runter, Roberto, bitte! Es tut mir leid. Es war meine Schuld.»

Roberto liebte seine Mutter sehr für diese Worte. Aber er

wußte, daß sie log. Sie hatte die Kerzen nicht mehr angerührt, nachdem er sie angezündet hatte. Er wußte, daß sie ihm vertraut hatte, und er wußte, daß der Hamster seinem Schicksal vertraut hatte, in seinem dunklen Karton, in den nur wenig Licht durch die Luftlöcher fiel. Der Hamster, dem er bereits einen Platz in seinem Herzen bereitet hatte. Roberto spürte, wie dieser Teil seines Herzens verdarb wie altes Fleisch. Seine Tränen versiegten und wichen einem Gefühl grenzenloser Leere. Er, Roberto, hatte getötet.

Vom Paradies zur Hölle, erkannte Roberto, ist es nur ein winziger Schritt.

Abrakadabra: Nagetierträume

Und dann hab ich's einfach gemacht.» Robertos Großmutter stand strahlend violett im Deckenlicht der Küche. Was strahlte, war ihr Gesicht. Violett war ihr Haar. Sie postierte sich vorm Kühlschrank und zupfte die Frisur zurecht. «Außerdem paßt es zu meinem Namen.» Sie hieß Anna Viola. «Wie gefällt es euch?»

Ihre Tochter – Robertos Mutter – saß auf dem Küchentisch. Ihre Finger trommelten unentschlossen auf einer Bonbondose herum. Quality Street. Sie wiegte den Kopf. «Witzig», sagte sie schließlich und rutschte von der Tischplatte. «Willst du Kaffee oder so was?»

«Witzig. Aha. Und du, kleiner Held? Wie findest du die Farbe?»

«Knorke.» Roberto grinste. Durch den Stoff seiner Shorts zupfte er sich die Unterhose zurecht.

«Aha! Danke.» Seine Großmutter nickte ihm zu. «Jetzt bin ich beruhigt. Ich fasse zusammen: Meine Haarfarbe ist knorke.»

«Kaffee? Tee?»

«Nee. Nichts.» Sie winkte ab. «Wißt ihr, ich hab mir gedacht, ich bin sowieso eine langweilige alte Kuh. Vielleicht gibt mir das ein bißchen Pep.»

Roberto sah sie tadelnd von unten an. «Du bist doch keine langweilige alte Kuh, Anna Viola.»

«Danke. Dein Sohn ist ein richtiger Kavalier, Hannah. Aber nenn mich ruhig weiter Oma. Das ist mir lieber. Okay?» Sie sagte immer «okay». Das hatte sie von den GIs gelernt, nach dem Krieg. Ihr zweiter Schwiegersohn war ein GI. Er hieß Gordon. Er hatte ihre jüngere Tochter Gilda geheiratet und mit nach

Amerika genommen. Gilda schien sich dort die Zeit mit Motorradfahren und Rodeos zu vertreiben, den Fotos nach zu urteilen, die sie alle paar Jahre einmal schickte.

«Außerdem war ich beim Zahnarzt. Ich sage euch, all diese Haftcremes sind ein einziger Betrug. Wenn ich Kaugummi kaue, bleiben meine Zähne eher am Kaugummi kleben als an der Haftcreme. Dann kann ich ja gleich die Zähne mit Kaugummi ankleben und Haftcreme kauen. Und laßt es euch gesagt sein, die Haftcreme schmeckt widerlich. Man kann nicht mal Blasen machen damit.»

Roberto und seine Mutter lachten.

Eine kaum merkliche Vibration durchlief das Haus.

«Oh», sagte Robertos Mutter. «Ich muß noch seinen Anzug für die Reinigung rauslegen.»

«Fred?» fragte Oma.

Ihre Tochter nickte. «Er hat wieder was für die Werkstatt.» Werkstatt, so nannten sie den garagenähnlichen Anbau neben dem Haus. Den Raum, in dem Alfred Dillinger seiner Arbeit nachging. Der Raum war tabu für Roberto. «Off limits», wie Oma sagte.

Die Vibration erstarb, man hörte eine Wagentür zuschlagen.

«Danke übrigens für den Ring», sagte Robertos Mutter.

«Ring? Welcher Ring?» Oma sah ihre Tochter an, die den neuen Ring in die Höhe hielt. Es war ein feiner Ring mit einem winzig kleinen funkelnden Diamanten darin.

Oma legte den Kopf schief, als verstünde sie nicht. «Ach, der Ring!» rief sie endlich aus und fuchtelte mit der Hand. «Nichts zu danken, mein Herz. Nichts zu danken.» Dann wandte sie sich Roberto zu. Sie nahm ein polnisches Kuhbonbon aus ihrer Handtasche und gab es ihm. «Hier. Sollst auch nicht leben wie ein Hund.» Sie warf ihrer Tochter einen seltsamen Seitenblick zu, während sie Robertos Kopf tätschelte. «Iß ordentlich viel von dem Zeug, und du darfst dir auch bald ein Gebiß aussuchen.» Sie ließ ihre künstlichen Zähne blitzen. Dann schloß sie ihre Handtasche und verabschiedete sich. «Ich will euch nicht länger zur Last fallen.»

«Aber Mutter», protestierte ihre Tochter. «Du fällst uns doch nicht zur Last.»

«Oma», verbesserte Oma. «Nennt mich alle Oma. Dann gibt es keine Verwechslungen.»

Als sie fort war, ging Roberto nach oben, Comics lesen. Es war noch nicht lange her, daß er problemlos lesen konnte, und die Welt der Buchstaben erschloß ihm ein Reich der Phantasie. Das Reich hieß Entenhausen. Onkel Dagobert hatte gerade festgestellt, daß der Pegel seines Goldspeichers um einen halben Meter gesunken war (wahrscheinlich steckten die Panzerknacker dahinter), als von unten ein markerschütternder Schrei heraufdrang. Roberto katapultierte sich aus seinem Sarg und raste die Treppe hinunter. Er stieß mit seinem Vater zusammen, der ins Haus geeilt kam, in Hemdsärmeln und nach Formalin riechend. Sie fanden Hannah kreidebleich am Wohnzimmertisch. Auf dem Boden lag einer der beiden schwarzen «Dienstanzüge» ihres Mannes.

«Was ist denn passiert?» wollte Robertos Vater wissen.

«Der Hamster.» Sie zeigte auf etwas Kleines, Pelziges in ihrer Schürze, die sie weit von sich hielt wie ein Feuerwehrmann das Sprungtuch. «Der Verbrannte.» Ihr bleiches Gesicht zeigte nervöse rote Flecken. «Er war in deiner Jackentasche.»

«Na so was!» rief Robertos Vater aus. «Da warst du also!» Sanft nahm er das tote Tier aus der Schürze. «Da hast du also gesteckt, was?» Er sah den Hamster an, als spräche er mit einer Kasperlpuppe. «In meiner Jackentasche, was?» Er lächelte unter seinem Bart. «Ich hab ihn schon überall gesucht», erklärte er.

«Gesucht? Du hast ihn gesucht?» Sie sah ihren Mann ungläubig an. «Hab ich eben richtig gehört? Du hast ihn gesucht?»

«Ich muß ihn versehentlich eingesteckt haben. Ich hab schon die ganze Werkstatt durchsucht.»

Mit einemmal besannen sich beide Eltern auf Roberto, der zwischen ihnen stand und den toten Hamster anstarrte. «Sieh da nicht hin, Kind», sagte seine Mutter.

«Weshalb?»

«Deshalb.» Seine Mutter packte ihn mit selten gekannter Entschlossenheit, drehte ihn um und schob ihn zur Tür. «Geh raus, spielen.»

«Aber Mama ...»

«Geh raus!»

Roberto ging. Natürlich blieb er vor der Tür stehen und lauschte.

«Und nun zu dir.» Seine Mutter wandte sich ihrem Mann zu. Ihr Blick und ihre Stimme verhießen nichts Gutes. «Alfred. Hast du den Hamster wieder ausgegraben?»

Ihr Mann zuckte mit den Schultern. «Er lag ja nicht tief.»

«Du hast ihn ...» sie rang nach Worten «... aus seinem Grab geholt? Gerade du? Ein Bestattungsunternehmer?»

«Hör mal, Schatz, ich bin kein *dogmatischer* Bestattungsunternehmer. Und ...» Er legte seinen Kopf schief. «Manchmal muß Gottes Werk halt nachgebessert werden.»

«Und ... du hast ihn ... Du hast ...»

«Ich hab ihn ausgestopft. Für Roberto. Es sollte eine Überraschung werden.»

«Ausgestopft!» Hannah Dillingers Finger suchten in der Luft nach etwas, woran sie hochsteigen konnte. Eine Palme vielleicht. Aber es war keine da. Sie schüttelte den Kopf. «Er hat das Tier tatsächlich ausgestopft. Einfach so. Simsalabim.»

«Abrakadabra», verbesserte ihr Mann. «Nicht Simsalabim. Abrakadabra. Das heißt: Öffne dich, Leichnam.»

Sie sah ihn nur an.

Er räusperte sich. «Es ist ganz einfach. Die Taxodermie ist nur eine geringfügige Weiterentwicklung von W und S, Wiederherstellen und Schminken.» Robertos Vater hielt den ausgestopften Hamster hoch und betrachtete ihn fachmännisch. «Ist doch auch gut gelungen. Verbrannt war er ja schon. Da konnte ich nicht viel machen.»

«Alfred.»

«Und Roberto sagt doch immer: Wenn doch der Verbrannte noch da wäre.»

«Alfred!»

«Das sagt er oft. Er wünscht es sich doch so sehr.»

«Alfred», sagte sie und sah ihrem Mann fest in die Augen. «Er wünscht sich einen lebenden Hamster. Er wünscht sich, daß der Hamster noch lebte. Er wünscht sich, daß all das nicht passiert wäre. Das wünscht er sich. Er wünscht sich keinen ...» Sie suchte nach dem passenden Wort. «Er wünscht sich keinen Kadaver.»

«Meinst du?»

«Ja. Mein ich.»

Ihr Mann sah sich den Hamster an, kritischer jetzt.

«Alfred. Du kannst den Tod nicht ungeschehen machen. Hörst du?» Robertos Mutter sprach sehr angespannt, sehr eindringlich. «Das Leben ist nicht so. Du kannst den Tod nicht ungeschehen machen. Gerade du solltest das am besten wissen. Und das solltest du deinem Sohn auch beibringen. Man kann nicht jeden Fehler wiedergutmachen. Man muß mit den Folgen leben, den Folgen der Dinge, die man tut. Das bedeutet es nämlich, erwachsen zu werden.»

Und dann sagte sie den Satz, den jede Frau zu jedem Mann irgendwann einmal sagt. Viele Frauen sagen ihn ihren Männern täglich. Der Satz lautet so: «Manchmal, Alfred Dillinger, manchmal hab ich den Eindruck, du wirst nie erwachsen.»

«Und außerdem», fügte sie hinzu, «außerdem hast du mich zu Tode erschreckt.»

So bekam Roberto also doch einen lebenden Ersatzhamster. Der ausgestopfte Hamster wurde wieder vergraben, heimlich, nachts, an seinem Platz unter der Hecke, wo die Würmer sich schon auf den lang vermißten Gast freuten.

Der neue Hamster sah genauso aus wie der erste (behaupteten seine Eltern. Roberto selbst kannte ihn ja lediglich in gegrilltem Zustand). Er hatte kräftige Nagezähne, und er hatte das Geschenkpaket schon aufgenagt und war durch das Loch ins Freie entkommen, bevor Roberto es auspacken konnte. «Oha», sagte Robertos Vater. «Bei Hamstern muß man aufpassen. Die nagen sich überall durch, wie Ratten. Wußtet ihr, daß Ratten und Hamster sogar Stahl durchnagen können? Sollte man industriell nutzen.»

«Indurstriell?» fragte Roberto, der unter einen Sessel spähte. «Hier ist er nicht.»

«Zum Schneiden von Stahl oder so. Man züchtet Milliarden Hamster und nimmt die Zähne zum Diamantenschleifen.»

«Dann nagen sie sich aus ihren Käfigen», sagte die Mutter. «Und erobern die Welt. Oh, seht mal, was ist das? Ich glaube, unser Hamster hat hier ein Geschäft verrichtet.» Man fand den Hamster schließlich unter der Wohnzimmeranrichte, indem man einfach der Spur der kleinen Kötel folgte, die er offenbar unentwegt durch sein Hinterteil in die Welt hineindrückte. «Anscheinend ist er nervös», stellte Robertos Vater fest.

Drei Tage später, noch bevor Roberto dem Hamster einen Namen geben konnte, war er tot. Er hatte die ganzen drei Tage lang durchgeschissen, und der Tierarzt, bei dem sich Robertos Vater erkundigte, tippte auf Darmgrippe, verursacht möglicherweise durch zu heftigen Durchzug.

«Wieso ist er gestorben?» fragte Roberto.

«Zug», sagte sein Vater.

In Robertos Vorstellung war es nur allzu natürlich, daß der Hamster bis zu den Gleisen gewetzt war, auf der Flucht vor dem grausamen Schicksal, von Roberto angezündet zu werden. Er hatte sich vor den Zug geworfen. Sein Vater las oft aus der Zeitung vor, daß das passierte, wenn Menschen – und Hamster sicher auch – des Lebens überdrüssig wurden. «Die Hälfte aller Zugverspätungen», sagte Robertos Vater einmal, «geht darauf zurück, daß sich Leute vor die Züge schmeißen. Das wird nicht publik gemacht. Aber du kannst davon ausgehen, daß jedes zweite Mal, wenn dein Zug Verspätung hat, da Stücke von jemandem zwischen den Achsen kleben.»

«Alfred!» fuhr ihn seine Frau an. «Denk doch an den Jungen.» Sie meinte, er sollte diese Dinge nicht so ausführlich beschreiben.

«Ach.» Alfred Dillinger machte eine wegwerfende Geste mit der Hand. «Mitten im Leben sind wir vom Tode umfangen», deklamierte er und nickte von oben auf Roberto hinab. «Der Junge soll ruhig wissen, daß der Tod ein schmutziges Geschäft ist. Mein Beruf ist es, daraus etwas Würdevolles zu machen. Erinnerst du dich an den Sohn von Bergers vor ein paar Jahren?»

«Ja ... Hatte der nicht Selbstmord begangen?»

«Er hatte sich vor den Zug geworfen. Wie du dich erinnerst, hab ich ihn beerdigt.»

«Ja.»

«Der sah auch nicht so schön aus.»

«Aber ... Die Aufbahrung ...»

«W und S.»

«Was?»

«W und S. Wiederherstellen und Schminken. Der Kopf war noch halbwegs in Ordnung. Das war auch alles. Der Anzug war mit Stroh vollgestopft.»

«Nur der Kopf? Ja, und der ... Rest?»

«War unterm Futter von dem Sarg. Das hat auch was extra gekostet. Roberto, was machst du denn da?»

«Das siehst du doch, du Genie. Er kotzt auf den Teppich.»

«Und ich dachte, er würde einmal in meine Fußstapfen treten.»

«Paß auf, daß du nicht in sein Frühstück trittst.»

Robertos Mutter träumte in jener Nacht einen furchtbaren Traum. Sie träumte, ihr Sohn Roberto werde von einer Unzahl

Hamster angefallen. Die Hamster nagten sich in das Innere seines Körpers, während er noch lebte. Er lebte und schrie und zappelte, bis eines der Tiere sich durch sein Fleisch bis an sein Herz herangenagt hatte und es zerfetzte. Aber die Tiere fraßen nur das Innere des Kinderkörpers. Die Haut ließen sie unverletzt. Und so, belebt durch all die kleinen Nager, die durch die Schläuche seiner ausgehöhlten Arme und Beine wuselten, bewegte er sich weiter durch die Welt. Er sprach zwar nicht, aber er ging, hob den Arm und so weiter. Seine Eltern dachten lediglich, etwas sei psychisch mit ihm nicht in Ordnung. («Er ist in einem schwierigen Alter», hörte Hannah ihren Mann ganz deutlich im Traum sagen.) Und sie hofften, das würde sich geben, bis Roberto eines Tages am Frühstückstisch den Mund öffnete und ein Hamster zwischen seinen Lippen erschien und sie mit diesen kleinen, glänzenden, schwarzen Augen anblickte, ihr zwei kleine, scharfe, blutige Nagezähne zeigte.

Hannah Dillinger wachte schweißgebadet auf und konnte für den Rest der Nacht nicht mehr einschlafen. «Was ist denn, Liebling?» brummte ihr Mann im Halbschlaf.

«Ich hatte einen furchtbaren Traum», sagte sie, auf der Bettkante sitzend. Sie rieb ihre Knie aneinander. «Von Nagetieren.»

«Nagetierträume», brummte ihr Mann. «Kenn ich. Die sind hart.» Er drehte sich um und schlief weiter.

Seine Frau erhob sich von der quietschenden Matratze und ging über den knarrenden Flur ins Zimmer ihres Sohnes. Sie küßte ihn vorsichtig auf die Stirn, setzte sich dann auf einen Stuhl neben seinem Sarg-Bett und beobachtete die Schatten seiner Gesichtszüge, die der Mond auf seiner Bahn wachsen und schrumpfen ließ, bis sie schließlich verblaßten, als es tagte.

Es nähert sich die Wildnis

Die Welt, das wußte Roberto Dillinger mit seinen acht Jahren also bereits, war voller Bedrohungen, Gefahren und Schrecknisse. Aber auch voller Geheimnisse. All dies fand sich zuhauf im Keller und auf dem Dachboden des Dillingerschen Hauses. Das Haus war groß, mit viel zu vielen Zimmern für die drei Menschen, die es bewohnten. Früher einmal hatte es dem Großvater gehört. Alfred Dillinger hatte es geerbt, mitsamt dem Bestattungsunternehmen und der Werkstatt im Anbau. Das Haus stand am Rand der Stadt, in einer Gegend, die durch Einzelhäuser und kleine, etwas heruntergekommene Villen gekennzeichnet war. Es war aus roten Backsteinen gebaut, auf eine etwas plumpe Weise, und es hockte zwischen zwei zierlichen, ehemals weißen Villen wie eine Kröte zwischen zwei Grashüpfern. Der Großvater – inzwischen in einem Sarg mit der Modellbezeichnung «Diplomat» beheimatet (dunkelblauer Samt, Eichenfurnier) – hatte es irgendwann vor dem Ersten Weltkrieg bauen lassen. «Als der Tod noch eine Sache war, von der man leben konnte», wie sein Sohn Alfred meinte. Es war «ein Haus, aus Gebeinen gezimmert», wie er auch ab und zu erklärte.

Roberto wußte zu jener Zeit glücklicherweise nicht, was Gebeine waren, sonst hätte er in seinem Sarg wohl nie mehr ohne Furcht schlafen können. In einem Sarg zu liegen war für ihn zwar etwas Selbstverständliches, ja Angenehmes. Der Werbung des Bestattungsunternehmens Dillinger zufolge war mit einem echten Dillinger-Sarg als Liegestatt gar die Krönung eines Lebens erreicht. Knochen aber waren Robertos Sache nicht. Er hatte Angst vor Knochen und Skeletten, und er war wohl das einzige Kind seiner Generation, das es nicht liebte, Hühnerkeulen abzunagen. In einem Haus zu wohnen, das aus Knochen gebaut war, hätte ihn in Furcht versetzt. Es gab Dinge, die angst machen konnten, das wußte er. Daß aber Worte einen Menschen umbringen konnten, das wußte er noch nicht.

Der Keller also und der Dachboden. Auf dem Dachboden fand Roberto das Foto. Und dort hörte er auch das Gespräch.

Doch zunächst der Keller. Der Keller war eine dunkle, unheimliche Gruft. Das Licht dort unten war ständig kaputt, der Raum war klamm und es hallte. In den Ecken lauerten Gefahren. Im Keller herrschten Kriechtiere und Spinnen, und die kannten kein Mitleid. Tatsächlich hingen überall Spinnweben von der Decke, und selbst wenn Hannah Dillinger ihnen mit dem Besen zu Leibe rückte, waren sie zwei Tage später wiederhergestellt und fingerten einem am Nacken herum.

«Was soll's?» pflegte Robertos Vater zu sagen. «Spinnen sind nützlich. Sie fressen das andere Ungeziefer.»

Und Kinder, dachte Roberto, der stets von einer panischen Angst gepackt wurde, wenn er nur die Zehenspitzen auf die oberste Kellertreppenstufe setzte. Wie hypnotisiert starrte er dann hinab ins Dunkle und meinte alle möglichen schemenhaften Bewegungen dort unten wahrzunehmen.

«Roberto, sei nicht albern», fuhr ihn sein Vater an. Sein Atem roch säuerlich vom Wein. «In deinem Alter!»

«Ich bin acht.»

«Eben. Du bist doch kein kleines Kind mehr. Da ist absolut nichts, was gefährlich ist.»

Wie unrecht er doch hatte.

Roberto jedenfalls hatte Respekt vor der Dunkelheit im Keller. Die Kellertreppe war zwar vom Flur aus gut zu überblicken, ein Geländer lief an der Wand entlang, und man hatte von oben zwei Drittel der Treppe im Auge, bevor sie einen Bogen beschrieb. Aber hinter diesem Bogen verloren die Stufen sich in der Welt der Schatten. Wenn Roberto von draußen ins Haus gestürmt kam und seine Jacke auf das Kellertreppengeländer warf (das taten alle Dillingers) und wenn die Jacke dann vom Geländer rutschte und hinabfiel in das grausige, dunkle Reich (das passierte ständig), dann fühlte Roberto sich außerstande, sie wieder hochzuholen.

Einmal hatte er seinen Vater gebeten, er möge der Schattenwelt seine Jacke entreißen. Sein Vater hatte ihm die Bitte erfüllt, aber danach sah er Roberto prüfend und kopfschüttelnd an und sagte: «Als ich in deinem Alter war, war ich nicht so ein Angsthase.»

Roberto hatte ihn unsicher angesehen. Er hatte sich nur schwer vorstellen können, daß sein Vater einmal in seinem Alter gewesen war. Wie hätte denn das ausgesehen. Er war doch viel zu groß. Und wenn man darüber nachdachte, sollte das bedeuten, daß Roberto auch einmal so groß sein würde? Wenn ja, dann würde er mit dieser monumentalen Größe sicher auch keine Angst vor dem Keller verspüren. Bis es aber soweit war, blieb er halt klein und ängstlich. Und wenn seine Jacke vom Geländer rutschte, ließ er sie einfach dort unten liegen und nahm statt dessen eine andere, wenn er wieder aus dem Haus wollte. Seine Mutter las die Jacke im Laufe des Tages immer von den Stufen auf und legte sie ihm hin. Aber sie sagte: «Mein Gott, Roberto, du bis ein richtiger Schlamper.» Und einmal, er wollte gerade eine Flasche aus dem Weinkeller holen, wäre Robertos Vater fast auf einem dunklen Anorak ausgerutscht, der dort auf einer der Stufen lauerte.

Das Leben wäre leichter, dachte sich Roberto, wenn es keine Keller gäbe.

Der Dachboden dagegen war ein Objekt der ständigen Neugierde Robertos. Wie er da oben auf dem Rest des Hauses hockte, wirkte er wie eine andere Welt. Es knackte oft im Gebälk, und man meinte, fremde Wesen führten dort ihr verborgenes Leben. Die Geräusche jagten Roberto eine süße Gänsehaut über den Rücken. Auf dem Dachboden war es nicht stockfinster wie im

Keller. Es gab Luken und auf der einen Seite sogar ein richtiges kleines Fenster. Von dort oben konnte man in die Gärten der Nachbarn gucken und sich vorstellen, man wäre ein Flugzeugpilot.

«Brrr», machte Roberto und hielt den Steuerknüppel in der Hand. «Brrrr.» Seine Augen verengten sich zu Schlitzen. Dort unten trat Herr Schmieder auf die Terrasse seines Hauses. «Ratatatatat!»

Natürlich war der Dachboden vollgestellt mit Gerümpel, und natürlich war gerade das besonders interessant. Es gab Kisten mit alten Büchern, vergilbten Illustrierten, komischem Werkzeug. Säcke mit alter, muffig riechender Kleidung, Tüten mit Hüten, wie sie die Männer in alten Filmen trugen. Es gab eine alte Schreibmaschine und eine Nähmaschine aus Gußeisen; Möbel, zu Bergen aufeinandergestapelt; große, grobe Planen; Stapel mit seltsamen Formularen, an den Ecken angenagt von kleinen Tierchen, alte Koffer mit uralten Ansichtskarten; Fotos. Wenn er die ausziehbare Trittleiter zum Dachboden erklomm, fühlte sich Roberto wie ein Archäologe und stellte sich vor, er hätte einen dieser Steigerhelme auf dem Kopf, mit eingebauter Taschenlampe. Die Trittleiter knarrte, schräge Lichtsäulen fielen im Sommer durch die kleinen Dachluken, und Staub tanzte darin einen wilden, stillen Tanz.

Natürlich standen auch ein paar Särge dort oben, und der große Archäologe stieß bei seinen Ausgrabungen häufig auf die Mumien alter Pharaonen. Wenn das Leben ihn einmal wieder in Schrecken versetzt hatte (und das große Leben kann einen kleinen Jungen recht häufig in Schrecken versetzen), legte er sich in einen der Särge und spielte, er sei lebendig begraben. Dann fühlte er den Samtstoff an seinen Fingerspitzen und wußte, daß alle um ihn weinten. Wenn ihm der Zeitpunkt günstig erschien, wenn alle ihre Trauer um ihn beschworen hatten, stieß er den Sargdeckel auf und sprang unter dem Staunen und dem Jubel derer, die ihn liebten, ins Freie.

Der Dachboden war in zwei Räume aufgeteilt, einen großen, in den auch die Trittleiter mündete, und einen kleinen, etwa zehn Quadratmeter groß, in dem hauptsächlich Möbel standen. Hier verkroch sich Roberto oft, wenn er allein sein wollte mit sich selbst, ohne den Rest der Welt.

Sehr selten erlaubte er ausgewählten Freunden, mit ihm in sein Reich hinaufzusteigen. Für ihn hatte der Dachboden etwas ebenso Feierliches wie Geheimnisvolles. Für seine Freunde, das spürte er, war es halt nur irgendein Raum. Interessant, ja. Aber nicht mehr. Man konnte mit ihnen dort rumsitzen und Pläne schmieden, Verstecken oder sonstwas spielen oder – entgegen ausdrücklichem Verbot – rauchen. Ein für Jungen in Robertos Alter durchaus spannendes Unterfangen, in seinem Nervenkitzel noch verstärkt durch zwei gelbe Schilder, die Robertos Vater hier oben an einem Verstrebungspfeiler angenagelt hatte. Auf dem oberen Schild stand, schwarz auf gelb:

RAUCHEN
und jeder Gebrauch von Feuer
POLIZEILICH VERBOTEN!

Darunter, in denselben Lettern:

VORSICHT!
Beim Laufenlassen der Motoren
VERGIFTUNGSGEFAHR!

Niemand wußte, um welche Motoren es sich bei dem zweiten Schild handeln sollte, obwohl sicher zutrifft, daß auf die Vergiftungsgefahr durch Nikotin oder auch durch brennende Watte nicht nachdrücklich genug hingewiesen werden kann.

Was die Jungen natürlich nicht kümmerte.

Es gab einen alten Schreibtisch, der gleich beim Fenster stand, und dort, in der dritten Schublade, hatte Roberto Streichhölzer und Zigaretten versteckt. Natürlich schmeckten die Zigaretten keinem der Kinder, aber alle taten, als rauchten sie auf Lunge, indem sie den Rauch mit der Zunge im Mund hielten, solange es ging. Roberto fühlte allerdings immer ein starkes Unbehagen, wenn andere mit ihm auf dem Dachboden waren. Es war dann, als hätte er die Welt zu sich eingeladen, und das wollte er eigentlich nicht. So saß er meist allein dort oben, grub nach Schätzen und war den Geheimnissen seiner eigenen Welt auf der Spur. Er konnte auf die andere Welt hinunterblicken, und niemand konnte ihm etwas anhaben. Dort oben – und allein – war er unbezwingbar.

Von dort oben sah er auch zum erstenmal den Fuchs.

Es war Abend, und im schwindenden Licht bemerkte Roberto vom Dachbodenfenster aus etwas Braunrotes in der Hecke. Es war ein Pelz. Er kannte diesen Pelz. In einer der Klamottenkisten hier oben war so einer, seine Mutter hatte ihn sich vor Jahren, vor seiner Geburt noch, um den Hals geschlungen, wenn sie ausging. Der Pelz hatte die Farbe ihres Haars. Roberto ärgerte sich. Eines der Kinder, mit denen er manchmal hier oben war, mußte den Pelz genommen und ihn dort in die Hecke geworfen haben. Mit einem unwilligen Schnauben stieß er sich vom Fenster ab und ging zu der Kiste hinüber, in der der Pelz immer gewesen war, wühlte mit beiden Händen in den muffig riechenden Stoffen und – fand den Pelz. Die runden schwarzen Augen sahen ihn an. Sie glänzten und die Nase schimmerte, als sei sie wirklich feucht. «Hm», machte Roberto, ließ den Fuchs wieder in die Kiste fallen, ging zum Fenster zurück und preßte seine Nase an die Scheibe, so daß das Glas unter seinen Nasenlöchern beschlug. Dort unten, in der Hecke, war nichts mehr. Kein Fuchs, kein gar nichts.

«Hm», machte Roberto wieder. Die Scheibe war kalt an seinem Gesicht, und sie beschlug mehr und mehr, bis die Welt wie von einem Schleier bedeckt war. Vielleicht, dachte sich Roberto, sucht er seine Gefährtin. Und er sah wieder auf die Kiste, in der der Fuchspelz seiner Mutter ruhte. Vielleicht ist er gekommen, um sie zurückzuholen, in die Wildnis.

Der Große Ubaldo

Dort, wo Alfred Dillinger den ausgestopften Hamster vergraben hatte, war ein Loch gescharrt worden. Roberto hockte unter der Hecke und untersuchte den Tatort. Vielleicht war es gar kein Fuchs gewesen. Füchse waren schließlich keine Aasfresser. Oder etwa doch?

Eine Wespe kam angesummt und versuchte, sich auf Robertos Lippen zu setzen. Er kniff die Augen zu und pustete sie fort, immer wieder. Endlich suchte sie das Weite. Von Wespenstichen konnte man sterben, wenn man allergisch war.

Roberto arbeitete sich rückwärts aus der Hecke heraus, ein Ast drückte gegen seinen Nacken, sauste nach vorn. Da sah er es blinken. Ganz kurz nur blitzte etwas auf, jäh von einem Sonnenstrahl getroffen.

Roberto rutschte auf den Knien wieder ins Buschwerk hinein. Seine Finger ertasteten Metall. Er scharrte Erde beiseite. Es war eine Bonbondose. Er kannte die Dosen. Quality Street. Naschsachen aus England. Sogar die Königin mampfte das Zeug. Ein standesgemäßer Sarg. Roberto nahm die Dose aus dem Grab heraus und öffnete sie. Etwas lag darin, in Plastik gewickelt. Kein Schmutz war im Inneren der Dose, kein Krümel Erde und kein Wurm. Er wickelte drei Plastiktüten aus, dann lag der Verbrannte vor seinen Augen. Er sah makellos aus. Ein Pharao, der die Jahrtausende überdauern würde. Die verbrannten Stellen in seinem Fell gaben ihm gerade das richtige Maß an Charakter, das man sonst den Nagern nicht zugestehen mochte. Kein Wunder, daß sein Vater es nicht übers Herz brachte, ihn der Verwesung zu überlassen.

Der Verbrannte. Eine Flut unbestimmbarer Gefühle stürmte auf Roberto ein. Er packte den Hamster wieder in die Dose und klemmte sie sich unter den Arm. Er sah sich um. Die Bäume waren grün, der Himmel blau. Niemand hatte ihn gesehen. Irgendwo von fern quakte ein Lautsprecher. Er hörte das entfernte Pfeifen einer Rückkoppelung. So unbeteiligt, wie es ihm möglich war, schlenderte Roberto über den Rasen, stieg die drei Stufen zur Terrasse hinauf und trat ins Dunkel des Hauses. Er hörte seine Mutter in der Küche mit Geschirr klappern. Leise schlich er die Treppe hoch und versteckte die Dose hinter den Kisten mit seinen Legosteinen.

Dann ging er wieder in den Garten und scharrte das Loch unter der Hecke zu. Niemand sollte etwas merken. Wieder hörte er den Lautsprecher. Ganz nah jetzt. Dissonantes Gekreisch klang durch die Straße. Irgendwas war da vorne los.

Roberto klopfte sich den Dreck von den Knien und lief in den Vorgarten. Ein knallroter Lieferwagen rumpelte langsam über das Kopfsteinpflaster der Straße, auf seinem Dach war ein riesiger trichterförmiger Lautsprecher angebracht. «Große Vorstellung», hörte Roberto aus dem unverständlichen Geschepper heraus, das zwischen den Häusern hin- und hergeworfen wurde. «Todesmutige Artisten!» Und so weiter. Der Zirkus hieß «Petrelli», was exotisch genug klang.

Und wenn das nicht reichte, so waren es die sechs blonden Zöpfe, die, streng geflochten, hinter dem Lautsprecher hin und her tanzten. Eine Erinnerung flutete durch Robertos Bewußtsein, sie hatte etwas mit Pfannkuchen zu tun und mit Dieselabgasen, und mit einem Gefühl des Schreckens und der Verwunderung ...

Doch er konnte sie nicht festhalten, sie floß durch ihn hindurch wie Sand durch gespreizte Finger.

Er verscheuchte die verwirrenden Gedanken. Ein Zirkus! Zirkus «Petrelli»! Der war doch weltberühmt, oder? Roberto war begeistert. Daß unter den blonden Zöpfen die häßlichen Fratzen von drei Affen hervorschauten, die auf der Laderampe festgebunden waren, schwächte Robertos Erwartungen nur wenig. Aufgeregt stellte er sich vor, wie es wäre, wilde Tiger zu sehen, in deren riesigen geöffneten Mäulern sich schöne Frauen rekelten, oder Elefanten, die durch flammende Reifen hechteten.

«Mama, Mama, ein Zirkus!» rief Roberto, noch bevor er die Schwelle des Hauses übersprungen hatte.

«Ich weiß», sagte Hannah Dillinger.

«Och bitte, laß uns hingehen, Mama, bitte!»

«Ja», sagte seine Mutter.

«In echt?» fragte Roberto ungläubig. Er hatte sich auf die Notwendigkeit längeren Bettelns eingestellt.

«Ja», wiederholte seine Mutter. Und ihre Augen, die doch soviel älter waren, strahlten genauso hell wie seine eigenen. Sie strahlten grün wie Flaschen, die man im Meer dicht unter der Wasseroberfläche sieht, mittags, wenn ein Sonnenstrahl zu ihnen hinunterdringt.

«Dann laß uns hingehen, Karten kaufen!» rief Roberto. «Nachher ist es ausverkauft.»

«Nein», sagte Hannah Dillinger.

«Nein? Wieso nein?»

«Ich hab schon Karten.»

«Oh.» Roberto blinzelte verwirrt. «Ach so.»

Die Vorstellung verlief zunächst enttäuschend. Es gab weder Tiger noch Elefanten. Tatsächlich waren die einzigen Tiere des Zirkus ein kläffender Pudel und besagte drei Affen, die bei ihren verschiedenen verwirrenden Auftritten verschiedenfarbige Perücken trugen. Verwirrend waren die Auftritte, weil die Affen nicht viel mehr taten, als zu kreischen, mit den Armen zu schlakkern und an Reifen herumzuklettern, Dinge eben, die man von Affen erwarten konnte. Trotzdem stand eine in Goldflitter gehüllte Mittvierzigerin inmitten dieses tobenden Knäuels und riß ab und zu ohne ersichtlichen Grund die Arme in die Höhe, worauf sie jeweils mit einem Tusch belohnt wurde. Dafür aber, fand Roberto, mußte man nicht in den Zirkus gehen.

Der Pudel konnte bis drei zählen. Das war immerhin etwas. Sein Dompteur, ein Mann in bayerischen Lederhosen, stellte ihm schwierige Rechenaufgaben. Etwa: «Wieviel ist achtzehn plus neun weniger fünfundzwanzig? Naa?» Der Bayer stupste dem Hund herausfordernd mit seiner Reitgerte ans linke Hinterbein, und der Hund bellte zweimal.

«Zwei! Genau! Brav, Bruno.»

Und so weiter. Bei der Eins stupste er ihn ans vordere Bein, bei der Drei an den Bauch.

«Das kann ich auch», sagte Roberto hochnäsig zu seiner Mutter.

Sie lächelte ihn an. «Das will ich hoffen.» Ihre Wangen waren gerötet, und ihre Augen blitzten schalkhaft.

Schließlich gab es doch noch einen Auftritt, der das Eintrittsgeld wert war: einen Schwertschlucker. Der Schwertschlucker war ein stämmiger, kräftiger Mann mit dunklen Haaren und dunklen Augen. Er trug eine Art türkischer Kluft, mit Pluderhose und einer roten Weste über dem muskulösen Oberkörper. Sein Gesicht war braun geschminkt, und man hatte ihm eine Narbe auf die rechte Wange gemalt, um die Gefährlichkeit seines Berufes zu unterstreichen. Er trug ein ganzes Arsenal von Hieb- und Stichwaffen bei sich. Schon die Art, wie er sägespänewirbelnd in die Manege stürmte, erweckte den Eindruck, als machte er keine Gefangenen. Er wurde als «der Große Ubaldo!» angekündigt.

Der Große Ubaldo ließ zunächst ein paar kleinere Messer durch die Luft wirbeln und fing sie geschickt wieder auf. Dann schob er sich das erste der Messer in den Rachen. Er reckte dabei das Kinn in die Höhe, so daß die Kinnunterseite und die Kehle eine gerade Linie ergaben, nur unterbrochen von der kräftigen Erhöhung des Adamsapfels. Die blitzende Klinge fuhr tief in den Hals des Großen Ubaldo hinab. Die Menge – hauptsächlich Kinder in Begleitung ihrer Mütter – applaudierte, das Klatschen wurde durch schrilles Gekreisch und Fußtrampeln verstärkt.

Dann nahm sich der Große Ubaldo ein wertvolles Schwert mit Perlmuttgriff vor. Es hatte mindestens Armlänge, aber auch das verschluckte er ohne größere Probleme.

Bevor er sich das nächste, noch längere Eisen in den Schlund gleiten ließ, zerschnitt er damit ein Stück Pappe, das er über seinem Kopf in die Höhe warf. Mit einem pfeifenden Geräusch sauste die Klinge durch die Luft und durch die Pappe, die, nun zweigeteilt, vor dem Großen Ubaldo zu Boden sank.

«Er mag scharfe Sachen zum Essen», witzelte ein Junge in der Bank hinter Roberto. Roberto, Zustimmung heischend, grinste zu seiner Mutter hoch. Aber sie hatte keinen Blick für ihn. Ihre Augen waren fasziniert auf die Manege gerichtet.

Dann – und das war wirklich ungeheuerlich – nahm der Schwertschlucker sich ein Krummschwert vor, und das Publikum beobachtete in atemloser Spannung, wie der Artist diesmal Hals und Brustkorb in einen etwas spitzeren Winkel brachte. Zwar verschwand das Krummschwert nicht gänzlich in dem muskulösen Körper des Mannes, aber doch immerhin ein ganzes Stück.

«So viel ungefähr.» Stirnrunzelnd zeigte Roberto die Länge mit seinen Händen. «Ganz schön, was, Mama?»

«Mhmm.»

Der Höhepunkt der Show war ein Kunststück unter Verwendung einer Handleiter. «Das mit der Handleiter», sagte Roberto später, wenn er darüber sprach. Und so funktionierte es: Zunächst wurde unter lautem musikalischem Getöse von zwei Damen die Handleiter in die Manege getragen (bei der einen handelte es sich um eine fette Bauchtänzerin, die nur ein paar müde oder witzig gemeinte Pfiffe geerntet hatte, die andere war die Affenfrau). Die Handleiter war aus Metall gefertigt und bestand aus einer schweren Plattform, unter deren Last die beiden Grazien schon arg ins Schwitzen gerieten, sowie aus zwei kleinen

Leitern, wie für Zwerge angefertigt. Die Leitern waren etwa einen Meter hoch und standen sich im Abstand von einem halben Meter gegenüber. Sie waren fest mit der Plattform verschweißt. Zwischen den Leitern gab es eine Halterung mit einer Schraubzwinge, in die, Roberto ahnte es schon, Schwerter eingespannt werden konnten.

Ein Tusch ertönte, und die Frauen setzten das Gerät ab, wobei Sägespäne unter der Plattform hervor nach allen Seiten flogen. Dann entledigte sich der Große Ubaldo seiner Weste, was unter den weiblichen Zuschauern (jeden Alters) Seufzer wohlwollender Anteilnahme auslöste. Sodann vollführte der Akrobat einen Handstand, bei dem seine beeindruckenden Trizepse sich zu noch beeindruckenderen Dimensionen spannten. Auf den Händen und unter dem Beifall des Publikums ging der Mann zu seinen Handleitern, die er dann tatsächlich Hand um Hand erklomm, die Beine kerzengerade in die Höhe gerichtet. Als seine sehnigen Hände die obersten Sprossen umklammert hielten, befestigten die beiden Assistentinnen das lange gerade Schwert mit dem Perlmuttgriff in der Schraubzwinge der Halterung. Die Spitze des Schwerts zeigte nun genau auf des Großen Ubaldo großen Adamsapfel (der Schwertschlucker hatte den Kopf von der geraden Linie seines Körpers weggebogen, um sein Publikum herausfordernd anzusehen). Und als die schwarzen Augen dieses Mannes, der aus einer anderen Welt zu kommen schien, auf die braunen Augen Robertos trafen, da spürte Roberto ein Ziehen im Gaumen, ein seltsames, ziehendes Gefühl, das er für Sehnsucht hielt. Der Große Ubaldo, so schien es Roberto, sah ihn lange Zeit an. Dann senkte er den Kopf wieder, bis seine Lippen den kalten Stahl berührten. Er öffnete den Mund, und Zentimeter für Zentimeter verschwand die Spitze des Schwerts zwischen den Zähnen des mutigen Mannes. Die Muskeln seiner Arme, die er nun immer weiter biegen mußte, drohten die sie umgebende Haut zu sprengen. Schon waren etwa fünfzehn Zentimeter des Schwertes verschluckt, als, begleitet von zwei aufeinanderfolgenden Tuschs, der Große Ubaldo erst mit der linken, dann auch mit der rechten Hand eine Sprosse nach unten wanderte. Hierbei mußte er – man stelle sich vor – für kurze Zeit sein Körpergewicht mit einer Hand nicht nur tragen, sondern sich auch noch in exakt lotrechter Position hinabsenken. Ein Fehler, ein Straucheln, und die unbarmherzige Klinge würde ihm die Eingeweide zerfetzen. Hand um Hand kletterte er tiefer, bis seine Lippen den Knauf des Schwertes küßten.

Der Beifall war ohrenbetäubend. Roberto und auch seine Mutter klatschten sich die Hände wund. Dann wurde es wieder mucksmäuschenstill, als sich der Schwertschlucker Hand um Hand wieder nach oben arbeitete, den tödlichen Stahl in seinem Leib zentimeterweise fliehend.

Wieder war der Beifall stürmisch und anhaltend, als sich der Große, der mutige, der unverwundbare Ubaldo schließlich vor den Kindern, ihren Müttern und den vereinzelten anderen Zirkusgästen verneigte und durch den Bühnenausgang verschwand. Niemand außer ihm, so glaubte Roberto, hatte bemerkt, daß die Spitze des Schwertes, die anfangs so makellos im Scheinwerferlicht geblitzt hatte, nun verschmiert war, ein ganz klein bißchen, durch etwas Rotes, angesichts dessen Robertos Eingeweide sich in mitgelittenem Schmerz verkrampften.

Roberto erwachte und spuckte den Zipfel seines Schmusetuches aus. Zunächst wußte er nicht, wo er sich befand. Er fürchtete oft, er könnte irgendwo auf einem fremden Planeten aufwachen, wo es keine Luft zum Atmen gab. Sein Herzschlag beruhigte sich, als er die vertrauten Umrisse seines Sarg-Bettes erkannte, aber den Eindruck, der Planet, auf dem es stand, sei ein fremder, konnte er nicht gänzlich verscheuchen.

Es war Nacht, er wußte nicht, wie spät. Es konnte elf sein, oder auch halb drei. Roberto war acht Jahre alt, und er ging um halb neun ins Bett (in seinen Sarg, besser gesagt). Aber jetzt, da er aufgewacht war, konnte er nicht mehr einschlafen.

Er stand auf und blickte auf den dunklen Himmel vor seinem Fenster. Der Mond hatte sich hinter dünnen Wolken verborgen und warf ein flauschiges Kissen von Licht auf die Wolkendecke. Die Bäume standen dunkel und reglos, als träumten sie von ihrer Zeit, die kommen sollte. Roberto setzte sich auf die Fensterbank, seine Finger spielten an den Heizungslamellen herum. Die Lamellen fühlten sich staubig an, und er wischte seine Hände an der Pyjamahose ab. Der Platz, auf dem normalerweise der Leichenwagen stand, war verwaist. Alfred Dillinger war über Nacht fort, auf einer Tagung des Verbandes der Bestattungsunternehmer. «Wenn es eine Tagung ist, warum bleibt er dann über Nacht?» hatte Roberto von seiner Mutter wissen wollen.

«Es ist in einer anderen Stadt», hatte seine Mutter geantwortet. «Morgen abend ist er wieder da.»

Roberto wandte den Kopf. War da nicht etwas gewesen? Ein Lichtschimmer? Dort, im Fenster der Werkstatt? Doch er sah nichts. Dunkelheit. Ein Nachtvogel flatterte von einem Ast auf, seine schwarze Silhouette verschwand über dem Haus. Wahrscheinlich die Reflexion eines Autoscheinwerfers. Roberto befingerte wieder die Heizung, als er es ganz deutlich sah: Es war keine Reflexion, sondern ein Feuerzeug oder ein Streichholz dort in der Werkstatt.

Roberto ging aus seinem Zimmer über den Flur und klopfte an die Tür des Elternschlafzimmers. Keine Antwort. Er öffnete die Tür. Das Bett seiner Mutter war leer. War sie das, da in der Werkstatt? Wahrscheinlich. Vielleicht hatte es einen überraschenden «Kunden» gegeben, und der mußte nun auf Eis gelegt werden, damit er nicht verdarb. Aber wieso schaltete sie dann nicht das Licht an? Nun, dachte sich Roberto, möglicherweise war die Sicherung rausgesprungen, oder es war wieder irgendwas an den Leitungen, so wie auf dem Dachboden oder im Keller.

Aber er wollte es genau wissen.

Die «Werkstatt», wie der flache, garagenähnliche Anbau am Haus der Dillingers genannt wurde, war für Roberto verboten.

«Tabu», wie sein Vater sagte. Hier ging Alfred Dillinger seinem
Handwerk nach, und das war, wie Roberto eingeschärft worden
war, nichts für Kinder.

Aber hatte sein Vater nicht gesagt, Roberto sei nun «kein
Kind mehr»?

Gerade weil sie «tabu» war, hatte die «Werkstatt» schon immer einen schaurigen Reiz auf Roberto ausgeübt. Wer mochte
der Kunde sein, der nun «außer Gefahr» auf dem Tisch liegen
würde? («Außer Gefahr», das war eine Feststellung, die Robertos Vater zu machen pflegte, wenn er über einen neuen «Kunden» sprach oder wenn er, interessehalber, die Todesanzeigen
las. «Hier haben wir wieder einen», pflegte er, mit der Zeitung
raschelnd, zu sagen. «Gerade erst fünfzig, und schon außer Gefahr.» – «Zu leben», pflegte Robertos Vater auch ab und zu zu
sagen, «bedeutet, der Gefahr ins Auge zu sehen. Wer lebt, der
läuft Gefahr zu sterben. Wer gestorben ist, läuft keine Gefahr
mehr, noch einmal leben zu müssen.» Alfred Dillinger glaubte
nicht an die Wiedergeburt.)

Roberto schlüpfte in Schuhe und Jacke und schlich hinunter.
Draußen war es wärmer als im Haus, tatsächlich war jene Nacht
eine der wärmsten des Jahres. Roberto ging die Stufen der Ein-
gangstreppe hinab, auf der er, in einen Kindersarg gebettet,
achteinhalb Jahre zuvor in klirrender Kälte darauf gewartet
hatte, daß ihm aufgetan würde. Ein leichter, lauer Windzug, der
die Blätter der Bäume flirren ließ, schlug nun die Tür hinter ihm
zu. Gleichzeitig riß die Wolkendecke auf, und der volle, runde
Mond zeigte sein unbeteiligtes Gesicht. Für einen Moment war
es so hell, daß Roberto einen Schatten warf, als er zur Tür der
Werkstatt schlich.

Er erstarrte, als er ein Geräusch hörte, ein klagendes Geräusch. Noch vorsichtiger schlich er auf Zehenspitzen zur Tür
der Werkstatt. Das Schloß war offen, die Kette nicht vorgelegt.
Er drückte die Türklinke langsam, lautlos hinunter, öffnete die
Tür einen winzig kleinen Spalt und preßte sein Gesicht dagegen.

Das Bild, das sich Roberto bot, verwirrte ihn. Eine einzige Kerze erhellte den Raum, und später, auch zwanzig Jahre später, war sich Roberto nie ganz sicher, ob er sich das alles vielleicht nur eingebildet hatte, ob es ein Traum gewesen war, genährt aus später aufkeimenden pubertären Vorstellungen und aus Filmen, Büchern, Erzählungen. Aber, um der Wahrheit die Ehre zu geben, die Kerze reichte aus. Roberto konnte alles sehen. Er sah seine Mutter, die auf dem Tisch auf der Leiche kauerte und sich im Schwertschlucken übte.

Die Leiche war nackt, ihre nackten Fußsohlen wurden vom Flackern der Kerze erleuchtet, und Roberto fiel auf, daß der kleine Zeh des linken Fußes fehlte. Den Kopf der Leiche konnte Roberto nicht sehen, er befand sich zwischen den Schenkeln seiner Mutter. Unklar war, neben allem anderen, weshalb auch Robertos Mutter nackt war. Der Penis, den sie rhythmisch zwischen ihren Lippen verschwinden und wieder zum Vorschein kommen ließ, erschien Roberto gigantisch groß. Das konnte kein Penis, das mußte irgend etwas anderes sein. Er war erst acht, und sein eigener Penis hatte etwa die Größe eines Daumens. Roberto hatte noch nie einen erigierten Penis gesehen. Und der, welcher sich gerade im Mund seiner Mutter befand, war tatsächlich ein ungewöhnlich großes und prachtvolles Exemplar. Diese Ansicht teilte auch Hannah Dillinger, die das Objekt ihrer Begierde nunmehr voller Entzücken und Begeisterung von oben bis unten abschleckte. Dabei drangen ihr Töne und Geräusche aus der Kehle, die Roberto nicht einordnen konnte. War es Schmerz oder Freude? Jauchzen oder Weinen? Schmatzen auf jeden Fall.

Der kleine Junge starrte verständnislos auf die prachtvollen Brüste seiner Mutter, die auf dem Bauch der Leiche lasteten und sich wieder von ihr hoben. Er starrte auf die erigierten Brustwarzen, die sie mit der prallen Eichel streichelte. Auf ihren Mund starrte er, dessen Lippen aufgeworfen waren; auf ihre Zunge, die daraus hervorkam, leckte; auf den Speichel starrte er, der aus ihrem Mund troff. Hamster leckten ihre Kinder sauber, soviel wußte Roberto. War dies eine besonders gründliche Form der Leichenwäsche? Roberto verwarf diese Idee, als die Leiche unzweifelhaft zum Leben erwachte. Sie begann zu zittern und ihren Penis mit Vehemenz in den Mund seiner Mutter zu stoßen. Gleichzeitig nahm Roberto wahr, daß sich zwei kräftige Hände in ihre Hinterbacken preßten. Die Augen seiner Mutter waren glasig, sie sahen jetzt wirklich aus wie das Glas grüner Flaschen. Sie blickten Roberto geradewegs an. Seine Mutter erstarrte in der Bewegung, als sie ihren Sohn bemerkte, doch sie ließ ihre Lippen geöffnet. Der Mann, der unter ihr lag, stieß einen unterdrückten Laut aus und pumpte ihr seinen Samen in den Mund.

Und abermals der Tod

Als Oma starb, war Roberto neun. Durch die Erfahrungen mit seinen Hamstern war er bereits auf den Tod mit allem Schmerz und allen Schuldgefühlen vorbereitet. Trotzdem war es schlimm. Oma war eine so gute, eine so verständnisvolle Frau, gütig und warmherzig. Sie hatte violettes Haar, und sie war die einzige Oma, die Kaugummi kaute. Roberto hatte sie lieb. (Sie brachte, in alter Großmutter-Tradition, stets Süßigkeiten oder kleine Geschenke mit. Zu Freundschaften und dazu, wie man sie erhält, hatte sie im Laufe ihres langen Lebens eine realistische Einstellung gewonnen.) Roberto freute sich immer sehr auf ihre Besuche, und auf die polnischen Kuhbonbons, die sie mitbrachte. Mit ihrem Tod, so schien es, wurden auch die Kuhbonbons vom Antlitz des Planeten getilgt. Es war, als hätte die Süßwarenfabrik nach Ableben ihrer besten, womöglich ihrer einzigen Kundin die Pforten geschlossen und die Mitarbeiter in eine lange, freudlose Zeit der Arbeitslosigkeit geschickt. (Sie würden Wodka saufen, vor Kummer und dem Gefühl eigener Unzulänglichkeit. Sie würden ihre Frauen grün und blau schlagen.) Roberto sah diese Bonbons in seinem späteren Leben nie wieder, und so wurden sie für ihn zu einem Bestandteil jener magischen Erinnerung, die wir Kindheit nennen.

Aber Robertos Mutter traf es noch ärger. Sie weinte – tagelang, ununterbrochen.

«Wein doch nicht, Mama», sagte Roberto.

Seine Mutter kauerte mit einem Taschentuch in der Hand auf einem der Stühle im Eßzimmer.

«Sie ist doch jetzt im Himmel. Nicht weinen.»

Sie sah mit rotgeäderten Augen zu ihm auf. «Ja, mein Schatz», schniefte sie, drückte ihn an sich und wiegte ihn an ihrer Brust hin und her. «Weißt du, du denkst, wir Erwachsenen, wir sind so stark. Aber das stimmt nicht. Wir versuchen nur, stark zu sein, so wie du. Du bist ein Kind. Solange meine Mutter lebte, konnte ich auch immer denken, ich bin ja noch ein Kind. Ein bißchen größer als du, aber noch ein Kind. Jetzt ist sie tot, und ich bin Waise.»

Roberto genierte sich ein bißchen für diese Worte seiner Mutter, wofür er sich innerlich tadelte. Er wollte zu ihr halten, sie trösten. Es ist ein Schock für ein neunjähriges Kind, seine Mutter schwach zu sehen. Das Wesen, das einen verteidigt gegen die Stürme des Lebens. Die Scham, die Roberto empfand, war auch ein Damm gegen die Angst, die dahinter anstieg.

«Verstehst du das?» fragte seine Mutter erstickt.

Roberto verstand nur zu gut. Er und seine Mutter, sie hatten die gleiche Angst. Und im Gegensatz zu ihm hatte sie nicht einmal ein Schmusetuch, das sie beschützte.

«Und oft», fuhr seine Mutter fort, während ihre Hände sich an das Hemd ihres Sohnes klammerten, «oft machen wir Erwachsenen Dinge, die falsch sind.» Ihr Diamantring verhakte sich an einem Knopf, und sie riß daran, um ihn loszubekommen. «Du denkst, Erwachsene machen alles richtig», sagte sie. «Aber das stimmt nicht. Sie machen alles falsch.»

«Weil Oma tot ist?» fragte Roberto.

Seine Mutter sah ihn an und strich ihm über das dunkle Haar. Sie betrachtete seine Augen. «Ja, Schatz», sagte sie. Aber er wußte, daß sie etwas ganz anderes meinte.

Es war zwei Tage nach Omas Tod. Roberto war wieder einmal mit Frank und Gockel unterwegs. Roberto fragte Frank, was er eigentlich an dem Arschloch Schillo fände.

«Schillo? Ein Arschloch?» Frank grinste schief. Seine blassen Augen wanderten über Robertos Gesicht. «Tja. Kann schon sein. Aber laß ihn das nicht hören.»

«Wenn er aber eins ist!»

«Ach, scheiß doch drauf.»

«Er hat mir mal ein blaues Auge gehauen.»

«Schon wieder?»

«Nein. Früher, du weißt schon.»

«Das ist doch schon was weiß ich wie lange her.»

«Ich hatte gedacht, du hilfst mir.»

«Wieso hätte ich dir helfen sollen?»

«Wieso? Weil … weil …» Roberto wußte nichts zu sagen.

«Hör zu, Alter», sagte Frank. «Die Scheiße, die du dir reinwürgst, mußt du auch selber wieder auskotzen, klar?»

Damit war das Thema erledigt. Sie streunten weiter durch Hintergärten und berauschten sich an der Vorstellung, hier, im Unterholz an den Hecken, zwischen verrotteten Lagerschuppen und knackendem Birkengesträuch, einen Guerillakrieg zu führen, gegen das böse Imperium.

«Nieder mit dem Imperum!» schrie Gockel. Das Wort erinnerte ihn an Rum, und damit verband er schlimme Erfahrungen. Sein Vater sprach dem goldbraunen Getränk unmäßig zu, und nach einer halben Flasche pflegte er sich das erste beste lebende Wesen zu schnappen, das kleiner war als er selbst (und das war halt immer Gockel), und es windelweich zu klopfen. «Du weißt schon, wofür», lallte er danach.

«Du bist ein Arschloch!» brüllte Gockel einmal, aus sicherer Entfernung und als sein Vater noch halbwegs nüchtern war. Der zuckte nur mit den Schultern. «Ich bin das Ebenbild Gottes.» Er war nämlich nicht nur Alkoholiker, sondern auch Philosoph. Sein Vater trank einen Schluck und fügte hinzu: «Und gegen den bin ich noch ziemlich verträglich.» Womit er sich auf Gott bezog.

Als Gockel seinen Freunden diese Geschichte erzählte, während sie durchs Unterholz stapften, machten sie ernste Gesichter. «Tschä», sagte Frank und spuckte aus. Damit schien ihm alles gesagt. Auch sein Vater war Philosoph, und manchmal schlugen bei ihm die Gene durch.

Roberto aber meinte: «Ich glaube nicht, daß Gott schlimmer ist als dein Vater, Gockel. Schließlich, wenn wir tot sind, kommen wir in den Himmel. Und das ist doch eine schöne Sache.»

«Glaubst du etwa an den Himmel, Alter?» fragte Frank spöttisch.

«Klar. Du nicht?»

«Hm.» Frank zuckte mit den Schultern. «Weiß nicht. Ach, glaub schon.» Er bog einen Zweig zurück und ließ ihn in Robertos Gesicht sausen.

«He, paß doch auf!»

«Paß selber auf, Alter.»

«Meine Oma», sagte Roberto, nachdem sie ein bißchen weiter gegangen waren, «die ist jetzt im Himmel.»

«Die mit den Kuhbonbons? Mit den lila Haaren?»

«Ja.»

«Mhm.»

«Oder glaubst du, sie kommt nicht in den Himmel?»

«Doch.» Frank kickte ein Bündel naßverklebtes Laub in die Höhe. «Sicher.» Die Blätter zerstoben. «Wer so gute Bonbons verschenkt, muß einfach in den Himmel kommen.»

Als es dämmrig wurde, spielten sie Verstecken. Verstecken war für Roberto eine wunderbare Weise, aus der Welt zu verschwinden und gleichzeitig zu spüren, wie die Welt sich auf ihn ausrichtete. Es war, als würde der Akt des Aus-der-Welt-Verschwindens ihn zu jemandem machen, der er nicht war, zu einem fremden, mythischen Wesen. Das Herzklopfen, die bange Erwartung, die Beobachtung – alle Sinne waren geschärft. Es war, als habe man sich dem Leben entzogen und lebte doch zehnmal intensiver als gemeinhin, wenn man «da» war. Wenn Roberto sich versteckte, kam es ihm vor, als säße er nicht nur körperlich in einem Versteck, sondern sei auch innerlich in einen verborgenen Raum von Empfindungen eingedrungen, der nichts mit seinem sonstigen Dasein zu tun hatte.

Es war ein seltsames Gefühl.

Das Schicksal wollte es, daß Roberto auf der Suche nach einem geeigneten Versteck an der Tür zur Werkstatt entlangschlich. Es war schon fast ganz dunkel, und er hatte vor, in einen der Kindersärge zu kriechen, die an der Hauswand aufgestapelt waren. Es war sein Lieblingsversteck; die anderen Kinder wußten das und sahen immer in den Särgen nach. Dennoch fanden sie ihn oft nicht, denn es gab viele Särge, und meist beließen sie es bei zwei, drei Stichproben. Eigentlich waren sie jedesmal froh, wenn sie Roberto nicht in einem der Särge entdeckten, denn das war immer ein schauderhafter Moment …

Roberto war also unterwegs zu den Särgen, als er sah, daß die Werkstattür, entgegen jeder Erfahrung, offenstand. Aber die Werkstatt war tabu. Nichts für Kinder, wie Robertos Vater sagte. Ebenso hätte er sagen können, das Leben sei nichts für Menschen. Oder besser: der Tod sei nichts für die Lebenden.

Roberto blieb stehen. Zum zweitenmal ergab sich für ihn eine Gelegenheit. Einmal hatte er sie bereits genutzt; das Erlebnis hatte ihn an den Rand seiner Welt gedrückt und fast darüber hinweg, in die Tiefe.

Seither war die Tür stets verschlossen gewesen. Roberto wäre sicherlich an der Werkstatt vorbeigeschlichen, hätte er nicht ein Knarren gehört, kaum wahrnehmbar in der lauen Abendbrise. Roberto stand wie erstarrt. Der Wind flirrte in den Blättern der Bäume. Da, wieder dieses Knarren. Dann sah er Licht. Er tat noch einen Schritt. Die Tür schwang leise in der Angel, ließ einen Fingerbreit, zwei Fingerbreit, wieder einen Fingerbreit Licht aus dem Inneren des Raums nach draußen dringen. Ein schmaler, grünlich-gelber, heller Lichtschein, der genau auf Roberto zulief und ihn vom Haaransatz bis zu den Hüften in zwei dunkle Hälften teilte.

Tabu. Eigentlich hörte Roberto auf das, was sein Vater sagte. Eigentlich. Und eigentlich lernte er aus seinen Fehlern. Eigentlich. Vielleicht wäre er tatsächlich weitergegangen, um die Ecke und zu den Särgen, hätte er nicht dicht hinter sich das dumpfe

Geräusch von Schritten gehört. Franks Schritte. Versteckspielen. Robertos Herz klopfte jetzt sehr schnell. Er griff nach dem Knauf der Tür, zog sie auf und schlüpfte in den erleuchteten Raum.

Natürlich wußte Roberto, daß sein Vater die Beerdigung seiner Schwiegermutter übernommen hatte. Trotzdem war er auf den Anblick nicht vorbereitet. Tote beerdigen hieß eben nicht nur, Holzsärge in Gruben hinunterzulassen. Es hieß auch Leichen waschen. Totes Fleisch, das einstmals ein geliebter Mensch gewesen war. Das tote Fleisch von Robertos Großmutter war von einem gelblichen Grau, und es lag, von Neonröhren gut beleuchtet, auf dem grüngekachelten Tisch in der Mitte des Raumes. Das violette Haar wirkte wie eine Perücke. Der nackte Leichnam lag auf zerstoßenem Eis, das vor Kälte dampfte. Es roch nach Formalin. Roberto stand vor dem Tisch und tastete mit der Zunge seine Mundhöhle ab, die trocken war wie ein Stück Leder. Er hatte seine Großmutter noch nie nackt gesehen. Es war entwürdigend. Sie hatte graues, schlaffes Schamhaar. Ihre Brüste hingen wie große graue Pfannkuchen links und rechts bis auf die Kacheln herab. Das Eis dampfte.

Roberto fühlte sich wie ein Stück trockenes Holz. Er biß sich auf die Zunge. Der Geschmack von Eisen. Warmes Blut füllte seinen Mund, troff ihm am Kinn hinab. Das war nicht seine Oma. Es gab seine Oma nicht mehr. Seine Oma war verschwunden. Sie war nicht mehr «da». Und sie würde auch nicht mehr auftauchen. Nie wieder. Nirgends. Tränen kitzelten seine Wangen, der Geschmack wurde salziger. Ein Zittern durchlief Robertos Körper. Seine Finger umkrampften das Tuch, das sie ihm einst geschenkt hatte. Und sie war auch nicht im Himmel. Ganz und gar nicht.

«Der Himmel», hatte Alfred Dillinger seinen Sohn einstmals gelehrt, «der Himmel ist kalt. Zweihundertdreiundsiebzig Grad unter Null. Das ist die größtmögliche Kälte. Die Kälte des Weltalls.»

Roberto hatte gezittert.

«Es gibt keine Luft dort. Und kein Leben. Es gibt dort nicht einmal Geräusche. Denn die Luft trägt die Geräusche. Schwarze, stumme Leere. So sieht der Himmel aus.»

Roberto sah seine Großmutter, nackt und steifgefroren, durch die Leere treiben. Geräuschlos. Sinnlos. Um sie herum waren Planeten. Große, mitleidlose Kugeln. Er zitterte. Ihm war sehr kalt.

Außer Erinnerungen und einem Haus, das, wie sich herausstellte, der Bank gehörte, hinterließ Oma den Dillingers Schulden in der ungeahnten Höhe von etwa hunderttausend Mark.

«Wieviel?» fragte Robertos Mutter ihren Mann. Sie schnappte nach Luft.

«Hunderttausend», sagte Alfred Dillinger. Er schnaubte und entkorkte eine Flasche Wein.

«Heiliger Bimbam.»

«Ich glaube, wir haben deine Mutter verkannt», sagte er bitter.

«Wo hatte sie nur das ganze Geld her?»

«Sie hatte es ja eben nicht. Das ist das Problem.»

«Wie konnte sie nur ...» Hannah Dillinger faßte sich an die Stirn. «Sie hat uns die ganze Zeit etwas vorgespielt.»

Ihr Mann sah sie sonderbar an. «Vielleicht liegt das in der Familie», sagte er.

«Was soll das nun wieder heißen?»

«Nichts. Schon gut.»

Hannah schüttelte unwillig den Kopf. «Was zum Teufel hat sie bloß angestellt, mit all dem Geld?»

«Vielleicht war sie spielsüchtig.»

«Ach was.» Robertos Mutter zupfte ein violettes Haar vom Sofapolster. Sie betrachtete es selbstvergessen, bemerkte den Übergang vom Violett zum Grau an der Wurzel. Ihre Augen füllten sich mit Tränen. Ein Zucken durchlief ihren Körper. «Sie konnte ja nicht mal Binokel spielen», schluchzte sie.

Auch die Angestellten der Bank wußten nichts über den Verbleib des Geldes zu sagen, und so war das Thema Schulden Anlaß zu wochenlangen abenteuerlichen Spekulationen. Bis Alfred Dillinger unter ihren Papieren auf einen Mietvertrag stieß, der besagte, daß Hannahs Mutter nicht nur ihr (ehemals) eigenes hübsches Haus bewohnte. Sie hatte auch auf dem Nachbargrundstück, einem alten Gewerbehof, eine Garage angemietet. Oma besaß kein Auto, und so wurde Robertos Vater stutzig und beschloß, sich die Sache einmal anzusehen.

Es gab keinen Zaun zwischen dem Grundstück seiner Schwiegermutter und dem Gewerbehof, der Alfred Dillinger früher nie aufgefallen war. Hinter dem Rasenstück, begrenzt von Rosensträuchern, wuchsen einige Bäume, dazwischen wand sich ein Trampelpfad, der anscheinend häufig genutzt wurde. Nach fünf, sechs Metern stieß man dann auf die Rückwand der Garage. Es war eine große Garage aus rotem Klinker, zwei oder gar drei Lieferwagen hätten darin Platz gefunden. Robertos Vater ging um das Gebäude herum und betrachtete das rostige Tor. An den Seiten war es von Unkraut überwuchert, und es sah nicht so aus, als sei es irgendwann in den letzten Jahren geöffnet worden. Trotzdem probierte er die Schlüssel aus, die er sich vom Schlüsselbrett genommen hatte. Keiner paßte. Er kehrte auf die dem Haus seiner Schwiegermutter zugewandte Seite zurück, wo er eine kleine Nebentür gesehen hatte. Bereits der erste Schlüssel paßte, die Tür ließ sich problemlos aufziehen. Er tastete nach dem Lichtschalter. Er hatte erwartet, daß das Licht nicht funktionierte, oder vielleicht, daß eine kaputte Neonröhre aufflackern würde. Doch weit gefehlt: Ein Kristallüster schüttete sein strahlendes Licht über den Raum. Schon das war Überraschung genug. Doch der Anblick, der sich Alfred Dillinger bot, ließ ihm den Atem stocken: Kleider, reihenweise, an meterlangen Stangen. Kleider in allen Farben, Formen und Variationen. Schuhe, Hunderte von Paaren, der Mode nach zu urteilen viele noch aus der Vorkriegszeit. Stapelweise Kisten aus Versandhäusern, zum größten Teil noch nicht ausgepackt. Ein Dutzend Fernseher, alle gängigen Marken. Robertos Vater schritt wie in Trance die Einkäufe ab, die Früchte jahrelangen ungebremsten Konsums. Er fand eine komplette Angelausrüstung (Hochsee), zwei Barbecue-Anlagen, die sich in ihrem verchromten Styling ausnahmen wie etwas, das die Amerikaner auf dem Mond zurückgelassen hatten, drei Hollywoodschaukeln und, und, und. Haarfärbemittel, kistenweise Kaugummis, Taschentücher, Geschirr, Kaffee- und Teeservice, mehr Kleider, Unterwäsche, Zahnreiniger, noch mehr Kleider, noch mehr Schuhe, Schmuck, Bücherkisten. Und, zu guter Letzt, fünfundzwanzig Großhandelspackungen à zehn Kilo – alles in allem also zweihundertfünfzig Kilo – polnische Kuhbonbons.

Roberto erschrak, als er die Musik hörte, ein Schlaflied, das ihm seltsam vertraut vorkam. Er war so versunken in sein Spiel gewesen, daß er niemanden hatte kommen hören. Roberto hatte sich nach oben geflüchtet, um dem Geruch zu entgehen. Der Strom war schon vor Tagen abgestellt worden, und seine Mutter hatte zwar den Kühlschrank geleert, aber die Tiefkühltruhe im Keller war immer noch voll Fleisch, das nun zu verwesen anfing. Die Hälfte der Truhe nahmen die tiefgekühlten Reste der Schubkarrenladung Fischstäbchen ein. Oma hatten sie anscheinend auch nicht geschmeckt. Jetzt vergammelten sie.

Roberto war wie hypnotisiert von der Melodie. Es war eine Spieluhr. Ihr Klang schwebte kaum hörbar durch das Haus, rieselte über Holzbohlen, kitzelte zart die Tapeten mit den aufgedruckten violetten Blumen, schlängelte sich die geschnitzten Geländerstreben hinauf und bedeckte alles wie mit einer weichen, duftenden Decke.

Roberto war im Haus seiner Großmutter. Oben, in dem kleinen Abstellzimmer, lag er zusammengekauert in einem Kinderbett. Er hatte Hubschrauber gespielt, für sich allein. Der große alte Schreibtisch, unter dem das Kinderbett stand, war das Dach

des Hubschraubers. Der Teppich unter ihm war Afrika: Fluß-
läufe, Wüsten, Schluchten. Er stöberte nicht zum erstenmal in
Omas Haus herum. Er war mit seiner Mutter hier gewesen und
mit seinem Vater, die beide verschiedene Dinge zu regeln hatten.
Oft kamen Leute, um ein paar von den Sachen zu kaufen, die
Oma in der Garage gehortet hatte. Die Dillingers hatten inse-
riert, und eine Grillanlage und einen Teil der Kleider waren sie
schon losgeworden.

Mit dem Fahrrad waren es nur fünf Minuten vom Haus der
Dillingers bis zu Omas Haus. Roberto hatte schnell herausgefunden, wie einfach man durch eines der Kellerfenster einsteigen
konnte, und so hatte er schon einige heimliche Entdeckungsreisen durch das Haus unternommen. Er versteckte sein Fahrrad
jedesmal sorgfältig im Unterholz des Gartens. Wegen der hohen
Hecken konnten die Nachbarn das Grundstück nicht einsehen,
und er war ungestört. Für einen neunjährigen Jungen war es ein
berauschendes Gefühl, ein Haus ganz für sich allein zu haben.

Aber jetzt war Roberto nicht mehr allein. Jemand war da unten und hatte eine Spieluhr aufgezogen. Roberto erinnerte sich,
zwei, drei Tage zuvor in einer der Schubladen in der Stube, ganz
weit hinten, hinter den Tischdecken, eine Spieluhr gesehen zu
haben. Er hatte sie nicht aufgezogen, nur angeguckt und dann
die Schublade wieder zugeschoben. Die Spieluhr hatte ihm nichts
gesagt. Aber ihre Melodie sagte ihm etwas. Etwas, das aus der
Vergangenheit kam, das tausend Jahre gereist war …

Jetzt verklang das Lied. Roberto kletterte leise aus dem Kinderbett und schlich zum Fenster. Nicht, daß er Angst hatte – er
war nur vorsichtig. Eigentlich konnten es nur seine Mutter oder
sein Vater sein. Vorsichtig öffnete er das Fenster, beugte den
Kopf hinaus und linste auf die Straße. Der Leichenwagen seines
Vaters stand vor dem Haus.

Die Spieluhr begann wieder ihr Lied. Seltsam, dachte Roberto. Er schlich zur Tür, wobei er mit dem ganzen Fuß auftrat,
damit seine Schritte das Holz unterm Teppich nicht knacken lie-

ßen. Langsam drückte er die Türklinke. Dieses leise, metallische Knirschen.

Roberto hielt sich am Türrahmen fest und sah die Treppe hinunter. Die ganze Zeit verharrte er so und starrte auf die Stufen, bis das Lied abermals zu Ende ging. Was macht er denn da unten? Und was murmelt er da jetzt? Roberto hatte richtig gehört. Sein Vater murmelte irgend etwas vor sich hin. Neugierig tastete er sich die Treppe hinunter. Seine Eltern sollten nicht wissen, daß er sich hier aufhielt, und er hatte Herzklopfen. Auf der Hälfte der Treppe konnte man durch das Treppengeländer ins Wohnzimmer hineinsehen, dessen Doppeltüren geöffnet waren.

Roberto ließ sich auf den Bauch gleiten, mucksmäuschenstill. Das Blut floß ihm in den Kopf, pochte in seinen Schläfen. Er sah etwas, was er nie zuvor gesehen hatte: Sein Vater kniete auf dem Teppich vor dem Wohnzimmertisch und stammelte leise, zitternde Worte. Er hatte die Hände gefaltet. Robertos Vater betete. «Bitte», hörte Roberto immer wieder. «O bitte! O bitte, lieber Gott!» Er flehte Gott an. Einen Gott, an den er nie geglaubt hatte. Und sein Gesicht war naß. Er weinte.

Es stank. Jetzt erst bemerkte Roberto, daß auf dem Tisch neben der Spieluhr der Inhalt der Tiefkühltruhe aufgestapelt war. Sein Vater mußte schon eine ganze Zeit im Keller gewesen sein. Wahrscheinlich hatte er den Kellereingang benutzt, daher hatte Roberto oben nichts gehört. Zwanzig oder dreißig blaue Packungen mit Fischstäbchen, dazu Tiefkühlpizzas, daneben ein Berg von Steaks und Koteletts in Plastikbeuteln. Jetzt, aufgetaut, schwamm das alte Fleisch in seinem Blut, und Blut verschlierte die Beutel von innen. Einiges war auch auf das Tischtuch gesikkert. Ein weiteres zusammengeknülltes Tischtuch lag neben den Fleischbeuteln. Sein Vater hatte es als Wischtuch benutzt. Und als er das Tischtuch aus der Schublade nahm, hatte er die Spieluhr entdeckt.

Eine Weile noch kniete Robertos Vater schweigend vor dem

Tisch, dann stand er abrupt auf. Roberto kroch rasch vier, fünf Stufen nach oben, außer Sichtweite. Er hörte, wie sein Vater die Beutel zusammenpackte, mit ihnen hinausging, sie in den Mülleimer warf. Danach dasselbe mit den Pizzas und den Fischstäbchen. Während draußen der Mülleimerdeckel schepperte, warf Roberto noch einmal einen Blick ins Wohnzimmer. Die Spieluhr war weg. Aber einer der Plastikbeutel lag noch dort. Der Inhalt sah merkwürdig aus, es war kein Steak und auch kein Kotelett. Es schien eher etwas aus dem Meer zu sein, etwas Wabbliges, wie ein Tintenfisch oder eine Qualle. Vielleicht eine Mischung aus beidem. Grau-violett war es. Vielleicht irgendwelche Innereien? Die Haustür quietschte, und Roberto verzog sich wieder nach oben. Er hörte, wie sein Vater in den Keller ging. Kurz darauf kam er wieder herauf, ergriff den Plastikbeutel und ging in den Garten. Roberto beobachtete ihn vom Fenster aus.

Sein Vater hatte eine Schaufel aus dem Keller geholt und ging zum Rand des Unterholzes am Ende des Gartens, hob dort ein Loch aus und ließ den Inhalt des Beutels hineinplumpsen. Er schob die Erde wieder drauf und trat das Ganze sorgfältig fest. Dann stellte er die Schaufel in den Keller zurück, ging aus dem Haus, verschloß die Tür, stellte den Ascheimer an die Straße und fuhr davon.

Als Roberto mit seinem Fahrrad aus der Gartentür fuhr, stoppte er noch einmal beim Ascheimer. Er hielt sich die Nase zu, öffnete den Deckel, klaubte die Spieluhr zwischen den Fischstäbchen heraus und verbarg sie unter seiner Jacke. Zu Hause verstaute er sie auf dem Dachboden, in einem großen Karton zwischen alten, muffig riechenden Mänteln. Dort vergaß er sie.

Der Traum von den Engeln

Wann Alfred Dillinger begonnen hatte zu trinken, konnte Roberto später nie genau sagen. Es ging auf jeden Fall einher mit der zunehmenden Verbitterung, die das Wesen seines Vaters verdüsterte. Seit jeher hatte er gern einen guten Wein getrunken. «Wenn wir schon von den Gefahren des Daseins umgeben sind», pflegte er zu sagen, «dann sollten wir sie wenigstens kosten. Damit wir wissen, womit wir es zu tun haben.» Und damit nahm er einen tiefen, genußvollen Schluck eines (wie Roberto sich vorstellte) besonders schädlichen Weins.

Er war auch oft betrunken, aber auf eine lustige, verträgliche Weise. «Beschwipst», wie Robertos Mutter dann immer sagte. «Dein Vater ist beschwipst.»

Alfred Dillinger lachte viel, wenn er zwei, drei Gläschen intus hatte, und er erzählte Geschichten, bei denen er am Ende oft nicht mehr wußte, wie sie angefangen hatten. Robertos Mutter lächelte ihn dann stets an, nachsichtig und schelmisch zugleich, und gab ihm hinterhältig die falschen Stichworte, so daß ihr Mann sich vollends in seinen Phantasiegespinsten verhedderte und bald hilflos lachend die Arme hob, um etwa zu sagen: «Und wenn sie nicht gestorben sind, dann leben sie noch heute.» Und er fügte vielleicht händereibend hinzu: «Aber wir kriegen sie doch, früher oder später.» Und er streckte den Arm nach imaginären «Kunden» aus wie ein alternder Marabu.

Aber damit war irgendwann Schluß. Robertos Vater hörte auf, Geschichten zu erzählen, und er hörte auch mit dem Lachen auf. Und seine Frau lächelte ihn nicht mehr an. Nein, das stimmte nicht, sie lächelte ihn auch weiterhin an, aber es war ein anderes Lächeln. Ein leidendes, bittendes, ein flehendes Lächeln. Zu Roberto sagte sie nun: «Besoffen. Dein Vater ist besoffen.»

Und irgendwann fiel Roberto auf, daß es schon sehr, sehr lange her war, daß er gesehen hatte, wie seine Eltern sich umarmten. Hatten sie sich überhaupt jemals umarmt? Statt dessen stritten sie. Manchmal stritten sie ganze Nächte hindurch, während Roberto wach lag und in die Dunkelheit des Zimmers blickte.

Wann diese Wandlung eingetreten war, wußte Roberto nicht zu sagen. Es war unmerklich geschehen, so, wie der Herbst unmerklich kommt. Eines Tages stellt man fest, daß die Blätter auf dem Boden liegen. Aber sie können nicht alle auf einmal plötzlich von den Bäumen gefallen sein. Es muß sich bereits eine ganze Zeit entwickelt haben. Man hat sich schon an die raschelnden Schritte gewöhnt, an den modrigen Geruch, ohne es richtig zu bemerken.

Roberto spähte über den Rahmen des Fensters. Dort raste die Straße dunkel am Auto entlang nach hinten. Die Fahrbahnmarkierung schoß kurz und weiß heran, dehnte sich neben dem Wagen, und kaum weggeschluckt, eilte die nächste heran, und die nächste und die nächste. Schluck, schluck, schluck. Ein Auto leuchtete schwach von vorn, blendete, die Schatten wanderten an der Wagendecke, wurden groß und lang, das andere Auto fauchte laut auf, ein reißender Schatten, ein Windstoß, der den Wagen rüttelte. Vorbei. Wieder das gleichmäßige Dröhnen des Motors, das Rauschen der Straße. Zwischen der Türverkleidung und der Schulter seines Vaters glomm warm das Armaturenbrett. Orange Lichter, grüne Lichter. Roberto war wohlig gefangen in einem Traum aus warmem Licht. Die Lider wurden ihm schwer, seine Gedanken glitten in eine unbestimmte Ferne.

Sie waren ans Meer gefahren. Das Wetter war so schön, und sie hätten ein kleines Häuschen, das habe auch einen Kamin. Seine Mutter hatte über ihre Schulter mit ihm gesprochen, als sie die Koffer gepackt hatte. Roberto hatte mit den Händen am Türgriff gehangelt wie das Faultier, das er am Nachmittag im Fernsehen gesehen hatte. (Er sah viel fern, jetzt, und man verbot es ihm nicht.) In einem Kamin könne man richtiges Feuer machen, mit Holz und so. Und er werde auf andere Gedanken kommen.

(Feuer, dachte Roberto.)

«Und wie lange bleiben wir?» hatte er gefragt.

«Ein verlängertes Wochenende.» Das seien vier Tage, hatte seine Mutter hinzugefügt. Sie hatten sogar den Fernseher dabei.

Als sie nach der langen Hinfahrt die Sachen aus dem Auto ins Ferienhaus trugen, stellte Roberto sich vor, es seien Schatztruhen, die sie in eine große Tropfsteinhöhle schleppen mußten, damit sie niemand außer ihnen fände. Denn Roberto und seine Eltern waren unermeßlich reich.

Und unermeßlich glücklich.

Und immer, wenn Räuber kamen, machte Roberto sich und seine Eltern unsichtbar, mit dem Zaubertuch von Oma, oder er hexte damit die bösen Räuber fort. Er rieb es einfach an seiner Wange. Dann war alles Böse weg.

«Es kann auch böse Träume wegzaubern», hatte seine Großmutter damals gesagt. Roberto schlief nie ohne sein Tuch. «Dann träume ich von Engeln.» Auch das hatte seine Großmutter angekündigt.

Und es war weich, weich. Das weichste Tuch, das er jemals an seiner Haut gespürt hatte. Es war überhaupt das weichste Ding, das es auf der ganzen Welt gab.

«Das kommt daher, weil du es seit Jahren drückst und streichelst», hatte ihm seine Mutter erklärt, und Roberto hatte sich ein wenig geschämt. Er war schließlich kein kleines Kind mehr. Aber seine Augen hatten gestrahlt, und seine Wangen waren ein wenig rot geworden, weil er das weichste Tuch der Welt besaß, und ganz allein durch ihn war es so weich geworden. Er hatte das Tuch an seiner Wange gerieben und war glücklich gewesen.

Wenn er schlief, hatte er stets einen Zipfel des Tuches in seinem Mund, auch jetzt noch, mit seinen neun Jahren. Dann träumte er von Engeln.

Der Straßenbelag wechselte, und es brummte und vibrierte in den Federn der Polster. Roberto gähnte und blinzelte. Ein wohliges Ziehen erfüllte seinen Körper. Der warme Schein der Armaturen umhüllte seinen Arm, dort, wo er aus dem Schatten des Fahrersitzes hervorschaute. Dieses Licht und die Geräusche des Fahrens erinnerten ihn daran, wie er manchmal vor dem elektrischen Heizlüfter kauerte, unter dem Tisch. Er hatte sich dort eine Höhle gebaut, einen Hubschrauber. Wenn er das Licht ausmachte, konnte er über die Welt hinwegfliegen, warm gebadet im roten Schein der Glühlamellen.

«Wo sind wir jetzt?» fragte sein Copilot dann ins Rauschen hinein. Sein Copilot hatte immer einen amerikanischen Namen, und er unterhielt sich mit ihm stets in amerikanischem Akzent. Manchmal übernahm seine Mutter die Rolle des Copiloten, allerdings war auch sie der Ansicht, er werde langsam zu alt für diese Art Spiele. Und sie selbst auch (wobei sie sich den Rücken rieb). So war der Copilot meist einfach nur jemand, den er sich vorstellte.

«Über Amerika», antwortete Roberto vielleicht und rollte dabei das r. Oder: «Über Rußland. Siehst du nicht all den Schnee da unten?» Und sie blickten auf den Teppich hinab, auf die einsamen Schneelandschaften, die sich dort unten zu formen begannen.

«Brrr», machte sein Copilot. «Hoffentlich stürzen wir nicht ab.» Und sie klammerten sich an das Schmusetuch.

Robertos Vater blinkte, das waren die grünen Lichter. Klick-klack, klick-klack, klick-klack. Sie überholten. Langsam zogen sie an dem anderen Wagen vorbei, auch er eine geschlossene kleine Welt auf vier Rädern, und Roberto hatte den flüchtigen Eindruck, sie sei wie seine eigene aus einem warmen Traum gewoben, der durch die Nacht glitt, durchs Weltall. Klick-klack, klick-klack. Er hatte sich gefreut auf dieses «verlängerte Wochenende», oder besser, er hatte versucht, sich zu freuen, immerhin wurde das von ihm erwartet.

Er war erst ein bißchen enttäuscht gewesen, weil es schon dunkel war, als sie ankamen, und weil er das Meer nicht sehen konnte. Aber er konnte es in der Ferne rauschen hören, und seine Mutter hatte gesagt, daß sie morgen gleich als erstes mit ihm ans Meer laufen wollte, noch vor dem Frühstück. Roberto hatte sich die Dünen vorgestellt, und die Abenteuer, die er dort erleben würde. Er hatte sogar gewollt, daß sie den Schlitten mitnahmen, um auszuprobieren, ob man in den Dünen Schlitten fahren konnte. Im Winter waren sie Schlitten gefahren, und Roberto war ganz aufgeregt gewesen, weil sein Vater mit dabei war. Sie waren zu dritt Schlitten gefahren, Alfred Dillinger hinten und zwischen seinen Schenkeln Roberto und Hannah. Die Abfahrt war unglaublich steil gewesen, es war Roberto vorgekommen, als ginge es senkrecht bergab. Er hatte die Augen zugekniffen, und sein Po hatte später blaue Flecken aufgewiesen, von einem Huckel, den er nicht gesehen hatte. Und dann, sie waren noch in voller Fahrt, hatte er die Augen aufgerissen, und ein großer, schwarzer Baum war direkt auf sie zugerast. Roberto war überzeugt, sie würden jetzt alle sterben müssen. Aber sein Vater hatte nur dröhnend gelacht und die Absätze in den Schnee gestemmt, und sie kamen sicher vor dem Baum zum Stehen. Lachend hatte er Roberto in seine kräftigen Arme genommen und ihm durch den Anorak hindurch den Rücken gerubbelt.

An diesem Tag war er an den Händen seiner Eltern durch den Schnee gestapft, stolz und glücklich hatte er zu ihnen aufgesehen. Um den Kopf seines Vaters herum zeichnete sich der strahlend blaue Himmel ab. Sein weißer Mantel flatterte hinter dem breiten Rücken hinterdrein, als wären es Engelsflügel. «Flieg mit mir!» hatte Roberto gebettelt. «Au bitte, Papa, flieg mit mir!» Robertos Vater hatte gelacht, und dann hatte er ihn genommen, an Händen und Füßen, und sich mit ihm gedreht, das war wie Fliegen, und die weiße Welt um ihn herum hatte sich gedreht, und er war glücklich gewesen, und der Schnee war kalt und naß, aber das machte nichts.

«Wenn dein Mantel im Wind weht, sieht das aus, als ob du Flügel hast», hatte Roberto geschrien, während er lachend Schnee aus seinem Mund spuckte. «Wie ein Erzengel.»

«Du bist mein Engel», hatte sein Vater gesagt, und er hatte ihn aufgehoben und noch einmal durch die Luft geschleudert.

Daher wollte Roberto den Schlitten mitnehmen, um ihn in den Dünen am Meer auszuprobieren.

Aber er durfte nicht.

«Das klappt nicht», hatte sein Vater gesagt. Und: «Dafür haben wir sowieso keinen Platz.» Statt dessen zurrte er die zwei Weinkisten auf dem Dachgepäckträger fest.

Konnte es sein, daß er sich nicht daran erinnerte? An den Schnee? An das Lachen? An seine strahlenden Augen?

Wann war das gewesen? Im letzten Jahr? Oder war es schon länger her? Roberto konnte sich nicht besinnen. Es mochte schon zwei oder gar drei Jahre hersein.

Sie waren nur so lange in dem Wochenendhaus geblieben, bis sie alles ausgepackt hatten. Dann hatte Alfred Dillinger den Kamin angezündet, mit richtigem Holz, das sah schön aus, und es war auch schön warm. Aber dann passierte etwas Unvorhergesehenes. Später stellte Roberto sich vor, im Kamin wäre eine kleine Stadt, die brannte, mit Menschen, die dort zwischen den Scheiten herumliefen und fliehen wollten. Aber sie verbrannten alle. Die ganze Welt verbrannte. Sie hatten alles wieder einpacken müssen, schweigend, und jetzt waren sie auf dem Rückweg nach Hause.

«Warum hast du das getan?» Das war die Stimme von Robertos Mutter, die durch die Fahrgeräusche zu ihm nach hinten drang. Sonst hörte Roberto gern die Stimme seiner Mutter, wenn sie sich während der Fahrt nach ihm umdrehte und ihn fragte, ob er noch ein Bonbon wollte oder sonst etwas. Aber jetzt klang die Stimme seiner Mutter anders. Sie drehte sich auch nicht um, sie redete mit ihrem Mann. Doch der antwortete nicht. Er saß unbeweglich hinter dem Lenkrad. Als Robertos Mutter sich schließlich doch zu ihm umdrehte, machte er schnell die Augen zu und tat, als ob er schliefe. Warum, wußte er selbst nicht recht.

«Das Kind schläft», sagte seine Mutter. Sie blickte sich noch einmal um, und zwischen den Augenwimpern hindurch sah Roberto, daß sie weinte. Er hatte sich auf der Rückbank zusammengerollt wie ein Hund. Seine Fäuste waren zu kleinen Kugeln zusammengeballt.

«Fahr nicht so schnell.» Seine Mutter knüllte ein Taschentuch auf ihren Knien. «Bei dem Nebel.»

Roberto hob vorsichtig das Kinn und sah wieder aus dem Fenster. Und tatsächlich: Neben der Straße lag dichter Nebel auf den Feldern. Schlafende Kühe standen darin wie in einem See aus Milch. Ein wenig von dem Nebel war auf die Straße gekrochen, der Wind hatte ihn nach oben gezaust. Das Licht der Scheinwerfer prallte dagegen wie auf eine Mauer.

«Stell dir vor, da steht irgendwo jemand», warnte Robertos Mutter nervös. «Wenn du bremst, fährst du drauf.»

«Wenn ich brems, fahr ich nicht drauf», sagte sein Vater gereizt. «Wenn ich nicht brems, fahr ich drauf.»

Robertos Bauchmuskeln zogen sich zusammen, und er krallte die Finger ins Polster. Für die Dauer eines Augenblicks umgab den ganzen Wagen weißes, milchiges Licht. Dann lag die Straße wieder vor ihnen, klar und schnurgerade. Roberto war stolz auf seinen Vater, der keine Angst vor Nebel hatte. Er selbst hatte auch keine Angst. Seine Mutter hatte immer Angst.

«Wieso hast du das getan», fragte seine Mutter wieder.

«Was getan?» Die tiefe Stimme seines Vaters. Heiser jetzt.

«Du weißt genau, was ich meine.»

Roberto sah starr nach vorn. Durch die Windschutzscheibe flog die Straße auf ihn und seine Eltern zu. Schwarze Bäume, das rote Glühen zweier Rücklichter vor ihnen. Und er sah alles vor sich, als würde es ein zweites Mal passieren: die Koffer und Tüten und Kisten, die in dem fremden Wohnzimmer standen. Er kam gerade von der Veranda herein. Draußen hatte er versucht, das Meer in der Dunkelheit auszumachen, hatte jedoch nichts erkennen können. Er stolperte fast über die Schwelle, und die Tür kriegte er auch nicht richtig zu. Blöde Tür, dachte er. Drinnen, im Kamin, loderten die Flammen rot, und sein Vater, die zweite Flasche Wein neben sich, kniete vor dem Kamin und stocherte mit einem Stock darin herum. Er stand auf und suchte etwas in einer Kiste, fragte seine Frau etwas, suchte in einer anderen Kiste. Dann, plötzlich, fing er zu brüllen an, und Roberto zuckte zusammen. Er wußte nicht, worum es ging, aber es mußte schrecklich sein. Sein Vater zitterte, als ob die Erde bebte, und wurde dunkelrot im Gesicht. An seinen Schläfen pochten dicke Adern. Er brüllte wieder etwas. Roberto knüllte sein Tuch schützend vor den Mund, vor die Augen. Aber er wurde nicht unsichtbar.

«Sieh mich an, wenn ich mit dir rede!» brüllte sein Vater. Für eine Sekunde starrte er unbeweglich auf den kleinen Jungen hinunter. Dann schoß seine Pranke vor, riß ihm das Tuch aus den Fäusten und warf es ins Feuer. Und die Welt verbrannte.

Die Hupe schreckte Roberto auf, er spürte, wie er jäh nach links gegen die Tür gedrückt wurde. Eine zweite Hupe ertönte laut, der Ton zog sich wie ein dünner werdendes Band in die Unendlichkeit. Dann lag der Wagen wieder ruhig und unbeirrbar auf der Straße.

Roberto war kalt. Und mit einemmal wußte er, daß die Zeit vorbei war, da er sicher und behütet auf der Rückbank dösen, das Dröhnen des Motors in den Metallfedern unterm Polster spüren und denken konnte: Es ist gut.

Denn es war anders. Es war nicht mehr gut. Roberto weinte endlich, lautlos, tränenlos. Seine Finger griffen knirschend ineinander, denn da war kein weiches Tuch, das sich um seine Hände schmiegen konnte. Seine Unterlippe war blutig gebissen.

So lag er lange Zeit da, während das Leben kälter wurde um ihn herum.

Endlich wiegte ihn der surrende Motor in den Schlaf. Er zuckte im Traum, und er wußte, welcher Traum gleich kommen würde. Er kannte den Traum bereits, obwohl er ihn noch nie zuvor geträumt hatte. Er kam gnadenlos, unerbittlich, und Roberto konnte ihn nicht aufhalten. Er träumte den Traum von den verbrennenden Engeln. Sie schrien, denn ihre Flügel verbrannten, ihre Haut verkohlte. Sie bettelten und flehten um Gnade. Fett troff an ihnen herab in die Glut, wo es verzischte, und Tränen. «Nein», murmelte Roberto. Aber nichts mehr konnte jetzt das Böse von ihm abhalten. Nichts und niemand. Wie eine schwarze, brennende Flut stieg es hoch, in ihm, in allem. Und niemand konnte es aufhalten.

Er wollte es nicht wahrhaben. Aber in diesem Moment erkannte er, daß er sich nie mehr, nie mehr beschützt fühlen würde und geborgen. Er war allein auf dieser Welt.

Lebende, pochende Herzen

Roberto und das Leben, das waren zwei verschiedene Dinge, das fühlte er von Tag zu Tag deutlicher. Der Tod schien ihm vertrauter. Daher war es nicht verwunderlich, daß Roberto versuchte, sich das Leben zu nehmen. Er wählte dazu Togal und einen rosa Hustensaft, der einen selbst für Kinderzungen widerlich zuckrigen Geschmack entfaltete, den Lebensmüden aber dem süßen Tod keinen Schritt näher brachte. Das allerdings ahnte Roberto nicht, und er stellte sich vor, wie seine Mutter ihn entdecken würde, wie er sie mit glasigen Augen anschauen würde, bereit, auf dem Sterbelager zu vergeben.

Doch niemand kam, um ihn zu beweinen. Nun, dann also in Einsamkeit. Allein wartete Roberto auf den Auftritt des Sensenmannes. Komm nur, Gevatter Tod, hab keine Angst. (Wovor konnte Gevatter Tod Angst haben? Vor dem Leben selbstverständlich. Für den Tod muß das Leben ein Schrecknis ohnegleichen sein.) Wer schließlich kam, war Bruder Schlaf, aber Roberto verwechselte ihn, und bevor er mit einem Zucken in Morpheus' Arme sank, dachte er noch: Es ist wie einschlafen. Ganz leicht. Ganz ohne Schmerzen.

Das Aufwachen war qualvoll wie eine Wiedergeburt. Brüllende Kopfschmerzen machten Roberto unmißverständlich klar, daß er noch lange nicht «außer Gefahr» war, wie Alfred Dillinger es formuliert hatte. Roberto war eben doch ein «Überlebender». Es gab da noch Abenteuer, die bestanden werden wollten. Alfred Dillinger glaubte, wie wir wissen, nicht an das Fegefeuer. Er glaubte an das Feuer in Krematorien. Wir werden dazu noch einiges erfahren…

Indes: Die Welt drehte sich weiter. Zu seinem elften Geburtstag bekam Roberto ein richtiges Bett und seinen dritten Hamster. Den Umzug in das Bett empfand Roberto als wichtigen Abschnitt auf dem Weg zum Erwachsenwerden. Immerhin würde er bald ein Teenager sein. Anfangs fürchtete er zwar, er könnte im Schlaf herausfallen – es gab ja nun keine Seitenwände mehr, aber schließlich war er durchaus zufrieden mit seiner neuen Liegestatt.

Über den Hamster freute sich Roberto sehr. Zwar hatte er den Verbrannten immer noch in seiner Bonbondose hinter den Legosteinen versteckt. Aber er hatte ihn schon lange nicht mehr herausgeholt. Früher hatte er ihn nachts heimlich gestreichelt, hatte sich vorgestellt, er wäre gar nicht tot. Er spielte, daß es eine Feuersbrunst gab und daß er, Roberto, den Hamster in letzter Sekunde rettete. In einer anderen Spielversion war der Verbrannte ein Monster, das eine kleine Legostadt verwüstete und Matchbox-Autos umwarf. Aber jedes Spiel wurde einmal langweilig. Und so vertraut ihm der ausgestopfte Nager inzwischen auch geworden war, ein lebendes Tier war doch besser.

Der neue Hamster sollte Odysseus heißen, nach der mythologischen Heldengestalt. Roberto gefiel der Gedanke, der Hamster könnte sich vom Vorbild seines Namensvetters zu Entdeckungsreisen inspirieren lassen, und sei es auch nur in den Grenzen des Dillingerschen Anwesens. In der Nacht vor der offiziellen Taufe (es war inzwischen kurz vor Ostern) gebar Odysseus allerdings acht nackte kleine Hamster, die in den Sägespänen um ihn herum lagen und versuchten, an die – nun unverkennbaren – Zitzen heranzukommen. Roberto sah sich das eine Weile an. Der große Held der Antike hatte zwar eine ganze Menge Abenteuer erlebt, aber die Geburt von Achtlingen gehörte entschieden nicht dazu. Schließlich breitete Roberto seine Hand über den Käfig und sprach: «Ich taufe dich auf den Namen Conspessy.» Niemand hatte eine Ahnung, wie er auf diesen Namen kam. Er selbst am wenigsten.

Robertos Mutter war das Gewimmel im Käfig nicht geheuer.

Sie bestand darauf, daß die Kleinen, sobald sie entwöhnt waren, an Freunde und Feinde in der Nachbarschaft verteilt werden müßten.

«Wieso?» fragte Roberto trotzig.

«Weil sie ... weil sie ...» (Weil sie dich innerlich zernagen würden, konnte seine Mutter wohl schlecht sagen. Sie mußte an den Nagetiertraum denken. Die Bilder erstanden plastisch vor ihrem Auge, ohne daß sie etwas dagegen tun konnte.) Sie sagte: «Die fressen uns die Haare vom Kopf.»

«Häh?» machte Roberto. Er dachte an ihren Nachbarn, Herrn Schmieder, der eine Glatze hatte. Verwundert sah er seine Mutter an. «Quatsch!» sagte er.

Seine Mutter schlug ihm kurz und hart ins Gesicht. Roberto war zu verdutzt, um den Schmerz zu fühlen. Er fühlte nur eine seltsame Taubheit in seiner Wange und in seinem Herzen. Hannah Dillinger starrte ihren Sohn fassungslos an. Ihre Handfläche kribbelte, und der Abdruck ihrer Finger färbte sich auf Robertos Wange rot. Ein feiner Strich von Blut war zu sehen, wo der neue Ring Robertos Haut geritzt hatte. Sie ließ sich mit einem unterdrückten Aufschrei auf die Knie fallen und drückte ihren immer noch verdutzten Sohn an sich. «Es tut mir leid, Roberto, es tut mir leid.»

«Warum», sagte Roberto, der steif war, in den Armen seiner Mutter, «hast du das getan?»

Seine Mutter schniefte. «Weil ich dich liebe, mein Schatz. Ich liebe dich.»

Roberto spürte eine kalte Hand, die nach seinem Herzen griff.

«Verstehst du mich?» schluchzte seine Mutter.

Roberto nickte. Er verstand natürlich nicht. Aber er wollte sie loswerden. Er wollte allein sein.

«Es tut mir leid», sagte seine Mutter. Sie wischte sich die Tränen aus den Augen. «Das wollte ich nicht.»

Roberto sah sie an.

«Ich … ich mach dir gemixte Äpfel. Zur Entschädigung. In Ordnung?»

Roberto zuckte die Achseln, die schwer waren wie Blei. «Meinetwegen», brachte er heraus.

Nachdem seine Mutter gegangen war, legte er sich vor den Hamsterkäfig und beobachtete das Treiben in dieser kleinen vergitterten Welt. Das hier war überschaubar. «Acht kleine Hamsterlis», sagte er leise. Er zählte sie durch. «Eins, zwei, drei, vier, fünf … sechs?» Da fehlten doch zwei. Aber noch bevor Roberto sich recht wundern konnte, lüftete Conspessy das Geheimnis, indem sie ihr kleines Schnäuzchen auftat. Conspessy hatte die Gewohnheit, ihre Nachkommenschaft ins Maul zu nehmen und ihr dort – soweit sie eben reinpaßte – in den geräumigen Backen ein warmes und sicheres Plätzchen zu bereiten.

Nach anfänglichen Befürchtungen, Conspessy könnte kannibalisch veranlagt sein, war Roberto von der Idee begeistert, und für ihn war es klar, daß Hamster oder Hamsterinnen durchs Maul gebaren.

Einige Wochen später baute Roberto mit seines Vaters Hilfe ein «Freigehege», wie sie es nannten. Eigentlich baute sein Vater das Freigehege, und Roberto sah zu und reichte ihm hin und wieder ein Werkzeug. Roberto war nervös. Er hatte Angst, etwas falsch zu machen. Seit der Sache mit dem Tuch war ihm sein Vater fremd geworden. Was er auch tat, in den Augen seines Vaters war es falsch. Oder, was noch schlimmer war, es interessierte seinen Vater nicht. Sie sprachen kaum noch miteinander. Daher war Roberto in gewisser Weise froh, daß sich sein Vater mit ihm abgab. Zum anderen fühlte er sich unwohl dabei. Er reichte seinem Vater einen weiteren Nagel. Er kam sich unnütz vor. Linkisch, dumm und ungeliebt.

Die kleinen Hamster tappten schon selbständig durch die Holzwolle des Käfigs, und er hatte sie auch schon in seinem Zimmer auf dem Teppich herumlaufen lassen, wo sie sich in der Weite allerdings recht verloren vorkamen. Das Freigehege maß etwa einen Meter mal eins fünfzig, und es war an den Seiten und nach oben durch engen Maschendraht geschützt. «Graben sie sich nicht nach unten durch?» fragte Roberto endlich. Er hatte sich den Satz lange überlegt, denn er wollte nichts Dummes fragen.

«Nein», sagte sein Vater.

Roberto nickte. «Aha», sagte er, um einen Tonfall ernsten Verstehens bemüht.

Sein Vater hämmerte einen Nagel in ein Holzstück, bog den Nagel um, so daß der Draht fest blieb. Er holte Luft. «Ich hab bei dem Tierladen angerufen. So was machen nur wilde Hamster. Das hier sind Goldhamster. Die graben sich höchstens ein gemütliches Bett, aber keine Gänge, durch die sie entkommen könnten.»

Das waren vier Sätze. Es schien auf ein echtes Gespräch hinauszulaufen. Roberto faßte Mut. «Und wenn ein Tier das Freigehege anhebt, um an die Hamster heranzukommen?»

Sein Vater schnaubte unwillig. Aber dann antwortete er doch. «Kein Tier ist so stark.»

«Ein Hund?»

«Na gut. Wir können das Ganze auch noch zusätzlich mit Heringen sichern. Weißt du, diese Dinger fürs Zelt, die man in den Boden steckt. Das sollte dann reichen, meinst du nicht?»

Roberto war überrascht und stolz, daß sein Vater in einer solch wichtigen Frage seinen Rat einholte. Er nickte. «Ja. Ich glaube schon.»

«Außerdem solltest du sowieso immer auf deine Hamster achten, wenn sie draußen sind. Man weiß schließlich nie.» Er sah seinen Sohn an. «Okay?»

«Okay.»

«Man sollte immer auf die achten, die einem lieb sind.»

«Und sie einsperren?»

«Das wäre vielleicht eine gute Idee.» Robertos Vater lachte. Es war die Art Lachen, die einen Riß hatte. Der Riß wurde mit jedem Lacher breiter und tiefer.

Roberto lag auf dem Rasen, die Grashalme kitzelten ihm in der Nase. Er mußte niesen. Die beiden kleinen Goldhamster, die – immer noch halbblind – ihre rosa Näschen durch das Gitter steckten, machten eine Satz rückwärts und drückten sich an ihre sechs Geschwister, die um Conspessy herumlagen und sich die Sonne auf den Pelz brennen ließen. Der Schatten des Gitters ließ ihr Fell kariert erscheinen. «Na, habt ihr euch in Schale geworfen?» sagte Roberto, und er fuhr mit seinem Finger an den Unterkanten des Freigeheges entlang.

Von der Straße her war Gelächter zu hören. Roberto setzte sich auf. Er sah zwei Kinder, die er vom Sehen kannte, an der Gartentür vorbeilaufen. Dann sah er nur noch das Haus gegenüber. Die Hecke war zu hoch und zu dicht, um durch sie hindurchzuspähen. Das plötzliche Gefühl, ausgeschlossen zu sein, verursachte eine seltsame Leere hinter seinem Gaumen. (Ja, genau da konnte er es lokalisieren. Auch die Sehnsucht saß dort hinten.) Roberto kontrollierte noch einmal die Heringe, die das Freigehege fest im Erdboden verankerten, dann lief er über den Rasen zur Gartentür.

Auf der anderen Straßenseite, inmitten einer Gruppe von Kindern, die sich auf dem Bürgersteig herumschubsten, stand Sonia Kraal und verteilte Kaugummi. Die Kinder griffen gierig danach und stopften sich das Zeug in den Mund. Sie kauten wild drauflos. Sonia machte eine Kaugummiblase und ließ sie platzen. «Hey, Rapsfeld!» rief sie, als sie Roberto sah, und die anderen Kinder lachten und riefen auch: «Hey, Rapsfeld!»

«Ich heiße nicht Rapsfeld», murmelte Roberto, der fast über eine Gehwegplatte stolperte.

Die Kinder lachten.

«Wie denn dann?» fragte Sonia Kraal. «Penis etwa?»

Roberto blieb vor der Gruppe stehen. «Ich heiße Roberto», stellte er richtig.

«Roberto!» Kichern. «Was soll denn eigentlich das o an deinem Namen dran?» wollte eins der Kinder wissen.

«Das ist ein Rettungsvokal», erläuterte Roberto mit angespannten Kinnmuskeln.

«Aha.» Sonia sah ihn interessiert an. «So wie bei Schwachkopfo? Oder Vollidioto?» Sie hielt inne, als habe sie eine Erleuch-
tung. Sie hob den Zeigefinger: «Rapsfeldo!» verkündete sie.

Lachen.

Roberto sagte nichts. Er blieb wie angewurzelt stehen und
wußte nicht, was er tun sollte. Wegzulaufen wäre ein Einge-
ständnis seiner Niederlage gewesen (obwohl ihm nicht ganz klar
war, worin die Niederlage bestand). Dazubleiben erschien ihm
aber noch schlimmer.

«Sag mal, Schwachkopfo», sagte Sonia, «kannst du wenigstens Kaugummiblasen machen?»

Roberto zögerte. «Klar», sagte er dann weltmännisch.
«Wenn ihr mir einen gebt.»

«Ich hab leider keinen frischen mehr», sagte Sonia, wobei sie
die Wörter dehnte, genauso wie ihren Kaugummi, den sie sich zu
einem langen Spaghetti aus dem Mund zog. «Aber du kannst
solange diesen haben.» Sie hielt ihm den speicheltriefenden,
weißlichgrauen Kaugummi vors Gesicht. Krümel von zerkautem
Keks oder ähnlichem standen hier und da aus der Masse hervor.
Der auf Armlänge gedehnte Strang pendelte, und an seiner
schweren Unterseite schwang doppelt so schnell ein Speichelfaden, der in der Sonne glitzerte, sich dehnte und schließlich riß.
Die Spucke platschte genau in die Ritze zwischen zwei Gehweg-
platten, und eine zufällig dort herumwuselnde Ameise hatte
Mühe, nicht darin zu ertrinken.

Roberto sah das grinsende Mädchen für eine kleine Weile
stumm an. Dann drehte er sich wortlos um und ging rasch davon.

«Schwachkopfo!» rief Sonia ihm nach, während sie sich den
Kaugummi mit der Zunge wieder in den Mund raffte. «Hohlkopfo!»

«Schwachkopfo! Hohlkopfo!» schrien die anderen Kinder.
Sie sahen dem Jungen mit dem doofen Namen nach, in der Ge-

wißheit, ihn so rasch nicht wiederzusehen. Er trollte sich wieder in sein doofes Hauso, und da sollte er auch bleiben.

Doch Roberto kam wieder.

Er kam wieder, kaum hundert Kaubewegungen später, und ging direkt auf Sonia Kraal zu. Die Kinder machten ihm Platz, wichen zu den Seiten aus und formten eine Schneise, bis er, Kinn an Kinn, vor dem Mädchen stehenblieb. Sie war ein paar Zentimeter größer als er und reckte sich ein wenig, um diesen Eindruck noch zu verstärken.

«Na, Gipskopfo», sagte sie höhnisch, während sie langsam und genüßlich auf ihrem Kaugummi herumschmatzte. «Will der Kleine doch seinen Kaugummi?» Ihre Hand begann, den ekligen Gummi aufs neue zwischen den Zähnen heraus in die Länge zu ziehen.

Roberto sagte nichts.

«Hat's dir die Sprache verschlagen?»

Roberto öffnete den Mund. Und Sonia, wie alle anderen Kinder auch, machte einen Satz rückwärts. Ein Tier kam da zwischen Robertos Lippen herausgequollen, ein haariges Tier mit großen weißen Zähnen und schwarzen Augen. Es atmete hastig, und seine rosa Nasenspitze zitterte. Die Augen der Kinder weiteten sich, bis sie rundherum von Weiß umgeben waren. Dann öffnete das Tier sein Maul, und aus diesem Maul kam noch eins, ein weiteres kleines Schnäuzchen, zum Vorschein.

Dies war der Augenblick, da die Hälfte der Kinder schreiend davonstob, in panischer Angst, daß der schreckliche Reigen kein Ende nehmen würde, daß die großen Tiere ihnen in die Münder krabbeln würden, während die kleinen ihre Nasenlöcher verstopften, wieder kleinere durch die Ohren in ihre Köpfe kriechen und die kleinsten sich schließlich in ihre Poren drängen würden. Dann würden sie ersticken. (Das hatte Frank erzählt, der diesen James-Bond-Film gesehen hatte. Sie hatten eine Frau mit Goldfarbe angemalt, und die Frau war erstickt, weil ihre Poren verstopft waren. Man atmete mit den Poren!)

Auch Sonias Mund stand offen. Aber im Gegensatz zu den anderen Kindern zeigte sich in ihren Augen keine Angst, sondern nur Staunen. Sie hatte wunderschöne grüne Augen. «Mann o Mann», sagte Sonia Kraal. Ihr Mund schloß sich, und in ihre wunderschönen grünen Augen trat Respekt. «Das haut mich jetzt echt um», sagte sie, nickend, mehr zu sich selbst. Roberto stand stumm vor ihr, die Hamster lugten aus seinem Mund hervor, und er hatte seine Hände unters Kinn gehalten, um sie aufzufangen, falls sie herausfielen. Sonia starrte ihn immer noch fasziniert an. Dann, langsam, nahm sie ihren Kaugummi aus dem Mund, und die andere Hand reckte sich Robertos Mund entgegen.

Roberto verstand. Er sperrte den Mund weit auf und drückte mit der Zunge gegen Conspessys Hinterteil. Die Hamsterin schloß das Maul, so daß ihr Junges geschützt war, dann plumpste sie auf seine Handfläche. Ein warmer Strahl Hamsterurin ergoß sich auf Robertos Finger. Er unterdrückte einen Aufschrei des Ekels. Gut, dachte er, daß sie es so lange zurückgehalten hatte.

Er legte Conspessy behutsam in Sonias Hand, dann wischte er seine eigene Hand an der Hose ab und nahm im Tausch den Kaugummi zwischen zwei Finger. Sonia öffnete ihren Mund weit, so daß er das Zäpfchen hinter ihrem Gaumen sah. (Ob auch bei ihr dort die Sehnsucht saß?) Er wartete, bis sie das zitternde kleine Tier mit dem Hinterteil zuvorderst in ihren Mund geschoben hatte. Das rosa Schnäuzchen zwischen ihren Lippen zuckte leicht. Roberto streckte die Zunge aus und legte den Kaugummi darauf. Er zog sie ein und kaute. Seine Augen waren starr auf die des Mädchens gerichtet. Und die Kaugummiblase, die er blies, war die größte, die er je zustande gebracht hatte. Sie war prachtvoll, mit all den Kekskrümeln in ihrer prallen Rundung, und sie war so groß, daß sie Roberto die Sicht auf sein Gegenüber versperrte. Bevor sie platzte, kaute er sie in seinen Mund zurück.

Sonia ließ Conspessy in ihre Hand krabbeln. Sie spuckte ein Haar aus und reichte Roberto den Hamster. «Ich habe sein Herz pochen gespürt, in meinem Mund», sagte sie, als die kleinen Füße ihre Hand verließen. «Es ist schon … ganz komisch, wenn da etwas in deinem Mund ist, was lebt und pocht.»

Roberto nickte.

«Es ist wirklich … ganz komisch.» Sie lächelte. «Roberto», fügte sie fast scheu hinzu.

«Ich weiß.» Roberto nickte. Auch sein Herz lebte, und es pochte.

Lala», sagte Sonia. «Lalala.»

Die Trittleiter knarrte.

«Lala.»

Roberto sagte: «Lalala.»

«Lalala!» Sonia sah sich über ihre Schulter tadelnd nach ihm um. «Es heißt lalala. Nicht lalala.»

«Lalala», sagte Roberto.

«Falsch. Lalala. Nicht lalala.»

«Ich kapier das nicht.» Roberto beschloß, seine Sängerkarriere müsse fürs erste stagnieren. Er barg Conspessy mit dem Jungen in ihrem Mund an seiner Brust, mit der anderen Hand hielt er sich an einer Stufe fest. Wenn es lalala hieß, dann hieß es eben lalala. Er wollte nicht aufs Spiel setzen, was er bis dato erreicht hatte. Vor wenigen Minuten noch hatte Sonia Kraal ihn immer nur als Schwachkopf bezeichnet, als Schwachkopfo sogar. Seit er sie das erste Mal gesehen hatte, wollte er ihr nah sein. Aber sie hatte sich stets weggedreht, ihm ihre blonden Zöpfe ins Gesicht gefegt. Und nun, endlich, stand sie mit ihm zusammen auf der ausziehbaren Trittleiter, die auf den Dachboden des Dillingerschen Hauses führte. Sie stand über ihm, denn sie wollte selbstverständlich die Führung übernehmen. Schließlich war sie ein Jahr älter als er.

«Ich werde dreizehn», sagte sie. Also war sie zwölf. Zwar vertrat sie die Ansicht, er könne nicht singen, aber dem Ausdruck ihrer grünen Augen nach zu urteilen, wie sie da stand und nach oben zu der Luke hinsah, die auf den Dachboden führte, war sie doch beeindruckt und voller Neugier. Für Roberto war sein

Dachboden sein Ich, gewissermaßen. Und deshalb war er sehr stolz, jetzt.

«Puh», sagte Sonia Kraal. «Hier riecht's ja muffig.»

«Na ja …» begann Roberto.

«Aber gruselig finde ich's nicht.»

«Es ist ja auch noch Tag.»

«Wenn ich groß bin, dann werde ich Schriftstellerin», erklärte Sonia Kraal. «Dann schreibe ich Gruselgeschichten.»

«Aha», sagte Roberto.

«Aber dafür», setzte Sonia bekümmert hinzu, «muß ich erst noch was wirklich Gruseliges erleben. Wie soll ich es sonst schreiben?»

«Was meinst du?» rief Roberto in bemühter Begeisterung aus. «Nachts!» Dann dämpfte er die Stimme. «Das Licht geht nämlich nicht. Irgendwas mit dem Strom hier im Haus.»

«Kein Licht?»

«Nein.»

«Und was macht man dann?»

«Ich hab eine Taschenlampe.»

«'ne Taschenlampe? Echt knorke.»

«Ja. Stell dir vor, im Dunkeln, nur mit Taschenlampe …»

Sonia schüttelte sich lustvoll. «Brrrr!» Sie hatte ihren Kopf durch die Luke gesteckt und war mit den Augen auf Höhe des Fußbodens. «Ist dir schon mal klargeworden», sagte sie, «daß in den Ritzen zwischen so Holzbohlen, daß das eine ganze Welt für sich ist?» Sie starrte fasziniert in die Ritzen.

Roberto sagte: «Ja.»

«Wirklich?» Sie hielt den Kopf schräg und schielte eine weitere Ritze entlang. «Da sind Staubfussel, die könnten so groß sein wie Häuser. Und Tiere krabbeln da rum, wie Autos.»

«Autos krabbeln nicht.» Roberto kannte sich aus mit Autos.

Sonia warf ihm von oben einen kurzen Blick zu: Tadel. Roberto wurde rot.

«Komm.» Die Treppenstufen knarrten, und er folgte ihren

dünnen Waden, ihren Fesseln, die in weißen Söckchen steckten. Eigentlich sind sie gar nicht mehr so dünn, dachte Roberto. Die Waden, die Fesseln und auch der Rest von Sonia hatte in diesem Sommer eine karamelartige Farbe angenommen, die Roberto lecker erschien. Wie Karamel eben. Kuhbonbons. Er würde sein Leben geben für Kuhbonbons. Genauso, wie seine Oma es getan hatte. Robertos Gedanken begannen sich zu verwirren. Wie immer, wenn er auf Sonias Beine starrte. Oder auf Sonias Haare. Oder auf irgendwas, das Sonia angefaßt hatte. Oder wenn er nur an sie dachte.

«Sie ist ein hübsches Mädchen», hatte Robertos Mutter vor ein paar Wochen gesagt, und irgendwie war das Roberto bedrohlich vorgekommen. Sie hatte noch keine Brüste, aber kecke Brustwarzen, die wie Kirschkerne unter ihrem dünnen roten Pullover saßen.

«Mein Gott, was für ein Gerümpel!» rief Sonia begeistert aus. Sie sah Roberto nachdenklich an, wobei sie sich am Kopf kratzte. «Das ist wie in einem Traum von mir», sagte sie und runzelte die Stirn. «Ich bin in einem Raum voller Gerümpel, und die Sonne scheint durch kleine Fenster, und da ist Staub, der in den Sonnenstrahlen rumtanzt.» Sie wandte den Kopf gemessen nach links und rechts. Dann nickte sie. «Das ist genau der Dachboden aus meinem Traum.»

«In echt?» Roberto war begeistert.

«Wenn ich es dir doch sage.»

Und Roberto dachte: Mein Dachboden in ihrem Traum. Mann o Mann. Er hatte das Gefühl, als trage sich etwas Außerordentliches zu.

«Und diese Schilder?» Sie zeigte auf die gelben Schilder, die an die Verstrebungspfeiler genagelt waren.

«Die hat mein Vater hier hingehängt», sagte Roberto achselzuckend.

«Ach so.» Sonia sah von dem Schild auf Roberto. Dann: «Weißt du, Roberto, du siehst gar nicht aus wie deine Eltern.»

«Hä?»

«Du siehst nicht aus wie deine Eltern, sagte ich.»

«Ich bin ja auch ein Kind. Kein Kind sieht aus wie ein Erwachsener. Du siehst auch nicht aus wie deine Mutter.» Aber in dem Moment, da er dies aussprach, fielen ihm mit einemmal Hunderte kleiner Ähnlichkeiten zwischen den beiden auf. Sonias Mutter war blond wie ihre Tochter. Und ihr Vater, der «Zwerg», war zwar unnatürlich klein, aber es gab Ähnlichkeiten zwischen seinem Gesicht und dem seiner Tochter.

Die Haarfarbe von Robertos Eltern dagegen war ganz anders als Robertos eigene. Roberto hatte dunkle Haare, dunkelbraun. (Manchmal, im Sommer, zeigten sich blonde Strähnen dazwischen, besonders, wenn sie am Meer waren. Aber hier, in den gemäßigten Breiten, waren seine Haare unzweifelhaft dunkel.) Ganz anders als sein Vater. Dessen Haar war von einer Art stumpfem Blond, und seine Mutter hatte rotbraunes Haar (das sehr schön aussah). «Man muß nicht so aussehen wie seine Eltern», beharrte Roberto trotzig. Er sah abwesend durch das Fenster in den Garten hinab, wo das Freigehege stand. Seine Mutter schritt über den Rasen ins Haus hinein, ihre Schürze um den Leib gebunden. Es roch nach Kuchen.

«Ist ja gut.» Sonia sah sich staunend um. «So viele Kisten!» sagte sie kopfschüttelnd. «Was ist denn in den ganzen Kisten drin?»

«Alles mögliche», sagte Roberto. «Bei vielen weiß ich es selbst noch nicht. Meine Oma ist nämlich gestorben, und jetzt sind ihre ganzen Sachen hier.»

«Das tut mir leid.»

«Was?»

«Das mit deiner Oma.»

«Ach so. Na ja. Sie ist jetzt im Himmel. Vielleicht. Deshalb sind ihre Kisten hier. Glaubst du an den Himmel?»

«Ich glaube an Dachböden», sagte Sonia. Sie hatte sich einer Kiste zugewandt, in der alte Kleidungsstücke lagen, und begann, begeistert darin zu wühlen. «Hach, wie das riecht!» jubelte sie, und sie hielt sich die alten Klamotten an die Nase. Sie probierte einen Hut auf, der wohl einmal Robertos Vater gehört haben mußte, dann schlang sie sich ein rotes Fell unters Kinn. «Hiiih!» quiekte sie und riß es sich vom Hals. «Da sind ja noch Pfoten dran!» Suchend sah sie sich um. Den Fuchspelz hielt sie mit langem Arm von sich gestreckt. «Roberto?»

Etwas knirschte, und sie sah zu der Ecke hin, in der die Särge standen. Schwarze Mahagonisärge. Sie trugen die Bezeichnung «Minister» (die großen, innen mit rotem Samt ausgeschlagen) und «Ministrant» (die kleineren, mit Filz statt Samt).

«Roberto? Wo bist du?»

Das Sonnenlicht bildete eine dünne Säule von der Dachluke bis zu einem der kleineren Särge. Der Staub tanzte in der Säule, und die Oberfläche des Sarges wirkte fast weiß von einer dicken Staubschicht, die darauf lag. Sonia Kraal starrte auf diese Oberfläche, denn der Staub schien aus seiner Erstarrung zu erwachen und sich leicht zu bewegen, wie ein Feld von Seegras unterm Meer. «Roberto?»

Der Sargdeckel hob sich, langsam, knirschend. Und eine Grabesstimme sprach: «Mitten im Leben sind wir vom Tode umfangen.» Dann ging die Stimme in ein kreischendes Lachen über, und von rotem Filz umfangen, richtete Roberto sich auf, Conspessy an der Brust.

«Schwachkopfo», stellte Sonia fest. Aber sie war ein bißchen blaß geworden.

Roberto entstieg dem Sarg und setzte Conspessy samt dem Kleinen in dessen Inneres. Die Hamsterin versuchte sofort, an den Seiten ihres Käfigs hochzuklettern, aber es gelang ihr nicht. «Guck mal», sagte Roberto, «sie kommt nicht raus.» Er hatte den vagen Eindruck, mit dieser Erkenntnis verbinde sich eine tiefere Bedeutung, konnte aber nicht recht sagen, welche.

«Mein Vater ist seit zwei Wochen weg», sagte Sonia unvermittelt.

«Was?»

«Mein Vater ist weg.»

«Der Zwerg?» Roberto biß sich auf die Lippen. Das Wort war ihm rausgerutscht.

Aber Sonia schien ihn nicht gehört zu haben. «Er will sich an meiner Mutter rächen», sagte sie. «Glaub ich.»

«Rächen?»

«Meine Mutter fickt mit einem anderen Mann.»

Roberto sagte: «Oh.» Es war das erste Mal, daß er das Wort «ficken» von jemand anderem hörte als von Frank Oesterberg oder von Schillo Wienholz. Von diesen beiden ausgesprochen, hatte es immer etwas Schmutziges an sich, wie Rotz, der einem aus der Nase lief. Nun, mit einemmal, aus Sonias Mund, wuchs ihm etwas Tragisches zu, etwas seltsam Erhöhtes, Bedeutendes.

«Sie, äh, fickt?» Roberto probierte das Wort aus. Er wurde rot dabei. «Mit einem anderen Mann?»

«Ja», sagte Sonia.

Robertos Blick sah durch sie hindurch, verlor sich irgendwo hinter ihr. Bilder aus der Werkstatt kamen ihm in den Sinn. Verschwommene Bilder. Der Blick seiner Mutter. Das, was seine Mutter getan hatte. War das wirklich geschehen? Oder hatte er es geträumt? Er drückte die Bilder in die Tiefen zurück, aus denen sie aufgestiegen waren.

Tabu.

«Willst du gar nicht wissen, mit wem sie fickt?»

Roberto räusperte sich. «Mit, äh, wem denn? Mit dem Postboten?»

«Nein», sagte Sonia nach kurzem Nachdenken. Ganz so, als wollte sie auch diese Möglichkeit nicht ausschließen. «Er ist Ingenieur, glaub ich.»

«Aha», sagte Roberto. Er dachte an Daniel Düsentrieb. Dem Ingeniör ist nichts zu schwör. Er dachte an Daniel Düsentriebs Sinnierkappe. Mit den Sinniervögeln darin. Sinnier, sinnier, machten die Vögel.

«Und?» fragte Roberto. «Wie ist er so? Der Ingenieur?»

«Er ist nett. Ich hasse ihn.»

Roberto sagte nichts.

«Ich weiß nicht», sagte Sonia. «Ich glaube, er ist so, wie Mama ihn haben will. Oder wie er will, daß Mama ihn haben will. Ich weiß nicht.» Sie zuckte mit den Schultern, schüttelte die düsteren Gedanken ab wie eine alte, muffige Decke. «Weißt du, wie mein Vater mich immer nennt?» fragte sie, und ihre Augen strahlten.

Roberto wußte es nicht.

«Blausternamazone!»

«Blausternwas?»

«Blausternamazone.»

«Was ist das? Eine Blau…?»

«Das bin ich. Aber wir stellen uns vor, das ist auch ein Vogel. Ich bin ein Vogel, verstehst du?»

Roberto verstand nicht ganz. Aber er nickte. Dann sah er Sonia in die Augen. Sie hatten die Form von Mandeln, was sehr selten war und sehr schön. Und sie waren von einem tiefen, leuchtenden Grün. «Aber du hast grüne Augen», gab Roberto zu bedenken.

«Das macht nichts», sagte Sonia. «Die Sache ist: Grünsternamazone hört sich nicht so gut an. Blausternamazone ist besser. Findest du nicht?»

Roberto nickte. «Doch.»

«Eben. Und das findet mein Vater auch. Deshalb bin ich seine Blausternamazone.»

«Logisch», sagte Roberto. Irgendwie, dachte er, mußte Sonias Vater ein sehr netter Mensch sein, auch wenn er so klein war.

«Er will sich an meiner Mutter rächen», wiederholte Sonia wie zu sich selbst. Sie hatte die Decke wieder um sich geschlungen. «Deshalb ist er abgehauen.» Ihr gesenkter Kopf pendelte hin und her. «Aber wieso rächt er sich an mir?»

Plötzlich, als tauche sie aus einem dunklen Tümpel auf, schoß ihr Kopf mit einem Grinsen hoch. Sie hielt ihm den Fuchspelz hin. «Hier», sagte sie. Sie rieb sich die Hände an ihrem Pullover ab, als sie das Ding los war. «Also, daß da noch die Pfoten …!» Sie schüttelte sich. «Also igitt!»

Roberto lachte. «Und der Kopf ist auch noch dran, hier!» Er wackelte drohend mit dem Fuchskopf vor Sonias Gesicht hin und her. Er hielt inne. «Was hast du denn?»

Sonia war mit einemmal sehr traurig. «Seine Augen», flüsterte sie. «Seine Augen.»

«Was ist mit seinen Augen?»

«Sie sind so tot.»

Roberto sah sich die Augen an. Er wußte, was sie meinte. Die Einsicht, daß dieser Pelz, dieses Kleidungsstück, tatsächlich einmal ein lebendiges Wesen gewesen war, hatte auch ihn ziemlich erschüttert. Er hatte es immer gewußt, sicher. Aber er hatte es nicht gefühlt. Am vorangegangenen Tag hatte er es das erste Mal gefühlt. Jetzt fühlte er es. Und mehr: Der Fuchs hatte die gleiche Haarfarbe wie seine Mutter, wenigstens fast die gleiche. Und der Fuchs war tot.

Zum erstenmal in seinem Leben dachte Roberto daran, daß auch seine Mutter sterben könnte. Zum erstenmal fühlte er ihren Tod. Der Pelz glitt aus seinen Händen, und der Kopf des Fuchses fiel mit einem dumpfen Geräusch auf den Holzboden.

«Du weinst ja», sagte Sonia mitfühlend. «Wein nicht.» Sie nahm den Fuchs wieder auf und tupfte mit dem prächtigen roten Schweif die Tränen von Robertos Wangen. Seine Tränen tränkten den Schweif des Fuchses wie Wasser einen Pinsel.

«Danke», sagte Roberto. Er schämte sich.

«Das ist sehr schön», sagte Sonia. Sie lächelte.

«Was?»

«Wenn Jungs weinen.»

«Ja?» fragte Roberto. «Verscheißer mich jetzt nicht.»

«Würd ich nie tun.»

«Okay.» Er war dankbar für ihr Lächeln.

«Kinder!» rief von unten seine Mutter. Ihre Stimme schwankte irgendwie unsicher zwischen den Tonlagen. «Wollt ihr Kuchen und Kakao?»

«O ja», rief Roberto mit brechender Stimme. «Au ja, Mama!» Wieder preßten sich Tränen aus seinen Augen, die er rasch fortwischte.

Sonias Augen waren sehr tief und dunkel, als sie sagte: «Komm, Roberto. Laß uns runtergehen.»

«Ja», sagte Roberto schniefend. Sie machte sich nicht über ihn lustig. Ihre Hand lag sanft an seiner Hüfte. Irgendwie hatte er das Gefühl, daß sie verstand. Daß sie etwas von ihm verstand, was er selbst nicht verstand.

«Ja», schniefte Roberto. Er schämte sich und sah auf seine Schuhe, als er im Augenwinkel die Bewegung sah. Im Fenster. Es war eine hastige Bewegung, eine gewalttätige, dort unten, im Garten. Er fuhr herum. Mit dem Freigehege stimmte etwas nicht. Robertos Augen weiteten sich. Es war zur Seite gerückt, und die Heringe funkelten daneben im Gras. Da war etwas im Freigehege. Etwas Rotes, Braunrotes. Mit weißen Fängen, mit blutroten Fängen.

«Naaaaaiiiiiin!!» schrie Roberto.

Er stieß Sonia beiseite und stürzte auf die Treppe zu.

«Nicht so schnell!» rief Sonia noch.

Aber Roberto hörte nicht. Im Sprung setzte er seinen Fuß auf die erste Treppenstufe, rutschte ab und polterte die ganze steile Treppe hinunter. Es war fast ein freier Fall, denn – wie gesagt – eigentlich war es ein Mittelding zwischen Treppe und Leiter, und als Roberto unten ankam, gab es einen lauten, dumpfen Knall, der das ganze alte Haus in seinem Gebälk erschütterte.

Roberto hörte den Knall nicht, dafür sah er tausend Sternschnuppen zerplatzen, und sein Bewußtsein verwandelte sich in etwas wie geronnene Milch. Er versuchte, auf den geronnenen Kügelchen Halt zu finden, aber der weiße Untergrund wurde immer schlüpfriger, und er rutschte ab und fiel. Im Fall fühlte Roberto eine seltsame Woge der Verlassenheit über sich zusammenschlagen. Es war, als würden all die Bollwerke und all die Festen, die sein Selbst umgaben, um es vor Schmerz und Trauer zu schützen, mit einem Male weggesogen wie von einem großen, spitzen, in alle Winkel dringenden Strohhalm. Er fiel durch ein Tor, das von einer Schlange und von zwei schwarzen Panthern bewacht wurde. Er war in einem Raum voller Kerzen. Und da war seine Mutter vor ihm. Aber sie war anders. Ihre Haut war wie die Haut getrockneter Feigen. Das Flackern der Kerzen ließ ihre Augen im Dunkeln. Nur ab und zu blitzte es schwarz unter ihren grauen Brauen auf. Wie bei dem toten Hamster: Knopfaugen, ohne Weiß um die Iris. Wie bei dem toten Fuchs. Es ging ein seltsamer Geruch von ihr aus, nach trockener Erde und Asche. Sie öffnete den Mund, und zwischen ihren schmalen Lippen (seine Mutter hatte keine schmalen Lippen. Doch, manchmal, wenn sie böse war), zwischen ihren schmalen Lippen kam ein Hamster hervor und starrte ihn an. Die Zähne der Frau schnappten zu, und die Hälfte des Hamsters fiel in einem roten Sprühregen zu Boden. Roberto sah sich selbst, älter, erwachsen schon, wie er die Frau ansah. Die Frau – wer war sie? – griff nach ihm, mit dürren, trockenen Fingern.

«Gott, Robertino», sagte seine Mutter ängstlich, als sie ihm half, aufzustehen. Ihre Finger waren weich und auch ein wenig feucht. «Hast du dir was getan?»

Roberto schwankte.

«Wie geht es dir, mein Junge?»

«Mir ist schlecht», sagte Roberto.

«Er muß kotzen.» Sonia beobachtete ihn angelegentlich.

«Du hast eine Gehirnerschütterung», sagte die Mutter. «Na, wenigstens nichts Schlimmeres. Du hättest dir das Genick brechen können.»

«Achtung, er kotzt!»

Und Roberto reiherte die Schürze seiner Mutter voll. Glücklicherweise, sagte sie später, habe sie die Schürze umgehabt, weil sie doch den Kuchen gebacken habe.

«Du mußt ins Bett», sagte sie und nahm ihren Sohn bei der Hand.

«Die Hamster», hauchte Roberto. Er würgte einen sauren Brocken, spuckte ihn aus. «Der Fuchs.»

Sie schafften es, Roberto nach unten zu bekommen, wo er sich ein weiteres Mal auf den Teppich erbrach. Zumindest traf er die gleiche Stelle wie schon einmal, dorthin, wo bereits ein dunkler Fleck die Oberfläche verunzierte.

Im Gras im Innern des Freigeheges klebten Blut, zerfetzte Hamsterteile und winzig kleines Gedärm. Der Fuchs war fort. Roberto stand stumm und unbeweglich unter dem blauen Himmel, sein Schatten fiel aufs Gras, und dann, schluchzend, fiel er auf seinen Schatten. «Meine Schuld!» schrie er in das lockere Erdreich zwischen den Gräsern hinein. «Meine Schuld!» Er hieb mit den Fäusten auf den Planeten ein. Er riß Grassoden aus dem Boden, bäumte sich auf und seitwärts, bis er, knirschende Erde zwischen den Zähnen, heftig atmend zur Ruhe kam. «Hätte ich sie dagelassen», flüsterte er.

Was er meinte, war: Hätte er Conspessy nicht entführt, wäre sie bei ihren Jungen geblieben. Sie hätte den Fuchs in die Flucht geschlagen. Roberto glaubte fest an die alles überwindende Kraft der Mutterliebe. Dann begann sich in ihm von neuem alles zu drehen, und er würgte bittere Galle aus seinem Innersten hervor. Sie lief an den grünen Grashalmen hinab und glitzerte in der Sonne wie später Tau.

«Darf ich bei ihm bleiben?» fragte Sonia. Roberto lag in seinem Bett und hatte Schüttelfrost. Seine Mutter war gerade dabei, ihm die Decke bis zum Kinn hochzuziehen, als sie in der Bewegung innehielt. Sie war gerührt. «Aber ... das geht doch nicht», sagte sie, den Kopf zu dem Mädchen gewandt. «Es wird bald dunkel.»

«Ich werde über Nacht bleiben.»

Robertos Mutter sah sie an. Roberto sah sie auch an, mit offenem Mund, aus dem ein bißchen Sabber troff.

«Ich will Krankenschwester werden», erklärte Sonia Kraal und rieb ihre Knie aneinander.

«Also …» Frau Dillinger sah ihren Sohn an. «Wenn deine Eltern es erlauben …»

«Ich ruf sie gleich an!» rief Sonia. «Sie erlauben es auf sicher.»

«Auf sicher?» fragte Frau Dillinger, die diesen Ausdruck zum erstenmal hörte.

«Auf sicher. Sie haben da einen schönen Ring, Frau Dillinger.»

«Oh. Ja. Danke. Willst du mal sehen?» Sie hielt Sonia ihren Finger hin.

«Eine Acht», sagte Sonia. «Heißt das acht Karat?»

«Acht? Ach so. Die Gravur. Nein. Das ist eine Acht, die auf dem Bauch liegt. Das bedeutet Ewigkeit. Schön, nicht wahr?»

«Ewigkeit? Ich glaube nicht, daß die Ewigkeit schön ist.»

«Du bist schon ein seltsames kleines Mädchen.» Robertos Mutter sah die Besucherin nachdenklich an. «Vergiß nicht zu telefonieren.»

«Stimmt ja!» Und Sonia rannte die Treppe hinunter in Richtung Telefon.

Als sie wiederkam, strahlte sie, und beim sommerabendlichen Zwitschern der Vögel bereitete Frau Dillinger dem jungen Gast ein Lager neben dem Bett ihres Sohnes.

«So», sagte sie. Sie stopfte ein Kopfkissen in einen Bezug und ließ es auf die Matratze fallen. «Fertig. Ich hoffe, es ist gemütlich genug.»

«Auf sicher», sagte Sonia.

Alle Geräusche, die von draußen kamen, waren warm und vertraut. Die rote Sonne beschien die Unterseiten der Blätter, und die Blätter raschelten ganz leise im lauen Wind.

Robertos Mutter stellte ihm noch einen Eimer neben das

Bett, dann fragte sie Sonia: «Möchtest du einen Pyjama von Roberto anziehen?»

«Nein danke. Ich schlafe immer nackt.»

«Ach so. Na ja.» Robertos Mutter sah Sonia unsicher an. «Und genierst du dich nicht, so nackt? Roberto geniert sich immer so.»

Roberto wurde rot.

«Ja», sagte Sonia. «Tu ich.»

«Was? Du genierst dich?»

«Ja. Aber man muß dagegen ankämpfen.»

«Ach so. Na ja.»

«Aber weil ich hier Gast bin», tat Sonia kund, «werde ich gern einen Pyjama anziehen.»

Es war kein sauberer Pyjama von Roberto verfügbar, und so zog sich Sonia ein Oberteil von Robertos Vater an, ein hellblaues Modell, dessen Westentasche auf Höhe ihres linken Knies hing. «Fabelhaft», sagte Sonia und besah sich im Spiegel. Dann schlüpfte sie unter die Decke. Inzwischen war es schon fast dunkel.

«Licht aus», sagte Frau Dillinger und schaltete das Licht aus. «Schlaft gut. Und gute Besserung, Roberto. Ruf mich ruhig, wenn dir etwas fehlt.»

Sonia setzte sich ernsthaft auf. «Machen Sie sich keine Sorgen. Ich übernehme die Nachtwache.»

Hannah Dillinger lächelte. «Schön, schön», sagte sie.

Als seine Mutter gegangen war, wälzte Roberto sich in seinen Laken und stöhnte leise. Sonia, den Kopf auf die Hand gestützt, sah sich das eine Weile an, dann sagte sie: «Soll ich dir eine Geschichte erzählen?»

«Eine Geschichte? Ja. Was denn für eine?»

«Von einem Zeppelin.»

Roberto staunte. «Von einem Zeppelin? Toll.»

«Ja, von einem großen, riesengroßen silbernen Zeppelin, der aussieht wie eine riesengroße Zigarre. Ein Luftschiff. Und auf dem silbernen Leib des Luftschiffes steht in großen Buchstaben das Wort Z E P P P E L I N. Mit drei P.»

«Wieso mit drei?»

«Weil es ein ganz besonderer Zeppelin ist. Ein Zep-p-pelin eben.»

«Schwierig auszusprechen.»

«Man sagt einfach Zeppelin. Aber geschrieben wird es mit drei P.» Sonia zog die Knie an. Die Bettdecke machte ein Geräusch wie ein Zischen. «Es ist Nacht», sagte sie. «Es ist Nacht im Wald. Auf einer Wiese. Da sind die Bäume. Die Baumwipfel. Und das Kind steht da auf der Wiese, und es weint, weil es so klein ist und so unbedeutend und weil niemand es liebt. Und dann hört es plötzlich ein Rauschen, ein ganz leises, aber doch so ein Rauschen voller … Kraft. Ja. Und dann …» Sonias Knie zitterten. «Dann kommt der Zeppelin, er fliegt ganz tief, und er ist riesengroß, und er taucht da über den Baumwipfeln auf und wird größer und größer, so daß er fast so groß ist wie der Himmel. Und das Kind schaut hinauf zu dem riesengroßen Luftschiff. Aber es hat keine Angst. Es weiß, daß das Luftschiff ihm nichts Böses tut. Es hat ja immer darauf gewartet. Es hat immer auf so etwas gewartet. Es hatte nicht gewußt, daß es ein Luftschiff sein würde, ein Zeppelin. Aber es wußte, daß irgendwas kommen würde, um es zu holen. Um es mitzunehmen.»

«Wohin mitnehmen?» fragte Roberto.

Sonia sah ihn irritiert an. Dann fuhr sie fort: «Und dann öffnet sich eine Tür in der Kanzel, und eine Strickleiter wird herabgelassen, und dort oben sieht ein Mann mit einem weißen Bart auf das Kind hinab. Das ist der Graf. Graf Zeppelin. Und das Kind greift nach der Strickleiter mit seinen kleinen Händen, und es klettert hinauf, und der Graf lächelt. Graf Zeppelin. Und dann fliegt das Luftschiff fort.»

«Wohin? Wohin fliegt es?»

«Dorthin, wo alles besser ist. Wo die Menschen sich lieben. Wo die Eltern ihre Kinder lieben. Wo die Sonne scheint.»

«Und wo ist das?»

«Es ist ein fernes, geheimnisvolles Land. Und der große silberne Zeppelin schwebt über diesem Land, mit mir darin.»

«Mit mir auch.»

«Gut. Auch mit dir. Mit uns beiden. Und er schwebt über dem Land ...» Sonia dachte nach. «Über dem Land ...»

«Ja?»

«Ja.»

«Ja, und wie weiter?»

Sonia schaute in die Dunkelheit. «Ich weiß nicht.»

«Du weißt nicht? Du weißt nicht, wie es weitergeht?»

«Nein.» Sie strich mit der Hand über die Bettdecke. Dann sah sie Roberto an. «Deshalb will ich ja Schriftstellerin werden. Um es herauszufinden.»

Es ist ein Traum. Ein Fiebertraum. Die Eule. Der Schnabel, der nach ihm pickt, und er ist klein, so klein wie ein Wurm. Er hat auch keine Arme, um ihn abzuwehren, genau wie ein Wurm.

Dann, plötzlich, ist die Eule fort.

Er erinnert sich an die Dinge, die heute passiert sind. (Ihm ist heiß.) Er steht dort oben auf dem Dachboden, am Fenster. Aber das Fenster ist rund. Ein Bullauge. (Alles schwankt, wie auf einem Schiff.) Und durch das Bullauge sieht er den Garten. Der Garten ist das Meer, wie eine Seegraswiese, Wellen gleiten vorüber, mit runden Rücken durch das Grün. Da ist das Freigehege, die Hamster darinnen. Es steht sicher. Die Heringe halten es fest. Alles ist gut. Er steht auf den knirschenden Bohlen des Dachbodens, und mit einemmal wird ihm bewußt, in welch schwindelnder Höhe er sich befindet. Die Bohlen knirschen. Er spürt, wie sie bei jedem Schritt um Millimeter nachgeben, unter ihm. (Sie könnten in die Tiefe knicken.) Draußen, im Bullauge, geht seine Mutter übers gräserne Wasser. Sie trägt den Fuchspelz um ihren Hals. Sie hat etwas Feierliches an sich, wie sie da übers Wasser geht. Ihr rotbraunes Haar im Wind. Der Fuchs um ihren Hals öffnet sein Maul, Roberto sieht seine Zähne. Sie sind lang und weiß und scharf. Er wendet sich von dem Bullauge ab. Ein kleiner Sarg steht vor ihm, ein Kindersarg, sehr klein, sehr schwarz. Er öffnet den Deckel. Acht Hamster liegen darin, aufgereiht in einer Art Gestell. Und sie sind alle tot. Er öffnet den Mund, um zu schreien, aber kein Laut dringt aus seiner Kehle. Sein stiller Schrei läßt das Bullauge beschlagen, und durch das Glas sieht er nur mehr Schemen, unstete Schatten. Aber er weiß, daß seine Mutter die Heringe aus den Ösen am Freigehege zieht. Und jetzt sieht er: Sie ist der Fuchs. Es sind die Haare, ihre Haare, die Zähne haben, ein Maul, braunrote Haarfluten, die sich auf die Hamster im Freigehege stürzen. Das gräserne Meer färbt sich braunrot. Blut spritzt, klatscht gegen das Bullauge. «Roberto!» Das Haus wackelt. «Roberto, wach auf!»

«Was?»

«Wach auf. Es ist ja gut.»

Sonia. «Ich …» sagte Roberto. «Ich hab geträumt.» Er sah sich um, im halbdunklen Zimmer. Der Mond erhellte die Hälfte einer Wand und ließ alles silbern erscheinen, fahl.

«Muß ja was Furchtbares gewesen sein.» Sonia schüttelte den Kopf, und eine Haarsträhne kitzelte Roberto an der Nase. Er nieste. Er sagte nichts. Schweiß lief kitzelnd an seinem Rückgrat entlang. «Ja», sagte er dann.

«Was denn?»

«Ich … weiß nicht mehr.» Er sah an ihr vorbei. «Etwas mit einem Schiff.»

«Ein Schiff?»

«Im Meer. Mit Wellen.»

«Da bist du sicher seekrank geworden.»

«Und dann war da noch eine Eule. Eine weiße Eule mit einem Schnabel.»

«Du bist ganz naß vor Schweiß.»

Roberto hob seine Decke mit dem Fuß. Der kühle Luftzug tat ihm wohl an seinem heißen Körper.

«Wie geht's dir?»

«Besser, glaub ich.»

«Hast du noch Fieber?» Sie legte die Finger auf seine Stirn.

«Ich glaube nicht.»

«Nein.» Sie machte die Gegenprobe bei sich. «Kein Fieber.» Damit tätschelte sie ihm die Wange und kroch wieder unter ihre Decke. «Am besten, du schläfst dich jetzt erst mal richtig gesund.»

«Ja», sagte Roberto. Er starrte auf die dunkle Decke über sich. Die Schatten der Zweige dort bewegten sich kaum merklich. «Aber, äh …» gab er zu bedenken.

«Hm?»

Roberto setzte sich auf. «Ich kann nicht schlafen.»

«Du kannst nicht schlafen?» Sonia streckte ihren Kopf aus den Decken.

«Ich bin putzmunter.»

«Ehrlich?»

«Ich glaube, ich habe gar keine Gehirnerschütterung.» Er wiegte probeweise den Kopf hin und her. «Nein. Tut nicht mehr weh. Mir ist auch gar nicht mehr schwindelig.»

«Na klasse!»

«Ja.» Roberto nickte. Dann machte er ein bedeutungsvolles Gesicht. «Ich hab von dem Fuchs geträumt.»

«Von dem Fuchs im Garten?»

«Ja. Auch. Aber eigentlich war es der Fuchs von oben.» Er sah bangen Blickes an die Decke. Die Decke, die der Fußboden war, über den die scharfen Krallen des Fuchses kratzten. «Er ist dort oben», sagte Roberto.

Sonia sagte nichts. Ihre Augen waren starr gegen die Zimmerdecke gerichtet. Eine Haarsträhne glitt wie in Zeitlupe von ihrer Stirn, dann in einer Kreisbewegung abwärts, wo sie auf das Kissen fiel. «Ich hab was gehört», flüsterte sie mit einemmal.

«Was?»

«Ein Kratzen oder so was.»

Roberto setzte sich auf. «Wo sind die Überlebenden?» Er meinte Conspessy und das Junge, das in ihrem Maul gewesen war.

Sonia verstand. «Im Käfig. Im Flur hier oben. Und deine Eltern sind in ihrem Schlafzimmer.» Denn auch Robertos Eltern waren schließlich Überlebende. Sie lebten, sie waren nicht tot. Sie lebten, und sie waren in Gefahr. Nur wer tot war, war außer Gefahr. Roberto blickte an die Decke, versuchte, mit Röntgenaugen durch die Rauhfasertapete zu dringen. Dort oben war etwas, das tötete. In Wirklichkeit und in seinem Traum. Roberto war jung. Roberto war ein Kind. Er hatte Phantasie. Roberto hatte Angst. «Und wir sind hier», sagte er mit zitternder Stimme. Auch er und auch Sonia waren Überlebende.

«Bist du sicher, daß er da oben ist?», fragte Sonia.

«Ich weiß nicht. Bist du sicher, daß du ein Kratzen gehört hast?»

«Ich weiß nicht.»

Die beiden Kinder sahen sich an. Im Dunkeln waren ihre Gesichter zwei dunkle Schatten. Ihre Decken waren wie Gebirge, wie Welten über ihre Knie getürmt. Bergflanken, mondbeschienen, dunkle Schluchten. Sie sahen auf die Laken über ihren Knien, forschten in den Abgründen ihrer Ängste.

«Ich glaube, ich hab ein bißchen Angst», sagte Sonia.

«Ich auch», gab Roberto zu.

Sonia schlug die Decke mit einem Ruck beiseite. «Wenn du vor etwas Angst hast», sagte sie, «dann mußt du es tun.» Sie blickte Roberto nicht an. Sie sah auf ihre eigenen Hände, die sie zu kleinen Fäusten ballte. «Man muß das tun, wovor man Angst hat.»

Der Hamsterkäfig stand am Fuß der ausziehbaren Treppe, und der Schein der Taschenlampe ließ das Gitterwerk über die Körper der beiden Nagetiere huschen. Conspessy sah sie mit ihren schwarzen Augen an, ihr eines überlebendes Kind schlief an ihrem weichen Bauch.

«Wieso geht das Licht hier auch nicht?» flüsterte Sonia.

«Weil ich die Birne rausgenommen hab, gestern.»

«Wieso das denn?»

«Ich hab sie oben reingeschraubt. Auf dem Dachboden. Weil die Birne da kaputt war.»

«Dann geht ja oben Licht.»

«Nee. Sie ist gleich kaputtgegangen, als ich sie ausprobiert hab.»

Roberto ließ den Lichtkegel nach rechts zucken, wo er auf den Stufen zitterte. Stufe um Stufe kletterte der Kegel empor, riß Holz aus der Dunkelheit, Staub. Die Kinder folgten ihm.

«Psst!» Roberto stand stocksteif. Etwas knirschte. Robertos Herz stieß bei jedem Schlag von innen gegen seine Rippen. Wie ein Basketball, dachte er.

«Weiter», flüsterte Sonia unter ihm.

Er kletterte weiter.

Robertos Augen waren in einer Höhe mit den Bodenplanken. Er ließ die Taschenlampe wie einen Radarpeilstrahl im Kreis durch den schwarzen Raum schneiden. Er drehte seine Hüfte und den Hals nach links, und zwei Reihen scharfer weißer Zähne sprangen ihn an.

«Waaah!» machte Roberto. Fast fiel er zum zweitenmal die Treppe hinunter.

Sonias Hand umfaßte seine linke Fessel. «Was?»

«Ich …» Roberto preßte seine Stimme zu einem kehligen Flüstern. «Der Fuchs ist hier. Ich hab mich erschreckt.»

«Wo ist er?»

«Er liegt hier. Vor mir. Aber er bewegt sich nicht.»

Sonia atmete aus. «Es ist eben doch nur einfach ein Pelz. Der tut nichts. Los, geh schon weiter!» Sie stieß Roberto von unten gegen den Po.

Roberto stieg weiter. Als er auf der letzten Stufe stand, probierte er den Lichtschalter. Natürlich funktionierte er nicht. Sie mußten sich auf die Taschenlampe verlassen. Roberto ließ den

Strahl in alle Richtungen huschen, hielt ihn dann in Sonias Gesicht.

«He!»

«Entschuldigung.» Er kicherte nervös. «Du siehst aus wie ein Gespenst, in dem Schlafanzug.»

«Buhuu.» Sonia hob ihre Arme, so wie Gespenster das tun. «Ein Gespenst, ein Gespenst», deklamierte sie dumpf. «Ich bin ein Gespenst.» Roberto, der den Lichtstrahl in Augenhöhe hielt, stolperte über einen alten Kochtopf. Zum Glück ohne Deckel. «Psst», machte Roberto.

«Selber psst.»

So, vom Dunkel umfangen, war der Dachboden ganz anders als am Tage. Nicht sonnendurchflutet, sondern beherrscht von Schatten, Nischen, Formen, vollkommen verschieden von denen, die hier noch vor wenigen Stunden gewesen waren. Es war, als führten die Gegenstände hier oben, die Kisten, die Särge, die alten Kleider, Bücherstapel, als führte alles jetzt in der Schwärze der Nacht ein ganz anderes Dasein als das, welches sie den Menschen bei Licht vorgaukelten. Jetzt war die Welt so, wie sie wirklich war. In der Finsternis waren die Dinge für sich. Waren sie anders. Dunkel. Feindlich. Jeder Schatten ein Abgrund. Es roch sogar anders als bei Tage. Am Tag war die Luft staubig, warm, und da war immer ein wenig Harz, das in der Nase kitzelte. Jetzt roch es eher wie im Wald, wenn der Herbst kam. Sumpfig.

«Leuchte mal hierher», flüsterte Sonia aufgeregt. «Ich glaube, das sind Fotos.» Ihre Hand wühlte in einem Karton, der ringsum von schwereren Kisten zusammengedrückt wurde. Die Seitenwand war zu einer Ecke herausgepreßt, in die man hineingreifen konnte. «Guck mal.» Sie hielt ein Bild in den zitternden Kegel der Taschenlampe. «Wer ist das?»

Roberto kniff die Augen zusammen. «Ich glaube, das ist meine Oma. Ja. Als sie noch jünger war.»

«Dann sind das die Kisten von deiner Oma.»

«Ja. Die ganzen hier.»

«Hier sind noch mehr.» Sonia griff sich eine Handvoll Bilder und hielt sie wie einen Fächer zwischen den Fingern. Sie legte sie auf den Boden, Dutzende von Bildern, und kauerte sich darüber. «Und das da?» fragte sie. «Der Hund?»

«Ich weiß nicht», sagte Roberto. Er hockte sich neben sie.

«Dann kennst du die Bilder noch gar nicht?»

«Nein. Ich glaub, meine Oma hatte mal einen Hund. Das ist er dann wohl.»

«Ein Schäferhund.»

«Ja. Jetzt weiß ich wieder. Ich glaube, er hieß, äh, Rudolf.»

«Rudolf? Ein Hund, der Rudolf heißt? Du willst mich wohl verscheißern?»

«Nein, nein!» beharrte Roberto. Er erinnerte sich jetzt genau. «Er hieß wirklich so.»

Sonia hielt ein neues Foto hoch. «Hier, guck mal, ein Motorrad. Eine Frau auf einem Motorrad.»

Roberto sah sich das Bild an. Eine Frau mit hohen Stiefeln und einem kurzen Rock saß auf einer Harley-Davidson. Sie lächelte keck in die Kamera. Hinter ihr dehnte sich Wüste.

«Wüste», sagte Roberto. «Ich glaub, das ist eine Tante von mir. Tante Gilda. Die ist in Amerika.»

«In Amerika? Toll. Ich will auch nach Amerika, irgendwann. Und ich will zum Zirkus.»

«Ich, äh, dachte, du willst Schriftstellerin werden.»

«Das auch. Aber ich will noch viel mehr.»

«Ja?» fragte neidvoll Roberto, dem das Wollen schwerfiel. «Was denn noch alles?»

«Kinder. Jede Menge Kinder.»

«Du bist doch selbst noch ein Kind.»

«Jetzt doch noch nicht, du Doofi.»

«Ach so.» Schwachkopfo.

«Und das?» Sonia hielt ihm ein Bild hin.

«Wieder meine Oma. Ein bißchen älter jetzt.»

Sonia sah die Fotos flüchtig durch. «Das ist alles deine Oma», sagte sie enttäuscht. «Wie langweilig.»

Roberto zuckte mit den Achseln. «Warte, ich tu sie wieder rein.» Er gab ihr die Lampe, nahm die Fotos in beide Hände und stopfte sie in den Karton, wobei ein paar danebenfielen und in einer Ritze zwischen den Kisten verschwanden. «Ups», machte Roberto.

«Hier, ich hab eins.» Sonia zog eines der Fotos mit den Fingernägeln aus der Ritze hervor. «Leuchte noch mal. Ich möchte sehen, was es ist.»

Roberto leuchtete das Foto an. Es war ein wenig verwackelt und wirkte deshalb, als habe der Fotograf sich bemüht, das Objekt seines Interesses besonders weich zu zeichnen. Eine Ecke des Bildes war abgeknickt, und irgendeine Reflexion hatte eine andere sich orangerot verfärben lassen.

«Wie groß sie sind», hauchte Sonia andächtig. Sie sah das Foto an, zupfte mit den Fingern an ihrem Schlafanzug herum. Roberto rückte auf den Knien näher, er berührte Sonia mit seinem Arm und spürte die Wärme ihrer Haut unter dem Stoff. Zum erstenmal bemerkte er Sonias Geruch. Er war überrascht. Sie hatte tatsächlich einen Geruch. Einen Duft. Sie roch sehr gut.

«Guck dir die Dinger an!»

Er guckte sich die Dinger an. Sie waren tatsächlich groß. Sehr groß. Sehr viel größer als die von Sonia. Nicht wie Kirschkerne. Eher wie ausgewachsene Orangen. Die Nippel standen so weit daraus hervor, daß sie lange Schatten warfen. Die Brüste selbst hatten in etwa Honigmelonengröße.

«Wie findest du sie?» fragte Sonia heiser.

«Groß», sagte Roberto.

«Ich hab noch nie so große Brustwarzen gesehen.»

«Ich auch nicht.»

«Findest du, meine sind zu klein?» Ehe er reagieren konnte, hatte sie seine Hand genommen und sie auf ihre zwölfjährigen Brüste gedrückt. Ihre Nippel fühlten sich tatsächlich genau so an:

wie Kirschkerne. Roberto war überrascht über die Härte. Darunter spürte er ihr Herz, das klopfte. Sonias Hände waren warm, fast heiß.

«Sind sie zu klein?»

«Ich weiß nicht», sagte Roberto. Er löste seine Hand aus der warmen Umklammerung und starrte auf das Foto. «Sie, äh, wachsen sicher noch.»

«Ich will aber nicht, daß sie wachsen.»

«Was?»

«Sie stören einen nur», stieß sie trotzig hervor. «Wenn sie so groß sind wie die da.»

Roberto betrachtete die da. Das Gesicht der Frau, der sie gehörten, war nicht zu erkennen. Eine verschwommene Wolke. Wahrscheinlich hatte sie im Moment der Aufnahme gerade den Kopf auf dem Kissen umgewandt. Aber den Rest sah man. Die Brüste, vollendet in ihrer Form und auch vollendet in dem Schatten, den sie warfen. Die Höfe um die Brustwarzen, groß wie Orangen. Die Hüften der Frau, ihr Becken, man sah sogar den Spalt ihres Geschlechts. Sie hatte keine Schambehaarung.

«Sie hat keine Haare da unten», sagte Sonia. Ihre Stimme war belegt. «Genau wie ich. Willst du mal sehen?»

Roberto tastete zwischen den Kisten herum, in der Ritze, in die die Fotos gefallen waren. «Ich hab noch eins», sagte er.

«Hier, fühl mal.»

Aber Robertos Hand entschlüpfte ihren Fingern. Er fühlte sich unwohl bei dem, was sie da tat. Er wußte nicht, ob er auch etwas tun mußte. Außerdem fürchtete er sich vor den Zähnen, die, er erinnerte sich genau an Franks Worte, dort im Schatten auf ihn lauern mochten. Manchmal, so auch jetzt, wurde ihm der Kontakt zu anderen Lebewesen zuviel. Am liebsten wäre er jetzt allein gewesen. Allein auf seinem Dachboden, allein mit seinen Fotos.

Sein Dachboden, das war sein Innerstes. Sein Gehirn. Und die Fotos, das waren die Bilder in seinem Gehirn. Roberto war auf Entdeckungsreise in sein eigenes Ich. Er hielt den Strahl der Taschenlampe auf das zweite Foto.

Es zeigte wieder dieselbe Frau. Diesmal war ihr Kopf überhaupt nicht mehr zu sehen. Was man aber sah, war der Grund, weshalb ihre Brustwarzen so unglaublich groß waren, und wohl auch, weshalb ihre Scham rasiert war: An der rechten Brust der Frau saugte ein Baby. Ein kleines, rotes, zerknittertes Baby mit verklebten Augen.

«Ein Baby», sagte Sonia.

Roberto sagte: «Ja.»

Sie betrachteten das Baby schweigend, um sie herum vollkommene Stille. Es knackte im Gebälk, als Sonia sich bewegte.

«Huh!» machte Sonia. «Ich bin ein Gespenst.» Sie setzte sich auf und hob den Schlafanzug von Robertos Vater bis zu ihren Brustwarzen empor. «Ich bin ein Gespenst, ich bin ein Gespenst!» Der von Haaren unverhüllte Spalt ihres Geschlechts war ein gerader, schwarzer Schatten.

«Ich bin ein Gespenst, ich bin ein Gespenst. Huhuuh!»

Roberto war wie gelähmt, und er war froh, als sie den Schlafanzug wieder über ihre Knie herabfallen ließ.

«Du stehst nicht auf Gespenster, was?» fragte Sonia.

«Ich weiß nicht», sagte Roberto.

«Ich weiß nicht, ich weiß nicht», äffte Sonia ihn ärgerlich nach. Sie sah ihn verächtlich an. «Schwachkopfo.»

Roberto räusperte sich. Er sah zu Boden. Die Holzbohlen knackten. Er atmete. Sonia atmete. Etwas tropfte aus Robertos Augen auf die Holzbohlen. Drilp. Noch einmal: Drilp.

«Es tut mir leid», sagte Sonia kopfschüttelnd. «Du bist aber auch empfindlich.» Sie stieß ihn an die Schulter. «Na ja», seufzte sie. «Du kannst ja nichts dafür, wenn du nicht auf Gespenster stehst.»

Roberto sagte nichts.

«Aber das kann ich ja schließlich nicht riechen, oder?»

Roberto sah auf. «Sieh mal», sagte er dann, die Stimme noch

gebrochen. «Die Spieluhr.» Er zeigte auf das Foto. Neben der Frau lag, halb von Laken verdeckt, ein Gegenstand, gelb, mit roten Verzierungen.

«Spieluhr? Wie kannst du das erkennen?»

«Das ist doch eine Spieluhr. Hier. Der Holzklöppel ist kaputt.»

«Stimmt. Du hast recht.» Nun formte sich auch für Sonias Augen eine Spieluhr in Glockenform auf dem Foto.

«Hilf mir mal», sagte Roberto. Er zerrte die große alte Nähmaschine beiseite. Sonia faßte mit an. Die eisernen Füße der Maschine schabten über das Holz. Die Kinder verharrten, lauschten. Von unten kam kein Geräusch.

«Sie schlafen», flüsterte Roberto. Er wandte sich dem freigelegten Karton zu. Dutzende von alten Mänteln lagen darin übereinander. Es roch muffig. Er tauchte mit seinem Oberkörper in die Mäntel, wie in das Wasser eines Schwimmbassins.

«Was suchst du da?» fragte Sonia.

«Das.» Roberto kam hoch. Er hielt die Spieluhr in der Hand. Wie lange war es her, daß er sie dort versteckt hatte? Kurz nach Omas Tod war es gewesen. Er erinnerte sich an seinen Vater, der im Haus der Großmutter geweint hatte. Sein Vater hatte sich sonderbar benommen, an jenem Tag.

Sonia betastete die Uhr. Sie war gelb mit roten Verzierungen und hatte die Form einer Glocke. «Genau dieselbe.» Sie sah auf das Foto. «Hier. Sogar der Klöppel ist kaputt.»

«Das ist dieselbe.»

«Klaro. Auf sicher.» Sie zog an der Schnur. Zwei Töne schnarrten aus dem hölzernen Gehäuse, dann war Schluß. «Und was bedeutet das jetzt?»

«Was?»

«Daß die auf dem Foto ist und jetzt hier in echt?»

Roberto hob eine Schulter. «Keine Ahnung.» Er nahm ihr die Spieluhr aus der Hand und tat sie wieder unter die Mäntel. «Sowieso kaputt», erklärte er. «Hilf mir noch mal.» Er versuchte, die Kisten auseinanderzuschieben, um an die anderen Fotos heranzukommen. Das schabende Geräusch war leise, gedämpft durch zusammengefaltete Kartons, die als Unterlage für die Kisten dienten. Sonia packte mit an und es gelang ihnen, zwischen den Kisten einen Durchgang zu schaffen, in den Roberto sich hineinzwängen konnte. Während er noch dabei war, mit der Taschenlampe die Winkel zwischen dem ersten und dem zweiten Kistenstapel auszuleuchten, hörte er – ganz leise – Stimmen, von irgendwoher. Erwachsenenstimmen.

Später, Roberto, hast du dein feines Gehör verflucht, das dich tiefer hineingezogen hat ins Reich der Schatten. Du hast die Wahrheit verflucht, und die Erkenntnis. Du wußtest, es ist böse, andere zu belauschen. Und du ahntest bereits jetzt, im Vorwärtskriechen, daß ein Abschnitt deines Lebens nun zu Ende ging. Ein glücklicher, unbeschwerter Abschnitt. «Was ist?» fragte Sonia. «Nichts», hättest du jetzt immer noch sagen können, du hättest zurückkriechen können. Vielleicht wärst du glücklich und unbeschwert alt geworden, vielleicht wärst du ebenso gestorben. Andererseits: Was solltest du schon tun, dich deines Schicksals zu erwehren?

«Was ist?» fragte Sonia.

«Pst!» Er horchte auf das dumpfe Dröhnen der Männerstimme. Vorsichtig zwängte er sich weiter zwischen die Kisten und Kartons, drängte sie mit den Schultern beiseite. Hier roch er wieder den Harz und noch etwas anderes, das ihm vage bekannt vorkam, an das er sich aber nicht erinnern konnte. Ein Käfer flüchtete vor dem Lichtschein zwischen die Holzbohlen.

«Was ist denn?» fragte Sonia.

«Pst, ich hör da was.» Im Strahl der Taschenlampe blitzte etwas auf. Ein Rohr aus blankem Metall, das durch den Holzboden stieß und gleich darauf oben in dem Dämmaterial verschwand, das unter den Dachziegeln befestigt war. Roberto schob sich bis an das Rohr heran und preßte sein Ohr gegen das kalte Metall. Dann hörte er seinen Vater:

«Es war meine Schuld.»

Roberto drückte das Ohr fester ans Rohr, schirmte es mit einer Hand ab.

«Die Heringe waren nicht fest genug. Ich hatte ihm versichert, daß sie halten würden.»

Die Worte drangen metallisch verfremdet an Robertos Ohren, und er verstand nicht alles genau. Doch was ihm akustisch entging, wurde in seinem Hirn vervollständigt.

«Nein.» Die Stimme von Robertos Mutter war schwerer zu verstehen. Er mußte sich sehr darauf verlassen, ihren Tonfall richtig zu deuten. «Nein. Sag das nicht. Du hast keine Schuld.»

(Der Traum. Deine Mutter mit dem Fuchspelz. Sie zieht die Heringe heraus. Die zerfetzten Hamster.)

«Sind das deine Eltern?» fragte Sonia.

«Psst!» zischte Roberto. Dann freundlicher: «Ja.» Er atmete ein bißchen Staub ein, der vor seiner Nase auf dem Boden lag, und nieste unterdrückt.

«Er ist manchmal so ... fremd», sagte sein Vater dann. Überdruß schwang in seiner Stimme mit. Er war nicht betrunken.

«Fremd?» Seine Mutter.

«Er ... ich weiß nicht. Manchmal weiß ich nicht, ob ich ihn je richtig verstehen werde.»

Roberto preßte sein Ohr fast in das Rohr hinein.

«Du machst dir falsche Vorstellungen», sagte seine Mutter nach einer Pause. «Richtig verstehen. Was heißt das? Man kann es letztendlich immer nur versuchen. Den anderen zu verstehen, meine ich.»

Robertos Vater seufzte. «Er sollte wie ein Sohn sein für mich, ich weiß.»

(Wie ein Sohn?)

«Aber er ist es nicht. Ich glaube, man kann ein angenommenes Kind nicht lieben. Ich fürchte zumindest, daß das so ist. Wenn Roberto mein Sohn wäre, dann würde ich ihn wahr-

scheinlich einfach lieben. Wenigstens stell ich mir das so vor. Daß
das dann automatisch kommt.»

(Du hörst diese Worte klar und deutlich.)

«Aber bei Roberto ... Ich bemühe mich. Ich bemühe mich
sehr. Aber es kommt nicht von innen.» Sein Vater räusperte
sich, und es schepperte und dröhnte im Rohr, als würden Ratten
durch sein Inneres hasten. «Und wenn er anfängt, Schwierigkeiten zu machen, wenn es Probleme gibt ... Ich weiß nicht, ob
ich ...» Sein Vater zögerte. «Ob ich ihn dann nicht fallenlassen
würde.»

«Aber wieso? Was soll denn passieren?»

Ihr Mann ließ sich Zeit mit der Antwort. «Viele Dinge»,
sagte er schließlich. Es war etwas in seinem Tonfall. Etwas wie
ein Riß. Etwas wie ein Graben. Etwas wie ein Abgrund.

«Ich ... verstehe nicht», sagte Hannah zögernd.

Alfred Dillingers Stimme bekam einen lockenden, einen for-
schenden Ton. Böse Männer in Filmen sprachen so. «Wer weiß
denn schließlich, wer seine Eltern waren.» Ein Geräusch jetzt,
ein Wühlen mit der Bettdecke. «Vielleicht sind es ganz grauen-
volle Menschen. Mit Sicherheit sogar, sonst hätten sie ihn nicht
ausgesetzt.» Eine Pause. «Was meinst du? Was muß *das* für eine
Mutter gewesen sein?» Alfred Dillinger schien eine Antwort von
seiner Frau zu erwarten. Aber es kam keine Antwort.

Es kam keine Antwort.

Wieder das dröhnende Räuspern. «Ich hoffe, er wird nie erfahren, daß wir nicht seine Eltern sind. Es muß schlimm sein,
wenn man mit einemmal sieht, daß man keine Eltern hat. Daß
man ganz allein ist, letztlich.»

Roberto zitterte. Die Kälte griff nach ihm mit Zähnen aus
Eiszapfen. Conspessy hatte ihn aus ihrem warmen Maul in die
eisige Kälte gespien. Die Heringe waren herausgerissen worden.
Das schützende Gitter wurde angehoben. Die Fremde, kalt, die
Welt, mit Reißzähnen bewehrt, drang ein, stürzte sich auf Ro-
berto. Und Roberto war nackt.

Er lag wie eine leblose Handpuppe vor dem Rohr. Wie eine Marionette, der man die Fäden aus dem Leib gerissen hatte. Er fühlte nichts. Eine leichte Kälte, ja. Sein Vater fuhr fort.

«Ich wünschte mir einen eigenen Sohn», sagte er, irgendwie kläglich.

Nach einer langen Pause sagte seine Mutter: «Du weißt, daß das ... daß das ... schwierig ist.»

«Vergessen wir's.»

«Fred ...»

«Ich ... Ach, Scheiße. Worauf es hinausläuft, ist folgendes», sagte Alfred Dillinger. Seine Stimme war voll Bitterkeit. «Ich hab mir oft vorgestellt, daß mich jemand fragt, ob ich, hätte ich die Chance, mein Leben noch einmal zu leben – ob ich dann etwas anders machen würde. Die Leute sagen dann immer, nein, sie hätten alles wieder so gemacht. Sie hätten auch dieselben Fehler gemacht. Das sind die glücklichen Leute. Man fragt nur glückliche Leute. Die anderen fragt niemand. Ich bin nicht glücklich.»

Schweigen.

«Wenn man mich fragen würde, ich würde sagen, nein. Ich würde Dinge anders machen.»

«We... welche Dinge?»

«Viele.»

«Welche Dinge, Fred?»

«Du weißt, was ich meine.»

Hannah wurde laut. «Ich weiß überhaupt nicht, was du meinst, bevor du es mir nicht gesagt hast, zum Teufel!»

«Roberto. Ich hätte ihn nicht ins Haus geholt.»

«Du ... was?» Sie war entsetzt. «Du hättest ihn sterben lassen, da draußen?»

«Ich hätte ihn nicht ins Haus holen sollen.»

Dann kam nichts mehr.

Roberto spürte, wie er fiel.

Er spürte, wie die Bande rissen, die ihn hielten, über dem

Abgrund. Es gab keine Luft mehr. Keine Farben, keine Wärme. Er zitterte. Zweihundertdreiundsiebzig Grad unter Null. Dampfendes Eis. Sie hatten ihn in ihren Armen gehalten, für eine Weile. Aus einer Laune heraus. Jetzt ließen sie ihn fallen. Und er fiel.

Ihm wurde übel. «Mama», flüsterte er schwach. «Papa.» Dann erbrach er sich. Er würgte; sein Körper wurde immer leerer, immer leichter. Und zugleich heißer. So heiß, daß er schon gar nicht mehr wußte, ob ihm heiß war oder eiskalt. Er zitterte. Sein Mund war eine heiße, trockene Höhle. Und dann wieder dieses Gefühl des Fallens. Er fiel. Ins Bodenlose, Schwarze. Er wollte nach etwas greifen, sich festhalten an etwas, das vertraut war. Er griff, aber da war nichts. Und da würde nie mehr etwas sein. Fallen, fallen, in Ewigkeit … Eine wahnsinnige Angst kroch in Robertos Körper. Das heißt in sein Bewußtsein. Denn einen Körper hatte er nicht mehr. Selbst der hatte ihn verlassen. Einsam, allein, in einem kalten Weltall. Schwarz, ohne Ende, ohne Anfang. Große Kugeln. Kugeln kamen ihm zu Bewußtsein, große, kalte, einsame Kugeln. Sie waren seine Feinde, und Freunde hatte er nicht mehr. Sich selbst hatte er auch nicht mehr. Sein Selbst war reduziert auf Angst. Angst. Einsamkeit. Die Einsamkeit war schlimmer als der Tod. Weit schlimmer, soviel war klar. Roberto hatte Angst. Mehr Angst als vor dem Tod.

«… hast du denn?»

Sonia schlug ihm ins Gesicht. «Wach auf!» Sie saß rittlings auf seinem Rücken.

Roberto blinzelte. Er sah sein Erbrochenes, das im Schein der Taschenlampe schimmerte und dampfte.

«Du hast ja eine Gänsehaut. Du mußt wieder ins Bett.» Sie griff ihm unter die Achseln, um ihm aufzuhelfen.

«Nein», sagte Roberto. Er drängte sich rückwärts aus dem Tunnel zwischen den Kisten, stand entschlossen auf und riß Sonia die Taschenlampe aus der Hand. Der Lichtkegel sprang auf den Fuchspelz, der neben der Treppenluke lag. Roberto nahm den Pelz und ging mit ihm zu dem alten Schreibtisch beim Fenster. Er zog die dritte Schublade auf, in der er die Streichhölzer verwahrte und die Zigaretten.

«Roberto, was ist denn los mit dir?» Sonia folgte seinem Tun mit sorgenvoller Miene.

«Ich …» preßte Roberto zwischen den Zähnen hindurch. Weiter wußte er nicht. Er riß ein Streichholz an, und durch seine Tränen sah er die orangegelbe Flamme verschwommen zucken. Er hielt sie an den Schwanz des Fuchses, der sofort Feuer fing.

«Was machst du da?»

Roberto sagte nur: «Feuer.»

Er ließ den Fuchs fallen, der auf dem Fußboden weiterbrannte wie eine Fackel, dann rasch in ein Glühen überging. Es stank nach verbrannten Haaren. In diesem Moment klingelte es an der Haustür.

Das Klingeln an der Haustür verhallte und hinterließ ein leises Piepen in Robertos Ohren.

«Um diese Zeit?» fragte er sich. Er war plötzlich wieder klar im Kopf. «Wer ist das denn?»

Sonia hob den Blick von dem vor sich hin kokelnden Fuchspelz. «Meine Mutter», sagte sie. «Die kommt wegen mir.» Und hoffnungsvoll setzte sie hinzu: «Oder mein Vater.»

Roberto verstand nicht.

«Ich hab gelogen», sagte Sonia. «Ich hab sie gar nicht angerufen. Sie hätte es nie erlaubt.»

Roberto verstand. Er sagte: «Ach du Scheiße.»

Es klingelte wieder, ungeduldig.

«Herrgott noch mal, Ruhe, ich komm ja schon!» Das war Robertos Vater, der nun, in Klapperlatschen, mit halb schlurfenden, halb knallenden Schritten auf die Haustür zusteuerte. «Wer ist denn da?»

Roberto und Sonia sahen sich in banger Erwartung an. Sie machte einen Schritt auf ihn zu, faßte seine Hand.

Aber es war nicht Sonias Mutter. Es war auch nicht ihr Vater. Es war schlimmer.

«Wer ist denn da?» fragte der Hausherr noch einmal barsch. Er öffnete die Tür nicht.

«Polizei», kam von draußen dumpf die Antwort.

«Polizei?»

«Wir suchen ein vermißtes Mädchen!» gellte es von draußen. «Entschuldigen Sie die Störung, aber wir nehmen an, daß sie bei Ihnen sein könnte.»

«Ein vermißtes Mädchen?» schrie Alfred Dillinger durch die geschlossene Tür.

«Sonia Kraal heißt sie», krakeelten die Beamten zurück.

«Sonia Kraal», sagte Robertos Vater matt.

«Was?»

Lauter diesmal: «Ja. Die ist hier.» Und damit öffnete er die Haustür.

«Vielen Dank!» brüllten die Beamten im Chor, so daß Robertos Vater zurückzuckte. Dann sagte der eine, schnüffelnd die Nase erhoben: «Sagen Sie mal, brennt bei Ihnen was an?»

«Was erlauben Sie sich?»

«Riechen Sie doch mal. Riechen Sie nichts?»

Robertos Vater wurde bleich. «Feuer», sagte er. Dann schrie er: «Feuer! Feurioo!»

Auf dem Dachboden schrak Roberto zusammen, angesichts der markerschütternden Schreie. «Schnell», sagte er und nahm Sonia bei der Hand. Er zog sie in eine Ecke, wo, versteckt hinter allerlei aufeinandergestapelten Polstermöbeln, ein großer dunkler Sarg stand, den er noch nie ausprobiert hatte. (Modellbezeichnung «Gouverneur», schwarzgebeizte Eiche, Samtfütterung, diplomatenblau; Überbreite für Kunden mit ausgeprägter Leibesfülle.) Er hatte sich den «Gouverneur» für besondere Gelegenheiten und Gefahren aufsparen wollen. Eine besondere Gefahr war nun eingetreten. Roberto hob den schweren Deckel an. «Los», sagte er und wies mit der Taschenlampe ins Innere des Sargs, der dunkelblau schimmerte. «Steig rein!»

Sonia zögerte nur eine Sekunde. Dann raffte sie Alfred Dillingers Schlafanzug und stieg über den eichenen Rand. Roberto folgte ihr. Er legte die Streichholzschachtel auf das Schloß, damit es nicht einrastete und ein Spalt frei blieb, durch den sie atmen konnten. Er warf noch einen Blick auf den Fuchspelz, der am Boden lag und in der Dunkelheit rot glomm wie ein Vulkan des Nachts. Dann ließ er den Deckel sinken.

Als Robertos Vater den Dachboden stürmte, die Staatsgewalt

im Rücken, wurde ihm die Gefahr der Situation schlagartig bewußt. Die Glut dessen, was einstmals ein stolzer Fuchs, dann ein stolzer Fuchspelz gewesen war, legte einen roten Schimmer auf all die brennbaren Materialien auf dem Dachboden. Er griff nach dem nächstbesten Fetzen Stoff, der sich ihm bot, einen Pullover, den Sonia zuvor aus einer Kleiderkiste gewühlt hatte, und versuchte, die Glut damit zu ersticken. Es handelte sich hierbei um einen Helanca-Pullover, den er selbst noch vor einigen Jahren gern nach Feierabend und an Wochenenden getragen hatte. Der Pullover, hundert Prozent brennbares Plastik, entzündete sich sofort, und Robertos Vater schleuderte in seiner Panik die lodernde Fackel mit einem gellenden Schrei von sich. Sie landete auf dem Karton, der die Fotos der Großmutter enthielt. Es tat einen Laut, als gösse jemand Benzin in ein Lagerfeuer, etwa wie: «Chchw!», und der ganze Dachboden leuchtete in einer Stichflamme von Gelb und Blau.

«Um Himmels willen», rief einer der Beamten, ein Mann mit einem blonden, gezwirbelten Schnurrbart. Doch obgleich sie sich in etwa acht Meter Höhe befanden, fühlte der Himmel sich nicht zuständig. Die Hölle selbst vielmehr schien nun in dem Karton loszubrechen. Die drei Männer vollführten einen grotesken Tanz um das flammende Inferno, das die Erinnerungen der Großmutter tilgte. Erst Robertos Mutter, die plötzlich, mit einem roten Feuerlöscher Marke «Minimax» bewaffnet, aus der Tiefe des Hauses herbeistürzte, konnte dem Spuk ein Ende bereiten, indem sie ihn mit einer Ladung Schaum bedeckte, der einen mittleren Swimmingpool hätte füllen können.

«Genug», sagte der Beamte mit dem Schnauzer, als der Brandherd bereits von Metern weißen Schaums bedeckt war. «Es ist aus.» (In Robertos und wohl auch in Sonias Ohren hörte sich das an wie in einem Kriminalfilm. «Es ist aus», sagt der Polizist, und die Täterin läßt nun, da sie die hoffnungslose Lage erkennt, den mörderischen Feuerlöscher zu Boden gleiten. Falls Feuerlöscher gleiten können.)

Aber Hannah Dillinger ließ nichts gleiten. Sie wandte sich dem Beamten zu und bedeckte seine linke Seite mit Schaum.

«Pfft», machte der Beamte. Armwedelnd wie ein tanzender Derwisch prustete er sich das Zeug aus dem Mund.

«Es geht nicht aus!» schrie Robertos Mutter, den Feuerlöscher an der Hüfte. Sie hatte die Hüfte vor- und den Oberkörper zurückgebogen, um das Gewicht zu halten, und sie machte, dachte Roberto, eine gute Figur. «Es klemmt!»

Der zweite Polizist, noch nicht voll Schaum, entrang ihr die weißsprühende Höllenmaschine, aber auch er konnte ihr nicht Einhalt gebieten. Erst als der letzte Quadratzentimeter des Dachbodens weiß bedeckt war, hielt der brave «Minimax» seine Aufgabe für erfüllt, der Strahl erlahmte, es spuckte noch zwei-, dreimal, dann war Schluß.

«Sonia Kraal», sagte der Polizist dann, indem er den Feuerlöscher zu Boden poltern ließ. (Er glitt nicht, er polterte.)

«Was?» fragten Hannah und Alfred Dillinger im Chor.

«Ist die hier?»

«Wo sie auch ist», sagte Robertos Mutter. «Hier oben jedenfalls nicht.»

«Und mich würde interessieren, wo ...» Robertos Vater zögerte. «Wo dieser Junge ist.»

«Unser Sohn, meinst du.»

«Ich meine Roberto.»

Die Erwachsenen stiegen die knarrende Treppe hinunter. Die Kinder hörten, wie sie noch eine ganze Weile stritten und nach ihnen suchten. «Sonia! Roberto!» Dann, endlich, sprang der Wagen der Polizisten an und fuhr davon. Stille.

«Puh», machte Sonia. «Schöne Scheiße. Auf sicher.»

Roberto sagte nichts.

«Hm?» machte Sonia. «Lebst du noch?» Ihre Hand berührte seine Wange. «Hab keine Angst. «Sie werden uns schon nicht umbringen.»

«Das brauchen sie nicht. Ich bin schon tot.»

«Was?»

Robertos Stimme tönte schwach und matt. «Mir ist alles egal.»

«Wieso?»

«Ich …» Er brach ab. Dann sagte er: «Das verstehst du nicht.»

«Und wenn ich mir viel Mühe gebe?»

«Laß. Ich verstehe es ja selber nicht.»

«Was?» versuchte es Sonia wieder.

«Ich bin tot», flüsterte Roberto.

Sonia dachte darüber nach, was es bedeutete, daß sie mit einem Jungen, der sich für tot hielt, in einem Sarg lag.

«Ich auch», sagte sie dann.

«Was?»

«Ich bin auch tot.»

«Du?»

«Ich bin ein Gespenst», flüsterte Sonia. Sie nestelte am Saum des Schlafanzugs. Sie wußte, wie man Tote wieder zum Leben erweckte. Sie war schon damals, mit zwölf Jahren, sehr weit für ihr Alter.

Roberto leuchtete mit der Taschenlampe. Dies war, dachte er sich, eine besondere Gelegenheit.

«Buh», flüsterte Sonia, so wie es Gespenster in solchen Situationen tun würden. Er spürte ihren warmen Atem an seinen Lippen.

«Buh», hauchte Roberto. Und er dachte: «Und jetzt?»

Sonia, die Gedanken lesen konnte, machte einen Vorschlag: «Du könntest mich untersuchen. Wie ein Arzt.»

«Ein Arzt? Ein Gespenst untersuchen?»

«Na ja …»

«Ich bin Bestattungsunternehmer», beschloß Roberto. «Das paßt besser zu einem Gespenst. Und ich untersuche dich. Ich exhumiere dich.» (Er kannte das Wort.)

«Gut», flüsterte Sonia. «Eckzomiere mich.»
Ihre Lippen berührten sich scheu.
Der Sargdeckel wurde aufgerissen.

Später erinnerte sich Roberto kaum an das Gesicht seines Vaters, wie es dort oben über ihm dräute. Er spürte nur das Zittern von Alfred Dillingers Hand, als dieser den Sargdeckel angehoben hielt. Gut, der Sargdeckel war schwer, aber Robertos Vater war ein kräftiger Mann, und sein linker Arm reichte aus, um den Deckel zu halten. Das Zittern hatte einen anderen Grund. In der rechten Hand hielt er ein Foto. Ein Foto von einer Mutter mit einem Neugeborenen. Es waren also doch nicht alle Fotos verbrannt. Dies hier war vom Löschschaum aufgeweicht, und wenn man nicht ahnte, was darauf zu sehen war, hätte man es kaum noch erkennen können. Aber Alfred Dillingers Arm zitterte. Alfred Dillinger zitterte am ganzen Körper. Er hatte etwas erkannt, auf dem Bild. Er mußte auch etwas geahnt haben.

Von Monstren und Menschen; und
vom Abtöten der Liebe

Es gab einen Sandweg in der Kramerkoppel, der die Straße durchschnitt und irgendwann auf den Wanderweg traf, der zum Bach führte. Dem Bach, an dem sich eine Generation zuvor Hannah und Alfred Dillinger zum ersten Mal geküßt hatten. Von dem Sandweg aus konnte man auf ein unbebautes Grundstück gelangen, auf dem ein altes verrostetes Autowrack stand, von draußen kaum zu sehen, wegen des meterhohen Unkrauts. Kinder aus der Gegend trafen sich oft in dem Auto, um sich Geschichten zu erzählen, und die Jugendlichen, um zu rauchen und sich zu betrinken. Roberto saß allein auf dem Fahrersitz des Wagens und spielte an den Armaturen herum, als Sonia mit hohen Schritten durch das Unkraut stakste.

«Na», sagte Roberto.

«Hallo!» Sie ließ sich auf den Beifahrersitz plumpsen.

Roberto sah durch die gesplitterte Windschutzscheibe nach draußen. Der Himmel war bedeckt, es sah nach Regen aus. Auch Robertos Laune war schlecht, und zunächst sprachen die beiden über belanglose Dinge wie Schule, ihre Lehrer, Zensuren. Über den Tarzan-Film, den es im Fernsehen gab. Aber Roberto war gelangweilt und in sich gekehrt.

Endlich drehte sich Sonia zu ihm um. Sie griff nach seiner Hand, aber er entwand sie ihr.

Sonia runzelte die Stirn. «Was ist los?» fragte sie.

«Was los ist? Erinnerst du dich nicht? Das Feuer?»

«Pöh», machte Sonia. «Na und?»

Roberto lachte auf. Na und, sagte sie. Dann verstummte er wieder.

Sonia schüttelte energisch ihren Kopf. «Das ist es doch nicht.» Sie sah ihn eindringlich an. «Was hast du? Was ist los?»

Roberto starrte auf die verrosteten Pedale. Und jetzt konnte er es nicht mehr verhindern: Tränen kullerten ihm aus den Augen.

«Du weinst ja.»

«Ja», schluchzte Roberto. «Ich weine.» Er rieb sich den Rotz von der Nase und wischte ihn am Fahrersitz ab. Dann erzählte er, was los war. Er erzählte ihr, was er gehört hatte oben auf dem Dachboden, als er gelauscht hatte. Er erzählte ihr, daß er keine Eltern mehr hatte.

Sonia hatte die ganze Zeit über still zugehört und ihn kein einziges Mal unterbrochen. Jetzt, da er geendet hatte, sagte sie: «Aber irgendwer muß doch dein Vater sein, und irgendwer muß auch deine Mutter sein. Ich meine, irgendwo da draußen müssen sie doch sein.» Sie hielt sich die Hand vor den Mund. «Wer weiß, was sie gerade jetzt tun, ich meine, sie müssen doch jetzt, gerade jetzt, irgend etwas tun.» Sie sah Roberto an.

Roberto starrte in die Leere.

«Und wie sie wohl aussehen?» fragte sich Sonia.

«Ich weiß, wie sie aussehen.»

«Du weißt es? Woher willst du das denn wissen?»

«Ich hab von ihnen geträumt. Und jetzt sehe ich sie immer, wenn ich die Augen zumache.»

«In echt? Wie sieht deine Mutter aus?»

«Sie ist …» Roberto zuckte die Achseln. «Sie ist … schön.»

«Ja? … Und?»

«Ich weiß nicht. Einfach schön.»

«Aha. Hm. Und dein Vater?»

«Meinen Vater sehe ich deutlicher.»

«Ja?»

«Ja. Ich seh ihn richtig vor mir. Diesen Mann. Ich seh ihn immer, und deshalb glaub ich, daß er mein Vater sein muß. Ich weiß es.»

«Wie sieht er denn aus? Sieht er dir ähnlich?»

«Mir ähnlich? Ich weiß nicht. Er ist groß. Und … er ist schon älter.» Roberto kicherte. «Eigentlich ist er fast ein Opa. Aber das macht vielleicht der Bart.»

«Er hat einen Bart?»

«Ja. Aber der Bart steht ihm gut. Er paßt irgendwie gut zu ihm.»

«Was hat er an?»

«Ich glaube, er trägt einen weißen Anzug. Mit goldenen Knöpfen. Und da sind goldene Streifen an seinen Armen.»

«Dann ist es eine Uniform.»

«Ja. Eine Uniform. Eine weiße Galauniform.» Er hatte das Wort irgendwo aufgeschnappt. «Er steht irgendwo, wie an einem Geländer, oder an der Reling. Er sieht in die Ferne, wie auf einer Art Kommandobrücke. Ein Fernglas hat er auch, das um seinen Hals hängt.»

«Kann er dich sehen?»

«Nein», sagte Roberto bekümmert. «Aber er sucht mich. Und irgendwann wird er mich finden. Irgendwann. Eines Tages …»

Sonia streichelte Robertos Hand.

«Und er ist groß, aber er hat ein weises, gütiges Gesicht. Mit einem grauen Bart. Nicht so ein langer Bart, nicht wie der Weihnachtsmann, meine ich. Eher so wie … so wie …»

«Wie Graf Zeppelin.»

Roberto sah sie an. «Ja», sagte er verblüfft. Er überlegte. «Genau so.»

«Graf Zeppelin!» rief Sonia aufgeregt. «Dein Vater ist Graf Zeppelin!»

«Meinst du?»

«Ja, natürlich! Du beschreibst ihn doch die ganze Zeit. Genau so sieht er aus! Genau so!»

«Graf Zeppelin», flüsterte Roberto ehrfürchtig.

«Weiter!» verlangte Sonia. «Was hat er für Augen?»

«Gütige Augen. Klug sind sie auch. Und er kann auch streng gucken, wenn es sein muß. Er kann auch streng sein, wenn es sein muß. Aber er ist es nicht gerne. Nur wenn er weiß, daß es nicht anders geht, weil er weiß, daß er recht hat. Er weiß immer, was zu tun ist.»

«Und er sucht dich.»

«Ja. Aber irgendwie …» Roberto überlegte. «Irgendwie, äh, sucht er nicht nur mich.»

«Irgendwie sucht er alle Kinder.»

«Ja.»

«Mich auch?» fragte Sonia.

«Natürlich.» Roberto lächelte. «Du hast ihn doch erfunden.»

«Ich hab ihn nicht erfunden. Er war schon vor mir da. Er sucht mich ja schon die ganze Zeit.»

«Mich, dachte ich.»

«Uns beide.»

«Gut.» Roberto sah zu Boden.

«Es ist nur …» Er stockte. «Vielleicht findet er uns doch nicht. Graf Zeppelin. Vielleicht ist er zu weit oben mit seinem Luftschiff. Oder es sind Wolken da. Hier sind immer so viele Wolken.»

«Er kommt schon. Sorg dich nicht. Aber bis er kommt …» Sie sah ihn an. «Bis er kommt, bin ich für dich da.»

Robertos Finger spielten an der Handbremse. Er schniefte. «Ja?» fragte er. «Ehrlich?»

«Ehrlich.»

«Nur bis er kommt?»

Sie lächelte ernst. «Für immer. Ich werde immer für dich dasein.»

«Und ich für dich.»

Sie sahen sich an. Und irgendwie gab es in diesem Moment nur sie beide auf der Welt.

«Wir müssen uns noch mal zu Ende küssen», sagte Sonia.

«Da auf dem Dachboden. In dem Sarg, da haben wir uns nicht zu
Ende geküßt.»

«Ja», sagte Roberto. «Stimmt.»

Heiseres Lachen drang an ihr Ohr. Drei Jungen mit Jeansjak-
ken und Bierdosen in der Hand kamen auf das Auto zu. Sie
rauchten, und ihre Gesichter waren über und über bedeckt mit
Pickeln. «He», sagte einer, als er die beiden in dem Autowrack
sah. «Zischt ab! Das ist hier kein Kinderspielplatz.» Seine
Freunde lachten sich halbtot über diesen grandiosen Scherz.

Sonia würdigte die Jungen keines Blickes. Sie tat einfach so,
als seien sie nicht vorhanden. Ein paar Sekunden lang erhielt sie
den Zauber aufrecht, als gäbe es nur Roberto und sie selbst. Ein
paar Sekunden, aber das war eine Menge angesichts dreier be-
hämmerter Halbstarker, die um den Wagen herumstanden und
sie angafften. Dann streckte sie sich. Es war dunkel geworden.
Abendessenszeit. «Ich muß jetzt gehen», sagte Sonia. «Meine
Mutter macht sich sonst noch Sorgen.»

Roberto nickte.

«Aber vergiß nicht: Wir sind immer füreinander da», sagte
sie, als sie aufstand. Sie lächelte ernst. «Und wir müssen uns zu
Ende küssen.»

Sie stiegen aus.

«Das wurde aber auch Zeit», stellte eines der Pickelgesichter
fest. Die drei zwängten sich in die Sitze und ließen ihre Dosen
zischen.

Roberto wartete am Rand des Grundstücks, bis Sonia den
Sandweg zur Straße zurückgelegt hatte und um die Ecke gebogen war. Dann erst trat auch er ins Freie.

Nach den Geschehnissen auf dem Dachboden hatte man Roberto und Sonia nämlich verboten, sich weiterhin zu sehen. Immerhin, zu allem anderen: «Das ganze Haus hätte abbrennen
können!» Wie sich herausstellte, war dieses Verbot durchaus
überflüssig, denn das Schicksal, dessen Marionettenfäden Roberto Dillinger bereits in jenen frühen Jahren spürte, das Schick-

sal also hielt eine weitaus elegantere, weitaus bizarrere und gleichzeitig fürchterlichere Bestrafung bereit.

Es begann damit, daß sich die Kette von Robertos Fahrrad im Schlag seiner Cord-Jeans verzahnte. Die Jeans waren ihm zu klein geworden, er war gewachsen. Seine Mutter hatte ein schwarzes, mit gelben Blumen gemustertes Band an den aufgetrennten Saum genäht, damit die Hose länger würde. (Es war Flower-power-Zeit. Einige Kinder trugen «Jinglers»-Jeans, an denen kleine Glöckchen befestigt waren. Sogar ein paar Jungs trugen die.)

Roberto ärgerte sich über sein Fahrrad. Die Kette war völlig ausgeleiert, und wenn sie zur Abwechslung mal nicht abging, schnappte sie nach seinen Schlaghosen. Fluchend polkte er den zerfetzten Blumensaum aus dem ölschwarzen, dreckigen Zahnrad heraus. (Fahrradklammern, die spätere Generationen als Symbol jener Zeit ansehen würden, lehnte Roberto aus ästhetischen Gründen ab.) Seine Finger waren schwarz wie die eines Automechanikers. Öliger Dreck war unter seine Nägel gekrochen. Er hatte kein Taschentuch dabei, und er versuchte, sich die Hände mit Speichel und Grashalmen zu reinigen. Zwecklos.

«Mist!» Roberto gab es auf.

Als er mit vom Lenker abgespreizten Fingern auf den Schulhof fuhr, hasteten die letzten Schüler in Richtung ihrer Klassenräume. Er hatte Mathe bei Herrn Farsen, einem nervösen Mann, der ständig ein Gummiband zwischen den Fingern seiner linken Hand zu verwirrenden − sicherlich streng mathematischen − Formen verstrickte. Die rechte nutzte er, um an der Tafel eine feindselige Schattenwelt zu beschwören, in der die Zahlen regierten. (Nie würde Roberto dies düstere Zusammenwirken begreifen können.)

Roberto schob sein Rad in einen freien Ständer und schloß ab. Er beeilte sich nicht. Jede Minute, die er Herrn Farsens Unterricht fernblieb, war eine gewonnene Minute, der Finsternis abgetrotzt. Er drückte mit der Schulter die Eingangstür auf. Die Flure waren leer. Von irgendwo hallten letzte flinke Schritte. Eine Tür knallte. Stille. Gedämpft das brave Lachen von Fünftkläßlern.

Roberto strebte dem Altbau zu, wo die Toiletten waren und wo in verwinkelten Gängen die Schatten nisteten. Hier standen gestapelt alte Tische an den Wänden, es gab dunkle, verschlossene Holzschränke, hinter deren Glasscheiben ausgestopfe Tiere zu bestaunen waren. Eine Ente, ein Frosch. Ein Mungo im Kampf mit einer Königskobra. Roberto erinnerte sich an eine Geschichte, die ihm seine Mutter einmal vorgelesen hatte. Lange war das her. Es ging um einen Mungo namens Ratatatativa.

Roberto glitt mit dem Finger an dem stumpfen Holz der Schränke entlang, dann stand er vor der weißlackierten Tür der Jungen-Toilette. Als er sie aufstieß, roch er es sofort: Zigaretten.

Er ging durch den Waschraum hindurch und linste in den Toilettenraum. Eine der Zellen war verriegelt. Qualmwolken waberten unter der Decke. Stimmen und heiseres Kichern. «He, da ist wer», zischte jemand. Frank. «Mach das Ding aus.»

Pfff machte die erste Zigarette. Pft.

Roberto klopfte an die Tür.

Stille.

«He, Frank», sagte Roberto. «Ich bin's, Roberto.»

«O Gott!» Eine zweite Stimme von drinnen. «Der Grützkopf wieder.» Der Riegel schnappte, die Tür wurde aufgerissen. Schillo. Genervt. «Du Saftarsch», sagte er. «Du schuldest uns zwei Ziegen.» Er meinte Zigaretten.

Roberto ging nicht darauf ein. Er mühte sich, einen Blick auf Frank zu erhaschen. Frank sah ihn unbeteiligt an, wie immer, wenn Schillo in der Nähe war. Roberto nahm all seinen Mut zusammen. «Habt ihr eine für mich?» sagte er, so lässig es ihm mit seiner hellen Stimme möglich war. (Er war noch nicht im Stimmbruch.)

«Bist du nicht dicht?» erkundigte sich Schillo. Eine Zornesader pochte an seiner Schläfe. «Ich hab gesagt, du schuldest uns zwei Zigaretten. Und jetzt sollen wir dir noch eine geben?»

«Alter», schaltete sich Frank mit seiner lethargischen Stimme ein. «Das ist hier nichts für Kinder, klar? Also schieb lieber ab.» Er grinste Schillo an. «Schokoladenzigaretten haben wir leider nicht.»

Das sollte wohl komisch sein.

Schillo starrte angewidert auf Robertos ölverschmierte Hände. «Was hast'n damit gemacht? Dir im Arschloch rumgewühlt?» Er lachte japsend wie ein Hund, der keine Luft mehr bekommt. Frank lachte auch.

«Hau bloß ab!» Schillo knallte die Tür zu. Robertos Herz klopfte bis zum Hals. Erniedrigt wandte er sich zum Gehen.

«Und!» Schillos Kopf erschien über der Kabinenwand. «Wehe, du erzählst das hier jemandem, klar? Dann gibt's 'n paar auf die Fresse!»

Mit zusammengepreßten Lippen ging Roberto in den Waschraum. Ihm war heiß und er zitterte. Er drehte das Wasser auf, wusch sich die Hände und dachte über die Schlechtigkeit der Welt im allgemeinen und die Schlechtigkeit von Schillo im besonderen nach. Er trocknete sich die Hände ab und wollte sich zum Gehen wenden, als die Tür von außen aufgestoßen wurde.

«Wer raucht hier?» donnerte eine Stimme.

Es war Herr Krummpacker, seines Zeichens Physik- und Geschichtslehrer und der stellvertretende Direktor der Schule. Er war ein Mann, der sich durch besondere seelische Grausamkeit einen Namen gemacht hatte. Man munkelte, er sei von einer anderen Schule hierher strafversetzt worden. Überhaupt konnte man sich verschiedene Verhaltensweisen des Lehrkörpers nur dadurch plausibel machen, daß man annahm, sie seien allesamt hierher strafversetzt worden. (Mit Ausnahme der Kunstlehrerin, die immer weinen mußte und der – folgerichtig – die Schüler auf der Nase herumtanzten.)

«Na?» Krummpacker schnüffelte.

Roberto sah ihn verständnislos an, zuckte mit den Schultern.

«Wir sprechen uns noch, Bürschchen!» drohte der stellvertretende Direktor und stampfte weiter zu den Toiletten.

Er machte nicht viel Federlesens. Frank und Schillo wurden abgeführt wie Schwerverbrecher. «Zum Direktor» würde er sie führen, wie Krummpacker voll grausamer Freude kundtat. Und es würde Tadel hageln, Nachsitzen und Strafarbeiten.

Roberto sah den beiden nach, wie sie an den ausgestopften Tieren vorbei zur Treppe geschleift wurden, hinauf in die Folterkammern der schulischen Inquisition.

«Dillinger», zischte Schillo, während er sich auf der untersten Stufe umsah. Sein Blick war haßerfüllt. «Wir sehen uns ja beim Sport.»

«Scheiße», sagte Roberto zu sich. Sport. Schillo und Frank waren beide älter als Roberto. Sie waren jeweils einmal sitzengeblieben. Trotzdem «gingen sie eine Klasse höher» als er. Beim Sportunterricht aber waren die Schüler nach Geschlechtern getrennt. Wegen Lehrermangels wurden jeweils zwei Klassen zu einer Gruppe zusammengefaßt. Schillo und Frank also zusammen mit Roberto in einer Turnhalle. Und in Reichweite eisenharte Bälle, Keulen, Barren und der harte Hallenboden.

Dann klingelte es. Die Türen der Klassenzimmer flogen auf, das Gekreisch der jüngeren Kinder erfüllte die Gänge. Fünfminutenpause. Roberto schob sich durch den Strom von Schülern und hielt an den bevorzugten Plätzen nach Sonia Ausschau, oder nach Gockel. Aber er sah keinen von beiden.

Kaum saß er im Umkleideraum und band sich die Turnschuhe zu, rempelten Schillo und Frank zur Tür herein. Sie fixierten ihn mit finsteren Mienen und pfefferten ihre Taschen mit der Geste lässiger Grausamkeit auf die Bank links und rechts von ihm. Roberto schlüpfte zwischen den beiden hindurch und beeilte sich, in die Turnhalle zu kommen. «Ich hab nicht gepetzt», sagte er noch kläglich über die Schulter. «Ehrlich.»

«Ja, ja», knurrte Frank. Und Schillo warf ihm einen Blick

nach, der Vögel tot und tiefgefroren vom Ast hätte fallen lassen. «Ja, ja», knurrte auch er.

Der Sportlehrer hieß Herr Schwochow. Er war ein bulliger Mann, ein Sportstyp, der sein Können des öfteren unter Beweis stellte, indem er aus kurzem Abstand mit dem Fußball Strafstöße aufs kleine Tor zimmerte. Wehe dem Knirps, der den Kasten hütete. Einmal hatte Roberto aus beträchtlicher Entfernung einen Schwochow-Spannschuß an den Oberschenkel bekommen. Den flammendroten Schriftzug «Adidas» hatte man noch mehrere Tage auf seinem Bein sehen können.

«So, ihr Flaschen!» bellte Schwochow. Er hatte kurze dunkle Locken, die wie der Pelz eines Tieres um seinen Schädel lagen. «Macht euch auf was gefaßt.» Er blickte um sich, ein Feldmarschall, der im Begriff stand, seine Soldaten in den sicheren Heldentod zu schicken. Die Jungen hingen mit bangen Blicken an seinen Lippen. Welche Stahlgewitter würde das Schicksal heute auf sie niedergehen lassen?

«Ffff-» machte Schwochow, als bliese er einen imaginären Ball auf.

Ffffußball? fragten sich die Schüler. Ffffaustball?

«Völkerball.»

Allgemeine Geringschätzung machte sich breit. Völkerball war was für Säuglinge und Mädchen. Normalerweise wurde für dieses Spiel ein Volleyball benutzt, ein Ball, der zu groß war, um ihn mit Wucht werfen zu können, und zu leicht, um sehr weh zu tun. Schillo und Frank sahen zähneknirschend zu Roberto hinüber. Bei diesem Spiel würden sie ihm keine schwerwiegenden Verletzungen beibringen können.

Aber Schwochow war noch nicht fertig. «Und zwar mit einem Medizinball.»

Ein sadistisches Grinsen zeigte sich auf zwei Gesichtern. Roberto schluckte. Das würde nicht ohne Blutvergießen abgehen, soviel war klar. Er mußte es irgendwie schaffen, in derselben Mannschaft zu spielen wie Frank und Schillo. Würde Schwochow wählen lassen? Oder abzählen? Oder würde er die Schüler einfach in zwei Haufen teilen und aufeinanderhetzen?

«Abzählen!» kommandierte Schwochow. «Aufstellen in einer Reihe und eins und zwei abzählen!»

Es gab ein ziemliches Gerangel, weil jeder versuchte, in der besseren Mannschaft unterzukommen. Durch geschicktes Stellungsspiel gelang es Roberto schließlich, sein Ziel zu erreichen. Frank und Schillo sahen ihn mit zu Schlitzen verengten Augen an, als er mit Unschuldsmiene zu ihnen trat.

Dann ging es los. Es war brutal. Die Kleinen und die Dicken hatten keine Chance. Es gab stets ein sattes Aufklatschen, wenn der kiloschwere Ball sich in das Fleisch eines Opfers grub, und ein zischendes, stöhnendes Geräusch, wenn die Luft aus den Lungen der Gepeinigten schoß. Aber immerhin brauchte der ballführende Spieler seine Zeit, um mit dem kürbisgroßen Ball auszuholen und zu werfen. Man konnte sich vorbereiten. Man konnte sich darauf einstellen.

Bis Schwochow befahl: «Jetzt mit zwei Bällen!» Er warf einen weiteren Medizinball ins Spielgeschehen. Und er sagte: «Neue Mannschaften!»

Diesmal teilte er die Mannschaften nach Gusto ein. Vielleicht ahnte er etwas. Vielleicht leitete ihn sein Instinkt. Vielleicht wollte er Blut sehen. Jedenfalls fand sich Roberto nach der neuen Verteilung als Gegner von Schillo und Frank wieder. Die beiden waren hingerissen, als sie Roberto inmitten des Feldes stehen sahen, fertig zum Abschuß. Robertos Knie wurden weich. Das, so dachte er bei sich, würde qualvoll werden.

Aber er wurde gerettet.

Sein Retter war ein Junge namens Jens Grübel. Bedauernswerter Jens. Er war ein schmächtiger Elfjähriger mit blasser Hautfarbe. Und er sah sich, kaum war das Spiel angepfiffen, einer ausweglosen Situation gegenüber. Er stand in der vorderen Ecke des Feldes. Zu dumm: Auf der einen Seite der Ecke, vor ihm, stand Schillo. Auf der anderen Seite der Ecke, hinter ihm,

Mark Huntz. Beide hatten sie einen Medizinball. Schillo hatte
erkannt, daß Roberto sicher auf der anderen Seite des Feldes
stand. Den würden er und Frank sich für später aufsparen.

Mark und Schillo holten beide zugleich aus. Jens Grübel war
viel zu erschrocken, um sich die Hände wenigstens schützend
vors Gesicht zu halten. Ungläubig, starr vor Panik, ein Kaninchen im Angesicht der Schlange, stand er wie gelähmt. Zugleich
ließen Schillo und Frank ihre gewaltigen Medizinbälle auf ihn
loszischen. Der Effekt war fürchterlich. Es ist keine schöne Erfahrung, im gleichen Sekundenbruchteil einen Medizinball in
die Fresse und einen auf den Hinterkopf gedonnert zu bekommen. Blut sprühte aus Jens Grübels Nase, als hätte man auf einen
Knopf gedrückt, und er sackte auf der Stelle zu Boden. Wo er
trotz verzweifelter Wiederbelebungsversuche des Sportlehrers –
dem das Unverantwortliche seines Tuns endlich zu Bewußtsein
kam – zwei volle Minuten reglos liegenblieb.

Damit war der Sportunterricht beendet. Jens Grübel wurde
zum Arzt getragen, Herr Schwochow zum Direktor zitiert, und
die Schüler konnten nach Hause gehen.

Roberto beeilte sich. Er zog sich gar nicht erst um, knüllte
Halbschuhe, Cordhose und den anderen Kram in seine Tasche
und eilte hinaus, noch ehe Frank und Schillo sich auf die Bank
gesetzt hatten. Er schloß schnell sein Rad auf und sprang auf den
Sattel. Frank, in Sportklamotten, kam hinter ihm hergerannt.
Aber er hatte zuviel Fahrt drauf, war schon um die Ecke.

Und da stand Schillo.

Roberto machte eine Vollbremsung, ließ zwei Meter Gummi
auf den Platten des Schulhofs zurück. Sie hatten ihm den Weg
nach Hause versperrt. Aber es gab noch den Weg durch die
Schrebergärten. Durch den Wald. Er hielt auf die Laubenkolonie
zu, von der aus ein kleiner, verwilderter Pfad auf dem Schulhof
endete. Und er strampelte. Schillo war dicht hinter ihm, sprin-
tete auf den Ballen, als ginge es um eine Medaille. Roberto hörte
ihn in seinem Nacken keuchen. Wenn nur die Kette nicht ab-

geht! dachte er. Er ratterte über die unebenen Grassoden des Pfades, jagte an den kleinen Gartenhäusern vorbei. Gartenzwerge sahen ihm von ihren Parzellen aus nach. Der Geruch von faulendem Obst hing in der Luft. Dann verstummte das Schnaufen in Robertos Rücken. Trotzdem trat er weiter in die Pedale.

Er ließ die Laubenkolonie hinter sich und raste in den Wald hinein. Seine Schutzbleche schepperten, als er über die unebenen, von Wurzeln durchzogenen Wege bretterte.

Dann, in einem Meer mannshoher Brennesseln, gabelte sich der Weg. Rechts ging es zum Mönchsteich, links zu den alten Bunkern aus dem Krieg. Roberto entschied sich für die Bunker. Hier war der Wald besonders dicht, ein Urwald fast, und das Gelände wurde hügelig. Hohlwege, in Schiefergestein gefressen, führten auf kleine, moosige Lichtungen und dann wieder in die schwarze Düsternis des Mischwaldes. Abfahrten, die er im Winter mit dem Schlitten hinabgejagt war. Jähe Abhänge, die sich in sumpfige schwarze Moderteiche stürzten. Roberto trat in die Pedale. Die Bäume rückten an den Seiten immer näher. Zweige schlugen ihm ins Gesicht. Er merkte, wie ihm die Puste ausging und wie seine Beine erlahmten. Er rollte ein kurzes Stück im Leerlauf und lauschte nach hinten. Nichts zu hören …

Ich hab sie abgehängt, dachte Roberto. Ich hab's tatsächlich geschafft! Ich hab sie abgehängt! Im gleichen Augenblick sprang mit einem schnarrenden, metallischen Geräusch seine Kette vom Zahnrad.

«Scheiße!» stieß Roberto hervor. Er wuchtete das Rad auf den Sattel und fummelte an der Kette herum. Fast hatte er sie wieder drauf, als er das Klappern von Fahrrädern hörte. Zwei Sekunden später erschienen Schillo und Frank auf der Anhöhe des Waldweges. «Wir haben ihn», jauchzte Schillo. Sie rollten den Abhang hinunter und kamen neben Roberto zum Stehen.

Ohne Hast stiegen sie ab und gingen langsam, im Gefühl ihrer sicheren Beute, auf Roberto zu. Er hatte keine Chance. Es war aus.

«Na, du kleiner Scheißer.» Schillo. «Jetzt gibt's was auf die Fresse.» Er ließ seine Faust zweimal in die Handfläche knallen.

Robertos Knie zitterten. Was konnte er jetzt noch tun? Ein dicker Stock lag vor ihm am Boden, ein Aststück, etwa einen Meter lang. Er bückte sich rasch und schwang den Stock drohend über seinem Kopf.

«Zurück!» schrie er mit sich überschlagender Stimme. «Kommt mir nicht zu nahe!» Über ihm fuhr der Stock rauschend durchs Laub, verhedderte sich irgendwo.

«Ich hau euch zu Mus!» quiekte Roberto.

Schillo und Frank blieben abrupt stehen. Blankes Entsetzen flackerte in ihren Augen. Ihrer beider Kinnladen klappten herunter.

«Möönsch», brachte Schillo hervor.

«Alter», flüsterte Frank.

Sie drehten sich um, griffen ihre Fahrräder und preschten davon.

Roberto konnte es nicht glauben. War es so einfach? Mußte man nur Entschlossenheit zeigen, Entschlossenheit zu kämpfen? Hob einen das über die üblichen Drohgebärden und kindischen Angebereien hinaus?

«Hasenfüße!» schrie Roberto voller Begeisterung. «Angsthasen!»

Sie achteten nicht auf ihn, strampelten krachend und astknackend die Steigung hinauf und in die Umarmung des Waldes. Waren weg.

Aber eigentlich auch seltsam, dachte Roberto. Irgendwie. Er zerrte an seinem Stock, der da oben festgehakt war, und drehte sich um.

Dann sah er das Monstrum.

Zunächst glaubte er an ein Geschöpf, das nicht von dieser Welt war. Die Kreatur wirkte wie aus einem Horrorfilm entsprungen. Sie war riesig. In eine Art Trancetanz versunken, vollführte sie Bewegungen wie in Zeitlupe. Ihr furchterregendes Haupt ruhte seltsam verdreht auf der Schulter.

Roberto drehte sich um und rannte. Und rannte. Und rannte. Er sprang in einem unglaublichen Satz über sein Fahrrad hinweg, stürzte den Hang hinauf, rannte und rannte.

Roberto erkannte den diensthabenden Beamten auf der Polizeistation. Der Mann hatte einen blonden, gezwirbelten Schnurrbart. Es war derselbe, der auf dem Dachboden der Dillingers mit Löschschaum bedeckt worden war. Der Polizist mußte seinen Eintrag im Protokoll zweimal berichtigen. Denn das Erstaunlichste an dem Wesen war seine Größe. Zwei vierzig, hieß es erst, dann, nein, zwei achtzig, und schließlich, Quatsch, drei Meter.

Der Polizist zwirbelte seinen Bart und sah Roberto unter dichten Brauen hindurch an. «Du verscheißerst mich doch nicht?» Es war eine rhetorische Frage. Der Schrecken im Gesicht des Jungen war echt.

Messungen ergaben später eine Länge von zwei Metern und dreißig. Das Wesen war keineswegs extraterrestrischen Ursprungs, sondern durchaus ein Mensch. Oder vielmehr das, was von einem Menschen noch übrig war. Er war seit etwa drei Wochen tot und befand sich im fortgeschrittenen Stadium der Verwesung und des Verspeistwerdens. Er hatte sich erhängt. Seine Beine pendelten über dem Boden, weshalb es Roberto vorgekommen war, als bewegte er sich in einer Art Zeitlupentanz auf ihn zu.

Es dauerte ein paar Tage, bis die Identität des Selbstmörders festgestellt werden konnte. Das Gesicht des Mannes war durch den gesunden Appetit von Vögeln, Käfern und Bakterien bis zur Unkenntlichkeit entstellt. Ein erster Anhaltspunkt bestand darin, daß der Riese erstaunlicherweise Spezialschuhe trug, die ihn durch eine Einlage noch um acht Zentimeter größer erscheinen ließen. Solche Schuhe wurden gewöhnlich nur von Kleinwüchsigen getragen. Ein Vergleich mit den Vermißtenanzeigen der letzten Wochen brachte die Polizei auf die richtige Spur.

«Mein Gott», sagten die Beamten kopfschüttelnd. «Aber er hat ja auch sage und schreibe drei Wochen da gehangen.»

Frau Kraal fand schließlich den Abschiedsbrief ihres Mannes. Er war wohl durch einen Luftzug vom Schreibtisch geweht worden und hinter die Heizung gefallen. Was in dem Brief stand, hat man von Frau Kraal niemals erfahren, doch die Kinder im Viertel erzählten sich schon bald, Sonias Vater habe darin erklärt, er halte es nicht mehr aus, die ständigen Demütigungen, die er wegen seiner Körpergröße ertragen müsse, wüchsen ihm über den Kopf (diese treffende Formulierung kam von Gockel) und er bekomme seine Depressionen nicht mehr unter Kontrolle.

Für Herrn Kraal, den sie alle den «Zwerg» genannt hatten, mochte es eine späte Genugtuung gewesen sein, daß sein Sarg, eine Spezialanfertigung Alfred Dillingers, mit zwei Metern sechzig der längste war, der jemals auf dem örtlichen Friedhof beigesetzt wurde.

Sonias Reaktion auf den Tod ihres Vaters war – passend zu ihrem gesamten Charakter – eigentümlich. Wenn sie weinte, so tat sie das allein in ihrem Zimmer. In der Öffentlichkeit trug sie eine Maske der Teilnahmslosigkeit zur Schau, wirkte fast lethargisch. Es war an einem wolkenverhangenen Nachmittag, als sie mit Roberto und Gockel unten bei jener Kellertreppe stand, wo Roberto seine erste Wattezigarette geraucht hatte.

Sonia sah zwischen den beiden Jungen hindurch. Sie sprach mit einer seltsam tonlosen Stimme, wie zu sich selbst. «Er hat mich oft an beiden Zöpfen gehalten», sagte sie. «Er hat es gemocht, wenn ich Zöpfe hatte. Er hat mich an beiden Zöpfen gehalten und gelacht, und er hat mich Blausternamazone genannt.»

«Wie?» quiekte Gockel.

«Pst!» machte Roberto. «Das verstehst du nicht.»

Gockel warf ihm einen beleidigten Blick zu. Trotzig preßte er die Lippen aufeinander.

Sonia strich mit ihren Fingern ihre Zöpfe entlang. «Er hat meine Zöpfe gemocht», sagte sie wieder. Und damit zog sie eine lange, blinkende Schere aus ihrer Jacke hervor.

«Sonia!» sagte Roberto erschrocken.

Der kleine Gockel sah stirnrunzelnd zu ihr empor.

Sonia achtete nicht auf ihr Publikum. Sie nahm die Schere und hielt sie an ihren linken Zopf. «Nie mehr soll mich jemand an meinen Zöpfen halten», gelobte sie, und mit einem kräftigen Schnitt durchtrennte sie den Haarstrang. Sie ließ die Schere los, die mit metallischem Klang zu Boden fiel. Ihre Finger hatten Druckstellen, dort, wo sich der Scherengriff ins Fleisch gedrückt hatte. Die andere Hand hielt den langen blonden Zopf wie den Skalp eines eben getöteten Feindes.

«Wie konntest du nur!» rief Roberto aus. Er liebte ihr langes blondes Haar so sehr.

Sonia nahm seine Worte gar nicht wahr. Sie streckte ihm die Rechte entgegen. «Feuer.»

«Ich ...» Roberto betastete seine Brust. «Ich, äh, hab kein Feuer.»

Sie wandte sich an Gockel. «Feuer.»

Gockel wühlte in seinen Hosentaschen, aus denen er ein Feuerzeug zutage förderte. «Hier», sagte er.

Sie nahm das Feuerzeug und ließ es probeweise aufflammen. Es funktionierte. Dann hielt sie die Flamme an den Zopf. Es gab eine Stichflamme, die Spitzen der Haare kräuselten sich, verglühten. Es stank.

«Was soll das?» fragte Roberto. «Wieso machst du das?»

Sie ließ den angebrannten Zopf auf die Fliesen fallen und hockte sich hin. Wieder und wieder hielt sie das Feuerzeug an die Haare, bis alle versengt waren.

«Ich will», sagte sie, «daß der Zopf zu meinem Vater in den Himmel kommt.»

«Echt?» krähte Gockel, angewidert und begeistert zugleich. «Glaubst du an so was?»

Sonia sah zum Himmel empor. «Die Indianer glauben daran.»

«Aber du bist keine Indianerin», gab Roberto zu bedenken.

«Du bist behämmert!» stellte Gockel fest.

Sonia blickte dem Rauch nach, der nach oben stieg, sich auflöste. Dann sagte sie: «Ich bin nicht wie ihr. Ich bin anders.»

Sonias Mutter war anders als ihre Tochter, was wiederum bedeutete, daß sie ungefähr so wie alle anderen Leute war. Sie stand mit beiden Beinen im Leben und hatte einen gesunden Überlebenstrieb. Nach dem Tod ihres Mannes tröstete sie sich mit ihrem Ingenieur. Der war zwar nicht zwei Meter dreißig groß, aber es reichte augenscheinlich. Er wohnte in einer anderen Stadt, und sie entschied, samt Tochter zu ihm zu ziehen. Sonia nahm ihre Entscheidung ohne Gegenwehr hin. Drei Wochen nach der Beerdigung ihres Vaters stand der Möbelwagen vor der Tür der Kraals.

«Und du, äh, meinst, es ist in Ordnung?» fragte Roberto. «Auch wenn wir keine Indianer sind?» Sie saßen in dem Schrottauto auf dem verwilderten Grundstück, und Sonia hielt das perlmuttbesetzte Klappmesser in einer feierlichen Geste über ihren Knien. «Old Shatterhand war auch ein Weißer», sagte sie. «Er war sogar Deutscher.» Sie ließ die Klinge aufschnappen. Sie war rostig.

«Wir werden eine Blutvergiftung kriegen», wandte Roberto ein. «Wir werden sterben.»

«Alle Menschen sind sterblich», zitierte Sonia. Es war der Titel eines Buches, das sie sich zu lesen vorgenommen hatte. Wenn sie alt genug sein würde, es zu verstehen. Falls sie nicht bei dieser Sache hier draufging. «Es muß sein», sagte sie. «Morgen fahren wir.»

Roberto atmete schwer ein und aus. Dann nickte er. «Gut», sagte er. «Blutsbrüderschaft.»

«Und Blutsschwesterschaft.»

«Aber nicht am Handgelenk. Sonst verbluten wir noch.»

«Wir nehmen die Finger.» Sie packte Robertos Zeigefinger, und während sie ihm tief in die Augen sah, schnitt sie ihm – mindestens ebenso tief – in die Fingerkuppe.

«AAAH!» schrie Roberto. Blut quoll in dicken Tropfen.

«Pst! Stell dich nicht so an!» Sie schnitt sich in den eigenen Finger, ohne eine Miene zu verziehen. Roberto schämte sich ein wenig, und es tat ihm auch schon gar nicht mehr so weh. Es pochte nur, als wäre dort im Fingerende noch ein kleines Herz, das pumpte.

Sie preßten ihre Finger aneinander.

«Weißt du noch? Der Hamster?» fragte Sonia, während sie sich ernst in die Augen blickten. Sie spürten die Pulse ihrer Finger gegeneinanderklopfen.

Roberto nickte. «Conspessy.»

«Das Pochen des Hamsterherzens», sagte Sonia. «Das war der Anfang unserer Freundschaft.» Er hörte ihren Atem. «Und dies jetzt …» sie sprach nicht weiter.

Der nächste Tag war ihr letzter Tag. Sie trafen sich heimlich an der Straßenecke. Beide hatten sie Pflaster auf ihren Zeigefingern, und Roberto lächelte in geheimem Einverständnis über ihr Bündnis. Sonia aber – so schien es ihm – war mit ihren Gedanken weit fort. Ihre grünen Augen sahen durch ihn hindurch. «Weißt du», sagte sie tonlos. «Es ist schlimm, wenn jemand stirbt, den man liebt.»

Roberto nickte.

«Denn es ist nicht nur, daß der Mensch stirbt. Daß er fortgeht. Nicht mehr da ist. Auch die Liebe dieses Menschen ist nicht mehr da.» Sonias grüne Augen hatten einen Grauton angenommen. Sie schien älter geworden zu sein. Viel älter. «Und man muß dann seine eigene Liebe zu ihm töten», sagte sie. «Sonst tötet die Liebe einen selbst.» Sie sah Roberto an, blinzelnd, für einen kurzen Moment, als sei ihr ein Sandkorn ins Auge geweht. Sie rieb sich das Auge. «Eine Schriftstellerin», sagte sie, «muß sich über diese Dinge im klaren sein.»

Roberto sah sie schweigend an. Er fühlte sich schwach und leer und dumm. Eine Bö riß an Sonias Haar, rechts, dort, wo es noch lang war. Ihr Haar wehte im Wind, als ob sie liefe. Schnell liefe, schnell und immer schneller. Roberto versuchte, sie einzuholen, aber er erreichte sie nicht mehr.

«Tschüs», sagte Sonia.

«Tschüs», sagte Roberto.

Dann drehte Sonia sich um und ging. Roberto sah ihr nach, wie sie davonging, auf ihr Haus zu, wo der Wagen vor dem gelben Gartenzaun stand, vollgepackt mit den letzten Dingen. Bereit, sie weit fortzutragen, weit fort ins Nichts. Ins Nirgendwo.

Sie ging.

Sie war fort.

Sie war nicht mehr da.

Und Roberto blieb zurück, allein mit einer Liebe in seinem Herzen, die sich daranmachte, ihn zu töten. Wenn er sie nicht tötete.

Zweites Buch

Von großen Neuigkeiten

Was hatte seine Mutter da gerade gesagt?

Es war ein paar Monate her, daß Sonia weggezogen war. Die Dillingers saßen auf der Veranda. Es war ein warmer Abend. Irgendwo wurde gegrillt. Es roch nach Flieder und nach Holzkohle und Würstchen. Durch das Geäst der Bäume sah man Lampions, die zwischen den Blättern hingen wie zauberhafte, verbotene Früchte. Roberto saß auf einer der drei Stufen, die zum Rasen hinabführten, und beobachtete eine Hundertschaft Ameisen, die im schwindenden Licht einen schwarzen Käfer ausweideten. Er dachte an Conspessy und ihr Junges. Die beiden waren vor einem Monat gestorben, kurz nachdem Sonia aus seinem Leben verschwunden war. Im Unterschied zu allen früheren Hamstern der Dillingers waren diese hier eines natürlichen Todes gestorben, und so war niemand sehr traurig gewesen. «So was passiert», wie Robertos Mutter sagte. Da hatte sie recht. Der Tod passierte. Einfach so. Aber hatte er da eben richtig gehört? Konnte es sein, daß, einfach so, auch das Leben passierte?

Alfred Dillinger, in seinem Lieblingssessel, den er unter Schnaufen nach draußen geschoben hatte, hielt ein Glas Wein in der Hand, weitere Alkoholika standen griffbereit in dem rollbaren Barwagen, den sich die Erben aus Omas Nachlaß gesichert hatten. Hannah Dillinger stand hinter ihrem Mann und massierte ihm den Nacken. Seit einiger Zeit schon hatte sie sich auf untypische Weise die Lippen geleckt, geblinzelt und Laute von sich gegeben, eine Mischung aus Husten und Räuspern. Sie hatte den Eindruck gemacht, als habe sie etwas mitzuteilen, wisse aber nicht recht, wie.

Schließlich sagte sie es.

Sie spürte die darauf einsetzende Verspannung in der Halsmuskulatur ihres Mannes. Ihre Hände lösten sich von ihm, und sie schien angestrengt auf die Lampions zu starren, die zwischen den im lauen Abendwind flirrenden Blättern flackerten. Sie wappnete sich.

Robertos Vater grub seine Hände in die Armlehnen seines Lieblingssessels. «Wir was?»

«Wir bekommen ein Kind», wiederholte seine Frau.

Der Sessel knirschte. Gelächter wehte von der Grillparty herüber. Ein Auto hupte vorn auf der Straße, fuhr an und entfernte sich.

«Wir?»

Roberto betrachtete den Käfer. Er lebte noch. Die Ameisen fraßen ihn bei lebendigem Leib.

«Fred, ich ...» sagte seine Mutter. Sie legte ihre Hände auf die Sessellehne und knetete das Polster. «Ich dachte, du freust dich.»

Roberto sah, wie sein Vater das Rotweinglas in einem Zug leerte. Er verschüttete ein wenig, und sein Hemd färbte sich dunkel an Brust und Bauch. Er schüttelte langsam den Kopf. «Nein», sagte er. «Nein. Das dachtest du nicht.»

«Ich ... ich hatte es gehofft.»

Alfred Dillinger beugte seinen mächtigen Oberkörper vor. Seine fetten Wangen zitterten unter dem Vollbart. Er ähnelte mehr und mehr einem Walroß. Jetzt stemmte er die Ellbogen auf die Knie und knetete seine großen Hände. Seine Unterlippe fuhr über die Oberlippe, immer wieder. Er hatte die Augen geschlossen. «Ich freu mich», sagte er.

«Ja?» Robertos Mutter drängte sich aufgeregt an die Sessellehne. Sie starrte auf den Nacken ihres Ehemannes. «Ja, wirklich?»

Er klatschte in die Hände, es gab einen seltsam dumpfen Ton dabei. «Trinken wir drauf!» rief er. Er sah sich nicht nach ihr um. «Besaufen wir uns!» Er griff sich die Whiskyflasche aus dem Barwagen, schraubte den Deckel ab und setzte sie an die Lippen.

«Fred», sagte Robertos Mutter mit einem Ton zögerlichen Flehens. Dann verstummte sie. Roberto konnte es nicht mehr mit ansehen, wie der Käfer zugrunde ging. Mit einem Stöckchen kickte er den Kadaver ins Gras hinunter. Als er aufstand, hatte sein Vater die Flasche immer noch am Mund. Sie war zur Hälfte leer getrunken. Schwungvoll setzte er sie auf der Glasplatte des Bartisches ab. Es knallte, und die Platte bekam einen Sprung.

«Scheiße.»

Roberto ging mit gesenktem Kopf zur Verandatür. Er wollte auf sein Zimmer.

«Du hast gehört, was deine Mutter gesagt hat», rief ihm sein Vater auf der Schwelle nach. «Du kriegst ein Geschwisterchen! Weil dein Vater und deine Mutter sich so lieben!» Roberto blickte sich kurz um. Seine Haare waren lang geworden. Das war Mode. Durch die Fransen seines Ponys sah er das rote, aufgedunsene und tränennasse Gesicht seines Vaters. Er ging schnell zur Treppe.

«Weil dein Vater und deine Mutter sich so lieben!»

In der folgenden Zeit plagten Roberto allnächtlich Alpträume. All diese Träume, so unterschiedlich sie auch waren, hatten eines gemeinsam. Er war allein und verzagt, und er rief nach seiner Mutter. Aber seine Mutter kam nicht. Dann rief er nach seinem Vater. Aber sein Vater kam nicht. Niemand kam. Oft kam statt dessen der Fuchs und wollte ihn holen. Roberto schrie. Er schrie und schrie. Und endlich kam seine Mutter. Aber sie nahm ihn nicht schützend in die warme Höhle ihres Mundes. Sie riß die Heringe aus der Erde und sah unbeteiligt zu, wie der Fuchs ihn zerfleischte. Dann öffnete sie den Mund und entblößte schneeweiße Reißzähne. Nie hätte Roberto zwischen diesen Fängen Schutz finden können. Nie.

Wenn er dann mitten in der Nacht schweißüberströmt aufwachte, fühlte er Angst, Neid, Eifersucht auf dieses kleine Leben, das im Leib seiner Ziehmutter wuchs, dort, wo er selbst nie gewesen war. Das wuchs und wuchs und das ihn, in ständigem Wachstum, schließlich erdrücken würde.

«Bist du immer noch so traurig, weil Sonia weg ist?» fragte ihn seine Mutter. Sie hatte schon einen kleinen Bauch, und ihre Brüste waren größer geworden.

Roberto sagte nichts. Er zuckte mit den Schultern.

«Was ist eigentlich los mit dir?» fragte ihn sein Vater. «Du sprichst nicht mehr. Zuckst immer nur mit den Schultern. Was soll das?»

Roberto sagte nichts. Er zuckte mit den Schultern.

«Herrgott», murmelte Alfred Dillinger kopfschüttelnd.

Seine Frau sagte: «Wenn er wenigstens weinen würde.»

Roberto weinte nicht, aber er begann sich die Haare auszuzupfen. Bald zeigten sich lichte Stellen in der einstmals dichten, dunklen Pracht auf seinem Haupt.

«Wieso tust du das?» fragte seine Mutter.

Roberto sagte nichts. Er zupfte sich ein Haar aus dem Scheitel.

Robertos Mutter seufzte. «Mein Junge», sagte sie und nahm ihren Jungen in die Arme. Er ließ es mit sich geschehen, als wäre er ein Stück Holz.

Nachdem auch die Ärzte keine Besserung von Robertos Zustand erzielten, strickte ihm seine Mutter eine bunte Mütze, die er über seinen mittlerweile kahlen Schädel ziehen konnte. Roberto mit dem Rettungsvokal wurde also zu Roberto mit der Umstandsmütze. Denn, so wurde er gehänselt, er sei «gehirnschwanger».

Da war was Wahres dran.

Unter den Jugendlichen wurden lange Mäntel Mode. Lange Mäntel und lange Haare und Flicken auf den Jeans. Roberto hatte keine langen Haare. Ganz im Gegenteil. Und er hatte auch keine Flicken auf seinen Jeans, sondern seltsame dunkelblaue Lappen, die seine Mutter auf die Hosen aufbügelte. Er war eine lächerliche Erscheinung.

Ein langer Mantel wäre geil gewesen.

(Das Wort «geil» hatte das Wort «knorke» abgelöst.)

So stieß Roberto beim Wühlen in den Klamotten auf dem Dachboden wieder auf die Spieluhr. Er hielt sie in der Hand, fühlte ihre Form, betrachtete die gelbe Farbe und die roten Verzierungen. Er zog an der Schnur. Zwei Töne nur verklangen kläglich. Es gelang ihnen nicht, weitere nach sich zu ziehen. Aber irgend etwas bewirkten die Töne in ihm, wie eine ferne Erinnerung. Eine Seite im Buch seines Lebens flatterte vor seinen Augen, flog davon. Er griff danach, aber er griff ins Leere.

Später war er mit Gockel verabredet. Als er zu ihm radelte, hatte er die Spieluhr bei sich.

«Geiler Mantel», sagte Gockel. «Stinkt nur 'n bißchen. Hast du mal wieder 'ne Leiche geschändet?»

Roberto trug einen hellbraunen Mantel aus Lederimitat.

«Was hast du denn da in der Tasche?»

«Das ist ein Geheimnis», sagte Roberto.

«Ein Geheimnis? Erzähl! Was ist es?»

«Nachher.»

«Zeig!»

«Nein. Nicht hier. Laß uns zu den Bunkern fahren.»

«Zu den Bunkern? Du machst es aber spannend. Na gut.»

Die Bunker waren ihr neuester und liebster Platz, denn hier roch es nach Abenteuer, und die geborstenen alten Stahlbetondecken waren von Unkraut überwuchert wie alte Ruinen der Mayas im Dschungel. Sie fuhren durch den Wald, der den Mönchsteich umgab, bis sie an den kleinen, kaum sichtbaren Trampelpfad kamen, wo sie die Räder schieben mußten. Die massigen grauen Betonbauten tauchten ganz unvermutet vor ihnen auf, und einmal mehr konnten sie sich einbilden, sie seien die einzigen, die von der Existenz dieses geheimnisvollen Ortes wußten. Hier gab es Libellen, die größer waren als irgendwo sonst, und nie gesehene Lurche und Salamander krochen aus ihren Höhlen, um sich auf den Ruinen in der Sonne zu wärmen. Beerensträucher wucherten aus engen, dunklen Eingängen und Spalten; die Abgeschiedenheit und Ruhe waren so vollkommen, daß man sich beinahe vorkam wie der letzte Mensch auf Erden. Wenn man zurückkehrte, würde man auf eine zerstörte Welt treffen, ohne Überlebende.

«Wie in diesem Science-fiction», sagte Gockel. «Ohne Überlebende. Und alles andere ist noch da, zum Teil. Autos und so, die man zu Schrott fahren kann, und alles.»

«Ja», sagte Roberto begeistert. Er meinte oft Grund genug zu haben, den Menschen um ihn herum den Tod zu wünschen. Schließlich hatte er immer noch seine Glatze und diese Strickmütze auf dem Kopf, die ihn unausgesetzter Lächerlichkeit preisgab. Gockel war der einzige, dem das egal zu sein schien. Wahrscheinlich, weil er, aufgrund seiner geringen Körpergröße, selbst ein Ausgestoßener war. Ja, es war nicht die schlechteste Möglichkeit: zusammen mit Gockel als einzige Überlebende irgendeiner Katastrophe.

Verschissenes Klopapier, das in den Beerenbüschen hing, eingetrocknete Kackhaufen und leere Bierdosen deuteten allerdings darauf hin, daß doch noch nicht alle abgekratzt waren. Mitunter sah man auch benutzte Präservative. Die beiden Jungen wußten zunächst nicht, was diese merkwürdigen Gummidinger vorstellen sollten, bis bei Roberto irgendwann einmal der Groschen fiel. Er hatte unter den Büchern seines Vaters «Stille Tage in Clichy» entdeckt, und jetzt blätterte er heimlich und mit rotem Kopf darin, auf der Suche nach den besonders saftigen Szenen.

«Wieder ein neuer», stellte Gockel fest und deutete auf ein

Präservativ, das jemand eigens an einem hochstehenden Ast befestigt hatte. Der Benutzer mußte sich viel Mühe gemacht haben, es dort oben anzubringen, und Roberto starrte mit angeekelter Faszination auf das Kondom. Er fragte sich, ob man das wohl so mache, seinen Präser an so auffallender Stelle zurückließ, aus irgendeinem aufbrechenden dunklen Trieb heraus, ähnlich wie Hunde, die überall hinpinkeln, oder ob es lediglich das Werk eines verblödeten Angebers war. Immerhin, dachte Roberto, war er nicht so verblödet, daß nicht ein Mädchen ihm gestattet hätte, seinen Schwanz in sie hineinzustecken.

«Sag mal, Gockel», sagte Roberto. «Wieso haben wir eigentlich noch keine Freundinnen?» Einige ihrer Altersgenossen «gingen» schon fest mit einem Mädchen, und die Mädchen, das mußte man schon sagen, sahen teilweise außerordentlich appetitlich aus.

Gockel zuckte die Achseln. «Ich denke, das kommt noch», sagte er. «Wir sind wahrscheinlich noch nicht reif genug dafür.»

«Ich bin sehr reif für mein Alter.»

«So reif, daß du schon eine Glatze hast.»

Roberto schmollte. «Ist ja gut.»

Sie setzten sich vor den Eingang des größten Bunkers auf eine Betonplatte, die von der Sonne angenehm gewärmt wurde. Es waren Bunker aus dem Zweiten Weltkrieg, mit meterdicken Wänden. Sie waren nach dem Krieg von den Alliierten gesprengt worden, so daß ihr Inneres jeweils ein einziger wassergefüllter Krater war. Es hieß, daß hier immer noch alte Waffen herumlägen und Munition und, irgendwo in der Tiefe eines der Krater, vielleicht sogar der sagenumwobene Nazi-Schatz.

«Wenn ich den Nazi-Schatz finden würde», sagte Roberto, «dann hätte ich sofort eine Freundin.»

Gockel lachte. «Willst du sie etwa *kaufen?*»

«Nein.» Roberto klaubte ein kleines Steinchen auf und schnickte es in den dunklen Bunkereingang. «Nicht sie. Ich will ihr eine gesicherte Zukunft kaufen.»

«Eine gesicherte Zukunft?» Das hörte sich an wie Werbe-
fernsehen. «Du spinnst doch.»

«Ich spinne nicht. Frauen sind so.»

«Frauen sind auch nicht geldgieriger als Männer.»

«Das nicht, eigentlich. Aber Frauen wollen Kinder. Und Kinder brauchen eine gesicherte Zukunft.»

«Hör mal.» Gockel schüttelte den Kopf. «Du machst dir aber
komische Gedanken.»

Roberto schnickte noch einen Stein. «Ich bin eben reif für
mein Alter.»

«Reif für die Klapsmühle, würde ich sagen.» Er räusperte
sich. «Und was ist nun mit deinem Geheimnis?»

«Es ist …» Roberto griff in seine Tasche. «Das hier.» Er
reichte Gockel die Spieluhr. «Du kannst sie aufziehen.»

«Aha.» Gockel zog an der Schnur. Ein Schnarren. Dann zwei
Töne, die Schnur blieb stecken. Gockel versuchte es noch mal.
Nichts passierte. «Na klasse. Und wo ist das Geheimnis?»

«Das Geheimnis ist …» begann Roberto. «Es ist …» Aber er
kam nicht weiter. Er sah hilflos auf seine Schuhe. Ein Käfer
krümmte sich dort. Er mußte aus Versehen auf ihn draufgetreten
sein. Eigentlich hatte er alles erzählen wollen, die Dinge, an die
er sich erinnerte. Von seinem Vater, wie er gebetet hatte, im
Haus seiner Oma, und geweint. Aber mit einemmal konnte er es
nicht mehr. «Es gibt kein Geheimnis», sagte er einfach. Und damit riß er Gockel die Uhr aus den Händen, holte aus und warf sie
in den dunklen Eingang des Bunkers hinein. Irgendein Mecha-
nismus mußte sich durch den Ruck des Wurfes aus seiner Blok-
kierung gelöst haben. Denn die Uhr spielte plötzlich. Sie spielte
während des Fluges ihr Einschlaflied, und fünf Töne hallten von
den Mauern wider. Dann platschte es.

Gockel starrte ihn entgeistert an. «Ich glaub, du hast Tatsache 'n Haschmich.»

Roberto achtete nicht auf ihn. Die fünf Töne hatten etwas in
ihm freigelegt. Eine Erinnerung. An einen Duft. Er erkannte

den Duft. Das war das Parfum seiner Großmutter. Seltsam. Die Fotos kamen ihm in den Sinn, die er mit Sonia auf dem Dachboden gefunden hatte, damals. Er schüttelte den Kopf. All das verwirrte ihn.

«Und was kommt jetzt noch?» fragte Gockel. Er schien auf weitere Symptome zu warten, die seine Haschmich-Theorie stützen konnten.

«Nichts.» Roberto zog seinen Freund am Arm hoch. «Komm, laß uns Krieg spielen.»

Als sie am Abend auf dem Pfad nach Hause radelten, hörten sie Motorengeräusche. Einen Augenblick später kamen ihnen Schillo Wienholz und Frank Oesterberg auf ihren Mofas entgegen. Natürlich fuhren sie nebeneinander, und der Weg war zu schmal, um an ihnen vorbeizukommen. Im Bewußtsein ihrer Ohnmacht stiegen Roberto und Gockel ab und schoben ihre Räder an die Seite.

Die beiden Größeren hielten an. «Hey, Spasti», begrüßte Frank Roberto. Er legte die Unterarme auf den Lenker seiner Kreidler, ganz wie Marlon Brando in «Der Wilde», und spielte ein wenig am Gashahn herum. «Na, wieder deine Umstandsmütze auf?»

Roberto erwiderte nichts. Er senkte den Kopf und wollte sein Fahrrad an Frank vorbeischieben. Es lag lange zurück, daß sie befreundet gewesen waren. Im nachhinein wunderte es ihn, daß sich Frank überhaupt mit Jüngeren abgegeben hatte. Eigentlich war Frank in Ordnung. Wenn man ihn allein traf. Aber zusammen mit Schillo war er zum Kotzen. Trotzdem, Frank hätte ihn wohl ziehen lassen. Aber Schillo ließ sein Mofa mit einem Satz nach vorn springen und hielt Robertos Fahrrad am Lenker fest.

«Wo hast'n den verschissenen Mantel her? Von deinem Opa oder was?»

Roberto verdrehte die Augen.

«Rede, du schwule Arschgeige! Was habt ihr hier getrieben, in unserem Bunker?»

«Das ist nicht euer Bunker.»

«Was du nicht sagst.»

Roberto schwieg. Es war besser, nichts mehr zu sagen. Ihnen keine Angriffsfläche zu bieten. Auch Gockels Lippen waren aufeinandergepreßt.

«Und du, du kleiner Schwuli», wandte sich Schillo an ihn. «Was hast du dazu zu sagen, Hilfszwerg? Oder darfst du nicht reden? Hat dir deine Mutti verboten, was? Häh? Sag was dazu!»

«Wozu?»

«Wozu? Wozu?» Schillo lachte. «Wozu wohl?» Er schüttelte Robertos Lenker. «Wettwichsen gewesen, oder was?»

«Was?» Roberto hatte das Wort noch nie gehört.

«Wett-wich-sen», sagte Schillo. «Soll ich's dir buchstabieren?» Die beiden älteren Jungs lachten, und zu Robertos Erleichterung ließ Schillo seinen Lenker endlich los. «Haut ab, ihr Scheißer», sagte er. «Und laßt euch hier nie wieder blicken, ist das klar?»

«Ja, Massa», sagten Roberto und Gockel im Chor.

«Wir haben hier wichtige Dinge zu tun, und ihr stört. Also: Seht zu, daß ihr Land gewinnt. Aber ein bißchen plötzlich!»

Roberto und Gockel traten in die Pedale. Sie waren froh, daß sie ohne richtigen Ärger davongekommen waren.

«Und was war jetzt mit dem Geheimnis?» fragte Gockel, als sie sich trennten.

«Es gibt kein Geheimnis», sagte Roberto.

«In echt?»

«In echt. Ich hab Scheiße erzählt.»

Gockel schüttelte den Kopf. «Du hast Tatsache 'n Haschmich.»

Als Roberto nach Hause kam, stand seine Mutter im Flur. Sie hielt sich den Bauch. Er war groß wie ein Medizinball.

«Knorke, der Mantel», sagte sie.

«Man sagt nicht mehr knorke.» Roberto stieg die Treppe hoch.

«Nicht? Was sagt man dann?»

Roberto zuckte die Achseln. «Geil», sagte er.

«Aha. Dann also: geiler Mantel. Wo warst du eigentlich den ganzen Tag?»

«Wettwichsen», sagte Roberto.

Seine Mutter betrachtete ihn eingehend. «So, so.»

Am nächsten Morgen wurde bekannt, daß Frank bei den Bunkern von einem Blindgänger getötet worden war. Er und Schillo hatten die Granate gefunden, und Frank hatte versucht, sie zu öffnen, um an das Pulver heranzukommen.

«Das hätte er lieber nicht tun sollen», wie Alfred Dillinger ganz richtig bemerkte. Robertos Vater wickelte die Beerdigung ab, ohne W und S. «Das wäre zu teuer gekommen», sagte er.

Das waren also die wichtigen Dinge gewesen, denen sich Frank und Schillo widmen wollten.

Am schlimmsten traf es Schillo, der lange Zeit von der Bildfläche verschwand. Frank war sein bester Freund gewesen. Wahrscheinlich sogar sein einziger. Erst Monate später sah man Schillo wieder in der Öffentlichkeit. Er hatte sich verändert. Auf den ersten Blick konnte man fast meinen, Frank sei wiederauferstanden, so sehr hatte sich Schillo seinem toten Freund angeglichen. Er hatte denselben Haarschnitt, einen strähnigen Seitenscheitel, und er hatte denselben Gang, dieselbe Art, sich zu bewegen wie Frank. Vielleicht lag das daran, daß er wesentlich muskulöser geworden war. (Hanteltraining, vermutete Roberto.) Und er war umgänglicher. Er war immer noch ein Angeber und eigentlich unausstehlich und gemein. Aber im Vergleich zu früher war er nun fast erträglich.

«Ich glaube», sagte Gockel, als sie sich über Schillos Wandlung unterhielten, «er versucht, das Beste aus sich zu machen.»

«Das kann ja nicht so toll sein», meinte Roberto.

«Ich denke, er will so eine Art Frank Oesterberg sein.»

«Frank ist tot. Mein Vater hat ihn beerdigt.»

«Ja. ja. Aber er *versucht* es. Frank war gar nicht so übel. Weißt du noch, wie wir früher mit ihm Verstecken gespielt haben? Oder als wir die Zigaretten geraucht haben? Wer weiß? Vielleicht wird Schillo sogar noch mal ganz *nett*?»

Roberto seufzte. «Arschloch bleibt Arschloch», stellte er klar. «Da helfen keine Pillen und Pastillen.» Eine alte Weisheit, die sich einmal mehr bestätigen sollte.

Außer Gefahr

Es wurde Winter. Schnee kam, Kälte, Eis. Und für Robertos Mutter wurde es Zeit. Sie war hochschwanger, und es war Nacht, als Alfred Dillinger Roberto weckte. Sie mußten ins Krankenhaus, so schnell wie möglich.

Und dann geschah es.

«Deine Mutter hat die Wehen, komm schnell, wir müssen uns beeilen», hatte sein Vater atemlos gesagt, bevor sie losfuhren. Draußen war es windig, und es lag Schnee, hoch, und der Wind wehte Schneisen in den Schnee, der sich an den Straßenrändern türmte.

Roberto war todmüde, ihm war kalt, im Innersten.

Sie waren ins Auto gestiegen, in den Leichenwagen. Und da passierte es. Während der Fahrt. Seine Mutter saß vorn, der Beifahrersitz war weit zurückgeschoben, damit sie mit ihrem Bauch Platz hatte, dort vorn. Sein Vater fuhr schnell. Es ging um jede Minute. Auch im Auto war es eiskalt. Die Fenster beschlugen, und die Lüftung machte Lärm.

Roberto zitterte. Seine Zähne klapperten. In seiner Jackentasche streichelte er den Verbrannten. Den toten, ausgestopften Hamster hatte er mitgenommen – er wußte selbst nicht, warum.

Es war eine lange Fahrt. Irgendwann überholte Alfred Dillinger einen Wagen, der langsam, behutsam fast, die Straße entlangkroch.

«Nicht so schnell», herrschte seine Frau ihn an, zwischen zusammengebissenen Zähnen. «Es ist glatt! Willst du, daß ich unser Kind verliere?»

Alfred Dillinger behielt die Geschwindigkeit bei.

«Unser Kind?» Er lachte grimmig.

Schließlich verlangsamte er doch. Ein Wagen überholte. Und dann passierte es. Vielleicht hatte Roberto es tatsächlich aus Langeweile getan, aus Müdigkeit und aus Protest. Vielleicht hatte er sich, wie man so sagt, einfach nichts dabei gedacht.

Oder?

Vielleicht erinnerte Hannah Dillinger sich an ihren Traum mit den Hamstern, die ihn, Roberto, aushöhlten, die sich aus seinen Augenhöhlen, aus seinem Mund herauswanden? Jedenfalls, als sie in den Rückspiegel blickte, das Gesicht rot vor Anstrengung, und ihn fragte: «Geht es dir gut dahinten?» – da machte er den Mund auf, und so wie damals, als er Sonia Kraal beeindrukken wollte, erschien die Schnauze eines Hamsters zwischen seinen Lippen, die schnüffelnde Nase, die großen, weißen Zähne.

Der Schrei, den Robertos Mutter ausstieß, war fürchterlich. Ihr Mann machte eine Reflexbewegung zu ihr hin, dabei riß er das Steuerrad ganz leicht nach rechts, ganz leicht nur. Aber es genügte. Die Welt begann sich zu drehen …

«Hast du dir was getan?» Das war sein Vater, dicht vor ihm, und Dampf quoll aus seinem Mund, weil es so bitterkalt war.

«Nein.»

Sein Vater war dann weg, er war davongerobbt und diesen Graben hinuntergerutscht, auf Händen und Knien. Überall war Schnee, und der Schnee war dunkel, an einigen Stellen, wie von Blut. Es war Nacht, die Farben wirkten anders als am Tag, aber irgendwie wußte er, daß es Blut war. Vielleicht waren auch die Scheinwerfer an, obwohl das Auto auf seinem Dach lag. Als der Wagen sich plötzlich gedreht hatte, dachte Roberto noch, sein Vater mache Spaß, er drehe sie mit dem Wagen, als wollten sie tanzen. Aber dann hatte er gerufen: «Scheiße!» Und seine Mutter hatte geschrien. Sie hatte noch nie so geschrien, obwohl sie in letzter Zeit oft geschrien hatte. Aber noch nie so. Und sein Vater schrie: «Oh, mein Gott, nein!» Und dann wurde die sanfte Drehbewegung zu einem harten Aufschlagen, und die Welt drehte sich, die Sterne, die schwarzen Bäume und der weiße Schnee, und es knallte laut, und was oben war, war plötzlich unten und wieder oben und wieder unten, und dann ging alles aus.

«Hast du dir was getan?»

Roberto wachte auf. Er lag auf dem eingebeulten Dachhimmel des Wagens. Alle Scheiben waren zerbrochen. Sein Vater sah zum Fenster hinein, und seine Worte waren Dampf. Roberto hatte irgendwie Haare zwischen die Zähne bekommen. Etwas war in seinem Mund. Der Verbrannte lag vor seiner Nase.

Er spuckte aus. «Nein», sagte er.

Dann kroch sein Vater weg. Er kroch davon und ließ sich diese Böschung hinunterrutschen. Roberto rutschte aus dem Autowrack heraus und erbrach sich, ihm war schwindelig. Er rappelte sich auf und wankte auf diesen Graben zu, in dem sein Vater verschwunden war. (Wo war seine Mutter?) Schließlich trat er an den Rand des Grabens. Plötzlich brüllte da etwas, ein Monstrum (abermals), und er erstarrte vor Furcht. Aber sein Vater war da unten, und eine Stimme machte ihm angst. Sie sagte, er würde gefressen werden, von dem fürchterlichen Schneemonster dort unten. Und er sah hinunter.

Seine Mutter war in dem Graben. Sie war das Monstrum. Sie brüllte.

Sie war nackt und blutig an den Beinen. Ihr Rock war hochgeschoben, die Unterhose hing ihr auf den Knöcheln. Sie brüllte, Blut kam aus ihr heraus, und Scheiße. Es dampfte an ihrem Unterleib, und das Blut und die Scheiße sanken in den Schnee, der schmolz. Sie brüllte.

Sein Vater kniete neben ihr, seine Hände flatterten, aber sie flatterten nur in der Luft, wie die Flügel eines kranken Vogels. Eines Vogels, dem man die Schwingen gebrochen hatte.

Er schaute auf, und in seinen Augen sah Roberto etwas, das grausam war. Hilflosigkeit und Angst.

Und dann kam etwas aus seiner Mutter heraus. Es war blutig und es war schrecklich.

(Du kriegst ein kleines Geschwisterlein. Weil Papa und Mama sich so lieben.)

Der Schnee war um ihn herum, und die Nacht und die Kälte, und ein blutiges Untier kroch aus seiner Mutter, die brüllte, und plötzlich hörte sie auf zu brüllen, und plötzlich war sie ganz still, und er wußte irgendwie, daß sie jetzt für immer still sein würde, daß sie «außer Gefahr» war, und er wußte irgendwie, daß sie jetzt langsam kalt wurde und kälter, und Gott war ein anderer, der lachte, und das Blut und die Scheiße sanken tiefer in den Schnee, und das blutige Tier, das keinen Laut machte, sank hinterher, und er wußte, daß die Welt ihn belogen hatte. Die Welt war eine Bestie.

Und es war seine Schuld.

Der Sarg, den Alfred Dillinger für seine Frau zimmerte, war der größte und schönste, den man auf einer Beerdigung je gesehen hatte (einzig, was die Länge betraf, konnte er es mit dem Sarg für Herrn Kraal nicht aufnehmen). Vier Tage und vier Nächte zimmerte der untröstliche Witwer ununterbrochen in seiner Werkstatt, und während der Pausen widmete er sich dem, was man im Bestattungsjargon «W und S» nannte. Wiederherstellen und Schminken. Trotz all seiner Kunst konnte er aber das Antlitz der Verstorbenen nicht so wiederherstellen, wie die Überlebenden es kannten. Was schließlich den Trauergästen bei der Aufbahrung aus dem Sarg mild entgegenlächelte, war zwar Hannah Dillinger, aber sie war es auch wieder nicht. Es war, als sei im Zustand des Todes ein Charakter in ihren Gesichtszügen sichtbar geworden, den sie zuvor hatte verbergen können. Nun, da die Muskeln nicht mehr kontrahierten, war sie verändert. Inwiefern, konnte man nicht genau sagen. Aber die Veränderung machte den Leichnam Hannah Dillingers interessanter, als sie zu Lebzeiten gewesen war. Einige meinten, es seien die Augen. Die grünen Augen, tot nun, gebrochen, hatten etwas Geheimnisvolles, ja, sie schienen so eindeutig ein Geheimnis zu bergen, daß die Trauergäste, die sich über sie beugten, instinktiv die Stirn runzelten, als wollten sie fragen: «Nun sag schon, ich seh doch, daß du uns etwas verheimlichst!»

Was immer es gewesen sein mochte, Hannah Dillinger nahm ihr Geheimnis mit ins Grab.

Der Sarg, den ihr Mann getischlert hatte, war aus Ebenholz, altem Ebenholz, das Alfred Dillinger schon lange Zeit in einem Winkel seiner Werkstatt aufgestapelt hatte, vielleicht für einen Fall wie diesen. Das Holz war schwarz, hart und beständig. Die Würmer würden es schwer haben. Es war Jahre her, daß Alfred Dillinger zum letztenmal einen Sarg selbst getischlert hatte. Aber jeder, der etwas davon verstand – vor allem die Freunde aus der Innung –, legte ihm eine schwere Hand auf die Schulter, drückte sein Beileid aus und raunte dann: «Mit dem Sarg hast du dein Meisterstück vollbracht.»

Die ewigen Kritiker und Nörgler behaupteten zwar, der Sarg sei zu groß, der rote Samtbezug zu dick, es hätte alles einen zu barocken Anstrich, in dem Sarg hätten ja zur Not zwei «Kunden» Platz gefunden. Aber die klassische Schlichtheit des schwarzen Ebenholzsarges hob diesen Eindruck nach Meinung der großen Mehrheit wieder auf. Und schließlich: Wenn irgendein vermögendes Arschloch in einem «Präsidenten» seine letzte Ruhestatt finden sollte, der auch schon beträchtliche Ausmaße erreichte, so sei es nur recht und billig, wenn Hannah Dillinger, die alle sehr geschätzt hatten, einen Sarg bekam, der noch ein wenig größer war.

Diese Einschätzung, einmal vorgetragen, wurde nicht in Abrede gestellt.

Das totgeborene Baby beerdigte man neben seiner Mutter. Man legte es in einen hübschen «Romulus», den Sarg, in dem auch Roberto, allerdings am *Anfang* seines irdischen Daseins, gelegen hatte. Für seinen namenlosen Stiefbruder (denn es war ein Junge) war dies also die letzte Ruhestatt.

Als Roberto seine Schaufel Erde in die Grube warf, kam es ihm vor, als sei der große schwarze Sarg seiner Mutter ein Gefäß, in welches das Leben selbst gegossen wurde. Er fühlte, daß das Leben nun, unwiederbringlich, sich von ihm entfernte, in die Grube sank, unter die Erde. Alles Leben.

Und es war seine Schuld.

Als er die metallene Schaufel weitergeben sollte, in die ausgestreckte Hand irgendeines Mannes, den er nicht kannte, holte er statt dessen weit aus und schlug sie sich gegen die Stirn. Besinnungslos fiel er geradewegs in die Grube, auf den Sarg seiner Mutter. Nachdem man ihn von dort hochgeholt hatte, blieb er eine volle Minute lang ohne Bewußtsein. Noch Wochen später hatte Roberto auf der Stirn eine Beule, auf die er drückte, nachts, wenn er einzuschlafen drohte. Der Schmerz hielt ihn dann für einige Zeit wach. Roberto hatte Angst einzuschlafen. Denn dann kamen die Träume.

Was zurückkam und
was fortblieb

Nach dem Tod seiner Mutter war das Leben für Roberto wie ein Wachtraum unter einem Sauerstoffzelt. Lange Zeit erschien ihm alles, als würde ein anderer es erleben. Er weinte oft. Jedoch, es kamen keine Tränen.

Seine Haare, die auszuzupfen er sich gerade abgewöhnt hatte, wurden wieder büschelweise gerupft, und die Mütze, die «Umstandsmütze», die ihm seine Mutter damals gestrickt hatte, erlebte eine traurige Renaissance. Traurig auch, weil sie den Platz einnahm, den das Schmusetuch in den guten Zeiten der Kindheit eingenommen hatte. War das Tuch aber mit gutartigen Kräften behaftet gewesen, so war die Mütze dagegen von Trauer durchwirkt, und von schmerzvollen Erinnerungen.

«Umstandsmütze», hieß es wieder in der Schule. Und «gehirnschwanger». Roberto, in dessen Bewußtsein Schwangerschaft und Tod so eng beieinanderlagen, durchlebte die Hölle. Er wollte sich verstecken, nicht dasein. Obwohl ihm dieses Nichtdasein nicht reichte. Am liebsten wäre er aus der Welt verschwunden.

Manchmal dachte Roberto auch an den Großen Ubaldo, der ja auch verschwunden war. Zwar nicht aus der Welt, aber doch aus der Welt, wie Roberto sie kannte. Denn tief im Inneren sehnte sich Roberto nach Abenteuern, nach fremden Ländern. Aber er war ein Zauderer geworden. Seine Träumereien gipfelten stets in der Erkenntnis, das Leben sei etwas für die anderen. Für ihn war der Tod. War er nicht in einem Sarg gefunden worden?

Einmal mühte sich Roberto, einen Handstand zu machen. Er

dachte dabei an den Großen Ubaldo, den Schwertschlucker. Er stand auf dem Kopf, die Hacken zur Sicherheit an die Hauswand gestützt. Er dachte an «das mit der Handleiter», und er spürte die Anstrengung in seinen noch wenig ausgebildeten Trizepsen, als er versuchte, die Arme anzuwinkeln. Eine falsche Bewegung, stellte er sich vor, ein Nachlassen der Kraft, ein Zittern, und der kalte Stahl würde durch seine Gedärme fahren … Sein Vater erschien plötzlich, beugte sich blitzschnell zu ihm herab und kitzelte ihn unter den Armen. Roberto brach prustend zusammen.

«Mann!» sagte er vorwurfsvoll und wischte sich etwas Spucke aus den Mundwinkeln. Aber er war auch überrascht. Sein Vater berührte ihn nie. Nicht mehr seit dem Brand auf dem Dachboden. Berührungen zwischen ihnen waren immer nur zufällig, und selbst dann haftete ihnen etwas Unangenehmes, Peinliches an. So wie jetzt.

Roberto lag im Gras und sah zu diesem bärtigen, dicken Menschen auf, der sich mühte, seinen Vater zu spielen. Er fühlte sich einsam. Er sehnte sich nach jemandem, der ihn anleitete. Jemandem, der ihm sagte, was zu tun war und was nicht. Er sehnte sich danach, sein Leben zu modellieren, zu gestalten. Aber niemand gab ihm das Handwerkszeug dazu. Auch Alfred Dillinger nicht, trotz seiner von schlechtem Gewissen geleiteten Bemühungen. Meist zog er sich doch in seine Werkstatt zurück, oder er war mit dem Leichenwagen unterwegs. Oder er trank. Er war nicht Robertos Vater. Roberto hatte keinen Vater. Er hatte auch keine Mutter. Kein Anker hielt ihn fest, sicherte ihn im Erdreich dieser Welt.

Alle Menschen um ihn herum schienen ständig wichtigen Dingen nachzujagen, wichtige Ziele zu verfolgen. Roberto kam sich vor wie ein Blatt, mal hierhin, mal dorthin geweht von der Zugluft der Menschen, die um ihn herum in Bewegung waren.

In der Schule nannte man ihn «Spastiker». Er hatte sich angewöhnt, ruckartig mit seinem Hals zu knacken, was seine Mitschüler stets zusammenzucken ließ. Außerdem atmete er oft pfeifend aus, als hätte er Asthma. Dazu noch die furchtbare Strickmütze.

«Ey, Spasti», sagte wohl sein Banknachbar in der Schule. «Hör mal auf, so rumzuatmen. Das nervt.» Und er riß Roberto die «Umstandsmütze» vom Kopf und warf sie wie eine Wurfscheibe durch den Klassenraum.

Roberto knackte mit dem Hals.

«Oooh», stöhnte der Junge. «Schon gut. Ich ergebe mich.»

«Mensch, Glatze», fuhr ihn der andere Nachbar an. «Hör mal auf, so rumzuknacken!» (Es gab zwei Fraktionen in der Klasse. Die eine nannte ihn «Spasti», die andere «Glatze». Es war die Zeit der Spastikerwitze.)

«Ich heiße Rapsfeld», verbesserte Roberto, der sich nach Sonia Kraal sehnte.

«Rapsfeld?»

Dergestalt waren Robertos Antworten. Er weckte dadurch Zweifel an seinem Geisteszustand. («Der Irre» nannte man ihn auch eine Zeitlang. Aber das hielt sich nicht lange.)

Bei einer Klassenarbeit mußte Roberto sogar einmal allein in einer Ecke sitzen. Der Schüler neben ihm ertrug es nicht mehr, und er meldete sich. «Ich kann mich nicht konzentrieren», klagte er. «Der Spasti *atmet* schon wieder.»

«Spasti*ker*», verbesserte der Lehrer, Herr Koball. «Es heißt Spasti*ker*. Außerdem sagt man so etwas nicht zu einem Mitschüler.»

Roberto knackte mit dem Hals.

«Oooh», stöhnten der Junge und der Lehrer im Chor.

Und Roberto sehnte sich danach, nicht dazusein.

Der Durchgang mit den Mülleimern, das war es. Dort würde Gockel ihn nie finden. Wenn er sich klein genug machte, konnte er sich hinter den Tannen verstecken wie eine Katze. Roberto drehte sich rasch um, aber Gockel war nirgends zu sehen. Er würde zunächst die üblichen Verstecke abklappern, die Särge neben der Werkstatt der Dillingers, die Kellertreppe und so. Sie hatten die gesamte Kramerkoppel zum Spielfeld bestimmt, ausgenommen die Grundstücke mit den rabiateren Eignern.

Das Haus, in dem die Kraals früher gewohnt hatten, war in sechs Wohnparteien unterteilt worden, daher standen sechs Ascheimer in dem schmalen Durchgang zwischen Hauswand und Garage. Der Ordnung hatte die Aufteilung des Wohnraums nicht gutgetan. Von den neuen Mietern schien sich keiner für den Garten verantwortlich zu fühlen. Das gelbe Gartentor war verrostet und hing in einer Angel, und der Garten war verwildert.

Roberto war zwölf.

«Wir sind doch schon viel zu alt für so 'n Scheiß wie Versteckspielen», hatte er gesagt.

«Wieso?» hatte Gockel geantwortet. Und er hatte recht gehabt. Wieso? Es brachte Spaß. Immer noch. Roberto trug zwar schon geflickte Jeans und lange, stinkende Mäntel, aber insgeheim hielt er sich immer noch für ein Kind. Obwohl er nicht gerne als eines bezeichnet wurde. Er war zwar schon etwas gewachsen, aber er hatte noch keine Pickel, untrügliches Zeichen der Pubertät, und sein Stimmbruch war noch in den Anfängen. Und die Tage, an denen er gelangweilt und ständig genervt in seinem Zimmer herumhing, waren bislang in der Minderzahl. Andere Jungs in seinem Alter saßen schon auf dem Marktplatz herum und tranken Bier aus Dosen. Oder sie trafen sich, um Platten zu hören, geheimnisvolle Tees zu trinken, von denen Roberto annahm, sie hätten eine verborgene halluzinogene Wirkung. Roberto fühlte sich diesem Lebensstil fremd. Er spielte noch Verstecken. Ja.

Er kauerte sich hinter die grauen Mülltonnen und zog sie vorsichtig so aneinander, daß kein Spalt übrigblieb, durch den er gesehen werden konnte. Dann, er beglückwünschte sich zu seiner Abgefeimtheit, öffnete er noch die Deckel zweier weiterer Ascheimer und benutzte sie so als Dach für sein Versteck. Selbst wenn Gockel, der in den letzten Jahren kaum gewachsen war, sich die Mühe machen sollte, seinen Kopf über die Tonnen zu recken, er würde Roberto nicht sehen. Er müßte eigens die Deckel zuklappen, und dafür – Roberto kannte seinen Freund sehr gut – brauchte er einen begründeten Verdacht. Und den würde Roberto ihm nicht geben, nicht, wenn er sich ruhig verhielt und einen Lachanfall unterdrückte.

Er bemühte sich, an ernste Dinge zu denken. Er rückte seine Strickmütze zurecht. Die Mütze war schrecklich, aber sie war immer noch besser als keine Mütze.

Roberto neigte den Kopf und starrte auf das winzige Areal zu seinen Füßen. Ein schwarzer Käfer ging zwischen den Tonnen seinen eigenen ernsten Angelegenheiten nach. Eine Ameise erkundete die Gegend. Zwei Zigarettenfilter lagen zwischen den Moosbüscheln, die aus den Fliesenzwischenräumen wuchsen, Milky-Way-Papier, ein altes Papiertaschentuch und ein Bestellzettel oder so was, auf dem stand: Simone de Beauvoir, «Alle Menschen sind sterblich». Simone de Beauvoir war eine Schriftstellerin, das wußte Roberto. Den Titel des Buches kannte er nicht, aber der Satz selber brachte irgend etwas in seiner Erinnerung in Gang. Sein rechter Zeigefinger fing unvermittelt zu pochen an, an der Spitze. Roberto fragte sich, was das bedeuten könnte, als seine Aufmerksamkeit von etwas anderem beansprucht wurde: Schritte. War das Gockel, der ihn suchte? Nein. Gockel ging anders. Die Schritte kamen näher, dann blieb die Person direkt vor den Ascheimern stehen. Zwischen den Mülleimerdeckeln sah Roberto einen Bastpapierkorb, der ausgeleert wurde. Aha: ein Hausbewohner. Eine Frauenhand griff nach dem Deckel und schloß den Ascheimer, so daß Roberto der Sichtschutz von oben entzogen wurde.

«Huch!» rief die Frau erschreckt aus. Sie war eine junge Frau, ein Mädchen eigentlich, und sie war schöner als alles, was Roberto bisher gesehen hatte. «Was soll das denn?»

Roberto hielt sich den pochenden Zeigefinger vor den Mund.

«Pssst», machte er flehentlich. Dann war es an ihm, sich zu erschrecken. Das Haar des Mädchens war lang und blond. Er liebte dieses Haar. Es war schnell nachgewachsen. Gut, es war lange her, daß sie sich den Zopf abgeschnitten hatte, aber die Haare reichten ihr schon fast bis zum Hintern. Seine eigenen Haare kamen ihm zu Bewußtsein beziehungsweise deren Fehlen, und die dämliche Strickmütze, die seinen kahlen Schädel vor neugierigen Blicken schützte. Sonia sah auf Roberto hinunter, und die belustigte Geringschätzung in ihren Augen kränkte ihn. Das Blut stieg ihm ins Gesicht.

«Du bist ja knallrot», sagte Sonia. «Ich glaub, du drückst dir irgendeine Blutbahn ab, wenn du so rumhockst.»

Roberto stand auf.

«Was machst du da eigentlich?»

«Ich …» sagte Roberto. Dann sagte er: «Nichts.»

Sie musterte ihn. «Bist du nicht schon zu alt, um noch Verstecken zu spielen?»

Genau das hatte auch Robertos Vater gesagt: «Du bist doch schon zwölf.» Roberto hatte mit den Schultern gezuckt. Seit dem Tod seiner Frau mühte sich Alfred Dillinger redlich, Roberto «großzuziehen», wie er das nannte. Bemühungen, die Roberto zunehmend auf den Geist gingen.

Aber dieses eine Mal wünschte er sich, er hätte auf seinen Vater gehört. Denn Sonia sah ihn an, und es war nur zu offensichtlich, daß *sie* längst zu alt war, um noch Verstecken zu spielen. Außerdem wünschte er sich, sein Vater hätte ihn tatsächlich etwas größer «gezogen», denn Sonia überragte ihn um halbe Haupteslänge. Sie hatte schon richtige Brüste, fast zu üppig für ihre schlanke Gestalt, sie hatte Hüften, und sie sah umwerfend aus. Eine Sexbombe, wie Gockel sagen würde.

Zwei senkrechte Falten entstanden zwischen ihren scharf geschnittenen Brauen. Sie kniff die grünen Mandelaugen zusammen. «Sag mal», sagte sie. «Roberto? Du bist doch Roberto?»

Roberto starrte sie an.

«So was», sagte sie obenhin. Dann, schon im Wegdrehen, unbeteiligt: «Wohnst du immer noch hier?»

Erst jetzt wurde Roberto klar: Sie hatte ihn zunächst nicht erkannt. Oder, was schlimmer war, sie tat so, als hätte sie ihn zunächst nicht erkannt.

Er war ihr peinlich.

Roberto befühlte die pochende Kuppe seines Zeigefingers mit dem Daumen, als könne er dort noch den Schnitt spüren von damals, als sie Blutsbrüder wurden.

«Bist du», krächzte Roberto. Seine Stimme war gänzlich ohne Ton, wie bei alten Boxern, die was auf den Kehlkopf gekriegt hatten. «Wohnst du jetzt wieder hier?»

«Ja.» Sonia sah ihn wachsam an, als hätte er eine ansteckende Krankheit. «Wir sind wieder hier eingezogen. Ich und meine Mutter. Seit Freitag.»

Sonia Kraal war also zurückgekehrt, anderthalb Jahre nachdem sie mit ihrer Mutter fortgezogen war. Die Mutter hatte sich anscheinend von dem Ingenieur getrennt, und Mutter und Tochter waren wieder in dasselbe Haus eingezogen, in dem sie schon Jahre zuvor gewohnt hatten.

«Das ... ist ... ja toll», murmelte Roberto. Er wurde wieder rot.

Sonia erwiderte nichts darauf. Mein Gott, war sie schön. Sie sah aus wie eins von den Mädchen im «Playboy», die Alfred Dillinger unter den alten «Spiegel»-Nummern im Schrank versteckte.

«Und diese Mütze.» Sonia schwang kopfschüttelnd mit dem Papierkorb. «Habt ihr Fasching oder so was?»

«Nein, wir ...» Roberto brachte keinen Ton mehr heraus. Verdammt, sie sprach wirklich mit ihm wie mit einem Kind!

«Oder ...» Sonias Stimme wurde anteilnehmend. «Hast du etwa Krebs?»

Gedanken und Gefühle kreisten in Robertos Kopf umher wie

in einem Wirbelsturm. Scham, Hoffnung, verletzte Eitelkeit, Liebe, Stolz, Gekränktheit. «Ich …» preßte er hervor. «Ich …» Dann, mit einem Male wütend, riß er sich die Mütze vom Kopf. «Nein», gellte er mit überschnappender Stimme. «Ich habe eine Glatze! Ich reiße mir die Haare aus! Wieso, willst du wissen?» Er schnaubte und trat gegen einen der Ascheimer. «Wieso? Weil es mir Spaß macht! Deshalb!» Und damit stapfte er davon. Es war dies immerhin das zweite Mal, daß es ihm gelungen war, Sonia Kraal zu verblüffen.

Er stolperte fast über die Schwelle beim Gartentor, als Gockels Stimme hinter ihm losschrillte. «Mein lieber Schwan! Was war denn das für eine Sexbombe eben?» Gockel nickte zu dem Haus hin, dessen Tür gerade ins Schloß fiel.

Roberto sah ihn mit zusammengepreßten Lippen an. «Das war meine Blutsschwester», knurrte er, so tief er knurren konnte.

«Oha.» Gockel guckte besorgt. «War das etwa Sonia Kraal? Ist sie zurück?»

Sie ist zurück, dachte Roberto. Sie ist zurückgekehrt. Aber sie ist trotzdem fortgeblieben. Er sagte: «Sie verachtet mich.»

«So?» Gockel wiegte den Kopf. «Sie hat aber gelächelt, als sie dir nachgesehen hat.»

«Gelächelt? In echt?»

«Ja. Gelächelt.»

«So? Na ja», sagte Roberto. «Wie dem auch sei.» Das sagte sein Vater immer: Wie dem auch sei. «Auf jeden Fall war das heute das letzte Mal, daß ich Verstecken gespielt habe.»

Gockel sah ihn ein wenig traurig an.

«Und ich will, daß meine Haare wieder wachsen. Und der Rest von mir. Und daß ich eine tiefe Stimme bekomme.»

«Du willst was?» fragte Gockel. Er kicherte, es klang beinahe verzweifelt, und sah an seinem eigenen viel zu kleinen Körper hinunter. Dann breitete er die Arme und blickte zu seinem Freund hoch. «Du willst, daß du wächst?» Gockel schüttelte den

Kopf. «Mein Gott, Roberto! Das wünsche ich mir, solange ich denken kann.»

Roberto zuckte die Achseln.

Gockel faßte es nicht. «Und du meinst allen Ernstes, daß das klappt, nur weil du es dir wünschst?»

Roberto sagte: «Ja.»

Brustschwimmen und
große Brüste

Im Sommer waren sie damals immer am Mönchsteich. Wenn das Wetter es zuließ, auch bis in den frühen Herbst hinein, bis der Teich (wieso, wußte niemand) Anfang Oktober ausgepumpt wurde. Dann war er eine große schwarze Grube aus Schlick. Aber pünktlich zum Winter war er dann wieder eine große schwarze Grube aus Schlick mit Brühe darin. Wenn die Brühe gefror, konnte man darauf Schlittschuh laufen.

Sonia ging auf dasselbe Gymnasium wie Roberto. Allerdings eine Klasse über ihm. Er sah sie auch oft auf dem Pausenhof, aber meist schien sie ihn nicht zu sehen. Und wenn sie ihm einmal doch fast unmerklich zunickte, wurde Roberto stets knallrot, und seine Kehle verwandelte sich in ein Stück Reibeisen. Zwar war Roberto seit ihrer Rückkehr tatsächlich gewachsen, und ebenso sein Haar (was Gockel unverhohlen als ein Wunder bezeichnete, und noch dazu ein ungerechtes, denn seine Wachstumsschübe lagen außerhalb des meßbaren Bereichs). Sein Gesicht war markanter geworden, die Wangen hagerer, und seine Nase war jetzt länger und kräftiger und bildete einen Bogen, den er zwar anfangs häßlich fand, der aber von anderen als «aristokratisch» bezeichnet wurde.

Auch war er jetzt im Stimmbruch, und er kämpfte mit seinen Pickeln, wie es sich gehörte. Er hatte begonnen, sich zu rasieren, obwohl – wie Alfred Dillinger anmerkte – er dazu nicht seinen Rasierapparat gebraucht hätte. «Ein nasses Brötchen hätte es auch getan.» Aber Roberto hatte gehört, der Bart wachse dann schneller, und er war an allem interessiert, was an ihm größer, breiter, tiefer, länger, kräftiger, männlicher werden konnte. Er hatte sich auch ein paar Geräte zum Muskelaufbau gekauft, an denen er fleißig werkelte, und er fand, er machte keine allzu schlechte Figur, auch wenn er längst nicht so groß und so kräftig war wie beispielsweise Schillo.

Außerdem, so hieß es doch immer, orientierten sich Mädchen an inneren Werten. Und von denen, ahnte Roberto, hätte er vielleicht im Ernstfall einige aufzubieten. Und wenn es stimmte, was er ab und zu von verschiedenen Seiten gesteckt bekam, so sah er in den Augen einiger Mädchen zumindest «süß» aus. Er wußte nicht recht, was er davon halten sollte, entschied sich aber, es als Kompliment aufzufassen. Die Mädchen, die ihn «süß» fanden, waren allerdings alberne Gänse seines eigenen Jahrgangs, oder sogar welche aus niedrigeren Klassen. Mit denen konnte er nichts anfangen. Nur an Sonia dachte er, seine Blutsschwester.

Doch leider war er Sonia scheißegal.

Einfach scheißegal.

Wenn dieses Mädchen einst unerreichbar für Roberto gewesen war, bevor er ihr mit seinem Hamstertrick imponiert hatte, so hätte sie jetzt ebensogut ein Wesen von einem anderen Planeten sein können, so weit war sie von ihm entfernt. Roberto hatte oft an sie gedacht, in seinen Gedanken war sie ihm immer nah und vertraut. Es war schmerzlich für ihn zu erkennen, wie fremd sie ihm geworden war. Sie war älter, und ihre Brüste waren von Kirschkern- auf Honigmelonengröße angewachsen. Selbstverständlich «ging» sie mit älteren Jungen. Ältere Jungen waren naturgemäß verächtlich und grausam. Und sie hatten ein gutes Gedächtnis.

«He», sagten sie etwa. «Was ist aus deiner Umstandsmütze geworden? Oder ist das jetzt ein Toupet?» Die, die Französisch gewählt hatten, sagten Toupet. Die Lateiner sagten Perücke.

Sonia Kraal hatte Französisch gewählt. Das wußten alle …

Außerdem war ihr Hauptfach Deutsch. Schließlich wollte sie Schriftstellerin werden. Sie veröffentlichte in loser Folge Gedichte und Kurzgeschichten aus eigener Produktion in der Schülerzeitung. Ihre Beiträge bestätigten die allgemeine Einschätzung, daß sich hinter ihrer makellosen und einfach hinreißenden Fassade eine außerordentliche Empfindsamkeit verbarg und ein Intellekt, der dem ihrer Mitschüler weit überlegen war. Ganz besonders – so fürchtete wenigstens Roberto – dem Robertos. Trotzdem liebte er ihre Veröffentlichungen, nicht zuletzt, weil ihre Lektüre ihm (wie er glaubte) Einblicke in ihre Seele gewährte, die sie im Gespräch (wenn denn eins zustande käme) nie preisgeben würde.

Eines Abends, als Roberto das Essen für sich und seinen Vater zubereitete, kam Gockel vorbei.

«Hallo!» verkündete er dumpf durch eine zusammengerollte Zeitung, die er wie eine Flüstertüte vor seinen Mund hielt.

«Gockel. Hi.» Roberto pellte Kartoffeln.

«Machst du etwa grade was zu essen?»

«Was meinst du, wonach das hier aussieht?»

Gockel betrachtete die Zutaten auf dem Küchentisch. «Stör ich?»

«Quatsch. Willst du mitessen?»

«Gern. Wenn es euch nicht stört.»

«Es würde uns eher stören, wenn du nicht zufällig hereingeschneit kämst, gerade wenn hier ein Braten in den Ofen geschoben wird. Wir würden uns Sorgen machen, wo du bleibst.»

«Na, na!» Gockel senkte den Kopf. «So schlimm?»

«Ach was. Du bist hier immer willkommen, das weißt du.»

«Das hört man gern.»

«Was hast du denn da?» Roberto nickte zu der Zeitung hin.

«Ah ja.» Gockel rollte die Zeitung auf. «Hier. Deine geliebte Sonia hat wieder was in der Schülerzeitung.»

«Sie ist nicht meine geliebte Sonia», sagte Roberto gereizt.

«Nein? Na, dann interessiert dich die Geschichte wohl nicht so sehr.»

«Doch. Gib her.» Roberto griff danach. Kartoffelstücke fielen auf den Küchenboden. Gockel hielt die Zeitung mit ausgestrecktem Arm hinter sich. «Die hat zwei fünfzig gekostet. Die faßt du nicht an mit deinen Wichsgriffeln.»

Roberto hob das Kinn. «Wenn ich's mir recht überlege, reichen die Kartoffeln doch nur für zwei.»

«Also gut.» Gockel lehnte sich mit der Hüfte an den Küchentisch. «Ich les vor.»

«Okay.»

«Ziemlicher Schmand das Ganze, wenn du mich fragst.»

«Ich frag dich aber nicht.»

«Das ist es ja. Das bringt den Kummer über die Welt. Man fragt mich nicht.»

«Los doch!»

«Moment, Moment.» Gockel räusperte sich. «Also. *Gefunden und verloren.*»

«Was?»

«So heißt die Geschichte. Gefunden und verloren.»

«Aha.»

«Wem ist Blausternamazone zugeflogen? Umkreis …»

«Blausternamazone?» unterbrach Roberto. Das hatte er doch schon mal gehört.

«Ja. Steht so hier. Kann ich vielleicht weitermachen?»

«Äh, sicher.»

«Also.»

Konrad hatte die Anzeige gerade durchgelesen, als ihm die Blausternamazone auch schon zuflog. «Holla», sagte er. Er hechtete zum Telefon, aber die Amazone war schneller.

«Halt», sagte sie, und sie sah ihn schmachtend an mit ihren blauen Sternen. «Bitte.»

Einem «Bitte» hatte sich Konrad noch nie verschließen können, blauen Sternen schon gar nicht. «Na, meinetwegen, dann nicht.» Er ließ sich wieder in seinen Sessel fallen.

Die Amazone strahlte sanft, so daß sie pastellene Schatten warf.

Gockel schüttelte den Kopf. «Pastellene Schatten», sagte er verächtlich. Er sprach es «pastelehne» aus.

«Weiter», forderte Roberto.

Gockel seufzte.

Sie sagte: «Danke.»

«Schon in Ordnung.» Konrad errötete leicht.

Die Blausternamazone legte den Kopf auf die Seite und betrachtete ihn ausgiebig.

«Noch nie einen Konrad gesehen?» fragte Konrad.

«Schade, jetzt ist es weg.»

«Hm? Was weg?»

«Du warst sehr schön. Du warst sehr rot, eben.»

«Rot? Ich? Quatsch.» Er begann wieder, das Anzeigenblatt zu studieren. Sein Puls, bemerkte er, war leicht beschleunigt.

Er blickte auf. Die Blausternamazone war inzwischen in die Küche getrippelt und machte sich am Kühlschrank zu schaffen.

«Brrr, wie kalt.» Sie sträubte ihr Gefieder. «Und nur Leberwurst, igitt.»

«Leberwurst ist gut für die Leber», belehrte Konrad sie.

Er hörte sie auf dem Linoleumboden der Küche scharren. «Hast du nicht irgendwas Vernünftiges? Hirse? Dinkel?»

Konrad seufzte. «Die Generation der Körnerfresser. Ihr werdet alle mal an Rheuma eingehen.» Er hatte das irgendwo gelesen. «In der Speisekammer müßte noch ein Meisenring sein, vom letzten Winter.»

«Aha», zwitscherte die Amazone. «Das hört sich schon besser an.» Es schepperte ein wenig, als würden Dosen durcheinandergeschmissen. «Ah! Hier.» Die Blausternamazone trat wieder ins Wohnzimmer und knabberte an ihrem Meisenring. «Köstlich. Ein bißchen alt, aber köstlich.»

Konrad schob seine Unterlippe vor. «Du hast Dosen durcheinandergeworfen», sagte er anklagend.

«Und wenn schon.»

«Du bringst Unordnung in mein Leben.»

«Genau.»

Konrad brummte etwas.

«Nun sei doch nicht so grantig.» Sie krümelte auf den Teppich.

Konrad nahm sein Anzeigenblatt. Seine Fingerknöchel traten weiß hervor, als er vorlas:

«Zu verschenken: Kater, beige, guter Kammerjäger. Hört auf ‹Teddy› … Immerhin: Zu verschenken.» Er griff zum Telefon.

Die Blausternamazone biß das Kabel durch. «Pfui, das war nicht nett. Außerdem hört er auf Teddy, nicht auf Konrad. Und Teddy ist sicher nicht für umsonst.»

«Hm», machte Konrad. «Auch wahr.»

«Na also.»

Konrad sah sie an. Sie hatte schimmerndes, schönes Gefieder. Und ihre blauen Sterne waren einfach hinreißend. Er sagte: «Es tut mir leid.»

«Oh.» Die Amazone schien besänftigt. «Keine Ursache.» Sie knabberte weiter an ihrem Meisenring.

Konrad setzte sich in seinem Sessel zurecht. «Immerhin hast du wohl die meiste Zeit deines Lebens in Unfreiheit verbracht. Ich muß darauf Rücksicht nehmen.»

Die Blausternamazone runzelte ihren Stirnflaum. «Freiheit», sinnierte sie. «Unfreiheit. Das sind dehnbare Begriffe. Aber du hast recht. Ich fühle mich frei, jetzt. Ich bin frei. Ich bin geflohen, aus meinem goldenen Käfig. Und jetzt will ich meine Freiheit genießen. Denn man weiß nie, wann das Glück ein Ende hat.» Sie zögerte. «Und es ist ein Glück, daß ich gerade zu dir gefunden habe, Konrad.» Sie näherte sich ihm, bis ihre Federspitzen seine Knie berührten.

Konrad wurde wieder rot. Er griff rasch nach seinem Anzeigenblatt. Die Blätter zitterten ein wenig in seinen Händen.

Sie entwand ihm sanft die Zeitung. «Konrad. Sieh mich an.»

Er tat es verschämt.

«Konrad, ich möchte meine Freiheit genießen. Das darf ich doch, oder?»

«Äh. Ja, klar.»

«Vielleicht möchte ich aber auch deine Freiheit genießen.»

Konrads Zunge fühlte sich trocken an. Trocken und pelzig. Er merkte, daß sein Mund offenstand. Er schloß ihn.

Die Blausternamazone sah ihm ganz fest in die Augen. «Ich möchte dich genießen, Konrad.»

«Oh», machte Konrad. «Weißt du ...» Er wich in seinem Sessel zurück.

«Hast du etwas dagegen, wenn ich so mache?» fragte die Blausternamazone.

«Na, was sie da wohl macht!» Gockel feixte.

«Psst!» herrschte Roberto ihn an.

«Was psst? Soll ich jetzt vorlesen oder nicht?»

«Ja doch!»

«Und wieso dann psst?»

«Du sollst ruhig sein. Aber du sollst vorlesen. Comprende?»

Gockel verdrehte die Augen. «Also», fuhr er fort.

Konrad tat ein Geräusch, das er bisher noch nie getan hatte. Er hatte nicht gedacht, daß ein Konrad ein solches Geräusch tun konnte. Er wünschte sich, im Polster des Sessels zu versinken. Die Amazone war so nah, daß er ihren Duft wahrnahm. Er knackte mit einer Schulter.

«Sei ganz locker.» Sie tat etwas mit ihm.

«Oh.»

«Ganz locker.» Sie tat noch etwas.

«O ja.»

Sie schmiegte sich an ihn, legte ihre weichen, warmen Flügel um seinen Leib, und er versank in ihrem Gefieder.

Sie vögelten.

«Sie vögelten», wiederholte Gockel anerkennend.

«Ja, ja.»

«Schon gut. Also.»

Sie vögelten. Die ganze Nacht taten sie es. Sie taten es sehr laut, und dann taten sie es sehr leise. Es war wunderschön.

Dann, als der Morgen schon graute, glitt Konrad in einen süßen Schlaf. Das letzte, was er sah, waren ihre blauen Sterne, die ihn zärtlich betrachteten. Zärtlich und auch ein wenig ängstlich.

«Wovor hast du Angst?» murmelte Konrad.

«Vor dem Morgen.»

«Wieso?»

Sie strich über seine Augenlider. «Schlaf.»

Konrad träumte. Es war ein wunderschöner Traum. Er träumte, die Blausternamazone würde für immer bei ihm bleiben. Für immer.

Er erwachte durch ein raschelndes Geräusch. Er konnte nicht lange geschlafen haben, denn die rote Sonne lugte kaum über den Horizont der Stadt. Die Blausternamazone stand vor dem Fenster und putzte ihr Gefieder. Daher das Rascheln. Sie war wunderschön.

«Guten Morgen», sagte Konrad zärtlich. Er stützte sich auf einen Ellbogen. «Du bist kein Langschläfer.»

Die Blausternamazone sah ihn melancholisch an. «Guten Morgen, Konrad. Und leb wohl.»

Der Schreck schoß ihm durch den Körper, und er saß kerzengerade. «Leb wohl? Wieso? Du gehst?»

«Ich fliege.»

«Aber du kommst wieder?»

Sie schüttelte den Kopf.

«Aber wieso?» rief er verzweifelt. «Soll ich dich jetzt verlieren? Schon jetzt?» Die Angst um den Verlust raubte ihm schier die Sinne.

Sie sprach sehr leise. «Wir Blausternamazonen, wir können nur eine Nacht bei einem Mann liegen. So ist es uns bestimmt.»

Gockel prustete. «Bei einem Mann liegen!» krähte er.

Roberto warf ihm einen finsteren Blick zu.

«Ist ja gut», sagte Gockel. Er las weiter.

«Aber wieso? Wieso nur?» sagte er.

«Wir verlieren sonst unsere Freiheit.»

«Verliert die Freiheit», hauchte Konrad. Er konnte es nicht glauben. Er träumte noch. Es war ein Alptraum. Gleich würde er aufwachen.

«Man will uns nicht gehen lassen», fuhr die Amazone fort. «Man will uns bei sich behalten. Für immer. Man sperrt uns in einen goldenen Käfig.»

Konrad verstand. Er senkte den Kopf.

«In einen goldenen Käfig, wie der, aus dem ich gestern erst entkommen bin.»

Lange Zeit sahen sich die beiden an. Die Morgensonne tauchte den Raum in Rot. Zwei kleine rosa Wolken trieben am Himmel, noch etwas zerzaust von der Nacht. Die Blausternamazone sagte: «Es wird ein schöner Tag werden.»

Konrad nickte schwach.

«Leb wohl, Liebster. Und ... danke.»

«Dafür nicht», preßte Konrad hervor.

«Und sei nicht traurig. Nicht zu sehr.»

«Ich werde dich nie wiedersehen? Nie?»

Sie hielt ihm eine Feder auf die Lippen. «Pst. Leb wohl.»

Und damit hüpfte sie auf das Fenstersims. Die Sonne färbte

ihr Gefieder violett. Sie sah sich nicht nach Konrad um. Sie sah nur den unermeßlichen, den blauen Himmel. Sie spreizte ihre Flügel, und dann, mit ausgebreiteten Schwingen, ließ sie sich fallen, in die Freiheit. Mit einem Schrei, der eine Mischung war aus Lust und Schmerz und Glück, stieg sie empor in den Himmel.

«Leb wohl», flüsterte Konrad. Dann rief er: «Lebe wohl!»

Er sah ihr lange nach. Wie sie kleiner wurde, und noch kleiner. Wie sie immer höher stieg in den Morgenhimmel, und er wünschte ihr alles, alles Gute, denn was sollte er sonst wünschen?

Er stand noch da, als die Sonne höher gestiegen war. Der Schrei der Blausternamazone war schon längst verklungen. Konrad sah in den Himmel, und eine Träne entstand in seinem linken Auge, sammelte sich dort und schwamm seine Wange hinab, tropfte auf den Teppich, der sie aufsog.

Er ging zu seinem Sessel, das Fenster ließ er offen. Er griff nach seinem Anzeigenblatt. «Wellensittich, gelb, am 16.6. entflogen, grüne Brust u. schwarze Kopffedern. Bitte melden. Telefon ...»

Konrad sah zum Fenster. Lange Zeit. Dann nahm er den Rest des Meisenrings, der auf dem Teppich lag, und legte ihn auf den Fenstersims. Vielleicht ...

Er setzte sich wieder in seinen Sessel. Er sah zum Fenster. Lange Zeit.

Gockel ließ die Zeitung sinken. Er schüttelte den Kopf. «Der reine Kitsch.» Er sah Roberto an, hob bestürzt die Brauen. «Sag mal, weinst du?»

Etwas glitzerte in Robertos Augen. «Ich? Nein.» Er wischte sich mit dem Handrücken übers Gesicht. «Ich habe Zwiebel in den Augen.»

Gockel inspizierte den Küchentisch. «Das sind keine Zwiebeln. Das sind Kartoffeln.»

«Gut. Dann hab ich eben Kartoffel in den Augen.»
«Ich glaub, du hast Scheiße im Hirn.»

Selbstverständlich führte diese Geschichte zu einem Schulskandal, wegen des Wortes «vögeln». Pornographie, hieß es donnernd von seiten Herrn Krummpackers, habe nichts in der Schülerzeitung zu suchen, und man drohte, die Redaktion zu schließen. Aber es gab auch Fürsprecher. So schickte Sonia die Geschichte auf Drängen ihres Deutschlehrers Herrn Koball an die Organisatoren verschiedener Literaturwettbewerbe, bekam aber stets nur einen Formbrief als Absage. Doch das kümmerte sie nicht. «Ich schreibe für mich», sagte sie oft. «Nicht für andere. Genauso wie ich für mich lebe und nicht für andere.»

«Aber», wandte man darauf ein, «weshalb veröffentlichst du deine Sachen dann in der Schülerzeitung? Wenn du nur für dich schreibst?»

Darauf zuckte Sonia mit den Schultern. Ihr war nicht daran gelegen, logische Antworten zu geben. Anscheinend war ihr auch nicht daran gelegen, logisch zu leben. Denn wenn sie nur für sich lebte, wie waren dann die Legenden zu erklären, die besagten, daß sie durchaus bereit war, Dinge im Unterholz zu tun, Dinge …

Wieviel Wahrheit allerdings in diesen Geschichten steckte und wieviel davon sich die heißgelaufenen Hirne pubertierender Jungen ausgedacht hatten, wußte niemand zu sagen.

«Was für Dinge?» fragte Roberto.

Sie standen auf dem Pausenhof, hinter der Turnhalle, wo man vor der Lehreraufsicht in Sicherheit war: Roberto und Mark Huntz, dessen liebste Freizeitbeschäftigung darin bestand, am Mönchsteich kleine Jungs mit einem peitschenden nassen Handtuch zu jagen. Mark rauchte irgend so eine stinkende französische Zigarette, obwohl er gerade mal vierzehn war und man einen Raucherausweis erst mit sechzehn bekam. Er trug einen

Bundeswehrparka, sommers wie winters. Die schwarzrotgoldene Fahne hatte er durch Aufnäher ersetzt, die «Einbecker Urbock» verhießen.

«Na ja.» Mark legte den Kopf schief. «Es fängt damit an, daß man mit ihr wettschwimmen muß. Zum anderen Ufer.»

«Wettschwimmen?»

«Sie schwimmt schnell, weißt du.»

«Ja, und dann?»

«Na ja.»

«Erzähl schon! Weißt du was oder redest du nur wieder Stuß?»

«Ich red keinen Stuß.»

«Dann sag schon.»

«Sie …» Mark machte ein paar fahrige Gesten, die alles bedeuten konnten. «Sie schnappt sich dein Ding und macht daran rum und so.»

«Na und?» Ein kurzer Moment trotziger Erleichterung durchfuhr Roberto. «Das kann ich selber.»

«So?» Mark ließ seine Kippe auf den Boden fallen und trat die Glut aus. Rauch quoll aus seinem Mund. Seine Stimme wurde verschwörerisch. «Sie macht es mit dem Mund.»

Etwas machte Klack in Robertos Hirn. Möglichkeiten des Geheimnisvollen, Verbotenen taten sich im Alltag auf, wie dunkelrote Türen. Möglichkeiten, die alle anderen Gedanken überschwemmten.

«Woher weißt du das?» fragte Roberto.

«So macht sie das eben. Wenn du im Wettschwimmen gewinnst, kniet sie sich vor dich und … Sag mal, sind dir nie ihre hohen Wangenknochen aufgefallen? Und diese Grübchen? Das kommt daher. Sie ist immer in Übung, da drüben, am andern Ufer in den Büschen.» Marks Bericht steigerte sich zu einem aufgeregten Crescendo. «Und was meinst du, weshalb sie diese phantastischen Titten hat?» Er strahlte, denn er kannte die Antwort: «Proteine! Was denkst du denn? Das kommt nicht vom

Eisschlecken. Nein. Sie schluckt es runter. Sie schluckt alles runter, und –»

Roberto hatte ausgeholt, ohne eigentlich zu wissen, was er tat, und ihm einen Kinnhaken verpaßt. Der Schlag war nicht besonders hart gewesen, aber er hatte den Punkt getroffen. Mark fiel gegen die Wand der Turnhalle und in sich zusammen wie ein nasser Sack. Es dauerte einige Sekunden, ehe er wieder zu sich kam. Er war ein kräftiger Junge, der etwas auf seinen Ruf in der Klasse hielt, und er sah Roberto verwundert an. «Du hast mich k. o. geschlagen», sagte er verblüfft.

«Tut mir leid.» Roberto streckte ihm die Hand hin und half ihm hoch.

«Einfach k. o. geschlagen.» Mark klopfte den Parka ab. Er war viel zu bestürzt, um es Roberto irgendwie heimzuzahlen. «Ich war weg. Einfach weg. Dabei hat es nicht einmal weh getan.» Verdattert sah er sich um. Niemand hatte etwas gesehen. Sie standen im äußersten Winkel hinter der Turnhalle. Mark befühlte sein Kinn. «Wie hast du das gemacht?» fragte er, und etwas wie Respekt schwang in seiner Stimme.

Roberto zuckte die Achseln. «Ich, äh, hab halt den Punkt getroffen.»

«Du Arsch!» Es schien, als würde der alte Mark erst jetzt wieder zum Vorschein kommen. «Wieso hast du das getan?»

«Ich … mag das nicht, wenn man so über Sonia redet.»

«Du magst das nicht? Du magst das nicht? Wenn du das nicht magst, dann frag doch nicht erst danach!»

«Tschuldigung.» Roberto zuckte mit den Schultern. «Die Faust war halt schneller.» Er grinste.

«Na gut.» Mark blickte noch einmal um sich. Dann zupfte er sich seinen Parka zurecht. «Wenn du nichts davon erzählst, erzähl ich auch nichts davon, okay?»

«Okay.»

Mark trollte sich.

Roberto lehnte sich an die Wand der Turnhalle und sann bis

zum Klingeln über Sonia Kraal nach. Klar war, daß Sonia ein sehr, sehr ungewöhnliches Mädchen war. Sie appellierte gleichzeitig an die höchsten Gefühle ihrer Mitschüler und an deren niederste Triebe.

Niemand wurde so recht schlau aus ihr.

Auch Roberto nicht.

Aber ein Wunsch hatte sich in Robertos Hirn eingenistet. Dies wünschte er sich mehr als alles in der Welt. Er wünschte sich, von Sonia Kraal, dem fleischgewordenen Traum einer ganzen Generation akneentstellter Knaben, zum Wettschwimmen aufgefordert zu werden. Ein Wunsch, das war Roberto klar, der niemals Wirklichkeit werden würde. Lediglich in seiner Phantasie existierte die Sonia Kraal, die sich so weit herabließ, sich mit ihm abzugeben. Die Bilder dieser Phantasie allerdings waren mächtig, und sie begleiteten Roberto durch den Tag. Im Geiste wurde er der Regisseur seines eigenen Pornofilms. Immer neue Variationen ließ er sich einfallen, stets wechselnde Eröffnungen führten zum letztlich immer gleichen Finale. Die Hauptdarsteller waren jedesmal dieselben: Sonia und er, in verschiedenen Stadien ihrer ständig wachsenden Verzückung.

Diese Vorstellungen bewahrte sich Roberto stets bis zum Abend, wenn es galt, in die Falle zu steigen.

Oft hielt er es aber auch nicht bis zum Abend aus. Um die Wahrheit zu sagen: eigentlich nie.

Es war eine schwere Zeit für Roberto.

Die Pubertät ist bekanntlich – ebenso wie die Kindheit – ein Nachtmahr.

Aber auch schwere Zeiten gehen zu Ende: Man wird erwachsen. Zumindest stattet die Natur einen mit den Attributen des Erwachsenen aus. Haare auf der Brust wären dies wohl beim Manne, Bartwuchs, eine tiefe Stimme und, wie bereits angedeutet, der etwa halbstündig erwachende Trieb zu onanieren.

Was das Wachstum anging, so schoß Roberto in dem Sommer seines vierzehnten Lebensjahres auf über einen Meter achtzig und war damit vom hinteren Mittelfeld in die Spitzengruppe seines Jahrgangs vorgestoßen. Außerdem stellte er fest, daß er sehr schnell braun wurde, in der Sonne, und braune Haut war damals ein Schönheitsideal. Er war zwar keine Sportskanone, und schon gar kein Muskelprotz wie Schillo beispielsweise, aber er war innerhalb eines Jahres von einem großen Kind, das sich viel zu häufig rasierte, zu einem gutaussehenden jungen Mann geworden, mit einem braungebrannten Körper, dunklen Augen und braunem Haar, in dem sich im Sommer einige blonde Strähnen zeigten.

Ja, richtig, braunes Haar. Die qualvolle Zeit der Haarlosigkeit war für Roberto endgültig vorüber.

«Du hast es geschafft», sagte Gockel anerkennend, als sie die Mütze feierlich verbrannten. «Wie du es dir vorgenommen hattest.»

Roberto lächelte. «Du bist aber auch nicht schlecht», entgegnete er. Gockel war endlich gewachsen, nicht viel, er war immer noch der kleinste unter ihnen, aber es war doch eine normale, eine akzeptable Art von «Kleinheit». Niemand kam mehr auf die Idee, ihn als Zwerg oder Gnomen zu bezeichnen. Außerdem war Gockel im Stimmbruch, und seine Stimme vereinigte nun die Dissonanzen einer Kreissäge mit den tieferen Tönen eines Lee Marvin. Lee brummte gerade seinen Song «I was born und'r a wand'ring star» über den Äther, und Gockel gefiel sich in der Rolle des Lonesome Cowboy. Er hatte den Ehrgeiz, das Manko seiner geringen Größe mit einer sonoren Baßstimme wettzumachen, die er sich mühevoll antrainierte.

Alfred Dillinger, der es ja wissen mußte, sprach von einer «Grabesstimme» und fragte Gockel, ob er nicht langsam mit Kettenrauchen anfangen wolle, das zerstöre die Stimmbänder nachhaltig und sorge so für den gewünschten Effekt.

«Ich werd's mir überlegen», entgegnete Gockel, wobei seine Stimme sämtliche alpinen Gipfel und marianen Gräben des Klangspektrums durchquerte.

Roberto und Gockel wurden Männer. Und Männer regierten die Welt. Die beiden hatten endlich Grund, zuversichtlich in die Zukunft zu blicken.

Roberto hatte die Augen geschlossen. Er lag auf seinem Badetuch, den Kopf zwischen den Unterarmen vergraben. Eine Ameise irrte kitzelnd über seinen Fuß. Lauer Wind flirrte in den Bäumen, und es platschte jedesmal, wenn jemand vom Steg ins Wasser des Teichs sprang. Sie waren wieder mal alle da. Schillo hatte er gesehen, mit einer Packung Zigaretten im Gummizug seiner Adidas-Badehose. Mark. Gockel war schon weggegangen, jammernd, nachdem er sich den Fuß an einer alten Bierdose aufgeschnitten hatte.

Eigentlich war der Mönchsteich eine trübe Brühe. Wenn man, die Mundwinkel vor Ekel nach unten gezogen, von seinen schlammigen Ufern ins Tiefe stakste, versank man knöchel- bis knietief im Morast. Allerdings konnte man nicht ganz sicher sein, daß es sich tatsächlich um Morast handelte. Denn jeder Schritt wurde von stinkendem Gurgeln aus den Gedärmen des Teichs begleitet. Trotzdem fuhr man eben zum Teich, weil alle da waren. Man traf sich dort. Im Sommer war der Teich das Zentrum jugendlicher Exzesse. Möglichkeiten lagen in der Luft. Die Jungs kamen, um einen Blick auf die weißen Titten der Mädchen zu erhaschen, wenn die sich umzogen. Die Mädchen kamen, um ihre Titten aufblitzen zu lassen. Sie waren bemerkenswert ungeschickt beim Umziehen. Ständig fielen ihnen die Handtücher ins Gras. Aber mehr gab es nicht. Zumindest nicht für Roberto. Pfoten weg! Hand ab! Off limits, wie seine Großmutter gesagt hätte.

Die Ameise wuselte in Robertos Kniekehle herum, seine träge Hand wischte sie fort. Er seufzte. Er träumte von Frauen. «Komm», sagte Die Blonde Mit Dem Atemberaubenden Körper zu ihm. Sie hatte ihn als Anhalter mitgenommen, mit ihrem roten Cabrio, und sie hatte ihren Rock nicht zurückgestreift, als der Fahrtwind ihn hochgeweht hatte. Jetzt rutschte Die Blonde Mit

Dem Atemberaubenden Körper in ihrem Sitz nach vorn, so daß sich der Spalt ihrer Möse im Schritt ihres Slips abzeichnete. «Willst du mal anfassen?» gurrte sie rauchig. «Klar», knurrte Roberto weltgewandt. Er war ein lässiger Typ. «Warum nicht?» Gerade streckte er seine pochenden Fingerkuppen nach dem gespannten Stoff aus, als er merkte, wie ein Schatten auf ihn fiel.

Unwillig spähte er über seinen Unterarm. Es war im späten August. Die immer noch heiße Sonne war im Begriff, hinter den Baumwipfeln des legendenumrankten «Anderen Ufers» unterzugehen. Roberto drehte den Kopf und zwinkerte ins Licht der sich verjüngenden Strahlen. Er sah ein Paar wunderschöner, gebräunter Füße. Die Zehen waren perlmuttfarben lackiert.

«Hi», kam es von oben.

Er drehte den Kopf weiter. Etwas knackte in seinem Hals. Seine Traumerscheinung stand über ihm. Die Blonde Mit Dem Atemberaubenden Körper präsentierte ebendiesen Körper in einer fast obszönen Perspektive. Er sah ihre Brüste von unten, diese Napfkuchen der Wonne, welche die Schwerkraft zu ihm herabzog. Ihr karamelgebräunter Bauch, von winzig kleinen goldenen Härchen bedeckt. Der Schatten ihres Nabels. Die Hüftknochen, die sich sanft und einladend zugleich aus dem Fleisch hoben. Dann das Höschen, ebenfalls rosa, die sanfte Wölbung zwischen ihren Beinen, die in ihrer Mitte eine Furche ahnen ließ, dort, wo der Eingang war zu allen Wonnen des Daseins.

Sie hatte einen rosafarbenen Bikini an, ein äußerst knappes Modell, eines, das jungen Männern das Blut im Hirn erst rauschen und dann in tiefere Regionen des Körpers abtauchen ließ. Konnte Blut tauchen? Solche und ähnliche Gedanken schossen Roberto in diesem Moment durch den Kopf. Sein zerebrales System, plötzlich unzureichend mit Sauerstoff versorgt, produzierte Chaos.

«Wollen wir 'n Wettschwimmen machen?» fragte Sonia Kraal.

Es durchzuckte Roberto wie ein Blitzschlag. «Äh, Wettschwimmen?»

«Ja. Da rüber. Auf die andere Seite.»

«Du meinst, äh, ans andere Ufer?»

«Ja. Sag ich doch.»

«Da, wo die Büsche sind?»

Sonia runzelte die Stirn. «Sag mal, kapierst du schwer?» Sie schüttelte ihr goldenes Haar in der Sonne. «Schwachkopfo.»

Ein Lächeln formte sich auf Robertos Lippen. Der Rettungsvokal. Vier Jahre war es her, daß sie ihn zum letztenmal so genannt hatte. Er faßte Mut. «Und worum?» fragte er, während er seine Beine herumschwang und sich aufsetzte. «Was kriegt der Sieger?»

Sie sah ihn ein, zwei Momente an, mit schiefgelegtem Kopf. Sie entschloß sich, die Lider zu senken. Eine kleine rosa Zungenspitze erschien kurz zwischen ihren Lippen. «Du weißt, was der Sieger kriegt, Robertino», sagte sie gedehnt. «Haben dir die anderen nicht davon erzählt?»

Roberto nickte. Ein Liter Blut schoß ihm in den Kopf, einer in den Penis. Doch, wollte er sagen. Er krächzte: «Chch.» Rasch verschränkte er die Hände vor seiner Badehose. Oha. Wie ein Pflug würde er sich durchs Wasser arbeiten müssen.

Sonia grinste. «Und wenn du verlierst, dürfen dich alle ‹Rapsfeld› nennen, ein Jahr lang.»

Roberto stutzte, dann nickte er. Ein warmer Strom durchfuhr seinen Körper, denn er erinnerte sich an ihre gemeinsame Kindheit. Außerdem war Rapsfeld immer noch besser als Rapsfeldo.

Sie gingen auf den Steg, der zehn, zwölf Meter in den Teich hineingebaut war. Roberto spürte die neidischen Blicke der anderen Jungen, besonders die von Schillo Wienholz, der für die Schule die Landesmeisterschaften im Freistil gewonnen hatte und der immer mit seinen «Abenteuern» prahlte. Seine Augen tanzten in nervösem Unverständnis von Roberto zu Sonia und zurück. Dann verdüsterte sich sein Gesicht.

Die Blicke der Mädchen waren sämtlich auf Robertos Badehose gerichtet. (Und nicht wegen des Fahrtenschwimmerabzeichens dort.) In ihren Gesichtern mischten sich Ekel und Faszination zu gleichen Teilen. Sie starrten alle auf Robertos Latte. Er konnte sie beim Gehen schlecht verbergen, und so trug er sie, halb verschämt, halb stolz vor sich her auf den Steg hinaus.

Auch Sonia sah hin, mit Kennermiene. «Na, na, na», sagte sie, wie zu sich selbst. Die Röte, die gerade aus Robertos Gesicht gewichen war, erschien mit neuer Macht. Sonia wandte sich zum Teich. Ihre Zehen bogen sich um die letzte Holzbohle. Roberto tat es ihr nach.

«Alles klar?» fragte Sonia.

Roberto nickte. Er brachte kein Wort heraus.

«Okay. Auf die Plätze. Fertig. Los!»

Sie sprangen ins Wasser.

Sonia schwamm phantastisch. Abwechselnd warf sie ihre Arme nach vorn, grub sie in den Teich, zog kraftvoll durch. Ihre Füße schlugen schaumiges Kielwasser. Ihr Kraulstil war perfekt.

Roberto machte den Brustschwimmer.

Er lag im Wasser wie ein vollgesogener Brotlaib.

Es war ihm, als käme er keinen Zentimeter voran.

Als Roberto die Hälfte der Strecke bewältigt hatte und sah, wie sich Sonia Kraal am Zielufer aus dem schwarzen Teich erhob und ihr blondes Haar nach hinten strich, da war sein Pflug schon längst zu einem kleinen Saatkorn eingeschrumpelt. Vier Schwimmzüge darauf stand sein Entschluß fest: Er würde den Rest seines Lebens im Kloster verbringen. Frater Rapsfeld. Er würde ein Schweigegelübde ablegen, und er würde ein Vorbild in allen Formen der Selbstkasteiung sein.

Ein Penis ist ein sehr sensibles Organ, dachte Roberto «Rapsfeld» Dillinger, als er nach der Schmach des verlorenen Wettschwimmens in seinem Zimmer hockte. Und vielleicht war es besser gewesen, daß er ihn nicht in fremder Leute Körperöffnungen geschoben hatte, denn man wußte nie, was einen in dunklen Höhlen erwartete. Andererseits, heute hätte er es darauf ankommen lassen. Er seufzte, während er sich vor Augen führte, was ihm entgangen war. In seiner Hose reckte sich das, was Sonia Kraal entgangen war, und Roberto tastete gedankenverloren daran herum. Selbst wenn Sonia Kraal Zähne in der Möse hatte, er hätte es drauf ankommen lassen. Daß sie welche im Mund hatte, war ja bekannt, und darum scherte sich auch niemand. Sand knirschte, als er seinen Reißverschluß öffnete, und er fragte sich, ob er nicht einen Schnellkurs im Kraulen machen sollte. Denn wer nur Brustschwimmen kann, resümierte er, während er seine Eier stupste, den bestraft das Leben.

Das Grauen berührt Sonia Kraal

In diesem Sommer lernte Sonia Kraal das Grauen kennen. Es näherte sich in Form eines Artgenossen. Getreu dem alten Sinnspruch, der Mensch sei des Menschen Wolf, wurde sie vergewaltigt, und zwar in der Hundestellung, die in Zeiten bevor der Mensch den Hund zu seinem Haustier gemacht hatte, zweifellos die Wolfsstellung genannt wurde.

Zu ihrem eigenen Bedauern hatte sie nämlich keine Zähne in der Möse.

Das Ganze spielte sich folgendermaßen ab:

Sonia Kraal hatte entdeckt, daß sie manchmal die Einsamkeit brauchte. Sie war fünfzehn Jahre alt, ein Alter, in dem man viel nachdachte, über sich selbst, seinen Körper und alles mögliche außerhalb seines Körpers.

Hinter dem See begann der Wald. Es war kein großer Wald, aber es gab Tiere dort, weiches Moos und knackendes Unterholz, und wenn man hineingegangen war, sah man nichts als Wald und hier und da den blauen Himmel. Man war einsam. Man war allein mit sich selbst, in sich selbst, und um einen herum war nur der Wald. Vor sechs Jahren hatte sich ihr Vater unweit von hier aufgehängt. Ein Zwerg, der durch den Tod zum Riesen wurde. Wo mochte er jetzt sein?

Sonia Kraal dachte über ihre Seele nach. Ein Ding, von dem sie wußte, daß es irgendwo in ihr war, aber irgendwie auch um sie herum. Wie ein Glorienschein, nein, mehr wie eine Hülle, nein, auch nicht. So, als ob in ihrem Innern etwas leuchtete, und das strahlte nach außen. Sie mußte an eine Taschenlampe denken, an das rote Leuchten, wenn man sie sich in den Mund steckte. Man sah dann all die kleinen roten Blutbahnen. Sie war immer wieder erschrocken darüber, wie voll, wie randvoll sie mit Blut war. Vollgesogen wie ein Schwamm. Als Sonia das erste Mal ihre Tage bekam, hatte sie sich sofort die Taschenlampe geholt, die Rolläden in ihrem Zimmer heruntergelassen und sich die Lampe in den Mund gesteckt. (An jenem Tag bemerkte sie, daß es ihr eine unerklärliche, etwas anrüchige Befriedigung verschaffte, große, längliche Dinge in den Mund zu nehmen.) Sie hatte erwartet, daß der Widerschein in ihren aufgeblähten Wangen blasser wäre als früher, aber das war nicht der Fall.

Ein Eichelhäher stob laut kreischend aus einem Gebüsch neben ihr. Jedenfalls nahm sie an, daß es ein Eichelhäher war, so wie er schrie. Er flatterte durch das Geäst der Bäume davon. Sonia sah ihm nach, sah zum Himmel empor, der blau war. (Wieso war er blau? Das Weltall war schwarz. Oder besser, es war die Abwesenheit der Farbe. Wieso also war der Himmel blau?) Sie spürte, wie die langen Halme der Gräser ihre Waden kitzelten. Sie trug Shorts, und ihre gebräunten Beine hatten fast die Farbe von Karamel. Auf jeden Fall, dachte sie sich, waren sie ebenso appetitanregend. Sonia war stolz auf ihre Beine, und wieso auch nicht? Sie war nicht prüde. Sie war nicht auf der Welt, um zu leiden und zu verzichten. Sie wollte das Leben spüren. In ihrer Seele, aber auch in ihrem Körper.

Die Seele aber, die also aus Sonia herausleuchtete, mußte doch durch irgend etwas gespeist werden, wie durch eine Batterie, irgendwo in ihrem Körper verborgen. Wie die Batterie, die die Taschenlampe zum Leuchten brachte. Nur eben unsichtbar.

Knack.

Sonia erschrak. Das war aus dem Unterholz neben ihr gekommen. Mit einemmal spürte Sonia Angst, kalt und hart. Es war nicht eigentlich dieses Knacken gewesen. Es war die plötzliche, unbewußte Erkenntnis, daß das Unterholz nicht zum erstenmal knackte.

Sie ging auf ihrem Lieblingsweg, einem kaum zwei Meter

breiten Pfad zwischen den Bäumen, der aus moosbewachsenen
Unebenheiten bestand. Farn wuchs an seinen Rändern, riesiger
Farn, und hie und da lagen umgestürzte Bäume, die Wurzeln aus
der Erde gebrochen, mit Würmern, die sich an ihnen ringelten,
schwarzen Käfern und Pilzen an der Rinde. Sonia starrte in die
Düsternis des Waldes links von ihrem Weg. Wenn sie daran
dachte, welche Farbe der Wald hatte – sie hätte immer Grün gesagt. Jetzt wurde ihr zum erstenmal bewußt: Der Wald war
schwarz.

Es knackte. Sonia versuchte, sich zu beruhigen. Unterholz
pflegte zu knacken, das war seine Bestimmung. Es gab kleines
Getier, es gab mittelgroßes Getier.

Aber was hier knackte, schien großes Getier zu sein. Und
Getier, das etwas im Schilde führte. Das sie beobachtete. Es
knackte immer links von ihr, dort, wo es besonders dunkel war,
und das Knacken war ihr gefolgt. Sonia machte ein paar raschere
Schritte, und das Knacken antwortete, in ebenso rascher Folge.
Sonia blieb stehen. Ihr Herz raste. Aber sie hatte Mut. Sie war
noch nie vor etwas davongelaufen. Sie stellte sich breitbeinig vor
dem Unterholz auf. Dabei spürte sie, wie ihre Knie zitterten.
«Komm da raus», rief sie. «Wer du auch bist.»

Es raschelte. Dann tönte eine Stimme, die sie kannte: «Gut.
Wie du willst.»

Es knirschte vor ihr, sie hörte, wie Äste krachten, abbrachen.
Dann stand er vor ihr. Er war groß. Viel größer, als sie ihn in
Erinnerung hatte. Zweige hingen in seinen Haaren. «Hallo, So-
nia», sagte er mit einem eigentümlichen Zug um den Mund.
«Ganz allein hier?»

Sonia stand auf einem Stück erhöhter, lockerer Erde. Sie
hatte keinen sicheren Stand. Unwillkürlich preßte sie die Knie
aneinander. «Was willst du?» fragte sie. Ihre Stimme klang unsi-
cherer, als ihr lieb war.

Schillo grinste nicht. Er sprach sehr ernst, gepreßt. Sein Gesicht, sein ganzer Körper war gepreßt, irgendwie zusammenge-

zogen, unheimlich. Seine Augen verschlangen sie. «Dich», brachte er heraus.

«Was?»

«Ich will dich.»

«Schillo, laß den Scheiß, ja? Das ist nicht witzig.»

«Nein. Das ist ernst. Ich weiß. Aber du weißt es auch, nicht wahr?» Er probierte eine Art Lächeln. Es mißriet zur Maske. «Du willst mich doch auch. Tu jetzt bloß nicht so.»

«Schillo!» Sie wich zurück. «Bleib mir vom Leib!»

«Wehr dich nicht dagegen. Es ist stärker als wir.»

«Was faselst du da eigentlich?»

«Hier ist kein Mensch. Hier sind wir ganz ungestört.»

«Schillo. Laß den Scheiß jetzt endlich.»

Er schob den Unterkiefer vor, sah sie aus zusammengekniffenen Augen an. «Wieso hast du mich nie zum Wettschwimmen aufgefordert?»

«Wieso sollte ich?»

«*Wieso?*» Schillos Gesicht zeigte Verwunderung. «Ich bin der schnellste Schwimmer weit und breit. Ich hab die Landesmeisterschaften gewonnen.» Er zupfte sich einen kleinen Zweig aus dem Haar. Seine Muskeln spannten unter der Haut.

«Weil ich dich nicht mag.»

«Ach, du mußt die Kerle mögen?» Wieder kniff er die Augen zu Schlitzen zusammen. «Denk mal einer an.»

«Denk mal an, ja.»

Spätestens jetzt war Sonia klar, daß es passieren würde. Hier im Wald war sie Freiwild, ein lahmes Kitz, dem der Wilderer die Schrotflinte an die zitternde Blesse hielt. Schillo packte sie. Er machte es geschickt, von der Seite, so daß sie ihn nicht in die Eier treten konnte.

«Aber keine Angst. Ich werde es so machen, daß es dir gefällt. Du magst es doch auf die harte Tour, oder?»

«Du Arschloch», sagte Sonia. Was hätte sie sonst sagen können?

«Und denk bloß nicht, daß ich ihn dir in den Mund stecke. So blöd bin ich nicht.»

«Arschloch.» Schillo war ungefähr fünfmal stärker als Sonia. Er riß ihr die Klamotten vom Leib und zwang sie auf den Bauch, ihr Becken war durch eine Moossode erhöht. Dann nahm er Maß.

Zu seiner Überraschung mußte Schillo feststellen, daß es nicht so leicht ging, wie er dachte. Er hatte nicht erwartet, daß es leicht sein würde, natürlich würde sie nicht sofort feucht werden, sie würde sich sträuben, zusammenkneifen, was sie zusammenkneifen konnte. Aber trotzdem, es war nicht so einfach. Besser gesagt, es ging überhaupt nicht. «Sag mal», sagte Schillo mit einemmal, voll Unglauben. «Bist du etwa noch Jungfrau?»

«Was denkst du denn, Arschloch?»

Schillo grinste höhnisch. «Mensch», murmelte er verblüfft. «Dabei behaupten immer alle …» Er lachte. «Dann bin ich ja die Nummer eins. Wer hätte das gedacht?»

Er drang brutal in sie ein. Es war nicht einfach, denn sie war trocken, aber er benutzte seine Spucke, und er war rücksichtslos und stark. Sonia weinte die ganze Zeit über. Sie weinte nicht, weil es weh tat. Es tat nicht so sehr weh. Sie weinte, weil er in ihrem Körper war. Sie war nicht mehr allein mit sich selbst, da war etwas, das in sie eingedrungen war, etwas, das sie stieß, etwas, das in sie eindrang, obwohl sie es nicht wollte.

«Ich will das nicht!»

Schillo stieß weiter in sie hinein. Mit jedem Stoß zertrümmerte er ihre Seele, wie man eine Taschenlampenbatterie zertrümmert, wenn man mit dem Hammer draufschlägt. Immer und immer wieder holte der Hammer aus und fuhr auf die Batterie nieder. Bis die Hülle brach und ätzende Batteriesäure ausfloß.

«Ouaaaah.» Schillo kam.

Die Batteriesäure fraß sich durch Sonias Häute, fraß sich durch alles durch, was schön war, und machte es häßlich. Machte es kaputt. Machte alles kaputt. Alles, alles.

Roberto nahm all seinen Mut zusammen. «Hallo, Sonia», sagte
er, als sie in Hörweite war. Er hatte sein Fahrrad repariert, im
Vorgarten, und er hatte sie schon ausgemacht gehabt, als sie aus
dem Kraalschen Haus auf die Straße getreten war. «Na?» Er
ging auf den Bürgersteig hinaus. Etwas stimmte nicht mit ihr,
seit ein paar Tagen. Sie ging langsam. Auch ihr Blick war langsam, wenn Blicke langsam sein können. In der Schule war sie
entschuldigt. Etwas mit den Nerven, hieß es. Mit den Nerven?

«Was ist eigentlich mit dir?» fragte Roberto. «Bist du
krank?»

Sie blieb stehen, erst jetzt schien sie ihn wahrzunehmen.
«Hallo, Blutsbruder», sagte sie leise.

Roberto lächelte verunsichert. Er fühlte sich geschmeichelt,
hatte er doch geglaubt, sie hätte all das längst vergessen. Unvermittelt griff sie nach seiner Hand. Ihre war warm und trocken.
Sie nahm den Finger, in den sie Jahre zuvor mit dem Messer
geschnitten hatte, und preßte ihn an ihren eigenen Zeigefinger.

Roberto sah sie an, bezaubert und verblüfft. Ihre Augen waren glasig. Er spürte ihren Puls, oder war es sein eigener? Wieder
murmelte sie etwas.

«Was?»

Sie reagierte nicht. Für einen Moment fragte sich Roberto,
ob sie vielleicht schlafwandelte. Oder ob sie Hasch geraucht
hatte. Sonia ließ seine Hand los. «Da ist was in dir», sagte sie mit
träger Stimme. «Darauf mußt du achten. Das darfst du nicht
einschlafen lassen.»

Was sollte das schon sein? «Was soll das schon sein?» fragte
er Sonia.

«So was wie Leben.» Sie hatte den Kopf geneigt und sah ihm
in die Augen. Zwei Falten bildeten sich über ihrer Nasenwurzel.
«Das mußt du immer wachhalten. Sonst wirst du wie alle.»

«Wie … wie sind denn alle?»

«Tot. Alle sind tot. Wußtest du das nicht?» Sie verfiel in diesen geduldigen Tonfall, als spräche sie mit einem Kleinkind. «Sie sind alle schon tot.»

Roberto reichte es jetzt. «Was ist mit dir passiert?» fragte er.

«Ich bin hingefallen.»

«Was? Wie das denn?»

«Ich bin ausgerutscht und hingefallen.»

Roberto runzelte die Stirn.

«Aber eins kannst du mir glauben, Roberto mit o. Eins kannst du mir glauben.» Ihre Stimme wurde fester. Der trübe Film wich von ihren Augen.

«Was?»

«So was wie Gerechtigkeit gibt's nicht auf dieser Welt.»

«Kann schon sein», sagte Roberto. «Ich meine, äh … Wenn man alle Dinge, die auf der Welt …»

Sonia unterbrach ihn. «Aber eins weiß ich.» Sie hatte ihm gar nicht zugehört. Ihr Körper spannte sich. Sie setzte sich in Bewegung, ging mit entschlossenen Schritten an ihm vorbei. «Es gibt so was wie Rache.»

einen Fuß in das Rankengitter. Er belastete das Gitter erst mit der Hälfte seines Gewichts, schließlich ganz. «Hält», sagte Schillo. Genausogut hätte er die Haustür benutzen können, aber so war es abenteuerlicher. Er sah zu Sonia hinunter, konnte sie aber ohne das Licht aus seinem Zimmer nicht erkennen. Erst als sie abermals ihre Taschenlampe aufblitzen ließ, sah er sie. Die Nacht war schwarz, es war bewölkt. Kein Stern am Himmel. Die Luft hing drückend und schwül über dem Boden, wie schon am Tage. Ein Rekordsommer. Schillo roch den Duft der Ranken, die dicht an seiner Nasenspitze entlangraschelten.

«Wohin gehen wir?» fragte er und blieb neben Sonia stehen. Der Strahl der Taschenlampe beleuchtete ihren rechten Schenkel. Man konnte die feinen Härchen dort erkennen. Sie trug einen kurzen Rock.

Sonia sagte: «In den Wald.»

«In den Wald?» fragte Schillo.

«Zum Teich.»

«Okay.» Schillo nickte.

Während sie nebeneinander durch die Dunkelheit gingen, roch er ihren Duft, der ihr nachhing wie ein Seidentuch. Und irgendwie spürte Schillo, daß er sich gerade verliebte. Eigentlich war er Frauen gegenüber eher schüchtern. (Er verbarg seine Unsicherheit hinter einer Fassade der Brutalität.) Es kostete ihn sehr viel Überwindung, bis er sie leicht am Arm berührte. Inzwischen hatten sie den Saum des Waldes erreicht.

Sonia blieb abrupt stehen.

Schillo glaubte schon, er wäre zu weit gegangen. (Und er überlegte, ob er jetzt noch weiter gehen müßte oder ob er umkehren sollte.)

Aber Sonia tat etwas gänzlich Unerwartetes. Sie nahm seine Hand und schob sie unter ihren Rock, an ihren Hintern. Schillo spürte, daß sie einen sehr knappen Slip trug. Er sagte: «Oh.»

«Wieso hast du dich eigentlich nicht noch einmal gemeldet?» fragte Sonia.

«Was?»

«Seit der Sache im Wald. Wieso hast du dich da nicht noch mal gemeldet? Wir hätten das wiederholen können.»

«Ich ...» Schillos Finger fuhren am Saum ihres Slips entlang.

«Komm schon, Schillo. Sag bloß noch, daß du schüchtern bist. Ich weiß ja, daß das nicht stimmt.»

«Ich ... ich dachte, du wolltest das nicht.»

Sonia schob seine Hand von sich. In der Dunkelheit schüttelte sie unwillkürlich den Kopf. Er dachte, sie wollte nicht! Sie kicherte. Dann zuckersüß: «Ich hatte so gehofft, daß du es tun würdest.»

«Ehrlich?»

«Ich habe immerzu an dich denken müssen, seitdem.»

Schillo hustete. «Weißt du, ich dachte, Frauen ...»

«Du denkst so vieles über uns Frauen, Schillo.» Sonias Stimme kam jetzt aus der Tiefe ihrer Kehle. «Und du weißt so wenig. Du würdest dich wundern.»

Es war stockfinster, und Schillo sah kaum die Hand vor Augen, als plötzlich vor ihm ein roter, sinnlicher Mund aufleuchtete, mit zwei vollen, schweren Lippen, halb geöffnet. Zwischen den Lippen lag dunkle Verheißung.

Ein Klick, und dann war wieder alles schwarz.

«Willst du mehr sehen?»

Schillo machte ein Geräusch, das ja bedeutete.

«Dann komm mit.»

Sonia ging voraus und führte ihn durch den Wald, in Richtung Teich, das wußte Schillo. Die Bäume standen wie düstere Wächter um sie herum, die aufpaßten, daß sie den Weg nicht verloren (oder daß sie nicht entkamen?). Mitunter streifte ein Blatt Schillos Wange. Es roch nach satter, schwerer Erde, nach fauligem Gras, nach feuchtem Holz auf der Wetterseite und nach trockenem Holz auf der Südseite der Stämme. Schillos Sinne waren aufnahmebereit wie nie zuvor. Es war, als habe jemand seine Nervenenden aus einer Art Köcher befreit, und jetzt ragten sie ungeschützt in die Welt hinein, labten sich verwirrt am Ansturm all dieser Reize.

Sie waren am See angelangt, am Steg. Jetzt, da die Bäume lichter standen, war es heller, ein wenig zumindest. Schillo erkannte den schwachen Kontrast von Baumkronen und Nachthimmel am anderen Ufer. Ein Vogel schlug über ihnen mit den Flügeln.

Klick.

Schillo sah eine Brust. Die Brustwarze, aufgerichtet, warf einen langen Schatten auf den sie umgebenden Hof.

«Gefällt dir, was du siehst?»

Schillo hörte seinen eigenen Atem. Sonia hatte sich an den Stamm des letzten Baumes gelehnt, der vor dem Steg stand. Klick. Dunkelheit.

Klick.

«Und gefällt dir das?»

Eine Hand hielt den kurzen Rock empor. Eine Halbkugel von Sonias Hintern wurde von der Taschenlampe beschienen. Der Strahl bewegte sich ein wenig, zitternd. «Und das?» Beide Hinterbacken, in der Mitte geteilt durch ihren weißen Slip. «Gefällt dir das?» Jetzt hörte Schillo auch Sonia atmen. Sie machte ein Hohlkreuz, reckte ihren Hintern in die Höhe. Ihre Hand schob sich in den Lichtschein, ein Finger hakte unter das Höschen. Klick. Dunkelheit.

Dann Sonias Stimme: «Du hast dich beschwert, daß du nie für mich schwimmen durftest?»

Schillo spürte, daß sie keine Antwort von ihm erwartete, und so sagte er nichts.

Klick. Schillo war geblendet. Er kniff die Augen zusammen, hielt sich die Hand davor. Dann zwinkerte er in den Strahl.

Aus dem Licht kam die Stimme: «Heute wirst du für mich schwimmen.» Schillo hörte, wie Sonias Atem vor Erregung rascher ging. «Du wirst jetzt für mich schwimmen. Und dann darfst du alles mit mir machen. Alles.»

Klick. Dunkelheit, erfüllt von tanzenden Sternen, die vor Schillos Augen explodierten. Sonia trat zu ihm und nahm ihn bei der Hand. «Komm.» Schillo schwankte vor Geilheit. Er hatte eine Erektion, die ihm das Gleichgewicht nahm. «Komm.» Es knackte unter seinen Sohlen. Die Festigkeit der Holzbohlen.

Klick. Wieder Helligkeit. Klick. Dunkel. Sterne. Sie waren jetzt am Rand des Stegs.

«Wir ziehen uns aus.» Er hörte Kleiderrascheln. Klick. Der Lichtschein der Taschenlampe glitt auf Sonias nackter Haut entlang. Dann blendete er wieder. «Los, du auch.»

«Ja», krächzte Schillo. Er hatte lange nichts mehr gesagt. Er drückte sich mit den Ballen die Schuhe von den Füßen und riß sich das Hemd vom Leib. Er zögerte kurz, bevor er seine Hose öffnete.

«Los, zier dich nicht. Ich will den Prachtburschen sehen.»

Und sie bekam ihn zu sehen. Stolz ragte er in die Nacht hinaus, in den Lichttunnel der Taschenlampe. Sonia sog die Luft in ihre Lungen. «Zeigst du mir deins, zeig ich dir meins», sagte sie. Sie drehte ihm den Hintern zu und zeigte ihm alles. Sie bückte sich, und sie nahm noch die Finger.

Schillo ging mit durchgedrückten Knien auf sie zu. Und wurde geblendet. «M-m», machte Sonia. Sie schüttelte den Kopf. «Erst wird geschwommen. Ordnung muß sein.»

«Na gut. Aber dann ...»

«Dann bin ich dein.» Sie geleitete ihn an den Rand des Stegs.

Schillo räusperte sich. «Weißt du, Sonia ...» sagte er. «Ich ... ich glaub ...» Er stockte. Seine Zehen umklammerten die letzte Holzplanke.

«Ja?»

«Ich liebe dich.» Jetzt war es raus.

Sonia antwortete nicht. Der Lichtstrahl glitt in den Nachthimmel, wo über ihnen Elfen tanzten. Dann antwortete sie doch. «Das ist sehr schön, Schillo», sagte sie. Und dann, nach kurzem Schweigen: «Ich werde mich dafür erkenntlich zeigen.» Das Holz knirschte unter der Schwere ihres Körpers. «Du hast mich entjungfert, weißt du?»

Schillo räusperte sich.

«Und den Mann, der eine Frau entjungfert, den wird die Frau niemals vergessen, in ihrem ganzen Leben nicht.» Sonia hielt die Taschenlampe vor sich in die Höhe. Sie lächelte geheimnisvoll. «Dieser Mann ist etwas ganz Besonderes für diese Frau. Und das wird er immer bleiben. Schillo, willst du mein ganz … besonderer Mann sein? Und willst du mich, ganz und gar?» Sie hauchte diese letzten Worte. «Denn ich will dich», flüsterte sie. «Ganz und gar.» Ihr Brustkorb hob und senkte sich. «Willst du?»

Schillo schluckte. Er verstand nicht. Aber eins verstand er: Sie vertraut mir, dachte er. Sie liebt mich auch. Und Schillos Herz ging auf. Seine Stimme war warm und voll, als er sagte: «Ja. Ich will.»

«Dann springen wir jetzt gemeinsam.»

«Okay.»

«Gut. Auf die Plätze. Fertig. Los!»

Und Schillo sprang. Wahre Liebe, dachte er, als seine Zehen den Kontakt zum Holz verloren, ist Vertrauen.

Bevor Sonia Kraal an jenem Abend durch die stockfinstere Nacht geeilt war, um Steinchen gegen Schillo Wienholz' Fenster zu werfen, hatte sie lustlos und unglücklich in ihrem Zimmer gehockt. Die Welt, das hatte sie an jenem Nachmittag gelernt, als sie vergewaltigt wurde, die Welt war eine Bestie. Früher – es kam ihr wie eine Ewigkeit vor, aber es war erst zwei Wochen her –, früher einmal, da hatte sie die Welt als einen großen Geschenkkorb wahrgenommen. Man nahm sich, was einem lecker erschien, und es schmeckte vorzüglich. Man überfraß sich vielleicht einmal, oder vielleicht hatte jemand einem gemeinerweise ein Zartbitterkügelchen unter die Vollmilcheier geschummelt. Aber darüber konnte man später nur lachen.

Sonia erinnerte sich nicht mehr, wie es war, zu lachen.

Bis ihre Mutter von der Spätschicht aus der Druckerei kam. («Bist du da, Schatz? Puh, ist das duster draußen. Man sieht die Hand vor Augen nicht.») Bis sie ins Zimmer ihrer Tochter kam, die seit einigen Tagen so traurig wirkte. (Seit sie ausgerutscht und hingefallen war.) «Du solltest dich vielleicht nach einer Ferienarbeit umsehen», schlug sie vor. «Guck doch mal da bei den Anzeigen. Das bringt dich auf andere Gedanken.» Damit legte Sonias Mutter ihr ein noch druckfrisches Exemplar des für den nächsten Tag bestimmten «Landboten» aufs Bett.

Sonia warf einen abwesenden Blick auf das Blatt, und plötzlich lachte sie. Es war ein heiseres Lachen, ein kaltes dazu, nicht aus dem Bauch, nur aus dem Kopf, und vielleicht noch ein wenig aus einem Herzen, das sich zu einem harten Klumpen zusammengezogen hatte. Vielleicht klang es wie eine Handvoll alter Batterien, die gegeneinander schepperten.

Sonia hatte die Taschenlampe aus der Schublade genommen und war, an ihrer Mutter vorbei, zur Haustür geeilt.

«Gehst du noch weg?» wunderte sich die Mutter. «Es ist gleich zwölf. Das ist schon reichlich spät für junge Mädchen.»

Die Hand schon am Türknauf, sah sich Sonia noch einmal um. «Mutter», sagte sie, «ich bin fast siebzehn. Und», sagte sie, und ihre Stimme war hart dabei. «Ich bin kein Mädchen mehr. Ich wurde vergewaltigt.»

Eine Stunde später dann Schillo Wienholz, verliebt bis über beide Ohren und von dem Gedanken beseelt, mit seinem Penis in Sonia Kraals wunderbaren, nicht ganz siebzehnjährigen Leib einzudringen. Schillo Wienholz, der sich kopfüber durch die Dunkelheit stürzt, bis sein Kopf sich in den Schlamm des leergepumpten Mönchsteichs gräbt, der, wie der «Landbote» wahrheitsgemäß in seiner für den nächsten Tag bestimmten Ausgabe verkündete, aus technischen Gründen tags zuvor abgepumpt worden war und nicht, wie sonst üblich, erst im Spätherbst.

Schillo Wienholz «überlebte den tragischen Badeunfall wie

durch ein Wunder» («Der Landbote»). Allerdings querschnitts-
gelähmt. Er war für den Rest seines Lebens an den Rollstuhl ge-
fesselt, und Sonia Kraal schickte ihm jedes Jahr zu Ostern ein
ausgeblasenes Hühnerei, bunt bemalt, und zu Weihnachten
einen Kuchen.

«Sonia», sagte der Gute dann jedesmal. Das einzige Wort,
das er fehlerfrei aussprechen konnte, denn auch sein Sprachzen-
trum hatte was abgekriegt. «Sonia.» Seine erste und einzige
Liebe vergaß Schillo Wienholz nie.

Apropos Liebe. In der Schülerzeitung erschien eine Woche nach
dem «Unfall» ein Gedicht von Sonia Kraal, dem ihr Deutschleh-
rer, Herr Koball, durchaus eine gewisse Meisterschaft attestierte.
Ob sie das Gedicht aber erst nach der Vergewaltigung schrieb
oder ob sie es bereits vorher bei der Redaktion eingereicht hatte,
darüber läßt sich nur mutmaßen. Das Gedicht lautete so:

In einer Vollmondnacht allein zu sein
ist schwer, fast so schwer wie der Mond,
der silbern, voll und schwer am Himmel thront.
Doch wenn du des Nachts glücklich bist, zu zwein,
dann ist dein Herz groß wie das Weltenall, und schon
ist deinem Herzen selbst der Mond zu klein.
Der Mensch, der ohne Liebe ist, frage den Mond.
In einer Vollmondnacht muß er den Kopf zum Himmel heben
und muß fragen:
«Kannst du, Mond, mir nicht einen Ratschlag geben?»
Der Mond wird ihm die Antwort sagen:
«Wenn dein Herz größer ist als ich, o Mensch,
dann wirst du belohnt.»

Gezeichnet war es so:
(Sonia Kraal, 20. Jh.)

Roberto, übrigens, las dieses Gedicht ebenfalls. («Kitsch», urteilte Gockel einmal mehr. Auch übrigens.) Roberto schnitt es aus der Zeitung aus und tat es in sein Album, zu den anderen Gedichten und den Fotos von Sonia. Er schob das Album unter seine Matratze, wo es sich, unter Robertos Herz, bereits einen Hohlraum gepreßt hatte.

Roberto wußte noch nicht, daß dies das letzte Gedicht war, das Sonia in der Schülerzeitung veröffentlichte. Er wußte nur, daß es ihm wahr erschien, gleichzeitig unerreichbar in seiner Forderung. Diese Einsicht schmerzte Roberto sehr. Das letzte Gedicht aber, das er von Sonia Kraal lesen würde, sollte ihn noch weit mehr schmerzen.

Wir werden uns nicht finden,
in der Weite

Sonia kam in den nächsten Wochen nicht zur Schule. Es gehe ihr nicht gut, hieß es lapidar. Die Nerven. Es drängte Roberto, ihr gute Besserung zu wünschen oder etwas Ähnliches. (Etwas Ähnliches: Sein Herz klopfte, und er las das Gedicht mit dem Vollmond jeden Abend. Er kannte es auswendig und konnte es vorwärts und rückwärts aufsagen.) Wenn es aber die Nerven waren, dachte er sich, so wollte er sie zunächst nicht behelligen. Er würde noch ein wenig warten, bis es ihr besserging.

Noch ein wenig warten.

Er beschränkte sich darauf, vom Dachboden aus auf das weiße Haus mit dem gelben Gartenzaun zu schauen. Es stand schräg gegenüber, und er sah das Fenster von Sonias Zimmer, und ab und zu sah er auch Sonia, wie sie, eine geisterhafte Erscheinung in ihrem Nachthemd, am Fenster stand und in die Ferne sah. Er stellte sich vor, ein Dosentelefon zwischen ihren beiden Zimmern zu spannen, ein technisches Prinzip, an das er sich aus seiner Kindheit erinnerte. Man wachst eine Leine ein und befestigt je eine geöffnete Blechdose an ihren Enden. Es funktioniert tatsächlich. Man kann sich dadurch unterhalten.

«Na, Rapsfeld», würde sie sagen. «Wie geht's?»

«Es geht», würde er antworten. «Und dir? Ich wollte dir gern gute Besserung wünschen.»

Und so weiter. Man mußte aber darauf achten, daß nicht ein Möbelwagen durch die Straße fuhr oder ein ähnlich hohes Fahrzeug, das die Strippe durchtrennen würde. Dann wäre die ganze Verbindung zerstört.

Aber genau das geschah.

Roberto wurde mit einemmal ganz kalt, als er den Möbelwagen sah. Irgendwie wußte er sofort Bescheid. Er kam gerade aus der Schule, und er schleuderte seine Schulsachen über den Zaun in seinen Vorgarten und lief auf das Haus zu, in dem die Kraals wohnten.

«Was tun Sie hier?» schrie Roberto entgeistert, als der erste Mann aus dem Haus kam. Er war dick, mit strähnigen langen Haaren, und er schleppte einen Sessel durch den Vorgarten und das gelbgestrichene Gartentor. «Was soll das?»

«Na, was meinst du wohl?» Der dicke Mann wuchtete den Sessel in den Möbelwagen. Er strich sich eine Strähne aus der Stirn. «Kannst du nicht lesen?»

Doch, Roberto konnte lesen. «Zieh aus, zieh ein mit Akelbein» stand auf dem Möbelwagen. Und «Umzüge, Lagerungen».

«Da-das …» stammelte Roberto. «Das dürfen Sie nicht.»

«Und ob wir dürfen.»

«Aber …» Robertos Lippen zitterten. «Wo sind denn die … äh, die Leute, die hier wohnen?»

«Wohnten. Wohnten. Die sind was weiß ich wo. Wir handeln hier im Auftrag. Wir sollen alles zusammenpacken und ab dafür.»

«Und … wohin?»

«Was weiß ich? Wird erst mal eingelagert.» Der Mann drehte sich um und ging wieder in das Haus hinein. Ein anderer Mann kam heraus, ein dünner, langer, der einen geflochtenen Papierkorb trug und eine Stehlampe. Er stellte den Papierkorb und die Lampe in den Möbelwagen und schlurfte zum Haus zurück. Roberto merkte, wie er das Gleichgewicht verlor. Er stützte sich gegen die Laderampe. Sein leerer Blick fiel in den Papierkorb. Kaugummis klebten überall. Sie hatte doch so gern Kaugummi gekaut. Unten, am Boden des Korbes, war alles verklebt von grauen Kaugummis, und ein paar alte, zerknüllte Zettel klebten dort am Bast. «Roberto» las Roberto auf einem der Zettel. «Roberto», ganz eindeutig. Er klemmte sich den Papierkorb unter den Arm und rannte los. «He!» rief ihm der Dicke mit den strähnigen Haaren hinterher. «Bleib stehen!» Aber Roberto blieb nicht stehen.

In seinem Zimmer löste Roberto die Zettel vorsichtig von den Kaugummis. Es waren vier Zettel. Einer war eine Einkaufsliste («Lippenstift, Shirt, Taschenrechner, Kladde, B. U. Z.» – Roberto fragte sich, was B. U. Z. sein mochte), auf dem zweiten waren die Titel zweier Bücher vermerkt (Jiddu Krischnamurti: «Einbruch in die Freiheit», und John Steinbeck: «Das Tal des Himmels»). Auf dem dritten stand: «Wenn nach Fliegen fliegen fliegen fliegen fliegen fliegen nach» und «Das ist doch Entpuppungsmusik!» Der vierte Zettel war der, auf dem Roberto seinen Namen gelesen hatte. Auf dem Zettel stand, mit Kugelschreiber geschrieben:

> *An Roberto:*
> *Zu spät*
> *Wir jagen unsre Beute durch verschiedne Schächte.*
> *Liebe ist nur in der Weite.*
> *Wir*
> *werden uns nicht finden,*
> *in der Weite*

Roberto fühlte sich, als würde ihm das Herz aus der Brust gerissen. Zu spät, dachte er. Und er wußte, er würde sie nie wiedersehen.

Wie man vom Tod zum Leben gelangt
und über Zahnhygiene

Eins», sagte Roberto.

«Zwei», sagte Gockel.

Mark Huntz sagte: «Drei.»

«Vier.» Roberto.

«Fünf.» Gockel.

«Sechs.» Mark.

Roberto sagte: «Sieben.»

Mark und Gockel schrien zugleich los: «Haah! Schon wieder!»

«Was schon wieder?»

«Du hättest Jupp sagen müssen! Jupp!»

«Echt?» erkundigte sich Roberto. «Wieso?»

«Das haben wir dir doch schon dreimal erklärt.» Gockel verdrehte die Augen. «Bei sieben sagt man Jupp. Oder bei der Quersumme. 43 zum Beispiel. Oder bei siebzehn und so.»

«Ach? Und bei sieben also auch?»

Mark beugte sich vor und nickte nachdrücklich. «Alles, was mit sieben zu tun hat, eben.» Er strich sich die langen Haare hinter die Ohren. Alle hatten jetzt lange Haare.

«Das heißt, ich muß saufen?»

«So ist es.»

«Einen Schluck?»

«Genau.»

«Gut.» Roberto griff sich die Kornflasche und nahm einen kräftigen Schluck. Er war fünfzehn, und er versuchte zu vergessen. Led Zeppelin spielten «Stairway to Heaven». Der Alkohol ließ einen Brechreiz in ihm hochsteigen, den er mit aller Gewalt unterdrückte. Hitze breitete sich in seinem Magen aus, stieg in seinen Kopf. Er ließ die Flasche sinken. Man mußte zugreifen, wenn sich einem eine Gelegenheit bot. Man mußte Erfahrungen sammeln, jetzt, da man bald erwachsen sein würde. Und man mußte die Liebe seines Lebens vergessen. Roberto mühte sich, Sonia zu vergessen, aber es gelang ihm nicht. Wie lange war das jetzt schon her, daß sie abgehauen war? Fast zwei Jahre. Wo mochte sie jetzt sein?

«And she's buyin' a stairway to heaven», jammerte Jimmy Page aus den Boxen. (Oder war es Roberto Plant?)

Gockel nahm die Flasche in Augenschein. «Ich glaub, das machst du mit Absicht», argwöhnte er.

«Was mit Absicht?» fragte Roberto unschuldig. Er rülpste. «Sorry.»

«Da ist schon ein viertel Liter weg. Und bisher hast du als einziger getrunken.»

«Tut mir leid.» Roberto ließ sich in dem Sperrmüllsessel zurücksinken. «Ich kann mich heute so klecht schonzentrieren.»

«Eins», sagte Mark.

«Schwei», sagte Roberto.

Gockel sagte: «Jupp. Her mit der Flasche.»

Bis dahin konnte sich Roberto noch gut erinnern. Der Rest war verschwommen. Wie so oft, wenn sie bei Mark gewesen waren. Roberto lag halbwach in seinem Bett und kämpfte mit sich, ob er aufstehen sollte, um sich ein Glas Wasser aus der Küche zu holen. Seine Mundhöhle war ausgedörrt. Er überwand sich, zwang den Oberkörper hoch, sank gleich wieder in die Kissen zurück. Sein Kopf drehte sich wie ein Brummkreisel.

Als die Kornflasche leer war, hatten sie die Hausbar von Marks Eltern geplündert. Er erinnerte sich, daß sie danach grölend mit einer Whiskyflasche durchs Viertel gezogen waren. Sie hatten Gartentore ausgehängt, und Mark hatte Eier auf vorbeifahrende Autos geschleudert. (Er hatte ein Zehnerpack Eier mitgehen lassen.) Bis irgendwann ein Auto mit quietschenden Reifen angehalten hatte und zwei breitschultrige Typen mit Schnauzbärten und Lederjacken rausgesprungen waren.

Da hatte der Spaß ein Ende gehabt. Roberto war gerannt, wie er nicht mehr gerannt war, seit er im Wald das Monstrum gesehen hatte. Herrn Kraal. Sonias Vater. Wieder mußte er an Sonia denken. Er seufzte. Ließ sie ihn denn nie los?

Jedenfalls hatten diese Lederjackentypen ihn nicht erwischt. Und Gockel auch nicht. Er erinnerte sich noch, daß er mit Gockel wieder irgendwo zusammengestoßen war. Sie hatten sich zum Duell gefordert mit den zwei verbliebenen Eiern. Keiner von beiden hatte getroffen. Und dann hatten sie die Whiskyflasche ausgetrunken. Oder hatte er das jetzt geträumt? Roberto drehte sich auf die Seite, der Raum schwappte mit Verzögerung nach. Er träumte oft komische Dinge. Und er träumte oft von Mädchen. Gerade jetzt hatte er wieder eine Erektion. Aber es war ihm zu anstrengend, sich darum zu kümmern. Von Mädchen, die ihn verließen. Überhaupt Menschen, die ihn verließen. Immer war er zum Schluß allein. Dann wachte er auf. Wenn er Glück hatte, wachte er auf. Wenn er weiterschlief, wurde in seinen Träumen aus dem Alleinsein die Einsamkeit. Und dann kamen die Kugeln. Die seelenlosen Planeten seines ewigen Alptraums.

Roberto starrte an die Zimmerdecke. Was stimmte mit ihm nicht? Oder sollte das alles so sein? War das Leben eben so, und gab es da nicht mehr? Aber woher kamen dann immer diese Zweifel? Was war es, das ihn vom Leben trennte? Er besoff sich, ja. Das gehörte sich so. Er spielte Fußball. Er kam in der Schule ganz gut mit. In Englisch, Französisch und Spanisch war er sogar unter den Besten. Er mochte Sprachen. Er hatte ein paar Freunde. Er sah sich gerne Filme an. Er las Bücher. Er spielte Karten. Er lachte dreckig über dreckige Witze. Aber sein Innerstes lachte nicht. Tief drinnen war er in einer Totenstarre befangen. Er riß sich keine Haare mehr aus, wie vor Jahren noch, als es ihm schlechtging. Er zündete auch keine Dachböden mehr an. Nein, es schien, als habe er resigniert. Als habe er sich damit abgefunden, daß seine Träume immer nur Träume blieben. Als wäre er eigentlich schon tot …

(«Alle sind tot. Wußtest du das nicht? Sie sind alle schon tot.»)

Das Piepen mußte bereits lange in seinem Kopf gewesen sein, aber er bemerkte es erst jetzt. Im Fernsehen piepte es immer so, wenn jemand im Operationssaal abkratzte. Apparatemedizin. Mann, Mann, dachte Roberto. Irgendwas mußte sich ändern in seinem Leben. Eine Frau. Scheiß auf Sonia! Er warf sich wütend auf die andere Seite. Saure Brocken stiegen in seiner Speiseröhre hoch, er schluckte sie runter. Gerade noch. Blöde, verdammte Sonia Kraal! Vergiß sie! Niemand braucht eine bestimmte Frau. Es reicht doch irgendeine. Irgendeine Frau wird schon auftauchen, dachte er. Irgendwann.

Aber so recht glaubte er nicht daran. Bisher hatte sich noch kein Mädchen für ihn interessiert. Zumindest hatte er es nicht bemerkt.

Roberto schob die Bettdecke zurück und setzte sich auf. Er ertrug diese Grübelei nicht mehr! Er brauchte eine kalte Dusche. Und er hatte Durst. Er setzte die Füße auf den kühlen Holzboden. In seinem Kopf bewegte sich eine schwere Bleiplatte auf rostigen Kugellagern. Er schöpfte zweimal Atem, kam auf die Beine und taumelte gegen die Wand. Oha. Nur keine schnellen Bewegungen. Er angelte nach seinem Bademantel, warf ihn sich stolpernd über. Das Haus schwankte, als sei es aus seinen Fundamenten gerissen und auf den Nordatlantik hinausgetragen worden. Windstärke acht. Roberto stupste mit seinem noch etwa dreiviertelerigierten Penis gegen den Türrahmen. Er schnaufte belustigt, lehnte sich an die Wand, zurrte den Gürtel fest. Jetzt Klinke runterdrücken. Roberto versuchte, sein Gewicht nicht zu sehr an die Tür zu hängen, und navigierte, unsicheren Fußes, in den Flur hinaus.

«Howdy!» sagte eine gutgelaunte Frauenstimme.

Roberto fuhr zusammen.

Vor ihm stand eine Frau. Sie sah so aus: umwerfend. Zumindest mußte sie einem fünfzehnjährigen Jungen umwerfend erscheinen, der vom Vortag noch betrunken war und mit einem Halbsteifen auf den Flur hinaustaumelte. Roberto starrte auf rote, lockige Haare, ein freundliches Gesicht, aus dem ihn zwei braune Augen mit grüner Aureole mild und wissend anblickten. Fröhliche Sommersprossen auf dem Nasenrücken. Darunter ein Mund, um den herum es schon ein paar Falten gab, aber nicht genug, um den Befehl zu entkräften, der da lautete: Küß diese Lippen!

Roberto zwinkerte.

Es gab auch zwei Brüste und zwei Beine, alles, was dazugehörte, und dazu wohlgeformt. Verpackt, das Ganze, in ein weites weißes Hemd und ein Paar verwaschene Jeans und Cowboystiefel. Wer war das? Was wollte die hier? Roberto schwankte, tastete nach der Tapete. Rauhfaser. Er versuchte seine Augen zu fokussieren. Die Frau könnte in irgendeinem Western einen Saloon betreiben, dachte er, oder einen Puff, und Molly heißen. Eine von den guterhaltenen Mollys.

«Was guckst du denn so, Cowboy? Erinnerst du dich nicht?»

Roberto schüttelte den Kopf. Was ein Fehler war. Er fiel gegen die Wand, würgte. Schon vorbei.

«Oha.» Die Frau ließ ein bekümmertes, mütterliches Lächeln aufleuchten, das Roberto auf ihr Alter aufmerksam machte. Vierzig, ungefähr. Achtunddreißig?

«Dann muß ich deinem Gedächtnis wohl auf die Sprünge helfen.» Sie nahm seine Hand in die ihre (warm und trocken) und geleitete ihn über den Flur zum Bad. Sie duftete. Nach irgend etwas, das Roberto nicht einordnen konnte.

«Ich», sagte sie, während sie ihm die Tür zum Bad aufhielt, «bin diejenige, die dir gestern nacht um drei die Tür aufgemacht hat, weil du deinen Schlüssel verloren hast.» Sie hatte eine leicht heisere Stimme, ein bißchen rauh, als würde sie normalerweise Rinderherden durch die Pampa scheuchen oder so.

«Aa ... ha?» brachte Roberto heraus.

«Und ...» Sie legte ihr Gesicht schief und die Stirn in kleine Fältchen, «... ich bin diejenige, die deinen Kopf gehalten hat, als du dir danach im Flur die Seele aus dem Leib gekotzt hast.»

Sie hieß Gilda. Und sie war seine Tante. Tante Gilda. Tante Gilda aus Amerika.

«Sie ist deine *Schwester*?» fragte Roberto seinen Vater später am Tag, nach zwei Alka Seltzer und drei Tomatensäften mit Tabasco. Er spürte eine Art verschämter Komplizenschaft zwischen ihm und Alfred, die ihm unangenehm war.

«Nein», beeilte Alfred Dillinger sich, richtigzustellen. Sie saßen am Tisch im Wohnzimmer. Er schenkte sich etwas von dem Diätbier ein, das er seit einiger Zeit trank. «Wir sind nicht *bluts*verwandt. Sie ist die Schwester deiner Mutter.»

«Ach. *Die* Gilda.» Roberto rieb mit den Fingern an der Tischkante entlang. Er entsann sich einiger Geschichten seiner Mutter aus ihrer Kindheit. Möglich, daß sie auch auf der Beerdigung gewesen war. Er war sich nicht sicher. Die Schwester seiner Mutter also. Er nickte. Sie erinnerte ihn auch ein wenig an seine Mutter; manchmal, in bestimmten Bewegungen oder auch im Tonfall, wurde die Verwandtschaft deutlich. Aber die Unterschiede überwogen. So hatte Hannah Dillinger nie Country-and-Western-Musik gehört. Gilda tat das. Robertos Mutter hatte auch niemals mehr als einen Hauch Parfum aufgelegt. Gilda roch man schon aus der Entfernung. Aber sie duftete gut.

Tante Gilda hatte in Amerika gelebt, mit einem Amerikaner namens Gordon. In einem großen Holzhaus irgendwo in Wisconsin oder Wyoming oder so. Aber dann hatte Gordon, der Amerikaner, sie aus seinem großen Holzhaus rausgeschmissen, und wie es schien, auch aus seinem Land.

Nun war sie wieder in Deutschland und suchte eine Wohnung, eine Arbeit, einen Mann, ein paar Jahre ihres Lebens und alle möglichen anderen Dinge, die sie verloren hatte. Und Alfred

Dillinger nahm sie großzügig auf. Schließlich war sie seine Schwägerin. Und sie hätten ja genug Platz für drei in dem Haus.

Sie bekam die eine Hälfte des Dachbodens. Roberto wehrte sich zunächst gegen ihr Eindringen in sein Allerheiligstes. Er wehrte sich etwa siebzehn Sekunden lang. Gilda hatte ein einnehmendes Wesen. Sie war eine freundliche Person und dazu eine schöne Frau (wenn auch die Schönheit im Verblühen war). Sie trug knallenge Jeans oder kurze Röcke, und sie malte sich die Lippen an. Sie hatte strahlend weiße Zähne wie eine Schauspielerin. Alldem konnte sich ein gesunder junger Mann wohl kaum verweigern.

So also öffnete sich der Dillingersche Dachboden der Exilantin aus der Neuen Welt. Gemeinsam räumten sie die Hälfte des Raums frei, an der das Fenster war, und schleppten den ganzen Plunder auf die andere Hälfte, wo er sich bald bis unters Dach stapelte. Aus Rigips baute Alfred Dillinger eine provisorische Wand, und alles wurde mit Styroporplatten kälteisoliert. Mit Flokatiteppichen und einem elektrischen Ofen, mit ihrer Stereoanlage und vielen Büchern richtete sich Tante Gilda alles so gemütlich her, wie es die Umstände erlaubten. Wenn sie die ausklappbare Trittleiter hinaufstieg, knarrte es, und das gefiel Roberto, denn wo Knarren war, da war auch Leben. Leben war übrigens auch da, wo jemand seine Stereoanlage auf volle Lautstärke drehte, und das tat Tante Gilda gern und oft.

Auch das gefiel Roberto. Er grinste und er spürte, daß sein Grinsen tiefer ging als früher. Er wurde sechzehn, und das bleiche Netz der Leblosigkeit, das sich nach Sonias neuerlichem Verschwinden über ihn gelegt hatte, hob sich allmählich von seinem Geist.

«Hierhin, noch ein bißchen», kommandierte Tante Gilda. «Gut. Hier ist es gut.»

Roberto löste die Finger von der Kommode und richtete sich keuchend auf. Gilda hatte einen Job bei einer Zeitarbeitsfirma angenommen, und sie verdiente «ein paar Kröten», wie sie sich ausdrückte. Sie stand, die Hände in die Hüften gestützt, in ihrem Dachzimmer und taxierte das neue Möbelstück. «Nicht grade ein Louis-seize, aber ich denke, es geht.» Sie sandte ein Lächeln in Robertos Augen, das ihn blinzeln ließ. «Danke.»

«Gern geschehen.» Er betrachtete ihr Haar, das im Gegenlicht der Sonne aufflammte. Wahrscheinlich gefärbt, dachte er sich. Er hätte zu gern gewußt, wie es sich anfühlte, darin herumzuwühlen. Ein bißchen strohig vielleicht.

«Was guckst du so?»

«Oh!» Roberto lief rot an. «Nichts. Ich bin nur ... etwas überanstrengt.»

«Na, na.» Sie taxierte ihn. «Du bist doch noch kein alter Mann.» Damit und mit einem milden, wissenden Lächeln kam sie auf ihn zu, beugte sich über die Kommode, probierte die Schubladen. «Na», murmelte sie. «Klemmt ein bißchen.»

Sie trug weiche Cowboystiefel aus Wildleder und knallenge Jeans. Ihr weißes Hemd stand drei Knöpfe weit offen. Robertos Blick verlor sich in der weichen, weißen Dünung ihrer Brüste. Er sah die feingewebten Spitzen ihres Büstenhalters.

Ihre braunen Augen mit den grünen Aureolen hafteten plötzlich auf den seinen. «Drei Knöpfe», sagte sie. Ihre Finger zählten die offenen Knöpfe ihres Hemdes. Ihr Blick blieb unbewegt bei ihm. «Das ist immer noch schicklich. Bei vier Knöpfen wird's dann erst gefährlich.»

Roberto errötete heftig.

Tante Gilda richtete sich auf und schüttelte ihre rote Mähne. «So», sagte sie aufgeräumt. «Genug gearbeitet heute.» Sie spreizte die Finger und ließ sie sekundenlang an ihren Hüften schweben. Roberto hatte den Eindruck, sie würde gleich nach ihrem Pistolengurt greifen. Statt dessen fischte sie nach der Handtasche, die auf einem Stapel Bücher lag, klappte sie auf und entnahm ihr einen Lippenstift. Sie fuhr sich rot über die Lippen, ohne Spiegel. Alles, vom Aufklappen bis zum Wiederzuklappen der Tasche, dauerte vielleicht vier Sekunden. Es war eine einzige, fließende Bewegung. Die Wirkung war verheerender als die einer 45er Smith & Wesson. Billy the Kid hätte sich keinen eindrucksvolleren Einstand wünschen können. Oder Calamity Jane. Verheerend hieß nicht, daß der Lippenstift Tante Gilda verunzierte. Im Gegenteil. Verheerend hieß, daß sich Robertos Hirn für kurze Zeit von jeglicher verbliebenen Intelligenz entleerte. Er wollte diese roten Lippen küssen.

«Du hast dir eine Belohnung verdient», sagte Tante Gilda, die Gedanken lesen konnte. Sie griff ein zweites Mal nach ihrer Handtasche, fummelte da einen Zehnmarkschein heraus und preßte ihre Lippen auf das Segelschulschiff «Gorch Fock», direkt auf die Takelage. «Merk dir eins», sagte sie. «Geld stinkt nicht. Ganz und gar nicht. Und je mehr Geld, desto weniger stinkt es. Hier», sie streckte ihm den Schein hin. «Weil du mir so schön geholfen hast. Und komm mir nicht mit ‹Das kann ich nicht annehmen› oder so einem Bullshit.»

«Äh, nein», sagte Roberto klug. Er nahm den Schein und grinste einfältig.

«Und jetzt?» fragte Gilda.

Roberto sagte: «Äh …?»

«Bist du hier festgewachsen, oder was? Runter mit dir, hopp, hopp.»

Hopp, hopp stieg Roberto die knarrende Steigleiter hinunter.

Tante Gilda hatte ein gesundes Verhältnis zu Geld. Sie mochte vielleicht ein wenig billig aussehen, aber sie war nicht billig. Das mußte auch Alfred Dillinger feststellen. Vor allem benutzte sie kein billiges Parfüm. Sie benutzte das teure Parfüm, das Alfred Dillinger ihr kaufte. Alfred Dillinger war der Herr im Haus, er hatte sozusagen die älteren Rechte. Und er verdiente die Brötchen. Und, das mußte Roberto ihm zubilligen, vielleicht galt er in anderen Augen eben doch mehr als in denen seines Sohnes. Er sah interessant aus, mit seinen ergrauten Haaren und seinem Silberbart. Sein dicker Bauch konnte einem mit viel Wohlwollen als majestätisch erscheinen. Vielleicht war es alles zusammen. Das zumindest dachte Roberto, als er eines Nachts, als er im Bett lag und gerade den Zehner von Gilda betrachtete, die Trittleiter knarren hörte. Sie knarrte lauter als üblich, wenn das Gewicht Gildas sie belastete.

Es war nicht das letzte Mal, daß Roberto die Leiter nachts so laut knarren hörte.

«Ich wollte mal nach dem Rechten sehen» oder etwas Ähnliches hörte Roberto seinen Vater noch murmeln. Dann wurde stets die Stereoanlage aufgedreht. Es war immer dieselbe Platte: «Ridin'» von Kenny Loggins. Ein langer Ritt nach Buffalo.

Roberto blieb nichts übrig, als die Verhältnisse hinzunehmen. Es fiel ihm ziemlich leicht, schließlich gehörten die beiden in etwa derselben Generation an. Und, Herrgott, sie war die Schwester seiner Mutter! Außerdem mochte er seine Tante viel zu sehr, als daß er ihr hätte böse sein können. Und mit seinem (Zieh-)Vater lebte er seit Jahren in einer Art friedlicher Koexistenz. Seit Gilda da war, das fiel Roberto auf, trank Alfred Dillinger auch deutlich weniger. Sie war seiner Gesundheit zuträglich. Gilda ihrerseits hatte etwas Fatalistisches an sich, das auf angenehme Weise ansteckte. Ihre betriebsame Art wurde von Momenten des Friedens abgelöst, in denen sie vielleicht im Sessel saß und ihre Umgebung in eine Oase der Ruhe und Geborgenheit verwandelte, inmitten einer Welt, die – in dieser Hinsicht war Roberto sich zusehends sicherer – aus den Fugen geraten war.

Er wußte nicht, ob sie jemals in den Fugen gewesen war. Er wußte nicht, wer dafür verantwortlich war, sie in den Fugen zu halten. Er glaubte an Gott, aber Gott hatte die Welt sicherlich so geschaffen, wie sie war, um seine Schäfchen in unausgesetzter Furcht zu halten. Sie würden dann mehr beten.

Roberto stellte sich Gott als eine Wesenheit vor, die sich nach kaufmännischen Gesichtspunkten richtete. Was mochte Er von Zehnmarkscheinen halten, mit einem Kußmund darauf?

Tante Gilda hielt sehr viel auf Hygiene. Sie benutzte Zahnseide, ein dünnes Band, das sie sich durch die Zähne zog, und sie besaß eine Mundtdusche und eine elektrische Zahnbürste. Dinge, die Roberto niemals vorher gesehen hatte. Die Zahnbürste konnte man an einer Steckdose aufladen, dann ließ sie ihren Borstenkopf acht Minuten lang vibrieren. Nach drei Minuten, der Zeit, die ein sauberer Junge dem Zähneputzen widmen sollte, begann ein kleines Lämpchen zu blinken. Tante Gilda hatte extra einen Bürstenaufsatz zum Auswechseln für Roberto aus Amerika einfliegen lassen. Er war rotweißblau mit Sternen, so wie das Sternenbanner. Roberto machte es anfangs Spaß, sich damit die Zähne zu bürsten, aber solange er auch putzte (es kam ihm wie Ewigkeiten vor), er kam nie soweit, daß das Blinklicht aufleuchtete.

«Es ist kaputt», sagte Roberto zu Tante Gilda. «Es blinkt nicht.» Aber Tante Gilda lächelte nur und schalt ihn spielerisch mit ihrem Zeigefinger, an dessen Spitze ihr roter Fingernagel leuchtete. «Es ist nicht kaputt», sagte sie. «Bei mir blinkt es immer.» Er sei halt ein Dreckspatz. Was er denn meine, weshalb die Filmstars alle so blendend weiße Zähne hätten? Die Amerikaner, sagte sie, seien sehr hygienisch, das seien keine Dreckspatzen wie die Deutschen, oben hui und unten pfui. Außerdem seien sie alle beschnitten. Ob Roberto denn auch beschnitten sei?

Beschnitten?

Na ja, ob … Er solle sie doch einfach mal nachsehen lassen. Sie lachte. Es brachte ihr Spaß, ihn zu ärgern und zuzusehen, wie sich sein Gesicht knallrot verfärbte.

An einem Abend im späten Oktober kam Roberto gegen elf Uhr nach Hause. Er war bei Gockel gewesen, Platten hören, aber es war ihm langweilig geworden. Ständig hatte Gockels Vater hereingesehen, der ein trockener Alkoholiker war, und überprüft, ob sie auch keinen Rum in die Teekanne geschummelt hatten, die auf ihrem selbstgetöpferten Stövchen vor sich hin dampfte. Sie hatten «Aphrodites Child» gehört, die Platte mit dem Namen «666». Es hieß, wenn man sie rückwärts abspielte, würde man Botschaften vom Teufel persönlich hören können. Also hatten sie versucht, die Scheibe rückwärts abzuspielen, aber dabei war ihnen der Plattenspieler kaputtgegangen. «Ein böses Omen», wie Gockel düster konstatierte. Schließlich wollten sie sich im Fernsehen einen Film mit Marlon Brando angucken, aber der fiel aus, weil irgend so ein österreichischer Volksschauspieler gestorben war. Der Film hatte etwas mit Bergen zu tun. Gegen den Hauptdarsteller war, fand Roberto, Beelzebub ein Schöngeist. Gockel hatte ihm zugestimmt und irgendein krudes Zeug von Zeichen gefaselt, die das Schicksal bestimmten, oder so. Er las da grade so ein Buch. Roberto hatte tschüs gesagt und war nach Hause geradelt.

Jetzt stellte er sein Fahrrad an der Wand der Werkstatt ab. Der Leichenwagen seines Vaters stand nicht vor dem Haus. Eine Katze fauchte im Nachbargarten, ein Hund kläffte wütend zur Antwort. Wahrscheinlich hatte es überraschend Arbeit gegeben für den Bestattungsunternehmer. Das Himmelreich hatte noch Platz für viele Seelen.

Sie waren bei Eisregen losgefahren, damals, in jener unseligen Nacht, in dem Leichenwagen. Mit seiner Mutter, die in den Wehen lag. So wie es gekommen war, so mußte es einfach kommen, würde Gockel sagen. Zu viele böse Zeichen. Vielleicht sollte man doch an Zeichen glauben, überlegte sich Roberto. Vielleicht gab es einen geheimen Plan, eine Spielanleitung. Man mußte nur lernen, sie zu lesen. Vielleicht konnte man das Leben meistern, wenn man die Augen offenhielt und die Zeichen erkannte. Wenn Eisregen ein Zeichen war, so sollte man eben nicht bei Eisregen Auto fahren. Wenn ein Leichenwagen ein Zeichen war, so sollte man eben nicht mit einem Leichenwagen fahren. Wenn ein Kind zu bekommen ein Zeichen war, so sollte man eben kein Kind bekommen. Wenn es ein Zeichen war zu lieben, so sollte man eben nicht lieben.

Es war zu gefährlich.

Wenn das Leben ein Zeichen war, so sollte man eben nicht leben. Und damit war er wieder dort angelangt, wo er begonnen hatte. Er seufzte und ließ sein Fahrrad gegen die Särge fallen, die an der Wand der Werkstatt aufgestapelt waren.

In dem Moment, da er ins Haus trat, hörte er das Summen der elektrischen Zahnbürste. Tante Gilda ist wirklich sehr hygienisch, dachte er, während er sich die Füße abtrat und seine Jacke auf das Kellertreppengeländer warf. Die Jacke glitt natürlich vom Geländer, denn sie war aus rutschigem Polyacryl, und sie blieb dort unten im Dunkeln auf den Stufen liegen.

Als er die Treppe hinaufgestiegen war, wunderte sich Roberto, daß kein Licht im Bad brannte. Putzte sie sich jetzt die Zähne in ihrem Zimmer auf dem Dachboden? Dort gab es doch kein Wasser.

Er stieg die Leiter hoch, und irgend etwas in ihm ließ ihn vorsichtig klettern. Es gelang ihm, jedes verräterische Knarren zu vermeiden. Von oben kam ein warmer Lichtschein, die Zahnbürste summte.

Die Tür zu Tante Gildas Zimmer war angelehnt, und Kerzenschein flackerte durch den Spalt. Roberto tastete sich zu dem Spalt vor und spähte hindurch.

Das Licht an der elektrischen Zahnbürste blinkte, sie war also tatsächlich nicht kaputt. Außerdem bedeutete das, daß Tante Gilda bereits seit über drei Minuten putzte. Eigentlich sollte man aufhören, wenn die drei Minuten vorbei waren. Aber Tante Gilda dachte nicht ans Aufhören. Sie war eine sehr hygienische Frau. Sie war nackt, und sie lag mit gespreizten Schenkeln auf ihrem Flokatiteppich. Ein Knie hatte sie bis an ihre schwere Brust gehoben. Der Bürstenaufsatz mit dem Sternenbanner lag am oberen Winkel ihrer Schamlippen, dort, wo ihr feiner roter

Pelz begann. Die Knöchel an der Hand, welche die Bürste hielt, waren weiß. Zwei Finger der anderen Hand verschwanden gerade in ihrem Körper, tauchten langsam wieder auf, um dann noch einmal, diesmal tiefer, einzusinken. Tante Gildas Augenlider flatterten. Ihr Atem ging stoßweise.

Roberto klappte der Unterkiefer herunter. Frank Oesterberg hatte recht gehabt, dachte er, und er grinste innerlich. Die Liebe war eine gefahrvolle Angelegenheit. Damals, vor Jahren, als sie in dem Kellereingang Wattezigaretten geraucht hatten, da hatte Frank tatsächlich recht gehabt: Frauen hatten Zähne in der Möse.

Als Robertos Vater in jener Nacht nach Hause kam, wollte er sich nach dem anstrengenden Tag noch eine Flasche guten Weins aus dem Keller holen. Die Treppenbeleuchtung funktionierte mal wieder nicht, und er sah die Jacke nicht, die glatte Polyacryljacke, die auf der Treppenstufe lag. Er trat darauf, und für einen Moment schwebte er waagerecht in der Luft. Dann schlug sein Rückgrat auf die Steinstufen, und er hörte etwas sehr laut krachen, irgendwo in seinem Körper.

Alfred Dillinger war nach dem Sturz auf der Kellertreppe halbseitig gelähmt. Glücklicherweise nur halbseitig, und auch das nur zu fünfzig Prozent. Daher war auch alles «halb so schlimm», wie er selbst zu sagen pflegte, und die Seelentröster, die er sich nun von morgens bis abends einflößte, hatten ebenfalls alle fünfzig Prozent, mindestens. Da das gelähmte Bein geschient war, konnte Alfred Dillinger sich mit Hilfe einer Krücke fortbewegen, und wenn er morgens mit dem falschen Fuß aus dem Bett stieg, so wartete immer bereits eine Flasche auf seinem Nachttisch, aus der er dankbar einen ersten Schluck nahm. Und («auf einem Bein kann man nicht stehen», pflegte Alfred Dillinger, der es jetzt wissen mußte, zu sagen) meist auch einen zweiten.

«Hey, Cowboy», sagte Gilda, als Roberto eines Abends vom Fuß-
ballspielen nach Hause kam. Er war verdreckt und er schwitzte,
und seine Unterlippe war aufgeplatzt. (Gockel hatte zum ersten
Fallrückzieher seines Lebens angesetzt, und er hatte den Ball
zwar verfehlt, aber immerhin Roberto getroffen. «Tor?» hatte
Gockel gefragt, als er sich wieder aufgerappelt hatte.)

«Hallo, Gilda», sagte Roberto jetzt. Er zog sich die Fußball-
schuhe aus und klopfte vor der Haustür die Erde von den Stollen.
Dann legte er die Schuhe in die Ecke neben der Fußmatte. Als er
sich aufrichtete, berührte seine Schulter eine ihrer Brüste. Sie
stand dicht hinter ihm. «Oh, sorry», entschuldigte sich Roberto.
Weich war das gewesen, und fest zugleich. Er errötete.

Tante Gilda lächelte. «Du brauchst dich nicht zu entschuldigen, Roberto. Das war doch meine Schuld.» Ihre Finger strichen
ganz kurz über seinen Handrücken. Ein heiß-kalter Schauer
schoß durch Robertos Körper.

«Hast du ein Tor geschossen?» fragte Gilda. Ein dünnes Lächeln umspielte ihre Mundwinkel.

«Äh ... drei», brachte Roberto heraus. Seine dicke Lippe
pochte.

«Gut.» Da war ein Timbre in ihrer Stimme, das Roberto bislang nicht kannte. «Sehr gut.» Ihre Augen ruhten regungslos auf
ihm. Er roch ihren Atem, ihr Parfüm. Ihr Hemd stand weit offen,
und seine Augen fühlten das Gewicht ihrer weißen, schweren
Brüste. Die Sommersprossen auf ihrem Dekolleté ergaben ein
Bild von topographischer Klarheit. Roberto zählte nach: vier
Knöpfe.

«Ich ... bin dann oben», sagte Tante Gilda.

Roberto nickte. So ging das also. So einfach. Einfach so. Er
räusperte sich. «Ich, äh, muß noch duschen», sagte er.

Sie sagte: «Wenn du meinst ...»

Roberto duschte sehr lange. Er fühlte sich sicher unter der
Dusche. Wie in einer anderen Welt. Einer Welt, ganz für sich, in
der niemand anderer Zutritt hatte. Hier, in seiner Welt, berei-

tete er sich vor. Er trocknete sich ab, schlüpfte in Jeans und T-Shirt und ließ die Trittleiter knarren. «Da bin ich», sagte er, als er oben war.

Gilda hatte Kerzen angezündet, und der Heizlüfter war angeschaltet. Das gleichmäßige Rauschen des Ventilators vermittelte ihm ein Gefühl von Geborgenheit, das seine Nervosität milderte. Seine nackten Füße versanken im weichen Fell des Flokatiteppichs.

«Da bist du.» Gilda kniete vor dem Plattenspieler. Sie trug ein schwarzes Negligé. Ihre Hinterbacken schimmerten weiß durch den hauchdünnen dunklen Stoff. Sie legte den Tonarm auf die Scheibe, wartete, wobei sie über die Schulter hinweg zu ihm aufsah. Die Nadel kratzte zwei-, dreimal in der Rille, dann erklangen die ersten Takte von «Ridin'». Kenny Loggins.

«Gefällt dir die Musik?» Sie schwang langsam auf den Knien zu ihm herum. Roberto sah eine rosa Brustwarze.

«Nein», sagte Roberto heiser. «Aber du gefällst mir.»

«Mhm.» Sie nickte. Sie richtete sich auf den Knien auf, mit gespreizten Beinen. Das Negligé schwang auf, und Roberto sah das Dreieck ihrer Scham.

«Ulkig», sagte sie leise. «Das hat dein Vater auch gesagt.» Ohne Umschweife öffnete sie seinen Hosenladen. «Aha», murmelte sie. «Schweres Geschütz.»

«Er ist nicht mein Vater», flüsterte Roberto. Außerdem machte er: «Uoh», und er knickte in den Knien ein.

«Nein?» sagte Gilda zu seinem Schwanz. «Na, um so besser. Ich denke, dann kannst du befreiter aufspielen.»

Er sah zu ihr hinunter und zu seinem pochenden, prallen Schwanz. Als nächstes sah er, wie er in ihrem Mund verschwand. «Wie die Hamster», dachte er noch. Dann war er für zwei Stunden außerstande, etwas zu denken.

«Was denkst du?» fragte Gilda ihn, als es vorbei war.

Penis, dachte Roberto. Rapsfeld. Rapsfeldo. Wettschwimmen. Er sagte: «Nichts.»

«Komisch», sagte sie. «Männer denken immer nichts.»

Roberto wäre gern dort oben eingeschlafen. Er fühlte sich wohl. Er war gerade ein Mann geworden. Aber Gilda sagte: «Wir vögeln zusammen, okay? Wir schlafen nicht zusammen.»

Als Roberto, es mochte um Mitternacht gewesen sein, die Trittleiter hinabstieg, begegnete er seinem Vater auf dem Flur. Alfred Dillinger stützte sich auf seine Krücken, und er sah Roberto mit leerem Blick an. Dann senkte er den Blick und humpelte ins Bad. Er sagte nichts. Was sollte er auch sagen. Er war gelähmt. Er kam die Trittleiter nicht mehr hoch.

Roberto ließ die Trittleiter häufig knarren. Er war ein gelehriger Schüler und Tante Gilda eine gute Lehrerin. Aber sie gestattete ihm niemals, bei ihr einzuschlafen. Immer begleitete ihn das Knarren der Treppe hinunter in sein Zimmer, in dem er oft noch lange wach lag. Er dachte dann an seine Mutter (seine Ziehmutter). Und an Sonia. Oft nahm er sich das Album vor, mit den Gedichten und Geschichten von Sonia, oder er starrte einfach auf den Bastpapierkorb mit den steinalten Kaugummis darin. Oder er dachte an den Geruch der Pfannkuchen, die seine Mutter gemacht hatte. Er dachte an ihren eigenen Duft, und an den Gestank der Verwesung. Er dachte an Schuld und an Dinge, für die es «zu spät» war. Manchmal war eine Art heiße Leere in Robertos Kopf. Das war sein Ersatz fürs Weinen. Robertos Tränendrüsen waren fest verstopft.

Alfred Dillinger schien den entgegengesetzten Weg zu gehen. Wenn er betrunken war, weinte er oft stundenlang, auf eine gepreßte, keuchende und schluchzende Weise. Häufig, wenn Roberto in den Schlaf hinüberdämmerte, der Mond warf fingernde Astschatten auf seine Bettdecke, hörte er von unten dumpf Geräusche, wie von Holzgebälk, das arbeitete. Es war das Schluchzen seines Vaters, das durch das alte Haus klang und das langsam überging in ein anderes, ein fürchterlicheres Schluchzen in Robertos Träumen.

Robertos schulische Leistungen stabilisierten sich in den folgenden Jahren auf mittelmäßigem Niveau. Es fehlte ihm an Zeit, denn er mußte seinem Vater im Geschäft unter die Arme greifen. Es gab viele Verrichtungen, die einem Einarmigen und Einbeinigen unmöglich waren. Und so, ohne es zu wollen und eigentlich auch ohne daß sein Vater es gewollt hatte, erlernte Roberto das Handwerk des Bestattungsunternehmers. Als er achtzehn Jahre alt war, hatte er eigentlich alles schon einmal gemacht. Er lernte ein wenig Tischlern, er lernte Finanzielles und Fiskalisches (wozu man eigentlich keine zwei Beine und zwei Arme brauchte, sondern lediglich eine doppelte Buchführung). Bei der Buchführung half ihm Tante Gilda, oder besser, er half ihr, denn Gilda war ausgebildete Buchhalterin, und sie hatte inzwischen eine feste Anstellung bei einer Firma, die Büromaterial herstellte.

Außerhalb der Schulzeiten traf sich Roberto kaum noch mit Freunden. Nur Gockel ließ sich ab und zu blicken und schleifte ihn mit auf Partys oder in die Kneipe. Je näher das Ende der Schulzeit rückte, desto weiter schien Roberto die Scholle, auf der er stand, von den anderen wegzudriften. «Ich bin nicht wie ihr», hatte Sonia Kraal damals gesagt, nachdem sie sich die Zöpfe abgeschnitten und verbrannt hatte. «Ich bin anders.»

Auch in Roberto verstärkte sich wieder das Gefühl der Andersartigkeit. Aber es war eine Andersartigkeit, die er nicht mochte. Letztlich war es wohl, was er immer geargwöhnt hatte: Etwas stimmte nicht mit ihm. Nur was?

Roberto lernte auch Pietät, was bedeutete: höflich, zurückhaltend und leicht gebeugt dastehen, wenn man es mit Hinterbliebenen zu tun hatte, sich dabei nicht in der Nase bohren, nicht gähnen und keine morbiden Witze reißen. Er lernte auch «W und S», Wiederherstellen und Schminken. Und auch wenn er sich dabei immer noch oft erbrach, so lernte er es gut. Natürlich gab es Zwischenfälle. Einmal beispielsweise stand er gerade über einen Kunden gebeugt, einen sehr alten Mann, für den der Tod, wie auch seine Erben meinten, eine Gnade gewesen war. Roberto hatte gerade begonnen, die Lippen des Mannes zuzunähen, sehr geschickt im übrigen, denn er nähte so weit innen, daß man bei der Aufbahrung keinen der Stiche sah. Die Lippen waren allerdings immer ein wenig aufgestülpt, was den Leichen einen seltsamen, sinnlich-spöttischen Ausdruck gab. Roberto kämpfte bei dieser Arbeit, wie so oft, mit seinem Mageninhalt, und er beugte sich tief zu der kalten Höhle des Leichnamsmundes hinunter, als von dort unten, das alte Zäpfchen beiseite schiebend wie einen Vorhang, eine Kakerlake die Zunge betrat. Roberto erbrach sich sofort. Zu seiner Genugtuung erstickte er mit diesem Schwall das unselige Insekt, hernach aber war es nicht mehr möglich, die Sauerei wiedergutzumachen, denn der Absauger, ein Gerät, das man für derartige Fälle benutzte, verstopfte. Roberto – in Zeitdruck – verfluchte seine Angewohnheit, Speisen halbzerkaut hinunterzuwürgen, und schloß den Mund des «Kunden» mit drei, vier weiträumigen Stichen. Natürlich packten die Leichenträger den offenen Sarg etwas zu ruppig an, natürlich fiel dadurch der Kopf des Toten zur Seite, und natürlich sickerte Robertos Mageninhalt seine Wange hinab aufs Leichenkissen. Es gab einen kleinen Skandal, und die Witwe des Mannes ereiferte sich, sie selbst würde nie, nie, nie bei Dillingers Kunde werden, dafür werde sie schon sorgen.

Tat sie natürlich doch nicht, wir Lebenden pflegen solche Dinge ja auf die lange Bank zu schieben, und so, zwei Jahre später, angelockt durch ein Sparangebot, das ihre Hinterbliebenen nicht ignorieren konnten, landete die böswillige Witwe doch auf Robertos Arbeitsplatte.

Nur schwer konnte Roberto den Impuls unterdrücken, ihr ein Hitlerbärtchen unter die Nase zu pinseln. Statt dessen – sie hatte Robertos Meinung nach die Klappe ein wenig zu weit aufgerissen – vernähte er ihre Lippen mit einem besonders dicken Faden, in groben, auch aus der Ferne sichtbaren Hexenstichen. Ihre Angehörigen, denen sie zeit ihres Lebens durch ihre Nörgeleien den Nerv getötet hatte, quittierten es mit komplizenhaftem Nicken.

Bei den «Kunden» hatte Roberto also keine großen Schwierigkeiten, sie «wiederherzustellen». Bei seinem Vater war die Sache schwieriger. Denn die halbseitige Lähmung war es gar nicht, die Alfred Dillinger den Lebenswillen raubte. Er betrachtete diese körperliche Schwächung als symbolischen Ausdruck seines inneren Zustandes. Menschen können allerhand ertragen. Aber irgendwann ist Schluß. Der ganze Schmerz, den Alfred Dillinger über die Jahre unterdrückt hatte, brach aus ihm heraus. Er fühlte sich nur noch als halber Mensch. Und aller Alkohol der Welt konnte seine Trauer nicht von ihm nehmen. Mit seiner Frau, so klagte er oft, hätte er damals seine «bessere Hälfte» verloren. Die Hälfte, die übrigblieb, die schlechtere, wartete auf den Tod. Doch der ließ seinerseits auf sich warten. Er hatte, so schien es, in dem Bestattungsunternehmer Alfred Dillinger einen zu wertvollen Handlanger auf Erden. Wie wertvoll allerdings, sollte Roberto erst später erfahren.

Ein Kuchen aus der Vergangenheit

Scheißwetter», brummte Alfred Dillinger.

Roberto nickte. Durch die Windschutzscheibe war kaum etwas zu erkennen. Die Wischer schlierten über das taube Glas, und als der Taunus, der vor ihm fuhr, am Straßenrand anhielt, tat Roberto es ihm gleich. Er drehte den Zündschlüssel, und das Tuckern des Motors erstarb.

Er hatte seit einem halben Jahr den Führerschein. Am Wochenende fuhr er manchmal mit Gockel über Land auf der Suche nach Partys, von denen sie gehört hatten. Der schwarz schimmernde Leichenwagen war immer eine Attraktion zwischen den sonst üblichen schrottigen R4s, Käfern und Strich-Achtern.

Die Partys waren aber meist weit weniger ausschweifend, als Gockel und Roberto es sich auf dem Weg über nächtliche, verregnete Landstraßen vorgestellt hatten. Wenn Gockel im schwachen Schein der Instrumentenbeleuchtung von Drogen faselte, die Frauen zu brünstigen Sexgöttinnen mutieren ließen, die sich die Kleider von ihren geilen Leibern reißen und sich sogar auf ihn und auf Roberto stürzen würden, so bot sich dem ernüchterten Auge meist folgendes Bild dar: Zwei Mädchen mit stumpfen Haaren und Mittelscheitel, in unförmige knöchellange Kleider gehüllt, hockten um eine Teekanne, in der tatsächlich nichts anderes war als Tee. Drei Typen mit Brille, die sich schweigend Covers von Schallplatten ansahen oder in die Lektüre eines Buches über die Heilkraft der Steine vertieft waren. Manchmal wurde auch Schach gespielt.

Die Unterhaltung verlief etwa folgendermaßen: «Äh, wer seid ihr denn, hat euch jemand eingeladen?» Oder: «Guck mal,

Silke, meine neue Weste aus Afghanistan.» Oder: «Seid doch mal bitte leise, hier wird Schach gespielt.»

«So», sagte Roberto dann meistens, nachdem sie bei einer Tankstelle ein Sechserpack Bier gekauft und irgendwo am Straßenrand geleert hatten. «Das war's dann mal wieder mit unserem heißen Wochenende. Ich fahr nach Hause.»

«Ja, ja», nölte Gockel darauf. «Du hast es gut, du kannst zu deiner Gilda ins Bett schlüpfen. Aber ich?» Der Traum von Gockel, es einmal hinten im Leichenwagen mit einer willigen Partnerin zu treiben, wollte und wollte nicht in Erfüllung gehen.

Roberto blieb dann nichts anderes übrig, als den Gang einzulegen, mit den Schultern zu zucken und zu sagen: «Tja.»

Das Leben, wie immer, spielte sich irgendwo anders ab. Irgendwo hinter Türen, die Roberto und Gockel nicht kannten.

«Gießt ja wie aus Kübeln», stellte Alfred Dillinger auf dem Beifahrersitz fest.

Roberto schreckte aus seinen Gedanken. «Mhm», sagte er. Er lehnte sich in seinem Sitz zurück und starrte auf die verschwommene Welt da draußen. Der Regen trommelte mit unausgesetzter Heftigkeit aufs Blech. Dann herrschte plötzlich Stille. Ein paar Tropfen noch, tack ... tack. Schon riß der Himmel an einer Stelle vor ihnen blau auf.

Robertos Vater blinzelte. «Sag mal ...» Er blickte sich irritiert um. «Sind wir da?» Es war zehn Uhr am Sonntag morgen, aber er war schon betrunken.

«Fast», sagte Roberto. Er ließ den Wagen wieder an und glitt vom Kantstein. Der nasse Asphalt zischte unter den Reifen.

«Die Gegend kommt mir bekannt vor.»

Alfred Dillinger drehte hektisch den Kopf nach links und rechts. Er saß auf dem Beifahrersitz, vielmehr er lag halb, seine zwei toten Glieder von sich gestreckt, die Krücken klapperten neben der Gangschaltung. «Das ist doch Anna Violas Straße hier.»

«Ja», sagte Roberto. Seine Oma hatte hier gewohnt.

«Aber wo ist ihr Haus?»

«Das haben sie doch abgerissen.»

«Abgerissen?»

Die Straßenränder waren zugeparkt mit Autos. Roberto verlangsamte, schaltete den Rückwärtsgang ein und rangierte in eine Lücke. «Ja.» Er lehnte den Arm auf die Lehne und sah nach hinten. «Dann haben sie das Haus hier gebaut.»

«Ach ja.» Alfred Dillinger schlug sich mit der gesunden flachen Hand auf die Stirn. «Glatt vergessen.» Er schüttelte den Kopf. Es war nicht so, daß Alfred Dillinger dem Altersschwachsinn verfiel, aber seinem nahezu ununterbrochenen Gesaufe mußte sein Hirn mehr und mehr Tribut zollen. Wenn er nüchtern war, ging es leidlich, und nüchtern war er während der Geschäftszeiten. Das rechnete Roberto ihm hoch an. Aber kaum war Feierabend oder Wochenende, ploppten die Korken. Wein hauptsächlich. Guter Weißwein. Guter Rotwein. Mal ein Whisky.

«Dein Gesaufe wird dich noch umbringen», sagte Roberto.

«Das will ich hoffen.»

«Wenn du Selbstmord machen willst, da gibt es rascher wirkende Methoden.»

«Für die bin ich zu feige.»

Roberto stieg aus und half seinem Vater aus dem Wagen. Sie sahen auf das Haus. Es war ein häßlicher, rechteckiger Kasten aus rotem Klinker mit klobigen Betonbalkonen. Drei Stockwerke hoch mit je zwei Apartments.

«Wieso erschießt man diese Architekten nicht?» Kopfschüttelnd humpelte Alfred Dillinger über die Straße. «Erinnerst du dich noch an das Haus von Oma? Das war ein schönes altes Haus. Heute bauen sie nur noch Scheißdreck.»

Roberto mußte sich eingestehen, daß er sich nicht mehr recht erinnerte. Immerhin war es über zehn Jahre her, daß er im Haus seiner Oma, in dem Zimmer oben, Hubschrauber gespielt hatte. Weiß war es gewesen, ja. Und schön. Na ja: vorbei.

Sie gingen auf den roten Klinkerbau zu, in dessen Erdgeschoß sich eine Sozialstation befand, für alte Leute hauptsächlich, und für Behinderte. Über dem Eingang schlappte ein durchweichtes Laken im Wind, auf dem stand: «Der leuchtende Weg: Wohltätigkeitstombola». (Roberto fragte sich, wie man eine karitative Einrichtung den «leuchtenden Weg» nennen konnte, während der «leuchtende Pfad» in Peru dabei war, möglichst viele Peruaner zu Krüppeln zu bomben.)

Der große Saal drinnen war voller Menschen aller Altersgruppen. Die Alten waren in der Überzahl, aber es gab auch jüngere Rollstuhlfahrer, Menschen, die wie Alfred Dillinger an Krücken gingen, Behinderte, Gebrechliche und deren Angehörige. An den Wänden standen Tische, auf denen Selbstgetöpfertes zum Kauf angeboten wurde, neben Kaffee und Kuchen, Blumengebinden, «Randolfs roter Grütze». Gewürzkränze für nur acht fuffzich. Gedränge herrschte am Bierstand.

«Tüt, tüt, gnä' Frau!» Auch Alfred Dillinger drängte dorthin und schob eine protestierende Rollstuhlfahrerin unsanft aus dem Weg. Er drehte sich zu Roberto um. «Alles potentielle Kunden», rief er ihm aufgeräumt zu. «Sei höflich. 'zeihung!» Er rempelte einen jungen Mann beiseite.

Roberto verdrehte die Augen. Er mußte sich eingestehen, daß sein Vater immer wunderlicher wurde. Auf seine alten Tage verlor er jeden Anstand. Alt war er eigentlich noch nicht. Fünfundfünfzig. In den besten Jahren. Aber halb gelähmt. Ein Säufer. So lagen die Dinge nun mal.

Roberto ließ seinen Vater allein und trat auf die Veranda, auf der ein halbes Dutzend alter Damen im Rollstuhl ein Kaffeekränzchen abhielten. Große Sonnenschirme waren als Regenschutz aufgespannt. «Junger Mann», sprach ihn eine der Frauen an. «Haben Sie schon ein Los?»

«Ein Los? Äh, nein.»

«Hier.» Sie hielt ihm eins hin. «Kostet nur fünf Mark. Für unsere Wohltätigkeitstombola.»

«Aha. Was kann man denn gewinnen?»

«Alles, was hier steht.» Sie wies mit ihrer faltigen, blassen Hand auf einen Tapeziertisch, der sich unter einem Berg von Gewinnen bog. Es gab Sektflaschen, selbstgebackene Kuchen, Lexika, Boxhandschuhe, Schachspiele, selbstgemachte Salate, Seifen, Schuhputzzeug, ja sogar einen Fernseher zu gewinnen. Ein Mädchen mit Down-Syndrom und ein junger Mann im Rollstuhl schienen den Tisch zu bewachen. Das Mädchen warf begehrliche Blicke auf die Boxhandschuhe und grinste Roberto strahlend an. Der junge Mann neben ihr saß zusammengesunken in seinem Rollstuhl und schielte langsam und blicklos von links nach rechts und von rechts nach links. Er bewegte sich wie eine mechanische Puppe. Auf dem Kopf trug er eine von diesen Kappen aus verdickten Lederriemen, wie sie Epileptiker oft tragen, um den Schädel bei Anfällen zu schützen. «Der Erlös geht an die Sozialstation hier», sagte die alte Frau. Sie hatte violettes Haar, so wie Robertos Großmutter es getragen hatte. «Machen Sie fix. Die Verlosung geht gleich los.»

«Na», sagte Roberto und griff nach seinem Portemonnaie. «Dann muß ich wohl.»

«Für acht Mark gibt's zwei.»

«Gut. Zwei, bitte.»

Die alte Dame lächelte. Sie war eine nette alte Dame.

Der Hintergarten sah genauso aus wie zu der Zeit, als Omas Haus noch gestanden hatte. Nur kam es Roberto so vor, als sei er geschrumpft. Eingegangen wie ein Hemd, das versehentlich gekocht wurde. Durch die dürren Bäume am Ende des Gartens, hinter dem Pfad, der sich immer noch durchs Unterholz schlängelte, sah er den Gewerbehof mit der Garage, die einst Omas Schatzkammer gewesen war. Roberto ging über den rutschigen Rasen auf den Pfad zu. Braunschimmlige Äpfel lagen im nassen Gras. Sie hatten weiße Punkte auf dem braunen Schimmel. Seltsam. Seit seiner Kindheit hatte Roberto keine verschimmelten Äpfel mehr gesehen. Zumindest nicht diese weißen Punkte.

Er ging unter den tropfenden Bäumen hindurch. Klamm war es und kalt. Es roch nach Erde, und Robertos Finger waren schmal, hart und blaß. Bierdosen lagen im Unterholz, ein gebrauchter Präser war über einen Ast gestülpt. Roberto erinnerte sich wehmütig an die Zeit mit Gockel, früher, als sie bei den Bunkern gespielt hatten. Als sie noch Kinder waren.

Die Garage kam ihm winzig vor. In seiner Erinnerung hätte man darin Tennis spielen können. Nun ja, für Badminton würde es wohl noch reichen. Jetzt war dort ein obskurer Elektro-Reparaturbetrieb eingezogen. Roberto stand eine Weile reglos, fühlte die kühlen Tropfen auf seiner Kopfhaut. Dann kehrte er um und ging zurück zur Sozialstation. Drinnen hörte man kreischende Frauenstimmen. Die Verlosung hatte gerade begonnen. Wieder blieb sein Blick an den schimmeligen Äpfeln hängen. Dieser Apfelbaum war neu. Er betrachtete den schwarzen Stamm. Was war es, was ihn an dem Baum beunruhigte?

Dann fiel es ihm ein. Es war genau die Stelle. Damals. (Wann war das gewesen? In einem anderen Leben? Vor hunderttausend Jahren?) Genau hier hatte sein Vater damals das Loch ausgehoben. An dem Tag, als Roberto die Spieluhr aus der Mülltonne geholt hatte. Alfred Dillinger hatte hier etwas vergraben, genau hier, wo der Baum jetzt stand. Aber Roberto erinnerte sich nicht mehr, was es war. Es lag so lange zurück. Er kratzte sich am Hinterkopf. Dann ging er mit entschlossenen Schritten auf die Veranda zu. Er würde seinen Vater fragen.

«Die Neunundachtzig», rief eine energische Mittvierzigerin, die sich allen Ernstes eine Flüstertüte vor den Mund hielt. «Zum dritten und letzten Mal jetzt. Wer hat sie?»

Roberto vermutete seinen Vater am Bierstand. Als er sich dorthin vorarbeiten wollte, hielt ihn jemand am Ärmel fest.

«Junger Mann.» Die alte Dame mit den lila Haaren. «Hatte ich Ihnen nicht die Neunundachtzig gegeben?»

«Mir?»

«Schaun Sie doch mal nach.»

Roberto tat ihr den Gefallen.

«Und?»

«Die Neunundachtzig.»

«Hah!» Die alte Dame klatschte vor Freude die Hände aneinander. «Hier!» rief sie, jetzt völlig aus dem Häuschen. «Hier! Er hat die Neunundachtzig!» Und sie schob ihn mit einem gutwilligen Lächeln auf die Frau mit dem Megaphon zu.

«Die Neunundachtzig», jubelte die Frau mit dem Megaphon. Sie sah in einer Liste nach. «Einer unserer Hauptpreise!» rief sie und schritt zum Gabentisch. Der junge Mann im Rollstuhl stoppte seine mechanische Kopfbewegung und richtete sich auf. Sein stierer Blick haftete auf der Hand der Frau. Sie nahm ein kleines Fläschchen vom Gabentisch und überreichte es Roberto. «Ein Parfum, von dem alle Frauen nur träumen können. Gewonnen von einem Mann. Chanel Nummer fünf!»

Roberto bedankte sich artig. Er registrierte, daß der Mann im Rollstuhl wieder in sich zusammensackte. Dann ging er zu seinem Vater. «Hier. Ich hab dir auch ein Los gekauft.»

Alfred Dillinger besah sich das Los. «Fünfundfünfzig», sagte er. «Genau mein Alter. Wenn das kein Glück bringt.»

Und tatsächlich gewann Robertos Vater ebenfalls. Sein Gewinn, ein selbstgebackener Kuchen, war einer der letzten Preise auf dem Tapeziertisch, und als die Hand der Megaphonfrau danach griff, wurde ein seltsames, unnatürlich hohes Quietschen hörbar. Die Menschen sahen sich verwundert um, und wahrscheinlich bekamen nur die wenigsten mit, woher dieses Geräusch eigentlich kam. Es hörte sich an wie das Pfeifen einer kaputten Heizung oder wie das Jaulen eines schleifenden Keilriemens. Dann verklang es.

«Danke», sagte Alfred Dillinger, als er sich die Krücke unter der linken Achsel festklemmte und den Kuchen mit seiner gesunden Hand entgegennahm. «Der wird mir schmecken.»

«Okay», sagte Roberto und nahm ihm den Kuchen ab. «Dann laß uns mal abdüsen.»

Sein Vater hatte nichts dagegen. Sie verließen die Sozialstation, und auf der Schwelle sah sich Roberto noch einmal um, nach dem jungen Mann im Rollstuhl, der vor dem Gabentisch Wache schob. Er war es gewesen, Roberto war sich sicher, der diesen langgezogenen klagenden Ton ausgestoßen hatte, zwischen seinen zusammengebissenen Zähnen. Jetzt lief ihm Speichel am Kinn herunter, und eine Frau in einer Art Trachtenkostüm, seine Mutter wahrscheinlich, säuberte ihn mit einem Taschentuch.

«Armes Schwein», sagte Roberto.

«Was?» fragte sein Vater.

«Schon gut.»

«Schon gut», sagte Roberto etwas später noch einmal, in Gildas Dachbodenzimmer.

«Du erwartest jetzt wohl einen besonderen Dank», hatte Gilda gesagt. Sie hielt den Parfumflakon umfaßt, als wollte sie ihn von sich schleudern.

Roberto blinzelte. «Hab ich was falsch gemacht?»

«Herrgott noch mal, Roberto, ich bin keine Nutte!»

«Nutte? Aber ich hab doch nur …» Roberto wußte wirklich nicht, was sie wollte.

«Ja. Du hast doch nur. Aber wie du es gemacht hast! Und wie du dann dagestanden hast, als würde ich dir jetzt sofort einen dafür blasen müssen!»

«Was? Quatsch!»

«Ich kenne dich! O ja, ich kenne dich gut.»

«Hör mal, Gilda …» Roberto wollte sie berühren, aber sie drehte sich weg.

«Wenn du wüßtest!»

«Also …»

«Wenn du nur wüßtest!»

«Was wüßte? Wenn ich was wüßte?»

Sie sah ihn an. «Ohne mich wärst du doch gar nicht am Leben!»

«Was redest du denn da?»

«Ohne mich wärst du das, was da unterm Apfelbaum vergraben ist.»

«Baum?» Roberto schüttelte unwillig den Kopf. «Was für ein Baum?»

«Arschloch!»

«Hör mal zu, Gilda.» Er hob die Hände. «Ich wollte doch nicht ...»

«Ach nein, du wolltest doch nicht!»

Er ließ die Hände sinken. Seine Lippen preßten sich aufeinander. «Ach scheiß drauf, vergiß es.» Und damit wandte er sich um und stampfte die Trittleiter hinunter. Frauen! dachte er. Was hätte er anderes denken sollen. Er war jetzt müde, und es war spät, und mußte er sich denn alles bieten lassen?

Aber er würde so rasch keinen Schlaf finden, dazu war er zu aufgewühlt. Ruhelos tappte er in seinem Zimmer auf und ab, ging schließlich ins Bad. Er setzte sich auf den Rand der Wanne. Er hatte keine Lust, sich die Zähne zu putzen. Er hatte zu überhaupt nichts Lust. Er seufzte. Als er wieder in sein Zimmer gehen wollte, hörte er Geräusche aus der Küche. Das Licht war an.

«Papa?» fragte er. Er nannte seinen Ziehvater nicht oft so. Nur manchmal. Er ging runter in die Küche. Das Summen des offenen Kühlschranks füllte den Raum. Eine halbleere Flasche Cognac stand auf dem Küchentisch. Sein Vater hatte einen Cognacschwenker neben sich, randvoll. Er muffelte von dem Kuchen, den er gewonnen hatte. «Bäh!» machte er und spie Krümel auf den Tisch. «Steinalt, das Ding!» Mit zusammengekniffenen Augen beugte er sich über den Kuchen. «Gottchen, hier steht's ja auch: Zu Weihnachten!»

«Weihnachten? Echt?» Roberto war belustigt.

«Mußten sie eingefroren haben. Von wegen selbstgebacken.

Haben das Ding vom Weihnachtsmann gekriegt, und keiner wollte es haben, so scheußlich!» Er sah Roberto an. «Probier mal. Unglaublich!»

«Sieht eigentlich ganz lecker aus.» Roberto beäugte den Kuchen. Eine Hitzewelle durchschoß ihn, blies seinen Kopf auf wie einen Ballon.

«Was hast du denn? Du bist ja ganz rot. Und … und jetzt ganz weiß!»

«Fröhliche Weihnachten, Schillo», las Roberto. Mit Zuckerguß stand das auf dem Kuchen geschrieben. «Sonia.»

Dinge beginnen, andere Dinge enden

Familie Wienholz wohnte immer noch im gleichen Haus wie zehn Jahre zuvor, als Roberto Schillo zum letztenmal gesehen hatte. Roberto fuhr gleich am nächsten Morgen hin, und er war nicht überrascht, in dem ehemaligen Schläger, Schwimmeister und (wie man munkelte) Vergewaltiger von Sonia Kraal ebenjenen Rollstuhlfahrer wiederzusehen, der tags zuvor bei der Tombola vor dem Gabentisch «gewacht» hatte.

Kein Wunder, daß Roberto ihn nicht wiedererkannt hatte, denn mehr als die Jahre hatten Lähmung, Behinderung, wohl auch Medikamente die Gesichtszüge Schillos bis zur Unkenntlichkeit verändert. Außerdem war er kahlgeschoren. Natürlich hatte er bei der Tombola seinen Kuchen bewachen wollen, den ihm Sonia Kraal gebacken hatte. Er hatte ihn nicht essen dürfen, weil, so seine Mutter, er doch keinen Zucker essen dürfe. Frau Wienholz war ebenfalls in der Sozialstation gewesen, aber sie war Roberto nicht in Erinnerung geblieben.

«Und wegschmeißen durfte ich ihn auch nicht», sagte sie. «Also habe ich ihn eingefroren. Und dann die Tombola. Da war er wenigstens zu was nutze.»

Frau Wienholz, so schien es Roberto, war im Alter faul und schlampig geworden. Wer sollte es ihr verdenken. Das Leben war mies zu ihr. Sie war mit einem Sohn geschlagen, dem sie zeitlebens den Hintern abwischen mußte.

«Und der Kuchen», fragte Roberto. «Der kam letzte Weihnachten?»

«Ja. So kurz davor. Vor den Feiertagen.»

«Haben Sie die Adresse von Sonia?»

«Adresse? Nein. Nein.» Sie schüttelte den Kopf. («Mhf, mhf», machte Schillo, der in einer Ecke im Rollstuhl saß. Er schlug seinen Kopf gegen die Wand. Zum Glück trug er den Kopfschutz. «Mhf.»)

«Keine Adresse? Schade. Hat sie noch was anderes geschickt?»

«Nein. Immer nur Kuchen.»

«Immer nur? Sie schickt öfter Kuchen?»

«Zu Weihnachten. Jedes Jahr schickt sie meinem Sohn einen Weihnachtskuchen. Ist das nicht lieb von ihr?»

«Äh, ja. Allerdings.» Roberto staunte. «Seit, äh, wie vielen Jahren macht sie das denn? Das müßte seit, warten Sie ...»

«Seit fünf oder sechs Jahren. Ja.»

«Mhf. Mhf.»

«Laß das jetzt, Junge! Die Wand! Wir haben einen Gast.»

«Mhf.»

«Sie haben nicht zufällig die Verpackung aufgehoben? Von dem Kuchen? Wegen dem Poststempel, meine ich.»

«Verpackung? Nein, das tut mir leid. Aber es war irgendwas in Südamerika, glaub ich. Oder war es Südafrika?»

Roberto verabschiedete sich höflich. Man kam überein, daß er sich zum Ende des Jahres wieder melden würde. So ab dem Nikolaustag.

«Woran denkst du?» fragte Gilda in der Nacht, als Roberto neben ihr im Dunkeln lag.

«An Weihnachten», sagte Roberto.

«Weihnachten?»

«Weihnachten. An Weihnachtskuchen.»

Gilda setzte sich auf. Ihre Brüste schwangen über Robertos Bauch. Sie waren immer noch schön, ihre Brüste, aber sie wurden langsam welk. Also fragte Gilda: «Möchtest du, daß ich dir einen Kuchen backe?»

«Ich mag keinen Kuchen.»

«Du magst keinen Kuchen? Aber du denkst an Kuchen? Ich versteh dich nicht.»

«Das ist ein Generationenkonflikt.»

Gilda spürte, daß Roberto weit weg war von ihr. Und sie spürte, daß er sich mit jedem Atemzug weiter von ihr entfernte. Sie hatte sich an seine Atemzüge gewöhnt. Roberto war ein junger Mann inzwischen. Seine Atemzüge waren tief. Gilda sagte: «Wenn du willst, kannst du heute nacht bei mir schlafen.»

«Hm?» Roberto hob eine Braue. «So richtig mit Einschlafen und so? Ich dachte, das sei tabu.»

«Nicht mehr. Wenn du willst.»

«Nein, danke. Lieb gemeint. Aber ich glaube, ich geh lieber runter.»

«Gut», sagte Gilda. «Wie du willst.» Und sie dachte: So ist das also. So ist das, wenn es zu Ende geht.

«Tut mir leid wegen gestern», sagte sie noch. Aber es war eigentlich egal. «Ich hab dich angeschrien. Ohne Grund.»

«Schon gut.»

Es war ihm also egal.

Roberto stand auf. «Aber … du hattest da was mit einem Baum gesagt.»

«Das war nichts.»

«Nichts?»

«Nichts. Wenn du runter willst, dann geh jetzt bitte.»

«Okay.» Er nahm seine Sachen. «Gute Nacht. Schlaf gut.»

«Gut Nacht.» Mehr brachte Gilda nicht heraus. Sie hielt die Luft an. Erst als sie hörte, wie Robertos Zimmertür schloß, gestattete sie sich, loszulassen. Die Tränen schossen ihr aus den Augen, wie sie das noch nie getan hatten, seit sie ein Kind war. Sie weinte in langgezogenen Schluchzern, die ihr die Brust verkrampften. Sie wurde nicht jünger. Und sie war allein. Die Welt schrumpfte für sie zusammen, mit jedem neuen Tag. Sie preßte ihren Mund in ihre Decken, damit sie niemand hörte. Die ganze Nacht preßte sie ihren Mund in ihre Decken, bis der Morgen kam, nüchtern und bleich. Dann war die Flut verebbt. Und dann war alles noch viel schlimmer.

Das Paket kam am achtzehnten Dezember. Frau Wienholz rief Roberto mittags an, und Roberto, bewaffnet mit einem Strauß Rosen als Gastgeschenk und einer Tüte voller Näschereien ohne Zucker für Schillo, fuhr gleich nach Schulschluß los. Er war jetzt zwanzig Jahre alt, und im Sommer würde er Abitur machen. Die Arbeit im Bestattungswesen lief nebenbei. Alles, überlegte Roberto, schien zur Zeit in seinem Leben «nebenbei» zu laufen. Er war unzufrieden mit der Seichtheit seines Daseins. Daher erfüllte ihn ein aufgeregtes Kribbeln, als er bei Wienholz auf die Klingel drückte.

«Ah, der junge Herr Dillinger!» rief Frau Wienholz. «Kommen Sie rein, Roberto. Schillo!»

Schillo freute sich über die Näschereien. («Gnhf!» machte er.) Frau Wienholz freute sich über die Blumen. («Das wäre doch nicht nötig gewesen!») Roberto freute sich nicht. «Mist!»

Der Kuchen war schön, die Buchstaben in Zuckerguß waren dieselben wie beim letzten Kuchen. «Fröhliche Weihnachten, Schillo. Sonia.» Schillos Mutter wollte ihn sofort einfrieren.

Roberto untersuchte das Paket genau. Aber es gab keine weiteren Anhaltspunkte. Der Poststempel nämlich war absolut unleserlich. Nicht einmal das Datum war zu erkennen. Aber immerhin: Die Briefmarke kam aus Brasilien.

«Brasilien», sagte Roberto. Eine seltsame Sehnsucht lag in diesem Wort. Und auch Fremdheit. «Brasilien.»

Das nächste Weihnachtsfest hielt dieselbe Pleite für Roberto bereit. Wieder kam das Paket aus Brasilien, aber es war nicht festzustellen, aus welcher Stadt. Brasilien war groß. Ungefähr fünfzigmal so groß wie Deutschland.

Als Roberto im Wohnzimmer der Wienholz das Packpapier in seinen Schoß sinken ließ, legte ihm Frau Wienholz die Hand auf die Schulter. Roberto sah sich überrascht nach ihr um. Er war auch verwundert über die Güte, die er in ihrer Berührung zu spüren meinte. «Lassen Sie das Träumen», sagte Schillos Mutter mit einem ernsten Lächeln. «Leben Sie in der Gegenwart. Im Jetzt.» Sie nickte Roberto aufmunternd zu, und ihr Griff an seiner Schulter wurde fester. «Sie können es.» Müde schüttelte sie den Kopf. «Ich kann es nicht. Ich hab schließlich ihn.» Sie sah auf ihren Sohn Schillo. «Und er kann es sowieso nicht.»

Roberto seufzte. «Sie haben recht», sagte er dann. Er erhob sich. «Alles Gute, Frau Wienholz. Schillo.» An der Haustür zögerte er. «Vielleicht bis zum nächsten Jahr.»

Nach dem Abitur entschied sich Roberto, Medizin zu studieren. Es hatte wohl etwas mit dem Beruf seines Vaters zu tun, der nun bereits zur Hälfte sein eigener geworden war. Aber Roberto wehrte sich gegen all die Leichen, die ihn lockten. Wiederherstellen und Schminken waren ihm nicht genug. Er wollte Leben erhalten. Er wollte es dem Herrgott nicht so einfach machen, sich die Seelen zu holen, nach denen Er hungerte.

«Medizin?» fragte Gilda. Sie war immer noch da. Sie lagen in ihrem Bett, im Dachzimmer. «Ist da nicht ein unheimlich harter Numerus clausus?»

«Ja», sagte Roberto.

«Da mußt du doch Jahre warten.»

«Ich geh nach Portugal.»

«Portugal?»

«Es gibt da jetzt auch so Vorbereitungsstudiengänge. Wie in Italien. Wenn man die macht, hat man die Zulassung für deutsche Unis.»

«Aha.» Der Heizlüfter rauschte. «Und wie lange dauert das?»

«Zwei Semester.»

«Ein Jahr.»

«So ist es.»

Gilda fror plötzlich. «Und die Sprache?» fragte sie tonlos.

«Lern ich.»

Gilda sah ins Leere. «Natürlich», sagte sie.

Diesmal weinte Gilda nicht. Sie brachte einfach nicht die Leidenschaft auf, die dafür nötig gewesen wäre. Zwei Wochen darauf zog sie aus. Sie wollte nicht diejenige sein, die verlassen wurde. Sie wollte verlassen. Es war gleichgültig, natürlich, aber sie konnte nicht anders.

Alfred Dillinger mußte einen Mitarbeiter anstellen, der Robertos Aufgaben übernahm, und er mußte auch die Buchführung in fremde Hände geben. Der Mitarbeiter hieß Neumann, passenderweise, und er machte seine Sache gut. Der Laden lief passabel, gestorben wurde wie eh und je, und es gab keine ernstzunehmende Konkurrenz. Man schien der Ansicht zu sein, Alfred Dillinger mit seiner Krücke und mit seinem leblosen Arm sei den Toten bereits so nahe, daß er am besten wisse, was gut für sie sei.

Coimbra hieß das kleine Universitätsstädtchen, in das es Roberto verschlagen hatte. Es war nichts los in der Stadt, und außer Ausflügen nach Lissabon (wo auch nicht viel los war), Saufgelagen und Herumgevögele mit einer portugiesischen und einer holländischen Kommilitonin passierte dort nicht viel. Roberto lernte fließend Portugiesisch und brachte die zwei Semester erfolgreich hinter sich, und so konnte er sich ein Jahr später an der Universität der nahe gelegenen Großstadt einschreiben. Er kehrte gerade rechtzeitig zurück, um Alfred Dillinger sterben zu sehen.

Robertos Ziehvater starb in seinem Lieblingssessel, auf der Veranda. Eine halbe Flasche Rotwein stand neben ihm, und Roberto hatte eine ganze Weile geglaubt, er sei lediglich eingenickt. Das Kinn war seinem Vater auf die mächtige Brust gesunken, und er bot das gewohnte Bild des weinseligen älteren Lebemannes, der seinen Rausch ausschlief.

Roberto war gerade seit einem Monat wieder in Deutschland und hatte Schwierigkeiten, sich einzugewöhnen. Ein Übermaß an Alkohol half ihm, mit den Schwierigkeiten fertig zu werden. Er war über Nacht fortgewesen, auf einer Medizinerparty mit dem obligaten schweren Besäufnis, und er hatte durchgemacht und war erst zur Mittagszeit nach Hause gekommen.

Das Wetter war schön. Er hatte sich zunächst schweigend neben seinen Vater gesetzt und dem Singen der Vögel gelauscht, und dem Zischen der Aspirintablette in seinem Glas. Doch als er das Knacken hörte, wußte er sofort Bescheid. Es war ein seltsames Knacken gewesen, nicht das Knacken eines Zweigs, auch nicht irgendein anderes Knacken. Es war ein Geräusch, anders als alle anderen, und es war Roberto vertraut. Das Knacken kam vom Kopf seines Vaters. Es entstand mitunter, wenn sich die Kiefermuskeln im Übergang zur Leichenstarre verhärteten. Roberto hatte es schon ein paarmal gehört, bei der Arbeit. Bei W und S, wenn die Leichen noch verhältnismäßig frisch waren.

Als Todesursache wurde Herzversagen konstatiert, wie immer. Ein natürlicher Tod also, sofern man es als natürlich ansah, wenn sich jemand tagtäglich bis zur Bewußtlosigkeit betrank.

Siebenundfünfzig Jahre war Alfred Dillinger nur alt geworden, und er hätte bei der Aufbahrung eine prächtige Figur gemacht. Doch in seinem Testament stand eindeutig die Anweisung, seine sterbliche Hülle der Medizin zu vermachen. Wahrscheinlich war das Gebaren von Wiederherstellen und Schminken ihm zu vertraut, als daß er sich ein solches Ende gewünscht hätte. Daß die Mediziner noch wesentlich weniger pietätvoll mit ihm umgehen würden, mußte ihm allerdings auch bewußt gewesen sein. Aber wie Alfred Dillinger zu Lebzeiten zu sagen pflegte: «Den Toten ist alles egal.» Er glaubte nicht an das Himmelreich, er glaubte nur an das Reich der Würmer. Und die kamen zu ihrem Recht, so oder so.

Trotzdem fragte sich Roberto, ob sein Vater wohl dem Pfad

gefolgt war, von dem er ihm als kleines Kind erzählt hatte. Dem Pfad zum Wasserfall, den alle Toten gehen.

Was mochte hinter dem Wasserfall sein?

Es war Roberto demnach nicht vergönnt, seinem Ziehvater auf professionelle Weise die angemessene letzte Ruhe zu bereiten. Er setzte also sein Studium fort, arbeitete aber nebenbei wieder im Bestattungsinstitut. Er wollte das Unternehmen nicht aufgeben, ohnehin hätte sich kein Käufer gefunden. Und Neumann war zwar ein guter Mitarbeiter, aber einen weiteren einzustellen, konnte sich Roberto nicht leisten.

Robertos Pathologieprofessor hieß Trutz von Urban. Er war ein Mediziner der alten Schule, hatte noch vor dem Krieg studiert und pflegte, ausgestattet mit Nickelbrille und einem kleinen grauen Ziegenbärtchen, das Andenken an jene Zeit.

«Ein guter Pathologe», sagte der Professor eines Tages, und der Parkettfußboden des Hörsaals knarrte bei diesen Worten unter seinen Schuhen, «braucht vor allem zwei Dinge.» Er schritt, seinen Ziegenbart streichelnd, um die von einem Laken bedeckte Bahre herum, die schon dort gestanden hatte, als Roberto die Stufen zu seinem Platz hinaufgestiegen war. Zweifellos wölbte sich dort unter dem Laken der aufgeblähte Bauch einer Leiche.

Professor von Urban warf seinen geröteten Kopf in den Nakken und hob zwei bleiche, grau behaarte Finger in die Luft. «Er braucht erstens: eine gute Beobachtungsgabe.» Der Professor knickte einen der Finger ein. «Und zweitens», und hierbei schüttelte er den verbleibenden Finger seinen Studenten entgegen: «Er darf vor nichts zurückschrecken.» Mit diesen Worten riß er das Laken von der Leiche, deren Seele, das sahen alle, bereits vor geraumer Zeit der schimmligen Brust entflohen war. Auch Roberto sah das. Er wurde bleich. Eine heiße Blase entstand in seinem Kopf, die wuchs und wuchs.

«Heute», sprach der Professor, «werden wir unter Ihnen,

liebe Studentinnen und Studenten, die Spreu vom Weizen trennen.» Er schwankte ein wenig, und dem einen oder anderen im Hörsaal schien es, als sei der Professor nicht ganz standfest. Hatte er getrunken? Er stützte sich mit der Hand aufs Katheder. «Ich benötige einen Freiwilligen.»

Ein Hüsteln und Scharren ging durch die Bankreihen. Niemand streckte einen übereifrigen Arm in die Höhe. Niemand erhob sich.

«Nun?»

Ein Flüstern setzte ein paar Reihen hinter Roberto ein, er konnte sich nur denken, daß dort eine Wette ausgehandelt wurde.

«Jeder von Ihnen, meine Damen und Herren, müßte über diese beiden elementaren Voraussetzungen verfügen. Ich wiederhole: Scharfe Beobachtungsgabe. Vor nichts zurückschrekken. Widrigenfalls ...» (des Professors Lieblingswort war «widrigenfalls», und er benutzte es, wo er nur konnte) «widrigenfalls haben Sie hier in der Vorlesung nichts verloren. Ich möchte, ... aah! Da haben wir ja endlich einen mutigen jungen Mann!»

Tatsächlich stakste, etwas bleich im Gesicht und mit steifen Knien, ein blonder, schlaksiger Student die Treppe hinab in die Manege. Roberto erkannte in ihm einen aus der Gruppe der Flüsterer. Der Professor begrüßte ihn mit einem doppelten Händedruck, wobei er die langen Arme des Studenten kräftig auf und nieder schüttelte. «Gratuliere zu dieser mutigen Entscheidung. Sie nehmen für sich in Anspruch, eine gute Beobachtungsgabe zu haben?»

«Hm», druckste der Student. «Joh ... Ja.»

«Und Sie schrecken so leicht vor nichts zurück.»

«Nö. Eigentlich nicht.» Hilfesuchend blickte der junge Mann zu seinen Freunden hinauf.

«Aha! Gut, gut, mein Sohn.» Der Professor zog den Unglücklichen neben die Leiche. «Passen Sie gut auf, was ich jetzt tue», sagte er, wobei er sein Gesicht dem des Studenten näherte. «Und dann machen Sie es mir nach. Verstanden?»

Der Student drückte das Kinn gegen den Hals und wedelte mit der Hand vor der Nase. «Äh, ja», sagte er verunsichert. Hinter dem Rücken des Professors hob er ein imaginäres Glas an die Lippen, was amüsiertes Gemurmel zur Folge hatte.

«Gut.» Der Professor zuckte mit seinen dichten weißen Augenbrauen. «Zunächst ich.» Und mit diesen Worten erhob er eine Hand über dem Kopf und ließ sie, ausgestreckten Finger voran, auf die Leiche herniedersausen, so daß der Finger die Bauchdecke der Leiche durchstieß. Wie ein einziger unterdrückter Schrei ging es durch die Reihen der Studenten. Der schlaksige Freiwillige schwankte.

«Hah!» machte der Professor. «Sehen Sie?»

Sie sahen. Des Professors Finger war überzogen von irgendwelchem Leichenglibber.

«Und nun: Alles aufgepaßt!»

Alles paßte auf, trotzdem war es nur schwer zu fassen. Mit einer raschen Bewegung zog sich der Professor seinen Finger durch die Lippen. Dann, die Hände hinter seinen weißen Kittel verschränkt, trat er befriedigt einen Schritt zurück, wobei er fast stolperte und sich an der Tafel festhielt. Er wies den blonden Studenten an: «Nachmachen.»

Die Haare des blonden Studenten schienen sich hier bereits dem Schlohweiß der Uralten angeglichen zu haben. Auch aus dem Gesicht des jungen Mannes war jegliche Farbe gewichen. «Sie behaupteten», erinnerte ihn der Professor, «daß Sie vor nichts zurückschrecken.»

Der Student sah ihn mit leeren Augen an. Er schwankte. Dann, mit zittriger Hand, ein Raunen ging durch die Menge, hob er seinen Arm, streckte den Zeigefinger aus. Die Achselhöhle, die er seinen Mitkommilitonen darbot, war dunkel verfärbt. Der Finger sauste hernieder, durchstieß die poröse Bauchdecke des Toten, mit einem Wimmern zog der Junge ihn wieder hervor, sah ihn an, überzogen mit unaussprechlichem Schleim, näherte den Finger seinen Lippen ... und fiel um.

Der Professor, der anscheinend so etwas erwartet hatte, fing den Studenten mit erstaunlicher Rüstigkeit auf und ließ ihn zu Boden gleiten.

«Dieser junge Mann», wandte sich der Professor kniend an seine Studentenschar, «erfüllt ganz ohne Wenn und Aber eine der beiden wichtigsten Voraussetzungen, die einen guten Pathologen ausmachen.» Er richtete sich auf. Sein Gesicht war hochrot angelaufen. «Er schreckt vor nichts zurück. Das gibt zu Hoffnungen Anlaß.»

Kopfnicken in den Reihen.

«Die zweite Voraussetzung allerdings mußte ich bei ihm vermissen. Würde nämlich dieser junge Mann über eine gute Beobachtungsgabe verfügen, dann hätte er zweifelsohne erkannt, welchen meiner Finger ...» (und hierbei streckte der Professor seinen Zeigefinger in die Höhe) «... ich durch die Bauchdecke der Leiche stieß und welchen ...» (und nun reckte er den Mittelfinger empor) «... ich hernach mir durch die Lippen zog.»

Ein, zwei Sekunden war Stille. Dann brach brüllendes Gelächter los unter den Studenten, Fußgetrampel erschütterte den Saal, und als der arme Freiwillige wieder zu sich kam, wurde er durch lautes Gegröle begrüßt. Auf seinem Marsch zurück an seinen Platz begleitete ihn rhythmisches Klatschen. So eine Vorlesung hatten die Studenten noch nicht erlebt, und augenscheinlich war sie nach ihrem Geschmack.

Nach Robertos Geschmack war sie nicht. Zwar war der Tote glattrasiert. Aber so etwas mochte aus hygienischen Gründen notwendig sein. Auch wirkten die Gesichtszüge der Leiche hager, eingefallen. Roberto verfügte zwar über eine hinreichend gute Beobachtungsgabe. Aber er schreckte vor einer plötzlichen Ahnung zurück: Was, wenn es sich bei dem malträtierten Kadaver um die Leiche seines Ziehvaters Alfred Dillinger handelte?

Es nutzte nichts, daß der Professor vom Dienst suspendiert

wurde (er sei betrunken gewesen, private Probleme). Dieses Zeichen war zu deutlich, um es zu übersehen. Roberto brach das Medizinstudium ab.

Damit wandte er sich wieder der Materie zu, von der er am meisten verstand: dem Umgang mit Toten. Roberto übernahm das Bestattungsinstitut Dillinger.

Auferstehung

Das mit der Umbettung fand Roberto nicht sonderlich schlimm. Er war gerade beim Urnenpolieren, als das Telefon klingelte und der Friedhofsvorsteher ihm die Neuigkeit mitteilte.

«Hm», machte Roberto, den Hörer an den Hals geklemmt, und rückte eine der schweren «Immerdar»-Urnen zurecht. «Wenn es sich nicht vermeiden läßt, meinetwegen.» Er war mit den Gepflogenheiten des Geschäfts vertraut, führte er doch das Bestattungsunternehmen seines verstorbenen Vaters seit nunmehr über fünf Jahren. Umbettungen hatte es immer gegeben, und Roberto war der Ansicht, wenn sie pfleglich durchgeführt würden, brächten sie auch eine kleine Abwechslung in das triste Dasein, oder besser, Nichtdasein der Toten. Eine Umgehungsstraße mußte her, seit der Fernlastverkehr die Hauptstraße des Ortes verstopfte, und es war unbestreitbar die günstigste Lösung, die ruhige Straße am Westrand des Friedhofs auszubauen. Dazu mußten zwei Grabreihen umgebettet werden, wegen der Breite der neuen Straße und aus Lärmschutzgründen. Man wollte den Toten ja ihre Ruhe lassen. Der Friedhof würde sich weiter nach Osten und Süden ausdehnen, und die Anlagen dort waren dank der phantasiereichen Arbeit einer Landschaftsarchitektin auch schöner als die Grabreihen am Rand der Straße. Außerdem lag dort schon Robertos Vater, oder besser das, was die Abdecker aus der Pathologie davon übriggelassen hatten. Alfred Dillinger war von der Konkurrenz beerdigt worden, ohne Aufbahrung selbstverständlich. Roberto hatte es nicht übers Herz gebracht.

«Der Himmel öffnet seine Pforten», bemerkte Roberto, als

er etwa einen Monat darauf am bewußten Tag seinen Schirm aufspannte. Schon seit dem frühen Morgen hatte es genieselt, aber nun setzte mit einemmal Wind ein, und eine dunkle Wolkenfront zog sich über den Gästen des Trauerspiels zusammen. Außer Roberto waren noch einige andere Angehörige erschienen, deren Ahnen mit ihren Särgen umziehen sollten. Sie alle spannten schwarze Schirme auf, als sei dies ein überliefertes Ritual bei solchen Anlässen. Der Vorsteher des Friedhofs hatte dafür gesorgt, daß die Umbettung einen pietätvollen Anstrich bekam, und an der Schaufel des leichten Raupenfahrzeugs, das den Totengräbern den Großteil der Arbeit abnehmen sollte, flirrten schwarze Bändchen.

Der Grabstein von Hannah Dillinger war bereits an seinen neuen Ort geschafft worden, und die Grube war so tief ausgehoben, daß der mattpolierte Deckel des riesigen Sarges zu sehen war. Der Regen fiel nun in großen, schweren Tropfen, und es war, als klopfte der Himmel an den Sarg von Robertos Mutter, als forderte er, daß ihm von innen aufgetan würde.

Nun stiegen die Totengräber in die schlammige Tiefe hinab und mühten sich mit ihren Schaufeln, die Trageseile so unter den Sarg zu bekommen, daß sie ihn hochziehen konnten. Das war eine schmutzige Arbeit, besonders durch den Regen, der auf den Deckel peitschte. Die vier Männer fluchten nicht schlecht. Sie waren nicht mehr die Jüngsten, und einem von ihnen fiel bei der Arbeit ein Flachmann aus der Jackentasche. Roberto hatte Zweifel, ob diese gebrechlichen Gestalten den schweren Sarg tatsächlich hochhieven konnten. Die Köpfe der Arbeiter waren hochrot vor Anstrengung, als sich der Sarg endlich mit einem schmatzenden Geräusch wankend nach oben bewegte.

«Die Kerle bei der Beisetzung waren aber jünger», raunte Roberto dem Vorsteher besorgt zu. «Die hier klappen ja gleich zusammen.»

Der Vorsteher zuckte die Achseln. «Gott», sagte er. Und: «Was soll man machen?» Roberto sah auf seine Schuhe, die langsam durchweichten. Der Regen bildete eine Pfütze, dort, wo er stand, und er suchte nach trockenerem Untergrund, als ein erschreckter Laut aus allen Kehlen ihn aufsehen ließ. Er sah gerade noch, wie einer der Totengräber ausglitt und mit einem krächzenden Schrei in der Grube verschwand. Der Sarg, gerade auf Hüfthöhe herausgezogen, polterte am Rand der Grube zu Boden, um sich dann mit einem kurzen, berstenden Geräusch aufzubäumen und in die Tiefe zu fahren.

Für eine Sekunde herrschte Stille. Man hörte nur das leise Geräusch des Regens, der inzwischen nachgelassen hatte, dazwischen schwere Tropfen, die von den Blättern fielen. Eine Amsel stob zeternd aus einem Busch, und irgendwo von fern ertönten Hammerschläge. Dann traten die Trauergäste geschlossen an den Rand des Grabes. Roberto sah von hinten, wie ihnen der Atem stockte. Plötzlich ein Scharren und ein Wimmern, und der Totengräber kroch hastig, mit glitschigen Fingern, aus der Tiefe empor. Doch niemand beachtete ihn. Die Blicke blieben unverwandt auf das Innere des offenen Grabes gerichtet. Roberto Dillinger fröstelte. Er merkte, daß Gänsehaut seinen Körper überzog. Vorsichtig, zögernd, voller Ahnungen, tat er endlich drei, vier Schritte nach vorn. Man machte ihm Platz. Er sah hinunter.

Der Sarg, der dort unten lag, war geborsten. Die Bretter waren auseinandergesplittert, und Nägel, noch nicht rostig, wiesen wie gekrümmte Finger in das Rechteck des Himmels über ihnen. Zwischen den auseinandergebrochenen Brettern lag etwas Erde, krümmten sich ein paar Würmer. Der rote Samt der Fütterung hing aus dem Sarg heraus und tränkte sich schwer mit Schlamm und Wasser. Hannah Dillingers Gestalt war leicht verdreht, aber dennoch schien alles zu erwarten, daß sie sich nun endlich aufrappeln und sich den Schlammspritzer von der Wange wischen würde, so lebendig sah sie aus. Heiliger Himmel, dachte Roberto. Nicht nur Wiederherstellen und Schminken!

«Er …» Roberto stammelte. «Mein Gott!» Er taumelte, aber niemand kam, ihn zu stützen. «Er hat sie präpariert!»

Selbst das geheimnisvolle Lächeln umspielte noch ihren Mund, so wie er es von der Aufbahrung vor so vielen Jahren in Erinnerung hatte. Und es stimmte: Sie hatte ihr Geheimnis mit ins Grab genommen. Jetzt war auch klar, weshalb der Sarg so groß sein mußte. Hannah Dillingers Kadaver war nicht der einzige dort unten. Ein zweiter Leichnam war unter dem roten Samt des Futters verborgen gewesen. Ein Mann. Während Robertos Mutter keine Spuren der Ursache ihres Ablebens zeigte, sondern nachgerade lebendig wirkte, war die Todesursache des Mannes nur allzu offensichtlich.

Er hatte sich verschluckt.

Der Mann wirkte nicht besonders groß, aber man sah, daß er kräftig war. Er wies kaum Spuren der Verwesung auf, auch ihn mußte Robertos Vater einbalsamiert haben. Der Mann hatte den Kopf in den Nacken gelegt, so daß Kinn und Hals eine gerade Linie bildeten. Sein Gesicht war schmerzverzerrt. Zwischen seinen Zähnen sah das perlmuttbesetzte Heft eines Schwertes hervor. Eines langen, gebogenen Schwertes mit einer scharfen Klinge. Die Spitze der Klinge war überzogen von Blut – oder von Rost? Sie hatte sich ihren Weg durch den Leib des Mannes ins Freie gestoßen, etwa in Höhe des Bauchnabels, etwas weiter links. Es war ein standesgemäßer Tod gewesen für den Großen Ubaldo.

Verwesungsgeruch stieg aus dem Grab nach oben, und Roberto sank auf die Knie und übergab sich. Er erinnerte sich an seinen Ziehvater, wie er ihn gekitzelt hatte, als er Handstand übte. Roberto war zusammengebrochen, damals. Er war kitzelig. Und Alfred Dillinger kannte die richtigen Stellen. Der Große Ubaldo mußte auch kitzelig gewesen sein.

Alfred Dillinger hatte sich also nicht darauf beschränkt, bereits tote Menschen unter die Erde zu bringen. Er hatte auch gemordet. Eine ganze Weile mußte er die Leiche Ubaldos irgendwo versteckt haben. Wahrscheinlich in der Werkstatt. Bis sich ihm diese Gelegenheit bot, ihn loszuwerden, dazu noch auf eine boshafte, symbolische Weise.

Roberto kroch über sein Erbrochenes hinweg. Dann, den Arm vor die Nase gepreßt, ließ er sich in das Grab hinunter. Niemand hinderte ihn daran. Alles schwieg. Er kniete sich neben den Großen Ubaldo und zog ihm den linken Schuh vom Fuß. Dem Fuß fehlte der kleine Zeh. Roberto kannte diesen Fuß. Er hatte ihn schon einmal gesehen, eines Nachts, als er acht Jahre alt gewesen war. In der Werkstatt.

Der Schuh fiel zu Boden, kollerte in eine Matschpfütze. Roberto wollte weg, nur weg. Hastig richtete er sich auf, als ihn der Blick seiner Mutter traf. Es war der grüne Blick aus dem Totenreich, und Roberto erkannte ihn.

Sie ruft mich.

Robertos Denken zerfaserte, zog sich zu Punkten zusammen, die immer kleiner wurden, sich immer weiter voneinander entfernten. Er verlor das Bewußtsein.

Der Zirkus «Petrelli» hatte seine beste Zeit hinter sich. Der Niedergang, vielleicht mit dem Tode des Großen Ubaldo eingeleitet, hatte sich über die Jahre fortgesetzt. Roberto hatte sich die Vorstellung angesehen, und sie war noch erbärmlicher als das, was er von dem Zirkus in Erinnerung hatte, den er als Kind mit seiner Mutter besucht hatte. Der Bayer mit seinen zählenden Pudeln war immer noch dabei, er war jetzt ein alter Mann, und die Pudel kläfften, so überlegte Roberto, wohl schon in der dritten Generation das Einmaleins. Es gab eine ältliche Bodenturnerin, deren Darbietungen durch einen Affen unterhaltsam gestaltet wurden, der etwa über ihren Bauch wetzte, wenn sie die Brücke machte. Einen Clown, der nicht zum Lachen war, und ein paar Ponys, denen der Abdecker bereits im Nacken saß. Für die Kinder war es in Ordnung, aber die Erwachsenen, Eltern und Lehrer, hatten sich während der einzelnen Nummern über die Köpfe der Kleinen hinweg oft ratlos angesehen.

Nun war es an dem Direktor des Zirkus, Roberto ratlos anzusehen. «Und er hatte keinen Ausweis bei sich?»

Roberto schüttelte den Kopf. «Tote pflegen keinen Wert auf Reisepässe und ähnliches zu legen. Sie haben die letzte Reise ja bereits angetreten, wie man so sagt.»

«Natürlich, natürlich.» Der Direktor fuhr sich mit der Zunge über seine dicke Unterlippe. Er schien nachzudenken.

«Und? Haben Sie noch irgendwelche Dokumente, den Namen betreffend?» Roberto saß in einem muffigen Zirkuswagen dem dicken Direktor gegenüber. Müssen Direktoren eigentlich immer dick sein? fragte er sich. Speziell Zirkusdirektoren?

«Hach», entgegnete der Direktor mit einem schwachen Lächeln der Verzweiflung. «Da müßte ich erst suchen.»

«Tun Sie's.»

«Das kann dauern.» Er hob die Hände und legte den Hals in Falten. Er hatte einen Hals, der direkt vom Kinn in die Brust überging. Irgendwas mit den Drüsen wohl. «Das bedeutet Arbeit.»

Roberto wurde ungeduldig. «Hören Sie! Wenn ich mich recht entsinne, hieß es vor Jahren, Ubaldo wäre mit der Zirkuskasse getürmt. Es scheint mittlerweile klar, daß dem nicht so war. Niemand scheint mehr an diese Geschichte zu denken. Aber das kann sich rasch ändern. Die Kasse war ja schließlich in Ihrer Obhut, oder?»

Der Direktor war blaß geworden. «Sie haben recht», sagte er kurzatmig. «Ich werde suchen. Es muß ja schließlich alles seine Ordnung haben.»

«Sie sagen es.»

Der Direktor öffnete eine Schublade und raschelte ein wenig darin herum. «Ah! Da haben wir ja schon etwas.»

Er kniff kurz die Augen zusammen, dann schob er Roberto das Papier über den Schreibtisch. Es war ein vergilbter Arbeitsvertrag zwischen dem Zirkus «Petrelli» und einem gewissen Irvim Ubaldo Moreira.

«Er hieß tatsächlich Ubaldo», murmelte Roberto.

«Ja. Ja.» Das Verhalten des Direktors hatte etwas widerwärtig Devotes bekommen. Roberto sah ihn kurz und mitleidlos an, dann ging er den Vertrag Zeile für Zeile durch. Moreira war als Schwertschlucker angestellt worden, und er war auch verpflichtet gewesen, beim Auf- und Abbau des Zeltes zu helfen. Seine Nationalität war brasilianisch.

«Brasilianer», sagte Roberto. «Ich dachte immer, er sei Italiener.»

«Brasilianer, Italiener, wo ist der Unterschied», sagte der Direktor mit einem feisten Lächeln. «Jetzt, meine ich.» Er lachte gurgelnd, wobei sein Hals hin- und herschwang, fast wie bei einem Truthahn. «Aber wem sage ich das? Sie sind ja vom Fach.»

Roberto nickte. «Ich darf das mitnehmen?»

«Nehmen Sie nur, nehmen Sie nur.»

«Gut. Danke.» Roberto erhob sich. «Guten Tag.»

«Auf Wiedersehen, auf Wiedersehen!»

Roberto stieg aus dem Wagen, der unter dem Gewicht des Direktors schwankte. «Auf Wiedersehen!» Eine fette Hand wedelte aus der Tür des Wagens, ein feistes Lächeln, dann wurde die Tür zugezogen. Roberto holte tief Luft und schritt energisch aus. Als er das Gelände verlassen wollte, bemerkte er eine Frau, die ihn verstohlen zu sich winkte. Er stoppte.

«Meinen Sie mich?»

«Komm her!» flüsterte die Frau, und sie lockte ihn hastig mit dem Zeigefinger hinter einen Wohnwagen. «Komm her!»

Roberto trat zu ihr. Es war die Bodenturnerin mit dem Äffchen. Jetzt allerdings ohne Äffchen. Sie hatte einen Mantel über ihren Goldflitter geworfen. Nun, da sie so dicht vor Roberto stand, erkannte er: Sie war alt. Fünfzig, tippte er, fünfundfünfzig.

«Ja», sagte sie. Sie hatte seine Gedanken erraten. «Ich hab mich gut gehalten, was?» Sie schlug den Mantel auseinander. «Das sind Beine, was? Das ist noch echte Wertarbeit, sag ich immer.» Sie lachte hustend. Roberto grimassierte. Er fühlte sich unwohl. Die Frau sah Roberto prüfend von unten her an. «Bist du Agent?» fragte sie.

«Agent? Nein.»

«Nein? Mist. Ich dachte …» Sie nagte an ihrer Unterlippe wie ein junges Mädchen. «Weeßte, ich will weg von diesem schrecklichen Zirkus.»

«Tja», sagte Roberto. Es war ihm ein wenig unangenehm, von der Frau geduzt zu werden. Ihr Atem roch nach Cognac. «Tja, das tut mir leid. Da kann ich Ihnen nicht helfen.»

«Ich hab euer Gespräch belauscht, im Wagen eben. Ja, ja, man sollte nicht lauschen, aber … du weißt ja.»

Roberto wußte. (Das kommt davon, wenn man heimlich lauscht.)

«Ich hab immer gewußt, daß Baldo das nicht getan hat.»

«Baldo? Was getan?»

«Ich hab ihn immer Baldo genannt. Mein Baldo. Der würde doch nicht unsere Kasse klauen! Er war es doch auch nicht, nicht wahr?»

«Ich glaube nicht.»

«Nein. Mein Baldo doch nicht. Weeßte, Baldo und ich, wir…» Sie streckte Roberto einen knochigen Finger unter die Nase. Ein Ring glitzerte dort. Ein schöner, feiner Ring mit einem winzigen Stein.

«Ein Diamant», sagte die alte Frau. «Er hat ihn mir geschenkt. Ist schon lange her.»

«Ist der echt?»

«Ich hab ihn schon mal versetzt. Und da hat er mir vierhundert Mark gebracht. Der ist sicher das Zehnfache wert.»

«Dann passen Sie gut darauf auf.»

«Er hat nämlich mal geschürft nach Diamanten.»

«Ah, ja?»

«In Brasilien. Da wo er herkommt. Da gibt's Unmengen davon. Und er hat sie rübergeschmuggelt.»

«Rübergeschmuggelt? Nach Deutschland?»

«Nach Deutschland. Nach Europa. Sie ham ihn nie erwischt. Der hatte es doch gar nicht nötig, hier die mickrige Kasse zu stehlen!» Sie sah Roberto verschwörerisch an. «Aber er mußte aufpassen. Sie waren hinter ihm her. Immer waren sie hinter ihm her.»

«Wer?»

«Seine Auftraggeber. Er schmuggelte die Dinger im Auftrag.» Plötzlich preßte sie beide Fäuste vor ihren Mund. Sie sah mit großen Augen zu ihm empor, wie ein kleines Kind, das Angst hatte, bereits zu viel gesagt zu haben. Dann sagte sie: «Was ist nun mit meinem Baldo? Kommt er wieder?»

Roberto sah die Frau an, und jetzt erkannte er sie. Sie war damals, vor zwanzig Jahren, die Assistentin des Großen Ubaldo gewesen. Sie war es gewesen, die dem Großen Ubaldo die Schwerter gereicht hatte. Sie mußte ihn geliebt haben. Und er sah es in ihren Augen: Sie liebte ihn noch immer.

«Nun sag schon!» Und ihre harten, trotzigen Züge bekamen mit einemmal etwas Weiches, Zartes. «Er hat mir immer gesagt, er würde mich nie vergessen. Hier, sieh dir das an.» Sie hielt ihm wieder den Ring hin. Darauf war etwas eingraviert, außen. «'ne umgekehrte Acht», sagte die Frau triumphierend. «Das heißt Ewigkeit. Für die Ewigkeit.» Sie ließ den Arm sinken. «Er kommt doch wieder? Wo ist er jetzt?»

«Ich … ich weiß nicht.»

Das Strahlen ihrer Augen erlosch. Sie sah Roberto fast feindselig an.

«Wer bist'n du überhaupt? Und was hast du mit meinem Baldo zu tun?»

«Ich bin von der Versicherung», sagte Roberto. «Reine Routine.» Er sah die alte Frau an. Er korrigierte sich im Geiste. Sie mußte über sechzig sein. Sie war so hinfällig jetzt, so alt. Fast schon tot. Kaum zu glauben, daß sie diese Verrenkungen in der Manege machte. Roberto versuchte einen tröstenden Ton in seine Stimme zu legen. «Ich bin sicher, Sie sehen sich bald wieder.» Aber es war nur der typische Leichenbestatter-Tonfall. Damit ging er davon. Alfred Dillinger hätte diesen letzten Satz mißbilligt. Alfred Dillinger glaubte nicht an das Himmelreich. Er glaubte an die Endgültigkeit des Todes. Er glaubte an Würmer und an das Feuer in Krematorien. Vielleicht glaubte er an Frösche, die winken.

Seine Ehefrau war da anders gewesen. Wie Irvim Ubaldo Moreira hatte auch Hannah Dillinger an die Ewigkeit geglaubt.

Höllenfeuer für das Himmelreich

Es war ein Tunnel. Er war allein. Die anderen waren schon vorgegangen, und wie es schien, vermißte ihn niemand. Er versuchte, rascher voranzukommen, watete schneller durch das steigende Wasser. Aber er kam nicht vom Fleck. Er hatte Angst. Es war dunkel und feucht, und auf dem Grund lauerten überall Löcher, die man nicht sehen konnte, denn das Wasser war schwarz und undurchdringlich. Ein Klingeln schrillte durch den Tunnel. Die Alarmglocke. Das hieß, daß sie die Tore schließen würden. Das schwarze Wasser würde steigen und steigen, bis es an die feuchte Decke reichte. Sie hatten ihn vergessen. Würden sie sonst die Tore schließen? Robertos Herz raste. Wieder versuchte er, schneller zu gehen, aber seine Schuhe waren voll Wasser und Morast. Er kam nicht vorwärts. Die Alarmglocke klingelte immer wieder. Immer wieder. Die Tore. Sie schließen die Tore. Es klingelte.

Roberto wachte auf. Er war wie betäubt, statt eines Kopfes fühlte er eine Art Luftballon oberhalb der Schultern. Seine Hand tastete nach dem Hörer. «Ja?»

Es war Neumann.

Neumann? Ah, ja: Neumann.

Es ging um Ubaldo. Irvim Ubaldo Moreira. Es fiel Roberto schwer zu folgen. «Und wie heißt sie? Ala-was?» Roberto preßte den Telefonhörer an sein Ohr. Er lag seit zwei Wochen flach. Eine verschleppte Grippe, meinte der Arzt. Könnte auch was Psychosomatisches sein.

«Psychosomatisch?» hatte Roberto gesagt. «Fangen Sie jetzt auch schon damit an?»

«Ich nicht», hatte der Arzt geantwortet. «Sie. *Sie* fangen damit an.»

«Alaya.»

«Was?»

«Alaya Moreira. Sie ist seine Tochter. Sie kommt extra aus Brasilien.»

«Brasilien.» Roberto betrachtete das Deckengebirge auf seinen Knien. Wie das abweisende Gestade eines fremden Erdteils ragte es vor ihm auf. Terra incognita, unbekanntes Land.

«Sind Sie noch da?»

«Ja, ja.» Roberto räusperte sich. Dann sagte er: «Ist wohl auch billiger. Für sie, meine ich, wenn sie ihn holt. Sargtransporte kosten.» Er ließ sich ins Kissen zurücksinken. Dieser Neumann machte seine Sache zwar gut, immerhin führte er den Laden seit zwei Wochen allein. Aber die Tochter des Großen Ubaldo … Roberto hustete am Hörer vorbei. «Dann lassen Sie doch mal ausrechnen. Wir können da sicher was für sie organisieren. Überführung und so. Kann ja auch ein bißchen Humtata dabeisein, wenn sie genügend Kleingeld hat.» Hatte sie wahrscheinlich nicht.

«Sie will ihn einäschern lassen.»

«Einäschern. Ach so.»

«Ja.»

«Und wann kommt sie?»

«Sie ist schon da. Sie steht hier vor mir.»

«Oh», sagte Roberto.

Eine Stunde später stand Roberto auf dem Friedhof. Es war Oktober. Die bunt gefärbten Blätter erstrahlten im orangeroten Feuerball der Nachmittagssonne. Eben noch hatte es geregnet, und schwere Tropfen fielen von den Bäumen auf die durchweichte Erde. Mit sattem Platschen die in der Nähe; leiser, feiner die entfernteren. Roberto zog seinen Kragen dichter um den Hals. Er hustete, Dampf stob ihm aus dem Mund. Eine plötzliche

Furcht vor dem Winter überkam ihn. Aufstehen im grauen Licht des Morgens. Abends allein ins Bett sinken, schlaflos. Dann auf die Träume warten. Und die Träume doch fürchten. Stimmen.

Roberto blickte auf. Da kamen sie. Neumann und diese Alaya. Die Tochter von Irvim Ubaldo Moreira. Eine drahtige, dunkelhaarige Frau mit dunklem Teint. Sie war dick eingepackt, kam sie doch aus dem beginnenden Sommer ihrer tropischen Heimat. Anscheinend hatte man sie vor geradezu arktischen Temperaturen gewarnt. Sie trug Moonboots und eine dicke rote Daunenjacke, die steif an den Seiten abstand wie zwei viel zu schwere Flügel. Eine große Tasche hing von ihrer Schulter, prall vollgestopft. Ihr Gesicht signalisierte Willenskraft. Die Nase war lang und gebogen, aber nicht unschön. Ihr Mund war groß, die Lippen dennoch schmal. Das Hervorstechendste waren ihre dunklen, fast schwarzen Augen, die wie von einem inneren, fiebrigen Glanz schimmerten.

Natürlich war ihre Kleidung viel zu warm. Die Haut ihres Gesichts schimmerte feucht. Sie schwitzte. Roberto erkannte aus der Entfernung feine Schweißperlen auf ihrer Stirn und über den Lippen. «This way, please», hörte Roberto Neumann sagen. Sie gingen aufs Krematorium zu. Roberto hielt sich abseits, wartete, bis beide das Gebäude betreten hatten. Das Krematorium war ein hübscher Sandsteinbau aus der Jahrhundertwende. Die Mauern überwuchert von rot leuchtendem Efeu, wirkte es freundlich, fast idyllisch. Eine etwas zu große Villa, hätte man denken können, bewohnt vielleicht von einer rotwangigen Großmutter, die gerade den Apfelkuchen für ihre Enkel in den Ofen schiebt. Nun, dachte Roberto. Das mit dem Ofen war einigermaßen nah an der Wirklichkeit. Dann schritt er auf den Eingang zu, der den Angestellten des Krematoriums vorbehalten war. Er klopfte, kurz darauf öffnete sich die Tür mit einem schrillen Quietschen. «Danke», nickte Roberto dem alten Heizer zu, der die Tür hinter ihm schloß.

«Guten Tag, Herr Dillinger.»

«Ehe ich es vergesse.» Roberto drückte dem Mann einen Zwanziger in die schwielige Hand.

«Gott vergelt's Ihnen, Herr Dillinger.»

Roberto sah ihn an. «Gott, fürchte ich, würde mehr verlangen.»

«Wie bitte?»

«Schon gut. Wo lang?»

«Hier. Kommen Sie.»

Er folgte dem Heizer durch einen langen, gewundenen Gang, der dem Personal vorbehalten war. An der Decke liefen Heizungsrohre und andere Rohre, deren Zweck Roberto nur ahnte. An den frisch verputzten Mauerwänden hingen Bilder.

«Wir haben hier alles neu gemacht», sagte der Heizer voller Stolz, sich im Gehen umwendend.

«Ich sehe schon», sagte Roberto. Es waren gerahmte Drucke minderwertiger Qualität. Picasso, Manet, dergleichen. Toulouse-Lautrec, van Gogh. Ein Bild, er wußte nicht von wem, zeigte einen fliegenden Teppich. Plötzlich mußte Roberto an sein Schmusetuch denken. An das Zaubertuch. An die verbrannten Engel. An seine Welt als Kind, an seine Hoffnungen. An das Böse, das nach dem Tod der Engel über seine Welt kam. Gab es, fragte er sich, Erlösung? Und wenn ja, würde er ihrer teilhaftig werden? Und, bitte schön, wie?

«Hier hinein, Herr Dillinger! Nur keine Scheu.»

«Danke.» Roberto schritt durch die Stahltür, die der alte Mann ihm aufhielt. Sie kamen in einen kleinen Flur, der auch als Abstellraum diente. «Psst», machte der Heizer, und er öffnete vorsichtig eine Tür einen Spaltbreit. «Hier können Sie alles sehen.»

In der Halle standen Neumann und Alaya Moreira und warteten. Die Aufbahrung hatte man Frau Moreira nicht abschlagen können. Ihr Vater war zwar schon einige Jahre tot, aber die besonderen Umstände, hauptsächlich der Zustand der Leiche, gestatteten die Zeremonie. Roberto hatte eigens noch einmal die

Vorschriften des Beerdigungs- und Bestattungswesens gewälzt, aber er hatte keinen Paragraphen gefunden, der dagegen gesprochen hätte. Das Krematorium machte lediglich die Auflage, daß es die letzte Aufbahrung des Tages sein sollte, wegen des Geruchs. Der hielt sich zwar dank Robertos und Neumanns Vorbereitungen in Grenzen, aber man konnte ja nie wissen.

Nun öffnete sich die Tür des Aufbahrungssaales, und eine Trauergesellschaft, Taschentücher an den Augen, trat unsicher in die Halle. Sie blinzelten, als sei es dort drinnen dunkel gewesen, wie im Grab selbst, als seien sie die Helligkeit des Lebens nun nicht mehr gewohnt. Die Wahrheit war: Sie weinten.

«Not yet», hörte Roberto Neumann sagen. Mit grotesk gespreizter Hand hielt er Alaya zurück. Er machte, passend zum Gewerbe, den Eindruck eines alten, flügellahmen Marabus. «We have to wait a little bit more.» Die Tür des Aufbahrungssaales schloß sich wieder.

«Wer ist sie eigentlich?»

Roberto schrak zusammen. Er hatte den Heizer völlig vergessen, der die ganze Zeit über neben ihm gestanden hatte.

«Kennen Sie sie?»

«Nein.» Roberto schüttelte den Kopf. Er räusperte sich leise. «Eine Kundin.»

«Ah», sagte der Heizer. Er zupfte sich am Ohrläppchen. «Verstehe. Muß jetzt mal anpacken.» Damit verschwand der alte Mann durch eine weitere Tür, die hinter ihm zuschwang.

Roberto unterdrückte ein Husten. Er wußte eigentlich selbst nicht, was er sich von seinem Tun versprach. Der ganze Tag schon war ihm von düsteren Ahnungen begleitet gewesen, vielleicht von unterdrückten Wünschen. Vielleicht vom Schicksal. Schicksal, dachte Roberto Dillinger, und er dachte daran, wie er geglaubt hatte, das Schicksal abschütteln zu können. Es von sich werfen zu können wie eine Decke, die einem den Atem nimmt, die einen erstickt. Aber die Erkenntnis verdichtete sich: Es war gar nicht die Decke. Es war die Haut. Die Haut.

Ein eisiger Hauch ließ Roberto frösteln. Ein Sarg, Modell «Minister», wurde auf einem Fahrtisch durch die Schwingtür geschoben. Neumann war es gewesen, der ihn Alaya verkauft hatte (Eibe, roter Samt). Roberto dachte an den «Gouverneur», in dem er sich zusammen mit Sonia Kraal versteckt hatte. («Buh!» machte die Sonia Kraal in Robertos Kopf. «Buh! Ich bin ein Gespenst», und sie hob den Pyjama seines Vaters hoch, so daß er alles sehen konnte.) Der Heizer und ein weiterer Mann fuhren den Sarg durch den kleinen Flur. Dann, durch eine weitere Tür rollten sie ihn in den Aufbahrungssaal. Roberto rieb sich die Arme, die von Gänsehaut überzogen waren. Der Große Ubaldo hatte in einer Kühlzelle gelegen. Trotzdem, diese Kälte kam nicht aus dem Kühlraum. Sie kam von innen, direkt aus Robertos eigenen Knochen.

Die beiden Männer kehrten in den Flur zurück und verschlossen die Tür zum Aufbahrungssaal. «So.» Dann wurde die Tür zur Halle geöffnet, von einem würdigen Herrn im schwarzen Anzug, und Alaya Moreira betrat zögernd den Saal, allein. Sie stieß mit ihrer riesigen Umhängetasche heftig gegen die Tür. Neumann, ganz Pietät, verzog nicht eine Miene. Dann, ein trauriges, nervöses Lächeln zurücklassend, schloß Alaya Moreira die Tür hinter sich. Die Ouvertüre zur Fünften von Mahler erklang. Sie hatte sie sich gewünscht. Die ganze Symphonie. Zweihundertfünfzig Mark extra.

«Was macht sie da wohl die ganze Zeit?» fragte Neumann.

Roberto war zu ihm getreten. Er zuckte mit den Schultern. «Abschied nehmen.»

Neumann schüttelte den Kopf. «Ich versteh die Leute nicht.»

«Wieso?»

«Ist Ihnen schon mal jemand weggestorben? Den Sie kannten?»

«Ja.»

«Ja so. Mir auch. Aber ich geh nie hin. Ich war noch nie da.»

«Wo?»

«Auf Beerdigungen. Ich war noch nie auf einer. Nur beruflich. Nur beruflich.»

Roberto sah ihn an. «Aha», sagte er.

Als die Musik verklungen war, verschwand Roberto wieder
in seinen Geheimgängen. Er ging zum Ofen. Den Weg kannte
er. Ubaldos Sarg wurde kurz nach ihm hereingerollt. Er war fest
verschlossen. Der Fahrtisch wurde an den Ofen geschoben, von
dort auf die Rampe. «So», sagte der alte Heizer. «Ab jetzt geht
alles wie von selbst.» Ein Knopfdruck, und der Höllenschlund
öffnete sich fauchend. Roberto spürte die Hitze, besonders an
den Lidern. Der Sarg, der automatisch hineintransportiert
wurde, fing sofort Feuer, noch bevor die Tür sich wieder schloß.

Das Verbrennen dauerte fünfundvierzig Minuten. Roberto
stand die ganze Zeit vor dem Ofen und wartete. Er starrte auf die
Temperaturanzeige, auf die Regler und Schieber.

«Vollautomatisch», sagte der Heizer. «Macht man sich nicht
mehr die Hände bei schmutzig.» Er lachte. «Sarg mit Inhalt rein,
büschen warten, Urne kommt raus.»

Roberto nickte selbstvergessen.

«Tausend Grad», sagte der Heizer. «Da bleibt nix über.
Keine Zähne, nix. Ist nicht wie mit den alten Öfen.»

Roberto sagte: «Ah, ja?»

«Nee, nee! Und die Urne kommt gleich verplombt raus.
Hier.» Er zeigte auf eine Klappe. Das Ganze erinnerte Roberto
vom Prinzip her an einen Kaffeeautomaten. Er starrte auf den
maschinengrün lackierten Ofen, und aus Schlünden tief in seinem Innern tauchten Gedanken in ihm auf, wie Schemen. Aber
er ließ nicht zu, daß diese Gedanken sich in seinem Bewußtsein
zu Worten formten, oder die Schemen zu Bildern.

«Nee, nee», sagte der Heizer wieder. «Das mit den Urnen.
Das ist nicht mehr so 'n Geklöter wie früher. Daß da die Sachen
nur halb verbrannt sind. Und wir mußten dann mit der Schaufel
rein und die ganzen Knochen, die über waren, in den Müll werfen.» Er zwinkerte Roberto verschwörerisch zu: Wir zwei beide,

wir wissen doch, was läuft. «Oder noch Pottasche dazuschütten, damit's auch genug ist und sich keiner beschwert.» Er winkte ab und schüttelte energisch den Kopf. «Nee, nee, bei tausend Grad. Da klötert das nur einmal.»

Roberto nickte. Einmal klötern. Das war der numerierte Schamottstein, der immer mit in den Ofen geschoben wird und der dann auch mit in die Urne wandert. Schamott verbrennt selbst bei tausend Grad Hitze nicht. Mit der Nummer auf dem Stein weiß man im Zweifelsfalle immer, wer drin ist.

«So.» Der Heizer sah auf die Uhr am Ofen, die bei vierundvierzig angekommen war. «Jetzt isses gleich soweit.»

Roberto streckte sich.

Dann, exakt in dem Moment, da der Zeiger die Fünfundvierzig erreichte, hörte das Fauchen des Feuers auf, der Lärm erstarb zu einem leisen Knacken. Ein paar mechanische Geräusche, ein Gebläse setzte ein, ein Schaben.

«Jetzt kommt das Zeug in die Urne», erklärte der alte Heizer. «Hören Sie?» Es klackte. «Das war der Schamottstein.»

Roberto nickte.

Und dann, plötzlich und unerwartet, klackte es ein zweites Mal.

Gilda erzählt

Doch das war noch nicht alles. Denn, wie Alfred Dillinger (Gott hab ihn selig und vergebe ihm seine Sünden) zu Lebzeiten zu sagen pflegte: «Doch erstens kommt es anders, und zweitens als man denkt.» Er pflegte auch noch zu sagen: «Hätte, hätte, Damentoilette», wenn man irgendeinen Satz mit dem Konjunktiv «hätte» bildete; «der frühe Vogel findet den Wurm», wenn man sich mit ihm über Vögel unterhielt, oder über Würmer. Mit Würmern, die ihm, da er ja selbst nicht einbalsamiert worden war, inzwischen durch Milz und Darm kriechen mochten, kannte er sich fraglos aus. Mit dem oberirdischen Leben und seinen Wechselfällen hatte er nichts mehr zu tun. Und er mochte dort unter der Grasnarbe das Gras wachsen hören, aber wohl auch nicht viel mehr. Ganz im Gegensatz zu Roberto, dem an diesem Tag noch einiges Unerwartete geschehen und zu Ohren kommen sollte. Und zwar:

Nachdem Alaya Moreira samt verplombter Urne verschwunden war – die Umhängetasche beulte sich bedrohlich aus –, ging Roberto nachdenklich über den Friedhof. Plötzlicher Wind erhob sich und fegte einen Schwall bunter Blätter von den Bäumen. Rote, gelbe, braune. Roberto kniete nieder, hob ein besonders hübsches Blatt auf und betrachtete es versunken. Es war von vollendeter Schönheit, er behielt es in der Hand und genoß die Berührung der Fasern. Er fragte sich, ob man aus den Linien der Blätter wohl die Zukunft des Baumes lesen könnte. Wahrscheinlich eher die Vergangenheit. So wie man anhand der Krater des Mars über dessen Vergangenheit spekulieren mochte. Er sah sich seine eigenen Handlinien an und dachte daran, daß er selbst in jeder Sekunde seines Daseins gleichsam die Wasserscheide seiner eigenen Vergangenheit und seiner Zukunft darstellte. Zwei dunkle Ströme, die sich, hinter ihm und vor ihm, in Vergessen und Unkenntnis verloren.

Auf den Wind folgte ein heftiger Schauer, und Roberto betrachtete die Blasen, die durch das Niederprasseln der Tropfen in den Pfützen entstanden. Früher, als Kind, war er fasziniert gewesen von diesem Schauspiel. Jetzt bemühte er sich, dieses Staunen zu fühlen, dieses Wunder zu begreifen. Er mühte sich, doch es gelang ihm nicht. Nicht richtig. Nicht wirklich. Roberto Dillinger war noch nicht einmal dreißig Jahre alt, und er fühlte sich mit einemmal uralt. Er fühlte sich unverstanden und gleichzeitig bar jeden Verständnisses. Das ist es, dachte er bei sich. Es gab keine Verständigung zwischen ihm selbst und dem Leben. Er war in seinem Sein eingesponnen, hermetisch, fast autistisch, ohne daß seine Stimme aus diesem Kokon hinausdringen konnte, ohne daß von außen eine Stimme hereindrang.

«Na, Cowboy.»

Eine Stimme. Sie drang in seinen Kokon. Eindeutig. Roberto sah auf.

«Hat's dir die Sprache verschlagen?» Gilda. Unter einem Regenschirm. Sie lächelte. Ein wenig bemüht. Unsicher vielleicht.

«Gilda», sagte Roberto. «Hallo.» Er war verblüfft.

«Du bist naß wie ein Pudel. Hier.» Sie trat dicht neben ihn und hielt den Regenschirm über sie beide.

Roberto murmelte: «Danke.»

Sie lächelte breit, ein wenig aufgesetzt. «Daß wir uns grade hier über den Weg laufen.»

«Ja. So was.»

«Ausgerechnet hier. Vor ihm.»

«Vor ihm?» Langsam fand Roberto aus seiner Gedankenwelt in die Realität zurück. Vor ihnen, so wurde ihm erst jetzt bewußt, stand der Grabstein seines Vaters. «Alfred Herrmann Dillinger.» Bis zum Tod seines Vaters – oder Ziehvaters – hatte Roberto nicht gewußt, daß er mit Zwischennamen Herrmann hieß. Unter dem Namen stand – natürlich – das Motto, das A. D. dem Gedanken des Todes stets beigegeben hatte: «Außer Gefahr». Roberto sah von dem Grabstein zu Gilda, und was er in ihrem Gesicht zu erkennen glaubte, ließ ihn ahnen, daß er selbst noch keineswegs außer Gefahr war. Keineswegs.

«Was starrst du mich so an?»

«Entschuldigung.» Roberto blinzelte. «Wir, äh, haben uns lange nicht mehr gesehen.»

«Ich hab mich nicht gerade gesteigert, was?»

«Quatsch», sagte Roberto. «Wir werden älter. Na und? Daran ist nichts Schlechtes.» Er beglückwünschte sich selbst zu dieser beruhigenden Formel. Daß sie schön klang, machte sie allerdings nicht wahrer. Roberto fürchtete sich durchaus vor dem Altern. Er fürchtete sich vor dem langsamen Absterben des Lebens. Eines Lebens, das er nie gelebt hatte. Nicht richtig. Ihm fiel dieser Spruch ein, einer von diesen intellektuellen Sprüchen, wie man sie an den Wänden von Universitätsklos lesen konnte: Gibt es ein Leben vor dem Tod?

(Was mochte *vor* dem Wasserfall sein?)

Er sah sie an, zwang sich ein Lächeln auf die Lippen. Sie trug Wildlederhandschuhe, recht elegant eigentlich. Einen langen graugrün schimmernden Mantel. Ihr rotes Haar leuchtete matt. Sie erwiderte sein Lächeln, fast entschuldigend. «Die Dinge gehen doch nicht, wie man will, nicht wahr?»

Roberto sagte: «Tja. Wahrscheinlich.»

Sie zuckte mit den Schultern. «Und da denkt man halt an die Zeiten, als es einem noch gutging.» Sie neigte den Kopf, trat dicht zu ihm. «Und du? Wie geht es dir?»

«Es geht.» Er roch ihre Fahne.

«Was macht die Liebe?»

Er zögerte. «Nicht soviel. Zur Zeit.»

«Mhm. Bei mir auch nicht.» Sie sah in sein Gesicht. «Hab ich 'ne Fahne?»

«Bißchen. Kaum.»

«Ich bin keine Säuferin, weißt du. Das nicht. An manchen Tagen nur. Da muß ich mir einen … Wie heute.» Ein Auflachen, schrill und gezwungen. «Ach je, mit dem Alter werd ich noch ganz melancholisch. Na ja. Aber du hast es ja auch nicht vergessen.»

«Was?»

«Das Datum.»

Roberto folgte ihrem Blick auf den Grabstein. Das Datum, das dort eingemeißelt war. Tatsächlich: Heute war Alfred Herrmann Dillingers Todestag. Seit fünf Jahren genau war er nun schon «außer Gefahr».

«Doch», gab Roberto zu, selbst ein wenig überrascht. «Leider doch. Das hatte ich vergessen.» Er schüttelte den Kopf in Unglauben über sich selbst, und über die Zeit, die raste.

«Ich …» sagte Gilda. Sie stockte. «Kann ich mit zu dir kommen?»

«Mit zu mir? Also …» Das traf Roberto unvorbereitet.

«Wir könnten reden.»

Mein Gott, es war so lange her. Er war ein anderer Mensch gewesen, damals. Sie auch. Er sagte: «Laß mal lieber.»

«Um der alten Zeiten willen. Der guten alten Zeiten.»

Die guten alten Zeiten. Er musterte sie, mit aufeinandergepreßten Lippen. Sie sah immer noch gut aus. Eine gutaussehende Frau von … wieviel? Dreiundvierzig? Und sie gab nicht so schnell auf.

«Wir könnten ein Gläschen trinken und uns was erzählen», sagte sie.

«*Was* erzählen?»

«Ich … weiß ein paar Dinge, die ich dir erzählen könnte.»

«Was für Dinge?»

«Über dich.»

«Über mich?»

«Über den Baum und was darunter vergraben ist.» Ihre Stimme wurde plötzlich sehr fest: «Ich denke, es ist an der Zeit, daß es dir jemand sagt.»

«Was sagt?»

«Die Wahrheit.»

«Die Wahrheit?»

«Nun komm schon.»

Der Baum. Die Wahrheit. Welche Wahrheit? Roberto runzelte die Stirn. Dann zuckte er mit den Schultern. «Ich hab noch einen Cognac rumstehen bei mir.»

«Sekt?»

«Auch.»

«Gut», sagte sie.

«Gut», sagte er. Und ein Gefühl überkam ihn, wie damals, als er fünfzehn war, als sie die vier Knöpfe ihres Hemdes hatte offenstehen lassen.

Sie küßte ihn erst, als die Haustür hinter ihnen ins Schloß fiel. Sie schmeckte gut, nach irgendeinem Likör, und ihre Zunge war so flink wie je. Diesmal gingen sie nicht nach oben auf den Dachboden, sondern in Robertos Bett. Aber der Sex war derselbe wie früher.

Danach begann Gilda zu erzählen. Was sie erzählte, war das, was sie wußte von der ganzen Geschichte. Sie wußte wohl nicht alles, aber doch das meiste. Anderes konnte Roberto sich dazudenken. Auch war Gilda keine besonders gute Erzählerin. Aber Roberto hatte eine lebhafte Phantasie. Und so entstand aus beidem, aus Gildas Erzählung und aus Robertos Phantasie, eine Geschichte, die der Wahrheit, so wie sie sich zugetragen hatte, nahezu gleichkam. Die Geschichte ging so:

Es war Winter. Zu einer Zeit, da es im Winter noch Schnee gab. Es gab besonders viel Schnee in jenem Winter vor dreißig Jahren, und der Schnee bedeckte das ganze Land, die ganze Stadt und auch das Haus aus rotem Backstein, das am Ende der Straße stand. Alles war sauber, glatt und weiß, auch nachts. In jener Nacht war es sehr kalt. Um Autos und Hecken hatten sich bizarre Schneeverwehungen gelegt, und im Licht der Straßenbeleuchtung schimmerte der Schnee auf ganz besondere Weise. Die Sterne standen klar und kalt am schwarzen Himmel. Sie schienen höher, weiter entfernt als sonst, und doch waren sie groß und klar. Sie funkelten nicht. Es war, als würden sie auf diesen Planeten herabblicken, ohne zu blinzeln, ohne Mitgefühl. Tagsüber hatte es noch heftig geschneit, doch jetzt, in der Nacht, lag keine Wolkendecke über der Stadt, und die Kälte des Weltraums griff nach allem, was da war.

Was da war, unter all den leblosen, reglosen Dingen, die sich unter ihren Schneehauben duckten, war eine Gestalt, die sich bewegte. Die durch den Schnee ging, vorsichtig mit der ganzen Sohle auftrat, um nicht auszugleiten auf dem gefrorenen Untergrund unter dem Neuschnee dieses Tages. Sie hielt ein Bündel, diese Frau, denn es war eine Frau, und ihr Schatten wurde von einer Straßenlaterne zur nächsten weitergegeben. Der Atem, den sie blies, war Dampf.

Sie nähert sich, die Frau, sie überquert die Fahrbahn, vorsichtig, denn hier ist es besonders glatt. Vorsichtig, doch eilend. Ihr Gesicht ist dem Boden zugewandt, die Augen haften auf ihren Schuhen. Sie nähert sich, wir hören ihren Atem. Sie biegt in die Kramerkoppel ein. Das Haus der Dillingers steht dort, rot, aus Backstein, still in seinem Garten. Ein Licht brennt im Wohnzimmer. Davor, im Lichtquadrat, sind feine Vogelspuren zu sehen. Vorm Anbau daneben, vor der Werkstatt, schleicht eine Katze herum, sucht nach einem warmen Plätzchen. Der Mond wirft Schatten, bläulich, silbrig. Särge stapeln sich an der Außenwand. Irgendwo wird ein Rolladen heruntergelassen, und das Rattern durchdringt harsch die Stille. Ein Automotor, von fern. Er stottert, springt an, grollt in der Ferne. Dann wieder Stille.

Wir sind wieder auf der Straße. Die hastigen Schritte der

Frau, ihr Atem. Ihre Wangen sind gerötet. Was trägt sie da an ihre Brust gedrückt? Eine Handvoll Schnee, von der Wärme des Lichts geschmolzen, stürzt von einer Straßenlaterne zu Boden. Sie bleibt kurz stehen, blickt nach oben. Und jetzt, im Schein der Lampe, sehen wir ihr Gesicht.

Wir kennen diese Frau. Es ist Hannah Dillinger. Und was sie da an ihre Brust gedrückt hält, ist ein Kind. Ein Baby. Sie murmelt: «Keine Angst, mein Junge.» Und geht weiter. «Es wird alles gut.» Leise murmelt sie das, kaum hörbar. Das Kind, dick eingepackt, so daß nur die babyblauen Augen in die Welt hinausblinken, gibt keinen Laut von sich.

Dann steht sie vor dem Haus. Die Gartentür ist offen. Sie sieht sich um, tritt in den Vorgarten. Durch das Wohnzimmerfenster erkennt sie ihren Mann, der dort sitzt, liest. Rasch stapft die Frau über die Spur der Vögel hinweg auf die Werkstatt zu. Sie tritt zu den Kindersärgen, die dort gestapelt stehen, wischt mit dem Ärmel Schnee von dem obersten. «Romulus» heißt der Sarg, und er hat einen praktischen Henkel. Sie nimmt den Sarg und schleppt ihn zur Haustür. Dort läßt sie ihn vorsichtig vor der Schwelle nieder und legt ihr Kind hinein. «Alles wird gut», flüstert sie. Sie kniet nieder und küßt den kleinen Jungen auf die Stirn. Dann, zögernd erst, entfernt sie sich, schleicht aus dem Garten auf die Straße.

Sie läuft nach links, schneller jetzt, auf die Telefonzelle am Ende der Straße zu. Sie stemmt die Tür auf, reißt den Hörer an ihr Ohr: stumm. Kein Geräusch. «Nein!» ruft sie leise. Sie schlägt auf die Gabel: nichts. Kein Tuten. Wohin jetzt? denkt sie. Wohin? Jede Minute zählt. Die Kälte ist sibirisch, arktisch. Tödlich. Zu spät, denkt sie. Gott will es nicht. Er folgt meinen Plänen nicht. Und, Mutterliebe im Herzen, schreckliche Ahnungen im Kopf, läuft sie zurück zum Haus. Doch dann, bereits nach wenigen Schritten, fällt ihr die andere Telefonzelle ein, nicht weit von hier. Sie zögert, denkt kurz nach. Sie wagt es. Sie läuft nach rechts davon, läuft so schnell sie kann, ohne auf Schnee und Eis

zu achten. Schweiß rinnt in Strömen an ihrem Rücken hinab, am
Busen, zwischen ihren Brüsten tropft es unter dicker Wolle. Endlich, dort vorn, leuchtet die Zelle. Noch einmal wird Hannah
schneller, ihre Hände klatschen aufs Glas. Sie reißt die Tür auf,
greift den Hörer: Tuuut. O danke, lieber Gott! Sie zerrt ihr Portemonnaie ans Licht, verstreut klingelnd Kleingeld, zwingt die
Geldstücke in den Schlitz. Sie wählt. Sie umwickelt die Muschel
mit dem Schal. «O bitte», flüstert sie. «O bitte.»

«Hallo?» Alfred. «Wer ist da?»

«Vor der Tür», preßt sie keuchend hervor, in unnatürlicher
Stimmlage. «Da liegt ein Geschenk für Sie.» Sie hämmert den
Hörer in die Gabel. Dann sinkt sie, schwer atmend, am Glas
hinab zu Boden.

Roberto hustete.

«Erkältet?»

«Ein bißchen.»

Gilda lachte spöttisch. «Damals warst du noch kräftiger. Es
war arschkalt. Und du hast da eine halbe Stunde gelegen.»

Roberto sah sie an.

«Keinen Mucks hast du gemacht.» Gilda wandte sich um,
zum Nachttisch. Sie trank einen Schluck Cognac.

Roberto starrte auf ihren Rücken. Die Leberflecke da. Ver-
binden Sie die Punkte eins bis fünfundvierzig.

«Eigentlich wollte sie dich abtreiben.»

«Was?»

«Hannah.» Gilda sprach immer noch zur Wand. «Sie wollte
dich abtreiben.»

«Das … glaube ich nicht.»

«Wieso nicht?» Gilda wälzte sich zu ihm herum. Ein Anflug
von Geringschätzung klang jetzt aus ihrer Stimme. «Sie war
schließlich deine Mutter. Das hast du doch jetzt wenigstens kapiert. Sie war deine Mutter. Was meinst du, wie oft so was passiert. Da ist was Kleines im Anmarsch, und das stört. Also wird's

weggemacht. Meist ist es ja auch wirklich besser so. Für alle Beteiligten. Wenn ich mich so umseh in der Welt.»

«Und», Robertos Hand glitt fahrig über sein Schlüsselbein, seinen Hals. «Wieso konnte sie nicht …? Wieso konnten sie nicht …?»

«Das will ich dir sagen, wieso sie nicht konnte.» Ihre Augenbrauen zuckten. «Dein Vater war zwar potent wie ein Esel.» Sie grinste. «Aber er war auch steril wie ein Maultier. Verstehst du? Er konnte sich nicht fortpflanzen. Alfred ist nicht dein Vater. Und er wußte auch, daß er niemandes Vater sein konnte.» Gildas Blick glitt in eine unbestimmte Ferne. «Unsere Mutter», sagte sie. «Deine Oma. Die war schon drauf und dran. Die hatte schon die Stricknadeln bereitgelegt.»

«Stricknadeln?»

«Oma war Engelmacherin, wußtest du das nicht?»

«Engelmacherin? Du meinst, sie hat …?»

(Eine blendendweiße Eule, die aus dem nachtschwarzen Himmel auf ihn zugestürzt kommt, mit weit gespreizten Flügeln und mit starren großen Augen, die Krallen ausgestreckt. Die Krallen, die ihn packen. Und dann der harte Schnabel …)

«Abgetrieben. Einer mußte es ja machen. Früher. Als die Zeiten schlecht waren. In den Zwanzigern hat sie's gemacht, in den Dreißigern. Einer mußte es ja machen, und sie hat's wenigstens gut gemacht, heißt es. Na, hat sie nicht davon abgehalten, uns zu kriegen. Mich und deine Mutter. Hmh.» Sie zuckte mit den Schultern. «Wer weiß, vielleicht waren wir ja noch mehr.»

«Hat sie … Hast du auch schon mal …»

«Weil ich keine Kinder hab, meinst du? Nein. Ich nicht. Ich würde das nicht tun. Niemals. Auch jetzt nicht, wo man Ärzte hat und alles. Damals, da war das noch was anderes. Ist noch gar nicht so lange her. Da mußte man sich halt selber helfen. Nein, nein.» Sie schüttelte den Kopf. «Ich hab einfach immer Pech gehabt. Klappt alles nicht so gut bei mir.»

Roberto starrte an die Decke. «Und das, was da unter dem Apfelbaum ist, bei Oma im Garten. Ist das ein abgetriebenes Kind?»

«Das? Nein. Das bist du.»

«Ich?»

«Deine Nachgeburt ist es. Kennst du nicht den Brauch? Daß man da einen Baum drauf pflanzt?»

Robertos Kopf bewegte sich langsam hin und her. «Und du», sagte er. «Du hast es die ganze Zeit über gewußt.»

«Hätt ich's sagen sollen? Ich bin doch nicht blöd. Der Plan war gut. Und immerhin: Du bist geboren worden, oder etwa nicht? Du hattest eine Familie. Oder etwa nicht?»

Roberto schwieg. Lange Zeit. Dann sagte er: «Und wer hat den Baum da draufgepflanzt?»

«Ich weiß nicht. Alfred?»

«Vielleicht.»

«Gott, er war ein guter Kerl. Ich würd's ihm zutrauen. Ich meine, wenn er es war, muß er es getan haben, obwohl er es wußte. Daß Hannah rumgefickt hat.» Sie sah ihn an, als sei ihr das Wort so rausgeschlüpft. Aber sie war keine gute Schauspielerin. «Entschuldigung», sagte sie.

Roberto schwieg. Er war weiß im Gesicht. «Die Abtreibung», sagte er. Seine Stimme kratzte. «Was war damit?»

«Ah, ja.» Sie schenkte sich noch einen ein. «Für dich war das ziemlich knapp, damals. Hannah war schon abgefüllt, völlig besoffen. Zur Betäubung, weißt du? Wir hatten alles vorbereitet, sie lag auf dem Küchentisch. Zweiter oder dritter Monat. Aber dann hat sie angefangen zu heulen. Und dann hab ich gesagt: ‹Halt! Wir überlegen uns jetzt mal was anderes.›» Gilda rieb sich die Stirn, fuhr mit den Fingern durch ihre roten Haare. Sie sah Roberto an. «Ich», sagte sie. «Das ist jetzt, wo ich mich so dran erinnere …» Sie rieb sich die Augen. Dann riß sie sich wieder zusammen. Sie stürzte einen Schluck hinunter. «Ich seh's noch wie gestern. ‹Das Balg muß weg›, hat deine Oma gesagt. Meine

Mutter. Hannah hat geheult und geschrien. Und Mutter immer: ‹Heul nicht. Das Balg muß weg.›»

«Ich kann nicht!» heulte Hannah. Sie hockte auf dem Tisch und hatte ihr Gesicht in den Händen vergraben.

«Natürlich kannst du, meine Kleine», sagte ihre Mutter. Sie hatte damals noch kein violettes Haar. Grau mit ein bißchen Braun drin.

«Ich kann aber nicht! Wenn ich nun mal nicht kann!»

«Was meint denn der Vater dazu?» fragte Gilda, die eben noch die Handgelenke ihrer Schwester festgehalten hatte. Gilda war jünger als Hannah, aber sie war resolut.

Hannahs Kopf pendelte unsicher hin und her. Sie stöhnte. «Ich glaub, ich muß kotz–» Und prompt mit der letzten Silbe klatschte ein Schwall des Rums, den sie ihr eingetrichtert hatten, auf den Küchenboden.

«Halt ihren Kopf fest», befahl die Mutter. Sie holte eilig einen Waschzuber und stellte ihn auf das Erbrochene. Der nächste Schwall traf mit blechernem Geräusch in den Zuber.

«Was meint denn der Vater dazu?» fragte Gilda noch einmal, als ihre Schwester den letzten Rest ihrer Galle aus dem Leib gewürgt hatte.

«Der Vater hat damit nichts zu tun», lallte Hannah erschöpft. Ihre Stimme war heiser. Speichel hing ihr am Mundwinkel. «Das ist allein meine Sache. Habt ihr das jetzt endlich kapiert?»

«Gut, gut.» Gilda nagte an ihrer Unterlippe. «Dann laßt uns mal überlegen. Willst du das Kind nun haben oder nicht?»

«Ja. Nein», klagte Hannah elend. «Ich weiß nicht.»

«O Gott.» Gilda schüttelte den Kopf. Sie drückte ihr Kinn mit Daumen und Zeigefinger. Dann, plötzlich, leuchtete ihr Gesicht auf. «Ich hab's! Ja. Ja.» Sie sah ihre Schwester an, nickte immer wieder. «Ja. Doch. So müßte es gehen.»

«Was, was?» fuhr die Mutter dazwischen. «Wir machen eine

saubere Abtreibung. Da ist überhaupt nichts dabei. Dein Mann ist steril, das ist amtlich. Wie sollte er Vater eines Kindes werden?»

«Sei doch mal ruhig, Mama!» Gilda stampfte wütend auf. «Seid mal beide ruhig und hört mal zu.»

Und sie erzählte ihren Plan. Es war ein guter Plan. Ein schöner Plan. Es war wie in einem dieser Filme. Und Gilda liebte Filme. Sie hatte gerade ihren Ami kennengelernt, Gordon, und wollte nichts wissen von Tragödien. Sie wollte Märchen mit Happy-End. Amerikanische Märchen von Walt Disney. Das Kind würde im Winter kommen, dachte sie. Schneeflocken, wie schön. Der Schnee würde passen. Sternschnuppen vielleicht. Der Mond.

Gilda erzählte also ihren Plan, und nach anfänglichem Sträuben dachte auch ihre Mutter, er könnte klappen. «Wenn man sorgfältig plant.» Ein Korsett sei wichtig. Und Alfred dürfe sie nicht nackt sehen, in den letzten Monaten.

«Du streitest dich am besten mit ihm. Schläfst nicht mehr mit ihm, okay.»

«Er darf dich nicht nackt sehen.»

«Na ja, viel sieht man sowieso nicht, oft.»

«Du sagst, du bist krank, Migräne oder was Ansteckendes. Die letzte Zeit wohnst du hier, bei unserer Mutter. Um ganz sicherzugehen. Wenn das Baby da ist, stillst du es und alles. Du wirst natürlich fix und fertig sein, nach der Geburt. Du sagst, du bist krank, irgendwas. Einen Monat oder so. Abends kannst du dann danach auch wieder nach Hause gehen, und wir kümmern uns darum. Wenn du es zu Hause weiter stillst, dann sagen wir was von einem Hebammentrick. Mama. Du warst Hebamme, okay?»

«Ich war Engelmacherin, das ist das Gegenteil.»

«Nach der Niederkunft deiner Tochter wirst du Hebamme gewesen sein. Ein Hebammentrick. Männer sind ja so dämlich. Der wird dir das abnehmen.»

«Oder du nimmst so eine Absaugpumpe und stillst ihn mit der Flasche. Geht auch.»

Einen Moment herrschte Stille. Dann Gilda: «Sag mal, Hannah, Alfred ... wünscht er sich eigentlich Kinder? Ich meine, wenn er könnte.»

Hannah flüsterte: «Ich ... Ich weiß nicht. Ich glaube ja.»

«Na, bestens.»

Und so, gutwillig getäuscht, wurde Alfred Dillinger also doch noch Vater. Das Geschenk, das er an jenem arktisch kalten Winterabend auf seiner Schwelle fand, nahm er hinein zu sich, wie wir wissen. Hinein in die Wärme seines Hauses, in die Wärme seiner Arme und in die Wärme seines damals noch so warmen Herzens.

Roberto schwieg sehr lange. Dann, irgendwann, schlief Gilda ein. Er weckte sie. «Du mußt jetzt gehen.»

Sie sah sich im ersten Moment verwirrt um, als wüßte sie nicht, wo sie sich befand. Dann sagte sie: «Natürlich.»

«Ich ruf dir ein Taxi.»

«Gut.»

Schließlich, an der Tür: «Schlaf gut.»

«Ja, du auch.»

Das Taxi tuckerte am Straßenrand.

«Und», Roberto sah zu Boden, «danke.»

«Wofür?»

Sein Blick kam hoch. «Für mein Leben.»

«Ach, dafür.» Gilda nickte, kaum merklich. «Nichts zu danken.» Ohne sich noch einmal umzudrehen, ging sie über den Plattenweg durch den Vorgarten, stieg ins Taxi und fuhr davon.

Roberto schloß die Haustür, lehnte sich mit der Schulter dagegen, als sei er erschöpft. Oder als wollte er etwas am Eindringen hindern. Über die Jahre hatte Roberto Dillinger sich eingesponnen in seinen Kokon. Das Leben war an ihm abgeperlt, und auch die Herausforderung. Er hatte die Träume und Hoffnungen seiner Kindheit vergessen. Er hatte sich selbst verleugnet. Hatte eine Art Nichtdasein praktiziert. Ein Aus-der-Welt-verschwunden-Sein. Er hatte Angst gehabt.

Doch nun ... Roberto löste sich von der Tür, ging nachdenklich durch den Flur.

Vielleicht war es noch nicht zu spät.

Er ließ sich in den Lehnstuhl sinken, in dem vor Jahren Alfred Dillinger gesessen hatte. Die alten Federn knarrten unter dem Polster, und für einen kurzen Moment durchströmte ein ruhiges Gefühl der Befriedigung Robertos Seele.

Hannah Dillinger war seine Mutter.

Es wunderte ihn, daß er keine Überraschung fühlte. Er mußte es gespürt haben, irgendwie. Er hatte seine Mutter gefunden. Er hatte eine Mutter gehabt. Eine wirkliche Mutter.

(Eine Mutter, die starb, durch seine Schuld.)

Und er wußte jetzt, wer sein Erzeuger war, sein wahrer Vater. Der Große Ubaldo. Irvim Ubaldo Moreira. Ein Mann, der seinem Sohn nichts gegeben hatte als das nackte Leben selbst, und – zweimal – einen Blick.

Roberto nagte an seinem Daumennagel.

Alaya Moreira. Sie wußte nicht, daß sie einen Halbbruder hatte. Sie hatte Roberto nie zu Gesicht bekommen. Sie wußte nicht einmal von seiner Existenz. Ihr gemeinsamer Vater hatte ihr sicher nichts erzählt. Der Große Ubaldo war ein Mann gewesen mit einem Herzen aus Stein. Nichts hatte er seinem Sohn mitgegeben als Gleichgültigkeit und Zurückweisung. Wut stieg in Roberto auf. Aber, dachte er, da gab es etwas. Das würde er sich nehmen. Sein Vater war im Leben nicht gewillt gewesen, zu ihm zu stehen, ihm zu helfen. Nun, dachte Roberto, und sein Herz wurde diamantenhart. Dann eben im Tode.

Oder?

Robertos Gedanken verwirrten sich. Oder wurde er jetzt wahnsinnig? Verkraftete er die Wahrheit nicht und die Möglichkeiten, die sie barg? Sollte er die Dinge auf sich beruhen lassen, sein Leben weiterführen wie bisher? Sollte er altern? Erkranken an einer dieser psychosomatischen Krankheiten, vor denen ihn sein Arzt ständig warnte, wenn er sein freudloses Dasein fortsetzte? Sterben? Robertos Finger trommelten gegen die Flanken des Lehnstuhls. Plötzlicher Selbstekel überkam ihn, ein Gefühl, das ihm vertraut geworden war in den letzten Jahren. Wer war er schon? Ein erfolgloser Leichenbestatter, einsam, noch jugendlich, noch gutaussehend, ja. Aber wie lange noch? Er war dreißig. Er hatte seinen Spaß gehabt, wie man so sagte, aber das war nun schon einige Jahre her. Jetzt, jetzt passierte nichts mehr. Sein Leben war leer. Wer interessierte sich schon für einen wie ihn? War er nicht das personifizierte Nichtleben? War er nicht der Tod? Er, Roberto Dillinger, der Tod?

Er lachte heiser.

Das würde jetzt ein Ende haben. Das Nichtleben. Das Nichtdasein. Der Tod starb, und wenn der Tod stirbt, entsteht Leben. Roberto ballte seine Hände zu Fäusten. Ja, dachte er. Er gestattete sich zu fühlen, zum erstenmal seit vielen Jahren. Er gestattete sich, zu hassen und zu lieben. Er fühlte, wie das Leben überreichlich in ihn strömte. Wie aus einem Wasserfall. Wie aus sieben Wasserfällen. Ja. Er würde seine Liebe erobern, die er an Zeit und Raum verloren hatte. Er würde das tun, wovor er Angst gehabt hatte, all die Jahre. Er würde leben.

Drittes Buch

Was auf dem Schiff geschah

Aber sie ging. Es war der letzte Abend vor Salvador, und sie ging. Ihre Absätze klackten, sie sagte «Boa noite» und war weg.

Robertos Glas war noch halb voll. Er leerte es. Es schmeckte schal. Mußte ja.

Er war der letzte Gast. Nur der Barmann hing noch verschlafen hinterm Tresen. Er hatte ledrige Haut und einen glänzenden, haarlosen Schädel. Roberto kletterte von seinem Hocker. Das Gesicht des Barmanns hellte sich auf.

«Você tem um cigarro por mim?» fragte Roberto. Es verlangte ihn nach Nikotin, das erste Mal seit Jahren.

Der Mann nickte. Er holte eine Packung «Hollywood» unter dem Tresen hervor. «Olliudschi», erklärte er Roberto die korrekte Aussprache.

«Danke.» Roberto zwang sich zu einem Lächeln. Eine Handvoll Trinkgeld, dann schwankte er unter Deck, zurück in den stickigen Sarg seiner Kabine. Eine Treppe, zwei Treppen, drei Treppen, vier Treppen. Nachdem er die Tür hinter sich zugesperrt hatte, bemerkte er, daß er kein Feuer hatte. Wahrscheinlich besser. Der Rauch hätte ihn erstickt. Er riß sich die Sachen vom Leib, ließ sie zu Boden fallen und wälzte sich auf die dünne Matratze. Der Ventilator drehte sich surrend von einer Seite auf die andere und blies fettige, feuchte Luft über seinen Körper. Entweder bekam man eine Lungenentzündung, oder man erstickte. So war das hier. Er hatte schlecht geschlafen in den letzten fünf Tagen. Er war nervös gewesen. Die Enge der Kabine hatte ihn zeitweise in Panik versetzt, er hatte bei Licht geschlafen. Jetzt schaltete er die Lampe aus. Du bist doch kein Kleinkind mehr. Die Innenkabine hatte keine Fenster, und es war dunkel wie auf dem Grund des Meeres.

War es doch ein Fehler gewesen, Alaya zu folgen? Er war sich so sicher gewesen. Zum erstenmal seit seiner Kindheit hatte er sich vom Schicksal geleitet gefühlt. Stark hatte er sich gefühlt, ein Werkzeug der Götter. Der Realisator eines Großen Plans. Alles nur Illusion?

Nachdem Gildas Taxi weggefahren war, hatte er zunächst im Wohnzimmer gesessen und versucht, zu verstehen, was anders geworden war an jenem Tag. Er war zu dem Schluß gekommen, daß die ganze Welt anders geworden war. Nichts war so wie vorher. Und auch er, in dieser Welt, war nicht so wie vorher. Angetrieben von einem längst vergessenen Gefühl des Mutes und der Hoffnung, hatte er seinen Sonia-Kraal-Ordner aus dem Schlafzimmer geholt. Er verwahrte ihre Gedichte darin, und die Geschichten, die sie in der Schülerzeitung veröffentlicht hatte. Ein paar Fotos. Und zuoberst einen Fetzen Packpapier. Einen Fetzen Packpapier mit einer Briefmarke aus Brasilien darauf, und mit einem Poststempel. Der Stempel war sauber und lesbar. «Sete Cascatas» stand da. Sieben Wasserfälle. Welch zauberischer Name!

Beim dritten Paket endlich hatte es also geklappt. Roberto hatte auf den Stempel gestarrt, dessen Datum bereits zwei Jahre zurücklag, und er hatte vor seinem geistigen Auge genau die Landkarte vor sich gesehen, auf die er so oft in sehnsüchtiger Angst geblickt hatte, in den letzten Jahren. Brasilien. Der Ortsname war lesbar gewesen, endlich. Er trug einen schönen Namen, der Ort, an dem sich Sonia aufhielt. Und er war nicht allzu groß. Er würde sie finden. Ja, er würde sie finden, in Sete Cascatas.

(«Man muß tun, wovor man Angst hat.»)

Er würde sie finden, in der Weite. Und diesmal würde er sie an sich binden. Er hatte eine Ahnung, daß er ausbrechen könnte, aus dem Schacht, den er entlangkroch. Ausbrechen könnte aus

dem Sarg, in dem er sich selbst oft liegen sah, wie damals als
Kind. (Die hohen, dunklen Wände.) Ausbrechen könnte in die
Weite …

Für einen furchtbaren Moment glaubte Roberto, er sei lebendig
begraben. Er schreckte hoch und stieß sich den Kopf an dem
Stahlrahmen über seiner Koje. Er mußte eingeschlafen sein. Er
hatte Feuchtigkeit gespürt, und er hatte irgendwas geträumt,
von Grundwasser, das in seinen Sarg drang.

Es war nur Schweiß. Er war schweißgebadet. Ein kleiner See
hatte sich in seinem Bauchnabel gebildet. Wieviel Uhr mochte es
sein? Der digitale Reisewecker zeigte 88:88. Zu spät, wie es
schien. Es war kein Laut zu hören. Nicht die nörgelnde Stimme
der Frau aus der Kabine neben ihm, nicht die schlurfenden
Schritte vom Gang. Nur das Stampfen der Maschinen, das leise
Zittern, das in jeder Schraube lebte, in jedem Zoll eines jeden
Gegenstands auf dem Schiff. Die riesigen Maschinen, die hinter
verriegelten eisernen Türen keuchten, den rostenden, leuchtenden Leib des stählernen Ungetüms weiterstießen, fort in die ge-
waltige Schwärze, ins Dunkel des Wassers und der Nacht.

Er schaltete die Lampe über dem Bett ein. Neonlicht, durch
einen Schirm aus Plastik zu einem blassen Gelb gedämpft. Seine
Füße schwangen auf den Boden, der nicht kühl war, sondern
klebrig warm. Raus hier. Er brauchte Luft, Wind! Er mußte die
Weite des Atlantiks sehen.

Draußen war kein Mensch. Alles schlief bereits. Nur auf der
Brücke brannte Licht, wo die paar Mann, die diese Stadt aus
Stahl durch den Atlantik lenkten, ihre Zigaretten rauchten. Roberto schob sich auch eine zwischen die Lippen. Ein lauer Wind
strich böig um sein Haar. Das Promenierdeck lag im Dunkeln.
So, in der Einsamkeit der Nacht, wirkte die vertraute Umgebung
seltsam fremd. Wie das Modell eines Schiffsdecks. Nachgebaut
von Außerirdischen, als Anschauungsobjekt.

Roberto sog die tropisch-warme Luft in seine Lungen. Sein

Blick glitt über die erstarrten Formen. Nichts rührte sich. Es schien, als sei alles zu ewigem Stillstand verdammt. Die Stahlplanken, die Deckchairs, Rettungsringe, die abgedeckten Boote an ihren Aufhängungen. Alles war wie aus einem einzigen, riesigen Betonblock gegossen.

Er beugte sich über die Reling, und die Wellen, die der Schiffsrumpf aufwarf, sprühten silbern im Mondlicht. Roberto hing seinen Gedanken nach. Noch einmal ließ er Revue passieren, was vor wenigen Stunden im Speisesaal begonnen hatte. Er war charmant gewesen, witzig. Er hatte sich selbst übertroffen. Aber es hatte nicht gereicht. Dabei hatte es sich so gut angelassen.

Alaya Moreira war direkt auf den Tresen zugesteuert, an dem Roberto gesessen hatte. Sie trug ein schlichtes schwarzes Kleid, das ihre sehnige Figur zur Geltung brachte. Energische Muskeln spielten unter der Haut ihrer Schenkel und auch an ihrem Kiefer. Sie hatte kleine, aber feste Brüste. «Boa tarde», hatte sie gesagt und sich neben ihn gesetzt. Sie hatte nicht gefragt, ob der Platz frei sei, oder so was.

Roberto hatte genickt, mit einem halben Lächeln, und sich wieder seiner Caipirinha zugewandt. Die Oberfläche des Cocktails schwappte im Rhythmus der Wellen nach links und rechts. Er kannte diesen Rhythmus inzwischen, er war gleichbleibend, seit sie aus dem Hafen von Lissabon in den offenen Atlantik hinausgefahren waren.

Die «Estrela do Mar» war fünf Tage zuvor ausgelaufen und schob sich nun schäumend durch die tropische Nacht. Ihr Bug, der den Atlantik zerteilte, wies nach Südwest. Sie hielten Kurs auf Salvador, auch Bahia genannt, die Stadt, die an der Bahia de Todos os Santos liegt, an der Bucht aller Heiligen. Salvador do Bahia, die alte Hauptstadt des großen, dunklen Landes Brasilien. Bevölkert von großen dunklen Menschen, die außer allen Heiligen auch die dunklen Mächte anbeten.

«Was denken Sie, weshalb ich mich hier hingesetzt habe?» hatte sie plötzlich auf portugiesisch gefragt.

«Äh, bitte?»

«Weshalb…» Alaya Moreira hob die Augenbrauen. Ihr Kopf neigte sich Roberto zu, die Hände lagen auf dem Tresen vor ihr, als hielte sie darunter ein kleines Tier verborgen. «Weshalb, meinen Sie, habe ich mich gerade neben Sie gesetzt?»

«Oh. Ich weiß nicht.» Roberto zwang sich ein Lächeln ins Gesicht. Er machte eine vage Geste über die etwa zwei Dutzend leeren Barhocker hinweg. «War sonst nichts frei?»

Sie sah ihn durchdringend an, mit ihren glitzernden Augen, offenbar nicht geneigt, auf seinen Scherz einzugehen. Der Barmann erschien und nickte Alaya Moreira zu. «Pois nao?» Roberto wunderte sich einmal mehr über diesen Ausdruck. Korrekt übersetzt bedeutete er: «Dann nicht?» Aber Brasilianer verstehen: «Sie wünschen?» oder etwas Ähnliches. Alaya Moreira bestellte ein Mineralwasser.

«Ich habe mich hier neben Sie gesetzt…» sagte sie über den Rand des Glases hinweg. Sie wartete eine Sekunde, bevor sie fortfuhr. Eine Sekunde, in der sie ihn ihre Verachtung spüren ließ. «…weil mir der Zahlmeister gesagt hat, daß Sie sich nach mir erkundigt haben.»

Roberto erstarrte. «Ich…» begann er. Weiter kam er nicht.

«Wenn Sie etwas von mir wissen wollten, weshalb haben Sie mich nicht selbst gefragt?» Sie sah Roberto aus zusammengekniffenen Augen an. Der Blick drang eiskalt und ziehend durch seine Pupillen, direkt bis ins Rückenmark.

«Wie hätte ich das tun sollen?» Roberto hustete. Ihm war heiß und kalt zugleich. Er spreizte die Finger. «Seit der Abfahrt hat Sie niemand mehr hier an Bord gesehen. Waren Sie seekrank?»

Abermals überhörte sie seine Ausflüchte. «Wieso haben Sie sich über mich erkundigt?»

Roberto seufzte, zuckte mit den Schultern. «Ich…» stammelte er. «Sie… Sie gefallen mir. Halt!» Seine Hand schoß in die Höhe. «Falsches Wort!» Er sah ihr direkt in die schwarzen

Augen. «Sie faszinieren mich», sagte er, halb entschuldigend. «Das trifft es besser.»

Sie musterte ihn, ein erstes, vages Lächeln umspielte ihre Lippen.

«Hören Sie, so eine Seefahrt ist öde», erklärte Roberto. Er faßte Mut. «Ich hab Sie kurz vor der Abfahrt gesehen, als Sie an Bord gekommen sind. Ich hab mich schon darauf gefreut, Sie kennenzulernen. Aber: Pustekuchen. Nichts mehr von Ihnen zu sehen. Seit fünf Tagen. Seit fünf Tagen sitze ich abends hier allein und probiere die Cocktailkarte durch.» Er wedelte mit der Karte. «So sieht's aus. Zufrieden?» Er nahm sein Glas, prostete ihr zu und ließ sich den Inhalt anschaulich die Kehle hinabrinnen.

Alaya Moreira lächelte. Sie war schon aufgetaut. Roberto kannte das. Er hatte viel mit Angehörigen zu tun, und er erspürte stets jede Nuance ihrer Trauer. Alle sehnten sich danach, Vertrauen in ihn, Herrn Dillinger, zu fassen. Nicht wenige sehnten sich danach, aufgemuntert zu werden. Roberto hatte es bis zur Perfektion gelernt, all diesen Wünschen zu folgen. Man drückte Knöpfe, so einfach war das.

«Nun», sagte Alaya zögernd, die Stimme schon eine Nuance wärmer. Dann entschied sie sich zu einem koketten Lachen. «Jetzt sehen Sie etwas von mir.» Sie machte ein Hohlkreuz und setzte sich in Positur.

«Und dafür», Roberto bleckte die Zähne, «werde ich Ihnen ewig dankbar sein.» Er drehte sich nach dem Barmann um, sah ihn jedoch nicht.

«Sie sprechen gut Portugiesisch», sagte Alaya. «Wo haben Sie das gelernt?»

«Jetzt horchen Sie mich aus.»

«Ich interessiere mich für Menschen, die sich für mich interessieren.»

Roberto zuckte mit den Schultern. «Dann müßte Sie die gesamte männliche Passagierliste des Schiffes interessieren.»

Alaya quittierte dies neue Kompliment mit einem kurzen Lächeln. Sie nahm sich eine Zigarette aus einer silbernen Schachtel, die sie irgendwo hervorgeholt hatte. «Rauchen Sie?»

Roberto schüttelte den Kopf. «Selten.»

Sie zündete sich die Zigarette an und inhalierte tief. Ein Rauchring quoll aus ihrem Mund, zerfaserte. Sie sah ihn an dabei, taxierend. Roberto hielt dem Blick stand, bemerkte zunehmend irritiert, wie das Lächeln aus ihrem Gesicht verschwand, wie ihr Focus sich veränderte, bis ihr Blick durch ihn hindurchging wie durch Glas.

Er fummelte mit seinen Händen unbehaglich auf dem Tisch herum. Er brauchte noch einen Drink, um locker zu bleiben. «Ist es bei Ihnen auch die Flugangst?» fragte er endlich. «Oder weshalb fahren Sie mit dem Schiff?»

Sie sah ihn weiter auf diese merkwürdige Weise an. Sie schien seine Worte überhaupt nicht zu registrieren. Als sähe sie in einen Fernseher, nachdem sie den Ton abgedreht hatte. Sie hätte sich dabei die Nägel lackieren oder wer weiß was tun können. Ein winziger Nerv zuckte an ihrem Mundwinkel, als sie endlich antwortete: «Ja.»

«Was?»

«Flugangst. Ja.»

«Ach so.» Roberto lachte nervös. Erst jetzt fiel ihm auf, daß ihre Pupillen groß waren wie Zehnpfennigstücke. Er fragte sich mit einemmal, ob sie Drogen nahm oder ob sie verrückt war.

«Und Sie?» Alaya Moreira nickte Roberto zu. «Sind Sie auf Schatzsuche oder auf Kaperfahrt?»

«Ich bin mir noch nicht sicher.» Er kratzte sich den Handrücken, setzte ein aufgeräumtes Gesicht auf. «Wir, äh, Freibeuter der Meere, wissen Sie, wir sind unberechenbar in unseren Entscheidungen.»

«Aha.» Sie hob amüsiert die Brauen. «Nun, ich hoffe, Sie treffen die richtige Entscheidung.»

«Das, äh, hoffe ich auch.» Endlich trat der Barmann in sein

Blickfeld. Er machte ihm ein Zeichen, zwei Finger. «Darf ich Sie zu einem Cocktail einladen?»

Er durfte.

Als die Drinks da waren, prosteten sie sich zu, tranken, und endlich entspann sich eine unverkrampfte Unterhaltung.

Dann sprachen sie über die Tsantsas.

«Meine Mutter war Indianerin», sagte Alaya. Roberto hatte sich als Deutscher zu erkennen gegeben.

«Vom Amazonas?» fragte er.

«Von den Quellen. Sie stammte aus Ecuador. Sie war eine Jivaro.»

«Jivaro? Das habe ich doch schon einmal gehört.»

«Der Stamm wurde berühmt wegen der Tsantsas, die er herstellte.»

«Tsantsas?» Roberto stocherte in seiner Caipirinha herum. «Was ist das?»

«Tsantsas sind Schrumpfköpfe. Man hofft, durch sie die Kraft des Getöteten in sich aufzunehmen.»

«Oh, Schrumpfköpfe. Ich hab mal einen gesehen. Ich erinnere mich noch an das schöne, lange Haar. Sie haben immer langes Haar, nicht?»

Alaya nickte. Sie strich sich eine Locke ihres eigenen schimmernden Haars aus der Stirn. «Das Haar wächst nach dem Tod weiter.»

Roberto wußte das nur zu gut. «Die Fingernägel auch», sagte er.

Alaya zerdrückte die Limonenstücke in ihrem Glas. «Die Jivaro glauben, daß sich die Seele des Toten im Haar befindet», sagte sie. «Deshalb verwenden sie viel Sorgfalt auf die Haarpflege ihrer Trophäen.» Ihr Blick kam hoch. «Sie haben schönes Haar, übrigens.»

«Ach!» Roberto machte eine abwertende Geste. «Aber eine schwarze Seele.» Er lachte gezwungen. «Ihr Haar dagegen ist geradezu eine Offenbarung.»

«Danke.» Sie lächelte ihn an, dann verschwamm ihr Blick, trieb über ihn hinweg. Wieder schien sie sich in der Unendlichkeit zu verlieren.

Mit einem Räuspern holte Roberto sie in die Welt zurück. «Was ist eigentlich in den Köpfen drin?» fragte er. «Sie sind doch nur faustgroß. Sind sie ausgestopft?»

Sie schüttelte den Kopf. «Normalerweise nicht. Sie sind hohl.»

«Hohlköpfe», sagte Roberto. (Er dachte: Hohlkopfo, Schwachkopfo.)

«Oder sie sind mit Sand gefüllt. Saúde.» Der Kellner hatte neue Drinks gebracht. Sie prosteten sich zu. «Hirn und Schädelknochen werden vorher entfernt.» Sie leckte sich ein Stück Limone von den Lippen. «Erst trennt man natürlich den Kopf vom Körper. Möglichst dicht an Rumpf und Schultern.»

«Ah. Damit man genug Haut hat, um unten zuzunähen.»

«Genau.» Sie nickte anerkennend.

«Mit einer Säge?»

«Heutzutage werden auch Sägen benutzt.»

«Heutzutage?»

«Ja. Eine Säge ist praktischer als ein Messer.»

«Zweifellos … Und wie bringt man den Kopf zum Schrumpfen?»

«Er wird in Pflanzensäften gekocht. Dann füllt man ihn mit heißem Sand, bis er etwa Faustgröße erreicht.»

«Er wird sozusagen gedörrt.»

«So könnte man sagen. Zum Schluß werden Lider und Lippen vernäht.»

«Eigentlich eine recht grausame Sitte.»

Alaya schüttelte langsam den Kopf. «Es ist nicht grausam. Es ist im Gegenteil eine Huldigung an den Getöteten. Vergessen Sie nicht: Man will seine Kraft, seine Seele in sich aufnehmen.»

«Das hört sich an wie Liebe.»

Sie nickte. «Liebe oder Tod.»

«Ich bin mehr für die Liebe», behauptete Roberto.

Alayas Lider senkten sich ganz leicht. «Ich auch.» Dann blickte sie durch das Fenster, das jetzt nur noch leere Tische spiegelte, auf den schwankenden Sternenhimmel draußen. Und dann sah sie ihn an, und fast war es romantisch.

Aber sie war gegangen.

«Gute Nacht», hatte sie gesagt, ihre Absätze hatten geklackt, und sie war gegangen. Die Bilder des Abends verblaßten in Robertos Erinnerung. Seufzend stützte er sich auf die Reling. Das war seine letzte Chance gewesen. Hier, in den einigermaßen überschaubaren Grenzen des Schiffes. Verdammt, er hatte sich schon in ihrer Kabine gesehen! Er löste den Blick von den Wellen, die unter ihm am Rumpf entlang schäumten, und betrachtete die Zigarette, die er immer noch in der Hand hielt. Er steckte sie zwischen seine Lippen, und eine Erinnerung stieg in ihm hoch. Wattezigaretten. Ein Kellereingang. Gockel. Was mochte Gockel wohl jetzt tun? Seit Ewigkeiten hatte er ihn nicht gesehen, seit er in eine andere Stadt gezogen war, um zu studieren. Volkswirtschaft oder so was. Guter alter Gockel ...

Roberto sog an der kalten Zigarette. Alles in ihm sträubte sich, in die Dunkelheit seiner Kabine zurückzukehren. Er stellte sich vor, wie die «Estrela do Mar» auf einen Eisberg auflief oder auf eine Wassermine, die über die Jahre von irgendeinem Krisenherd der Welt hier herübergetrieben war. Der Gang vor seiner Tür würde sich aufrichten, von der Horizontalen in die Vertikale gehen, und am Ende des Ganges, dort, wo «Staff only» stand, würde die Tür von schwarzen Wassermassen aufgesprengt werden. Der Gang würde sich in einen Fahrstuhlschacht verwandeln, aber es würde keinen Fahrstuhl geben. Nackte, schreiende Menschen würden aus ihren winzigen Kabinen hervorquellen, sich kratzend und schlagend und schreiend und klammernd an den Türpfosten nach oben zu hangeln versuchen. Menschen, die noch am Abend zuvor höfliche Gemeinplätze über Gott und die Welt mit ihm ausgetauscht hatten, würden plötzlich, da Gott und die Welt im Begriff standen, ihnen entrissen zu werden, ihre Fingernägel in sein Fleisch graben, um ihn als lebende Leiter zu benutzen. Frauen, deren nackte Körper ihm unter normalen Umständen verführerisch erschienen wären, würden mit einemmal nur Fleisch darstellen, schreiendes, um sich schlagendes, wütendes, verzweifeltes Fleisch, das ihm den Fluchtweg versperrte. Kleine, zierliche Kinder würden zu unüberwindlichen Knochengebirgen, die ihm die Rückkehr in ein glückliches Leben verwehrten.

(Glückliches Leben?)

Roberto legte den Kopf in den Nacken, sah zum Himmel. Der Mond war fast voll. Auch die Sterne waren von einer Helligkeit, wie er sie nie zuvor gesehen hatte; aus der schwarzen Decke des Firmaments gerissene grelle Löcher, hinter denen lautlos das Inferno brüllte.

Eine Flamme schoß ihm ins Gesicht. Er zuckte zusammen.

«Ihre Zigarette. Ich wollte Ihnen Feuer geben.»

Sie. Er erkannte ihre Stimme, dann, als die gelben Explosionen auf seiner Netzhaut zu grünen Flecken schwanden, sah er ihr Gesicht. Es tanzte und flackerte vor ihm im Licht der Flamme, dann kam es zur Ruhe. Es war schön und ernst.

Er umfaßte ihr Handgelenk, hielt es still, sah sie durch die Flamme hindurch an und inhalierte tief. Ihre Augen waren tiefschwarz. Unter seinen Fingern fühlte er ihre Adern pochen. Erst jetzt ließ er sie los. «Danke.»

Für einen Moment war er ein anderer. Er hatte sich entworfen, für diese Sekunden, als einen Mann, der wußte, was zu tun war. Das Gefühl war berauschend. Ohne jede Angst. Er betrachtete sie.

«Ich konnte nicht schlafen.» Sie stand dicht vor ihm, und er spürte ihren Atem. Das Metall unter seinen Fußsohlen vibrierte vom Stampfen der Motoren. Das Meer rauschte am Eisenrumpf entlang.

Er griff nach ihrer Schulter, drückte sie sanft. Sie legte ihre Hand auf seine. Warm. Ein Zittern durchlief ihren Körper. Dann löste sich die Hand von seiner, suchte Halt an der Reling.

Sie schaute hinunter aufs Meer. Sie sagte etwas. Er verstand nicht. Das Meer rauschte hinauf zu ihr. Was? Sie drehte sich zu ihm um. Ihre Lippen teilten sich. Sie lehnte an der Reling, ihr Duft in der salzigen Luft wie ein kleiner Wimpel, der seine Nase kitzelte. Langsam beugte sie sich hintenüber. Sie reckte die Arme über den Kopf, nach außen. Ihre Brüste hoben sich, und fast nahm er es nicht wahr, wie sie fiel.

Er packte sie um die Hüften.

«Sind Sie verrückt?» stieß er hervor.

Ihr Gesicht schien fahl im Mondlicht. Ihr Mund war schwarz und tief. Sie flüsterte, ruhig, befehlend: «Toma a minha boca.»

Er tat es.

«Nimm meinen Mund.»

Er tat es wieder …

Vor ihrer Kabine hielt sie ihn fest. Sie krallte ihre Finger in seine Brust. Ihre Augen waren die Augen eines Kindes. «Wenn du mich jetzt liebst», flüsterte sie, «dann mußt du mich immer lieben.»

Roberto nickte.

Dann schloß sie auf. Ein Luftzug sang, und es war ihm, als träten sie in einen Tempel. Der Mond stieß silbern durch die Bullaugen.

Sie hatte den Kopf auf seinen Arm gelegt, und er fühlte ihre Hand auf seinem Bauch. Ihr Atem ging ruhig und gleichmäßig. Ihr Körper glitzerte vom Schweiß. Es roch nach Sex. Das sanfte Auf und Nieder des Meeres ließ ihren Kopf kaum merklich auf seinem Bizeps hin- und herrutschen. Er schob die Sektflasche beiseite und sah auf die Uhr, die grün auf dem Nachttisch glomm. Halb vier. Die Schatten, die das Mondlicht warf, wanderten im Rhythmus der Wellen, breiteten sich aus und zogen sich wieder in sich selbst zurück, als wären sie pulsierende, atmende Wesen. Sanft zog Roberto seinen Arm unter dem Kopf der Frau hervor. Er fühlte keine Schuld. Seltsam ...

Er nahm ein Kissen und schob es vorsichtig unter ihren Nakken. Sie war jetzt noch schöner, mit zerwühltem Haar und mit geschlossenen Augen. Roberto streichelte ihre Wange, ihren Mund, aus dem ein feiner Speichelfaden troff, der im Luftzug ihres Atems zitterte.

«Alaya?» sagte Roberto leise.

Ihr Atem ging unverändert.

«Alaya?» Lauter diesmal. «Schläfst du?»

Keine Reaktion. Sie schlief tief und fest. Aber Roberto mußte sichergehen. Er faßte mit dem Daumen auf ihr Augenlid, schob es hoch. Die Iris zuckte. Nach oben in den Kopf hinein gedreht, sah Roberto nur ihren unteren Rand. Er hatte das schon oft getan, mit Leichen. Aber man fühlte sich sicherer einer Leiche gegenüber.

Mit Halbschwestern war das anders. Besonders, wenn man gerade mit ihnen geschlafen hatte.

Er langte nach dem Wecker, stellte ihn auf Alarm. Das Geräusch war durchdringend. Alaya lag weiter unbewegt auf dem Laken. Er schaltete den Alarm aus und stellt den Wecker zurück auf den Nachttisch.

Gut.

Er sah sich um, im Zwielicht. Es gab Türen zu zwei weiteren Räumen. Roberto setzte sich auf. Alayas Arm, der auf seiner Brust gelastet hatte, fiel reglos aufs Laken. Seine Augen glitten über ihren ebenmäßigen Körper. Fast hätte sie ihn sein Ziel aus den Augen verlieren lassen ...

Doch jetzt genug davon. Er schwang seine Füße auf den Boden. Eine Bettfeder knarrte. Er hielt inne. Alaya bewegte sich nicht. Vorsichtig löste er sein Gewicht von der Matratze und schritt barfuß über den Veloursteppich auf die linke der beiden Türen zu. Sie führte ins Badezimmer. Ein Waschbecken, Toilette, Naßzelle, auf engstem Raum. Er probierte die zweite, eine Schiebetür. Dahinter lag eine Art kombinierter Gepäck- und Umkleideraum. Etwas größer als das Bad, mit einem verspiegelten Wandschrank.

Roberto öffnete den Schrank. Ein paar Kleider hingen darin, und unter ihren Säumen lag ein großer schwarzer Koffer. Der gleiche Koffer, den sie in Lissabon die Gangway hochgezerrt hatte. Roberto erinnerte sich, daß ein älterer Herr ihr beim Tragen behilflich sein wollte. Sie hatte die Hilfe abgelehnt.

Roberto zog den Koffer aus dem Schrank. Normales Gewicht, in Anbetracht der Größe. Er drückte auf die Verschlußknöpfe. Nichts tat sich. Natürlich abgeschlossen. Aber irgendwo mußte der Schlüssel sein, und das Schlafmittel gab ihm ausreichend Zeit zum Suchen.

Er fand den Schlüssel in ihrer Brieftasche in der Schublade des Nachttischs. Alayas Position auf dem Bett war unverändert. Wieder im Ankleidezimmer, steckte Roberto den Schlüssel ins Schloß, drehte. Die Verschlüsse schnappten auf.

Zwischen Strümpfen, ein paar Büchern und T-Shirts lagen zwei mit Klebeband zu Paketen verschnürte Plastiktüten. Der Inhalt des einen Pakets war länglich, rechteckig. Das andere hatte eine ovale Form, etwa von der Größe eines Handballs.

Roberto nahm das ovale Paket. Er wog es in den Händen und schüttelte es probehalber. Vorsichtig löste er das Klebeband. Der Gegenstand in der Tüte war in ein violettes Handtuch gewickelt. Eine Vorsichtsmaßnahme, denn der Inhalt war zerbrechlich. Mit zitternden Händen wickelte Roberto das Handtuch ab. Zum Vorschein kam eine Urne. Eine graue Urne aus emailliertem Ton.

(«Seelenfrieden» hieß das Gefäß. Es wurde immer wieder gern genommen, weil es einen verplombten Verschluß hatte. Eine häufig geäußerte Furcht der Hinterbliebenen war, es könne vielleicht nicht alles restlos verbrannt sein. Einmal neugierig gekiebitzt, und man würde einen vertrauten Finger, etwas angekohlt, in der Urne finden, oder wer weiß was. Eine Plombe würde das Kiebitzen erschweren.

Außerdem war es oft genug vorgekommen, daß Diebe die Urnen öffneten, nur um ihre Hoffnung enttäuscht zu sehen, es könnten vielleicht noch ein 24karätiger Ehering oder ein paar Goldfüllungen in der Asche liegen.

Allerdings hatte Roberto schon von geschmolzenem Metall gehört, das sich in den Urnen befunden hatte und das wahrscheinlich von Herzschrittmachern oder metallenen Schädeldecken herrührte. Bei einem Weltkrieg-I-Veteranen, der Ypern und Verdun relativ intakt überstanden hatte (den Verbrennungsofen aber nicht), wurden außer den üblichen etwa vierhundert Gramm Asche noch hundert Gramm Schrapnells in der Urne entdeckt.

Geister- und Aberglaube waren auch weit verbreitet. Meist wollten die Angehörigen ihre Ahnen gut eingesperrt wissen, denn sie waren der Meinung, diese hätten nun genug Unfug auf Erden getrieben und man sollte der Versuchung nicht Vorschub leisten.

Soviel zu den Gründen, weshalb das Modell «Seelenfrieden» – mit verplombtem Verschluß – sehr gefragt war.

Die Kleider in Alayas Schrank schwankten durch den Seegang ganz leicht hin und her. Roberto ließ das Handtuch zu Boden gleiten und strich mit der Hand über das kalte Emaille der Urne. An deren Fuß war eine Plakette aus Edelstahl angebracht. Ein Name darauf. «Irvim Ubaldo Moreira.» Darunter zwei Daten, das obere mit einem Stern, das untere mit einem Kreuz versehen. Roberto lächelte.

Er hielt die Asche seines Vaters in seinen Händen. Seines richtigen Vaters.

Nachdem er sich mit einem raschen Blick noch einmal von Alayas festem Betäubungsschlaf überzeugt hatte, öffnete er endlich die Plombe. Mit einem schabenden Geräusch ließ sich nun

der Deckel abdrehen. Es roch wie kalter Kamin, und abermals
blitzte eine Kindheitserinnerung irgendwo tief in Robertos Bewußtsein auf. Er hielt die Öffnung ins Licht. Die Asche rieselte
auf die nach unten geneigte Seite …

Sete Cascatas

Der Busbahnhof von Salvador da Bahia lag an der Peripherie und war in seiner kalten Modernität das exakte Gegenteil zur Stadt, die an der Bucht aller Heiligen in pittoreskem Elend vor sich hin moderte. Sie hatten den Komplex gerade erst fertiggestellt, es roch noch nach Beton. Roberto begab sich zum Schalter von «Itapimerim» und kaufte sich ein bilhete.

«Pra onde?» fragte der Mann hinterm Schalter.

«Sete Cascatas», antwortete Roberto.

Der Bus war neu, ein Mercedes. Er hatte eine Toilette an Bord und «Suspensao a ar», Luftfederung. Man saß bequem, kein Vergleich mit den Bussen, die in Europa herumkutschierten. Erstaunlich eigentlich, dachte Roberto, für ein Land, das man zur Dritten Welt zählte.

Ein freundlicher Mann mit glänzender Glatze klimperte während der gesamten Fahrt auf seiner Gitarre herum und sang dazu mit leiser, weicher Stimme. Vom Mond, von den Sternen, von einer verflossenen Liebe. Am Fenster zogen Palmen vorbei und noch mehr Palmen. Dann freies Feld, Weideland, brandgerodet. Skelette toter Bäume ragten in den schweren weißgrauen Himmel. Hin und wieder eine Hütte mit Bananenstauden.

Neben Roberto saß ein hagerer kleiner Mann, der die ganze Fahrt über schlief. Als ihm nach einer Bodenwelle der Mund aufklappte, sah Roberto, daß er die Kiefer voller Goldkronen hatte. Erst jetzt bemerkte Roberto, daß der Mann einen Patronengurt trug. Anscheinend ein Goldsucher. Es war ein seltsames, ein wildes Land, das er durchfuhr. Leicht schaukelnd rollte der Bus voran, vorbei an Dörfern, Palmen, grünbewachsenen Hügeln.

Roberto erwachte, als der Bus anhielt. Er blinzelte, fragte einen Mitreisenden, der sein Handgepäck zusammensuchte. Nao, nao. Die halbe Strecke erst. Ah. 'brigado. Ein paar Leute stiegen aus. Die Klappen des Gepäckraums. Dann, mit einem angenehmen Ruck, ging es weiter. Der Mann mit der Glatze nahm wieder seine Gitarre, sang seine leisen, sanften Lieder. Über die Liebe. «Lala», träumte Roberto. Er träumte von Sonia. «Lalala.»

«Você e Seu Roberto?» Der Mann kam Roberto über die kiesbestreute Einfahrt entgegen. Er war schlank, fast ausgemergelt, wirkte von ferne wie ein früh ergrauter junger Mann. Erst aus der Nähe wurde klar, daß er die Sechzig bereits hinter sich hatte. Seine Bewegungen waren rasch, zackig, abgehackt. Fast so, als käme er direkt aus einem Stummfilm. Roberto mußte unwillkürlich grinsen.

«Sim. Sou.» Er setzte seinen Koffer in der Einfahrt des Hauses ab und wischte sich den Schweiß von der Stirn.

«Ah, finalmente!» Der alte Mann streckte ihm die knochige Hand entgegen. Seine dünnen, aber sehnigen Beine steckten in viel zu weiten kurzen Hosen. «Sehr erfreut. Ich heiße Adilson.» Harte trockene Finger packten Robertos Hand. «Bom dia.» Der Mann zeigte zwei Reihen schiefer, aber weißer Zähne. «Ich bin sozusagen im Preis inbegriffen.»

«Bom dia», entgegnete Roberto den Gruß. Der Mann, das roch er, hatte schon ordentlich einen gebechert.

«Ich nehme Ihren Koffer.» Adilson bückte sich eilfertig.

«Nein, danke», wehrte Roberto ab. «Das mach ich schon selber.»

«Auch gut. Kommen Sie, ich zeige Ihnen das Haus.» Und er stakste mit seinen langen bräunlichgelben Beinen durch den Kies voran. Über die Schulter sagte er: «Wie lange bleiben Sie?»

«Drei Wochen erst mal. Vielleicht länger.»

«Urlaub?»

Was denn sonst? Roberto nickte. «Urlaub.»

Er hatte das Haus bei einer Immobiliaria in Salvador gemietet. Es war ein hübscher Bungalow mit Parkettfußboden und einer Veranda mit Rattanmöbeln. Das Meer war hundert Meter entfernt, über die Straße und durch die Dünen. Roberto liebte das Rauschen der Brandung. Vor Jahrmillionen hatte es so geklungen, machtvoll und gebieterisch, und in weiteren Jahrmillionen würde es immer noch so klingen. Er zog die Luft genußvoll durch die Nase ein. Es roch nach Salz, nach Weite. (Und nach Mottenkugeln.) Zikaden summten, und der Fußboden knirschte unter den Sohlen. Es gab auch einen «Vorwerk»-Staubsauger, echt deutsch, wie Adilson stolz vermeldete. («Was meinen Sie, was ich schon alles in dem Staubbeutel gefunden habe? Reichtümer. Wahre Reichtümer.») Das Bett im Schlafzimmer war groß, aus dunklem Holz. «Kein Moskitonetz?» fragte Roberto.

«Nicht nötig.» Adilson lächelte. «Hier gibt's keine Moskitos. Der Wind vom Meer bläst sie weg.»

«Und das hier?» Roberto nahm einen langstieligen Hammer in die Hand, der hinter dem Bett an der Wand stand. Er war schwer, drei Kilo ungefähr, der Griff maß etwa siebzig Zentimeter. «Falls doch mal ein Moskito kommt?»

«Nein.» Adilson spie trocken aus. «Das ist für die Schmeißfliegen.»

«Gibt es hier welche?»

«Nicht so viele wie in den großen Städten. Aber trotzdem genug. Vor ein paar Tagen hat es hier eine Schießerei gegeben. Irgendeine Eifersuchtsgeschichte. Einer hat sich einen bezahlten Killer gekauft. Dann hat ihm der andere mehr geboten. Jetzt ist der Killer hinter seinem ersten Auftraggeber her.»

«Aha.» Roberto versuchte, sich an die hiesigen Gepflogenheiten heranzutasten. Was tat man? Was tat man nicht? Leute umbringen tat man anscheinend. Im Bus hatte er zwei Fahrgäste bei einer Unterhaltung belauscht. Es hatte sich herausgestellt, daß die Busse oft überfallen wurden. Gerade erst zwei Wochen war es hergewesen, daß ein junger Fahrgast bei einer solchen Gelegenheit sein Leben gelassen hatte. Er hatte es nicht mit ansehen können, wie man seine Freundin vergewaltigte. Die Banditen hatten ein Einsehen. Sie schossen ihm in beide Augen.

Die Bedürfnisse der Menschen, so schien es Roberto, wurden hier ernst genommen. Für Bestattungsunternehmer ein wahres Dorado.

«Und ab und zu wird halt eingebrochen», sagte Adilson. «Ein Hund wär gut, aber ich mag keine Hunde. Deshalb der Hammer.»

«Aha.»

«Aber ansonsten», grinste Adilson, «läßt sich's hier wunderbar aushalten.»

Es war reiner Zufall, daß Roberto ein paar Tage später das Blatt Papier ins Auge fiel. Oder vielleicht war es auch Bestimmung. Er hatte in der Hängematte gelegen und Caipirinhas getrunken. Adilson hatte von seiner Mutter erzählt, die krank war, und daß er womöglich nach Recife fahren mußte, um sie zu besuchen, wenn es schlimmer würde.

Sie hatten ein Glas auf die Gesundheit geleert.

«Wieviel Einwohner hat Sete Cascatas eigentlich?» hatte Roberto darauf gefragt.

Adilson hatte in seiner unnachahmlichen Art mit den Schultern gezuckt. «Das weiß keiner. Einige sagen dreitausend. Andere sagen dreißigtausend. Kommt drauf an, wen man fragt. Fragen Sie ein Kind, und es sind eine Million.»

Dann war da das Blatt. Es war vom Nachbargrundstück auf den gepflegten Rasen vor dem Bungalow geweht. Das Nachbargrundstück war eine Baustelle, aber, wie Adilson sagte, war dem Bauherrn auf halber Strecke das Geld ausgegangen. Was blieb vom Traum der eigenen vier Wände am Meer, war ein Betonskelett. Rostiger Stahldraht fingerte in den Himmel, und der Baugrund war zur Müllkippe verkommen.

Ständig wehte Müll von dort herüber, Plastiktüten, Verpackungen, alte Zeitungen.

«Laß doch», rief Roberto aus der Hängematte. Adilson, vor sich hin grummelnd, hatte sich nach dem Papier gebückt. «Warte bis morgen früh. Dann ist es beim nächsten Nachbarn.»

«Funktioniert nicht.» Adilson wedelte mit dem Blatt. «Das habe ich ihm auch schon einmal zu erklären versucht. Aber er glaubt nicht daran. Er wirft es immer wieder zu mir zurück.»

Roberto gähnte. «Was steht denn da drauf?»

Adilson kniff die Augen zusammen. Er schüttelte den Kopf. «Das kann ich nicht lesen.»

«Oh», sagte Roberto. «Entschuldigung. Du kannst nicht lesen?»

«Nein, nein», protestierte Adilson. «Ich kann schon lesen. Nicht so sehr gut. Ich bin kein Professor. Es reicht. Aber das hier» – er machte wilde Faxen mit seinen Armen –, «das hier kann ich nicht lesen.» Er ging zu Roberto und gab ihm das Stück Papier.

«Hm?» machte Roberto. «Also … Das ist keine Sprache, die ich kenne.» Er strich das Papier glatt. «Das ist überhaupt keine Sprache.» Er sah sich die Buchstaben an. Sie waren mit einer Schreibmaschine auf das Papier gehämmert worden. «Pba», sagte Roberto speichelsprühend. «Fgdbaheef.»

Adilson lachte keckernd. «Geben Sie her», sagte er. «Ich schmeiß es weg.»

«Nein.» Ein plötzliches Interesse war in Roberto erwacht. «Nein.» Er betrachtete die Worte, nacheinander. «Irgendwie macht mich das neugierig.»

Adilson zuckte die Achseln und ging in die Küche. «Um cafezinho?» fragte er Roberto über die Schulter.

«Sim», nickte Roberto. «Boa idea. Boa idea.» Er beugte sich über das Papier. Pba fgdbaheef Spba pw mfpwfm Afgzfw, las er, sfww Su cpdl httfd, nhd pw mfpwfm Afgzfw pdl.

«Ach was», sagte er laut zu sich selbst. «Schwachsinn.» Er

schüttelte den Kopf, zerknüllte das Papier und wollte es über die Büsche auf das Nachbargrundstück werfen. Aber, einem plötzlichen Impuls folgend, hielt er inne und steckte es in die Tasche seiner Bermudas.

Verpennt

Alaya Moreira war erwacht, wie ein Vampir erwachen mochte. Der Mond war im Bullauge gestiegen und hatte einen Silberstrahl auf ihr Gesicht gesandt. Sie hatte die Augen aufgeschlagen. Starr hatte sie zur Decke der Kabine geblickt. Sie hatte das unbestimmte Gefühl gehabt, daß etwas nicht stimmte. Sie hatte sich elend gefühlt, wie gerädert, und ihr Körper schien aus Blei zu bestehen. Etwas rauschte oder summte. Ein Staubsauger, ein paar Kabinen weiter. Alaya gähnte, und mitten im Gähnen, mit aufgerissenem Mund, schoß ihr Oberkörper empor: kein Wellengang, nichts. Auch kein Vibrieren der Motoren. Die «Estrela do Mar» lag im Hafen.

«Merda!» stieß Alaya hervor. «Merda!» brüllte sie noch einmal, als sie im Schrank unter ihren Kleidern wühlte. Sie fand die Urne, und sie fand die Plombe offen.

«Esse filho da puta», zischte Alaya Moreira. Ihre Augen waren schwarze Schlitze. Sie schüttelte die Urne und schwor grausame Rache: «Eu o matarei!»

Warum Japaner Schlitzaugen haben
und eine Ermahnung, Realität nicht mit
Wirklichkeit zu verwechseln

Arme Japaner», sagte das Mädchen und wiegte den Kopf nachdenklich hin und her. Sie war dunkelhäutig, vielleicht sechzehn Jahre alt, mit roten Adidas-Shorts und einem grünen Shirt voller Mottenlöcher. Sie saß am Strand und grub mit ihren Händen im Sand.

«Wieso arme Japaner?» fragte Roberto. Er saß neben ihr am Strandabschnitt vor den Wellblechhütten und den Lehm- und Palmenhütten der Armen. Die Palmenhütten wurden von den Fischern bewohnt, soviel hatte Roberto inzwischen herausgefunden. Die Wellblechhütten, die weiter weg vom Strand standen, gehörten denen, die gar nicht arbeiteten. Oder denen, die arbeiteten, aber trotzdem nicht genug zum Überleben hatten. Wie sie es dennoch schafften zu überleben, war Roberto ein Rätsel.

«Wieso arme Japaner?» fragte er wieder. «Die Japaner sind reich. Die bauen Autos, Radios, Computer.»

Er sah das Mädchen von der Seite an. Sie war gerade in dem Alter, wo die schlanken Formen des Kindes sich mit den runderen, volleren der Frau vermischten. Noch war sie hübsch. In zwei Jahren oder so würde sie fett sein. Sie würde zehn Kinder gebären, von denen fünf sterben würden. Ein paar an Dengue, die meisten einfach an stinknormalem Durchfall.

Das Mädchen grub weiter mit den Händen im Sand. «Na ja. Aber sie sehen nie die Sonne», sagte sie.

«Ich komme aus Deutschland», warf Roberto ein. «Da scheint auch nicht soviel Sonne wie hier. Aber Sonne gibt es da auch.» Er grinste. «So ist das ja nicht. Und in Japan scheint auch die Sonne.»

336

Das Mädchen schien ihn gar nicht wahrzunehmen. «Arme Japaner», sagte sie wieder.

Roberto zuckte mit den Schultern. Was soll's? Er sah aufs Meer hinaus. So anders war das Meer am Tage. So blau, ein Postkartenidyll. Rechts, wo die Brandung schaumgekrönt und brüllend in die Bucht rollte, ritt schon wieder ein Dutzend junger Menschen auf den Wellenkämmen. Hier war das Meer leiser, es rauschte gleichmäßig, nicht so machtvoll. Zwei fliegende Fische blitzten kurz in der Sonne auf, tauchten wieder zurück ins Unsichtbare, Kühle.

Roberto rieb sich den roten Nacken. Es brannte. Er zog sein Shirt aus («Born to shop») und legte es auf die sonnenverbrannten Schultern. Er betrachtete seine Zehen, rieb sich den Sand aus den Zwischenräumen. Von irgendwoher kam Gequake. Ein scheppernder Lautsprecher. Er sah um sich, und auch das Mädchen neben ihm wandte den Kopf zur Straße hin. Dort, eine Staubwolke hinter sich herziehend, fuhr ein roter Pick-up. Auf seinem Dach war ein großer, altertümlicher Lautsprecher angebracht. Die Worte, die daraus hervor ins Blau des Himmels stürzten, überschlugen sich, überholten ihr eigenes Echo.

«Ein Zirkus», rief das Mädchen. «Ein Zirkus! Ein Zirkus!»

Roberto sagte: «Ja.»

Der rote Wagen verschwand zwischen den Hütten und den Hügeln, nur das Gequake des Lautsprechers war noch da; wurde schwächer. Wieder das Rauschen des Meeres.

Roberto dachte an Adilson, den er heute früh zum Bus begleitet hatte. Die Krankheit von Adilsons Mutter hatte sich verschlimmert, und er war zu ihr gefahren, ganz plötzlich. Nach Recife. Fünf Tage, hatte er gesagt, werde er bleiben. Roberto hatte sich gewundert, daß die Mutter des alten Mannes überhaupt noch lebte, und er hatte gefragt, wie alt sie sein mochte.

«Das weiß niemand», hatte Adilson mit einem verschämten Grinsen gesagt. «Sie war noch Sklavin. Und ihr Herr hat nicht so sehr Buch geführt.»

«Aber wenn sie …» Roberto überlegte. «Wie alt bist du denn eigentlich, wenn ich mal fragen darf?»

«Ich bin neunundsechzig.»

Roberto pfiff. «Das sieht man dir nicht an.» Er meinte es ehrlich. «Dann müßte deine Mutter doch wohl neunundachtzig sein. Oder fünfundachtzig mindestens.»

Adilson lächelte, und es war Roberto, als würde er sogar ein wenig rot unter seiner gegerbten, milchkaffeefarbenen Haut. «Offiziell ist sie neunundneunzig Jahre alt.»

«Neunundneunzig!» Roberto pfiff wieder, lauter diesmal. «Ein wahrhaft biblisches Alter. Und wieso offiziell?»

«Es ist so. Sie ist nicht meine richtige Mutter, weißt du?»

«Nein?»

«Nein, sie ist … Man nennt sie Dona Corajosa.»

«Dona Corajosa. Die mutige Frau?»

«Ja.» Adilson lachte auf seine keckernde Art. «Einige sagen allerdings auch Dona Cor de rosa. Die rosafarbene Frau. Sie trägt immer ein rosafarbenes Kleid. Man sagt, das sei die Farbe der Hoffnung, inzwischen, in Recife. Rosa. Weil sie immer dieses rosafarbene Kleid trägt.»

«Was, äh, macht denn deine Mutter? Oder … wie war das? Sie ist gar nicht deine Mutter.»

«Sie leitet ein Haus.» Er überlegte. Dann sagte er in holprigem Englisch: «The Home of the Brave.»

«Das Heim der Mutigen?»

Roberto nickte strahlend. «O lar dos corajosos. Es ist … eine Art Waisenhaus. Ich selbst war eine Waise.»

«Oh.»

«Bis ich das rosafarbene Kleid sah. Ich war noch ein Kind. Ich hatte nichts zu essen. Nichts zu leben. Es ist lange her. Dann sah ich ihr rosafarbenes Kleid, und dann nahm sie mich in ihre Arme, und seither bin ich keine Waise mehr.»

«Wie alt warst du damals?»

Adilson winkte ab. «Das war vor sechzig Jahren. Ich war acht oder neun.» Sein Blick richtete sich eindringlich auf Roberto. «Aber schon damals erschien sie mir uralt. Dona Corajosa. Gut, als Kind erscheinen einem alle Erwachsenen alt. Aber sie war sicher älter als dreißig. Com certeza. Fünfzig, dachte ich. Sicher fünfzig.»

Roberto spitzte die Lippen. «Dann wäre sie jetzt hundertzehn!»

Adilson zuckte mit den Schultern. «Kann schon sein.»

«Und was hat sie?» Roberto wand sich. «Ich meine, hundertzehn. Vielleicht … ist es einfach Zeit für sie?»

«Vielleicht. Aber ich hoffe nicht. Ich hoffe es für die Kinder.»

«Ja.» Roberto nickte. «Die Waisenkinder.»

Er dachte an Sonia, und das sehnsuchtsvolle Gefühl entstand hinter seinem Gaumen. Sonia und ihr Luftschiff. Ihr Zepppelin, mit drei p.

«Eine Operation.»

«Was?» Roberto blinzelte.

Adilson nickte schwer. «Vielleicht ist eine Operation nötig. Eine teure Operation. Aber sie hat kein Geld. Ich auch nicht. Niemand hat Geld in diesem Land. Bis auf die Arschlöcher.»

Roberto räusperte sich. «Das ist überall so.»

«Sie hat auch kein Geld für die Kinder. Es ist sehr schwierig für sie. Für uns alle. Die Krise.»

Roberto nickte.

Er hatte Adilson dann noch zum Bus gebracht, alles Gute gewünscht, gute Besserung, und für Adilson eine gute Reise. Er komme schon allein klar, er könne ja die Sprache, kein Problem. «Alles blau», wie man in Brasilien sagt. «Tudo azul.» Dann war Adilson mit demselben Bus fortgefahren, der Roberto ein paar Tage zuvor hierhergebracht hatte.

«Arme Japaner.»

Roberto tauchte aus seinen Gedanken auf. Er seufzte. «Japaner sind nicht arm», sagte er geduldig. «Sie sind sogar sehr reich.»

Das Mädchen sah ihn mitleidheischend an. «Aber ständig der Sand in den Augen», beharrte es. «Und keine Sonne.»

«Sand in den Augen?»

«Ja. Weil sie doch unter der Erde leben.»

«Aha?»

«Und wenn sie mal auftauchen, dann blendet sie die Sonne.»

«Ach.»

«Weil sie das nicht gewohnt sind. Daher ihre Schlitzaugen.»

«Sag mal, kleine Frau ...» Roberto mußte grinsen. «Wieso leben die Japaner denn unter der Erde?»

«Weil Japan unter Brasilien liegt. Direkt darunter.»

Roberto stutzte. «Unter Brasilien?»

«Ja.»

«Ach so. Du meinst, auf der anderen Seite des Planeten.»

Das Mädchen nickte vage. «Unter», sagte sie.

«Hm ...» Roberto dachte nach. Er strich sich mit den Fingern durch sein Haar, das ziemlich lang war, inzwischen. Es schimmerte blond an den Spitzen. Er sagte: «Du weißt ... Weißt du, die Erde, also, die Welt, das ist eine Kugel.»

Das Mädchen lachte.

«So wie der Mond. Der Mond ist auch so ein Planet wie die Erde. Oder wenigstens fast.»

«Rund? Wie der Mond? Dann würden wir ja runterfallen.»

«Nein, nein. Das ist wegen ... ähm. Nein, man fällt nicht runter. Vom Mond fällt man ja auch nicht runter.»

«Vom Mond?»

«Da waren schon mal Menschen, auf dem Mond. Das weißt du doch, oder?»

«Du bist ein lustiger Mann.»

«Ja. Klar. Immer lustig. Ihr habt doch einen Fernseher hier.»

Auf dem Hauptplatz des Ortes, dort, wo auch die großen Überlandbusse halten, gab es einen öffentlichen Fernseher. Vor ein paar Tagen war Roberto dort einmal hingeschlendert, und er war verblüfft gewesen, denn das kleine, weiße Häuschen mit dem blauen Dach, das er für ein öffentliches Pissoir (in gutem, sauberem Zustand) oder vielleicht für den örtlichen Busticketschalter gehalten hatte, war nichts anderes als eine Art überdimensionierte Fernsehtruhe. Die Dämmerung war, in der ihr hier eigenen raschen Art, in die Nacht übergegangen, und schon von weitem sah Roberto die bläulichen Zuckungen, die die weißen Wände der Häuser besprangen. Das halbe Dorf hatte sich auf dem Platz versammelt. Die am pünktlichsten gewesen waren, saßen auf den beiden Bänken vor dem Häuschen, die anderen hockten oder standen um sie herum. Einige hatten sich etwas zu essen mitgebracht, oder ein Bier, alle Gesichter aber waren dem Flimmern zugewandt. Roberto trat zu ihnen, und man machte ihm höflich lächelnd Platz, als sei er ein Gast, den man sich ins Wohnzimmer eingeladen hatte. Der Fernseher selbst flimmerte in etwa zwei Meter Höhe, unerreichbar für vorwitzige oder trunkene Hände, aus einem Fenster in der Wand, ähnlich dem Bühnenfenster eines Puppentheaters. Roberto hatte sich immer gefragt, was sich hinter den nun offenstehenden blauen Läden verbergen könnte. Ein Rekrutierungsschalter für die Basketball-Nationalmannschaft? Oder eine Auskunftei der südamerikanischen Hochradvereinigung? Nun wußte er es.

Man gab einen Science-fiction-Film. «Kampfstern Galactica», vermutete Roberto, und die Zuschauer staunten und lachten, und einige machten «Psst!»

Nach dem darauffolgenden Werbeblock begann einer von Robertos Lieblingsfilmen, «Der unsichtbare Dritte» von Hitchcock, aber nachdem der Film eine Viertelstunde gelaufen war – Cary Grant wurde gerade im Polizeirevier von Sergeant Orpheus Klingel verhört –, kam eine alte Frau mit einem violetten, blumenbedruckten Kleid über die staubige Straße zum Platz geschlurft. Sie klimperte mit einem Schlüsselbund, dann trat sie an die blaue Tür des Häuschens, öffnete sie, verschwand dort drinnen und kam einen Moment darauf mit einer kleinen Trittleiter wieder zum Vorschein. Ohne ein Wort oder einen Blick an die Menge zu verschwenden, die ihren Verrichtungen stumm und stumpfen Auges folgte, plazierte sie die Trittleiter unter dem Fernsehfenster, stieg vier Stufen empor, schaltete den Fernseher aus, schloß die blauen Läden, stieg wieder hinunter, nahm die Leiter, verstaute sie im Innern des Häuschens, verschloß die Tür und schlurfte wieder von dannen, in die Richtung, aus der sie so unvermittelt aufgetaucht war.

«Nicht zu fassen», sagte Roberto jetzt, und er lachte ein kleines Lachen in sich hinein, in der Erinnerung. Er wandte sich wieder an das Mädchen. «Du hast doch sicher schon mal im Fernseher gesehen, in den Nachrichten, daß Raketen zum Mond fliegen und so. Zu den Sternen.»

Das Mädchen lachte, und ihre weißen Zähne strahlten um die Wette. «Aber das sind doch nur Filme», sagte sie lachend und versuchte mit den Händen ihre Füße zu erwischen. «Filme sind nicht die Wirklichkeit!» Sie schüttete sich aus vor Lachen. «Filme sind nicht echt. Es sind … sie sind wie Träume.»

Roberto sah sie an. Er wollte etwas sagen. Dann sagte er nur: «Ja.»

Träume. Eine Weile gab es nur das Rauschen des Meeres. «Sag mal», sagte Roberto dann, «kennst du eine Frau mit goldenen Haaren?»

«Goldene Haare?» Sie lachte wieder, und Roberto dachte, sie wollte ihn aufs neue verspotten. Aber sie nickte. Das heißt, sie schüttelte den Kopf und nickte zugleich. «Ja», sagte sie. «Nein.» Sie lachte. Dann verstummte ihr Lachen. Sie legte den Kopf schräg und rieb sich mit der Schulter am Ohr. «Kennen tu ich keine. Ich kannte mal eine. Elena.»

«Sie ist tot?»

«Ja.»

«Seit wann ist sie tot?»

«Ich weiß nicht. Als ich noch klein war, da gab es sie. Aber jetzt nicht mehr. Jetzt gibt es sie nicht mehr.»

«Wo wohnte sie?»

«Ich weiß nicht. Irgendwo.»

«Irgendwo hier?»

«Ja. Nein. Ich glaube schon.»

«Und war sie allein?»

«Nein. Sie hatte einen Mann, Edson. Einen Stierkämpfer», fügte sie hinzu, nicht ohne Hochachtung und Stolz in der Stimme.

«Stierkämpfer», fragte Roberto ungläubig. «Gibt es so was hier?»

«Klar. Im Zirkus.»

«Aha. Und dieser Edson? Wo ist der jetzt?»

Sie zuckte mit den Schultern.

«Sag mal», Roberto dehnte die Worte. «Wenn sie tot ist, deine Elena. Dann ist sie auf dem Friedhof, nicht wahr?»

«Möglich.»

«Und wo ist der Friedhof?»

Das Mädchen sah ihn an. Dann sah sie auf ihre Füße, scharrte verträumt im Sand. «'ta bom», sagte sie schließlich. Sie stand auf. «Ich zeig ihn dir.»

Wieder ein Friedhof. Roberto dachte an all die Orte des Todes, mit denen sein Leben verwoben war.

«Komm», sagte das Mädchen ungeduldig, und Roberto, in seiner Freizeithose und mit dem T-Shirt über den Schultern, lächelte und beschleunigte seinen Schritt. «Ja, ja.»

Der Friedhof lag etwa hundert Meter den Hang des Hügels hinauf, auf dem die Behausungen der armen Dorfbewohner standen. Die Ärmsten hatten ihre Hütten dort gebaut, wo der Blick über die Bucht am schönsten war. Dieses Privileg hatte seinen Preis. Der Blick war nämlich, so erzählte das Mädchen, nicht immer so ungetrübt. Die Zeit der schweren Güsse in der Regenperiode hatte viele Todesopfer unter den Leuten auf dem Hügel gefordert. Wenn man die Leichen unter den Schlammassen noch gefunden hatte, waren sie auf dem Friedhof verbuddelt worden. Mit einem Holzkreuz über ihren Knochen, wenn sich jemand die Mühe machte.

Der Friedhof war von einer hohen Steinmauer umgeben, aber durch seine Lage am Hang konnte man ihn in seiner Gesamtheit sehen. Er hatte in etwa die Größe zweier Fußballfelder, und es gab einige kleine Grabhäuschen aus Beton. Fünf, sechs Stück sogar recht protzig, mit gelben oder grünen Kacheln belegt, wie man sie in Pissoirs vorfand.

Roberto blickte über das Meer, das sich blau und rund am Horizont vor seinen Augen ausbreitete. Ein Flugzeug brummte weit entfernt über der Bucht, zog langsam in steilem Winkel himmelwärts.

«Komm.» Das Mädchen führte Roberto durch das Tor.

Sie gingen die Grabreihen entlang, bis zum hintersten Winkel des Friedhofes. Hier gab es keinen Beton mehr. Hier waren nur Erdhügel aufgeworfen worden, mit Holzkreuzen darauf. Überall lag Müll herum. Plastiktüten, Papierschnipsel. Der warme Wind hob den Abfall empor, trieb ihn einen Meter weiter, ließ ihn los. Roberto kniff die Augen zusammen. «Ist hier irgendwo eine Müllkippe?» fragte er.

«Ja. Ein bißchen weiter hier runter. Bei Wind ist hier immer alles voll.» Das Mädchen blieb stehen.

«Und nun?» fragte Roberto.

«Da vorn.» Das Mädchen nickte in eine Richtung an der Mauer entlang.

«Was soll da sein?»

«Sieh nach. Das sind die neuen. Die aus den letzten Jahren. Ich komm nicht mit.»

Roberto zögerte. Dann: «Na gut.» Er tat einen Schritt in die Richtung. Und über die Schulter: «Hast du Angst?»

«Ja», sagte das Mädchen.

Nachdem er an einem Dutzend Grabhügeln vorbeigegangen war, blieb Roberto verdutzt stehen. Vor ihm stand ein Holzkreuz, leicht geneigt in die lose Erde gerammt. Es war aus zwei neuen Brettern zusammengenagelt und roch noch nach Harz. Zu Füßen des Kreuzes war kein sauberer Hügel aus festgeklopfter Muttererde. Dort war ein Loch. Ein tiefes Loch. So tief, daß Roberto, der etwa drei Schritte vom Rand entfernt stand, den Boden nicht sehen konnte. Er schluckte. Erinnerungen überkamen ihn, an seine Mutter. Ubaldo.

Hier, in diesem Land, auf diesem Friedhof erschien ihm mit einemmal alles möglich. Was, dachte er, wenn der Grund für die Angst des Mädchens darin lag, daß das Grab keinen Boden hatte? Daß es, tief wie die Unendlichkeit, zu einem schwarzen Schlund würde, wenn er näher träte? Ein schwarzer, bodenloser Höllenschlund, ein Orkus, aus dem ein leichter, kaum wahrnehmbarer Schwefelgeruch aufstieg?

(Roberto stellte sich vor, wie es gewesen sein mußte: Als sie den Sarg in die Erde ließen, hörten sie von tief unten ein dumpfes Grollen. Dann tat sich der Boden unter dem Sarg auf, und die Umstehenden stürzten ihrem Schöpfer entgegen, dem Großen Tier.)

Roberto schluckte noch einmal, diesmal trocken. Damit er nicht strauchelte und hineinstürzte, würde er sich lieber auf den Bauch legen, an das Grab heranrobben und dort hinunterstarren. Ein kleines Steinchen würde er dann nehmen und es hinunterfallen lassen. Er würde lange warten. Ein Vogel würde vielleicht über ihm fliegen und einen seltsamen Schrei ausstoßen, genau wie jetzt.

(Roberto sah dem Vogel nach, wie er in Richtung Meer segelte, die Schwingen weit gebreitet. Dann wandte er den Kopf nach dem Mädchen. Es war fort.)

Lange Zeit würde er warten, bis dann – oder war das eine Täuschung? – ein leises Aufschlagen zu hören wäre. Und dann würde er es ganz schwach von unten glimmen sehen. Rot.

Roberto faßte sich ein Herz und trat an den Rand des Grabes. Wieder schrie ein Vogel, und irgendwo fiel eine Kokosnuß mit dumpfem Aufprall zu Boden. Roberto stand an dem offenen Grab und sah hinunter. Er schwankte.

Das Grab war nicht kilometertief, wie er erwartet hatte, sondern ungefähr einen Meter fünfzig. Es war kein Sarg darin.

Roberto fröstelte. Er merkte, daß trotz der tropischen Hitze Gänsehaut seinen Körper überzog. Vorsichtig ging er um das Grab herum und beugte sich zu dem schiefstehenden Kreuz hinunter, dessen Inschrift er durch die Neigung bisher nicht hatte lesen können.

Er atmete auf. Er wußte nicht, was er zu lesen erwartet hatte. Aber das Kreuz war unbeschriftet. Dies war ein vorbereitetes Grab. Es wartete noch auf seinen «Kunden». Wenn der Kunde dann da wäre, würde alles sehr schnell gehen. Man hatte Angst vor den Toten in Brasilien, das hatte er schon oft gehört.

Und man hatte Angst vor frisch ausgehobenen Gräbern. Denn niemand weiß jemals, für wen sie ausgehoben werden. Sie warten, drohende Löcher in der Welt der Lebenden, daß einer am Rande des Daseins straucheln würde und hinabfallen. Jeder konnte der nächste sein. Daher die Angst des Mädchens. Man näherte sich solchen Gräbern nicht. Sie zogen einen zu sich. Roberto selbst hatte es gespürt. Er trat einen Schritt zurück, vergrub die Hände in den Taschen seiner Bermudas. In der rechten Hosentasche steckte immer noch der zerknüllte Zettel aus dem Garten. Er zog ihn hervor und strich ihn glatt. Pba, las er. Fgdbaheef.

«Ts», sagte er zu sich. Er schüttelte den Kopf, faltete den Zettel nachdenklich zusammen und steckte ihn in seine Gesäßtasche.

Die nächsten zwei Stunden brachte er damit zu, jeden einzelnen Grabstein, jedes Kreuz zu kontrollieren. Er fand keine Elena. Auch keine Sonia.

Roberto atmete auf.

Natürlich, sie konnte auch weggezogen sein. Das Weihnachtspaket war schließlich schon drei Jahre alt gewesen. Natürlich, es konnte «zu spät» sein. Natürlich.

Pba fgdbaheef Spba pw mfpwfm Afgzfw,
sfww Su cpdl httfd, nhd pw mfpwfm Afgzfw pdl.
Su cpdl, npf Su fgdbaheefw nugsfdl dbayw,
dk npf spf Nftl dbayw pdl.
Jfskba, dk nägdl Su wpbal rfwur.
Pba fgdbaheef Spba pw mfpwfm Afgzfw
dbaywfg wkba uws dlktzfg htd jf fpwf Nftl nhg.
Sfww Su cpdl mfpw httfd.
Su lhubadl hud sfw Etulfw hue,
hud sfw Nfttfw Sfpwfd fprwfw Ahhgd, shd etulfl
Uws Su cpdl pw mpg, pw mfpwfm Afgzfw,
dk npf pba pw Sfpwfm Afgzfw dfpw nptt.
Sfww pba nptt.
Pba nptt Spba, dk npf pba spf Nftl nptt,
uws spf Nftl nptt Spba uws mpba,
nptt uwd,
cfvkg spf Nftl uwd lylfl.

Roberto beugte sich mit zusammengekniffenen Augen über die Schrift. «Nftl», sagte er. «Lylfl.»

Nftl, fiel ihm auf, kam öfter vor. «Nftl», sagte er nachdenklich. Er griff zu seinem Kaffeebecher, trank einen Schluck: kalt. «Bah!» machte er und spülte schnell mit der Caipirinha nach. Seit er hier im Bungalow residierte, stand immer eine in Reichweite. Er hatte das größte Glas genommen, das er finden konnte, und jeden Vormittag füllte er es aufs neue mit gestückelten Limonen, etwas Zucker, zerstoßenem Eis, das er mit einem Tuch und einem Hammer aus riesigen Eisblöcken herstellte, und natürlich mit Cachaça. Die Limonen ganz unten waren noch vom Vormittag, zusammengedrückt bildeten sie den Bodensatz des Glases. Nach oben hin wurden die Stücke frischer. Roberto stocherte mit seinem Strohhalm in dem riesigen Glas herum, saugte ein bißchen an dem köstlichen sauren Drink.

Mittlerweile war es gegen zwei Uhr morgens. Irgendwo ging ein Radio an, spielte kurze Zeit auf voller Lautstärke, wurde schnell ausgedreht. Dafür hatte ein Hund zu kläffen angefangen. Andere Köter stimmten ein. Dann überließen sie allen Lärm den Zikaden.

Roberto saß im Arbeitszimmer. Das heißt, er nannte es sein Arbeitszimmer, weil es das einzige Zimmer mit einem Schreibtisch war und einem Stuhl davor. Sonst befand sich nichts in dem Raum. Die Klemmlampe hatte Roberto am Tag vorher gekauft. Manchmal, schwankend mit der Spannung der Stromversorgung, flackerte sie oder ging für eine Sekunde ganz aus. So war das eben. Roberto kratzte sich seine Moskitostiche und nahm noch einen Schluck von der Caipirinha. (Adilson hatte gesagt, es gebe keine Moskitos hier. Na ja.)

Er rieb sich die Stirn. Nftl. Diese Wiederholungen und die offenkundig gewissenhafte Gliederung des Textes schienen ihm ein Beleg dafür, daß es auch wirklich ein Text war und nicht nur ein kindisches Aneinanderreihen von Buchstaben. Das L, das F und das M kamen häufiger vor als andere Zeichen. Hm. Und was war mit dem A und dem F? Und … Ja. Das war ihm bisher noch gar nicht aufgefallen: die Großschreibung. Auffällig viele Wörter waren groß geschrieben. Das konnten Namen sein. Oder das Ganze war irgendwie verschlüsselt, und entschlüsselt wäre es eine Sprache, in der viele Wörter groß geschrieben wären.

Roberto kratzte sich am Kinn. (Er müßte sich mal wieder rasieren.) Eigentlich kannte er nur eine Sprache, in der so viele Großbuchstaben vorkamen. Deutsch. Wenn es Deutsch wäre, konnte es ganz einfach sein. Aber wieso sollte es Deutsch sein?

Im Deutschen jedenfalls kam ein Buchstabe ganz besonders

häufig vor. Das E. Was kam nun in diesem Text am häufigsten vor? Roberto prüfte die ersten zwei Zeilen. Das A fünfmal. Das F elfmal. Das W achtmal. Das P auch achtmal. Wenn man aus dem F ein E machte, hieß das zweite Wort: «egdaheee». Hm. Das fünfte wurde zu «mepwem». Na ja. «Nftl» hieße «Netl». Nicht sehr befriedigend. Also ein anderer Ansatz. Immer vorausgesetzt, das Ganze war deutsch. Und die kurzen Wörter? Da gab es ja nicht so viele. Hier zum Beispiel: «dk»; «dk» kam dreimal vor. Konnte «in» heißen oder «so». Oder «im». Oder «es». Versuchen wir mal «in», dann wäre das D ein I und das K ein N. Mh. Nee. Führte zu nichts. Was war denn das? «Su». Groß geschrieben. Konnte ein Name sein. Su von Susanne. Oder es war das Höflichkeits-Du. Dann würde das U bleiben, aber S wäre eigentlich D. Aha! Dann konnte «dk» «so» heißen! Hah! So, jetzt noch mal alles zusammen.

Roberto nahm sich einen Stift und notierte unter dem getippten Text:

D = S   K = O   U = U

Und, nach einem kurzen Zögern schrieb er noch:

F = E

Er sah sich den Text an. Aber es klappte nicht. Kein Wort, in dem genug von diesen Buchstaben enthalten gewesen wären.

«Mist.» Roberto seufzte. «Hm», sagte er dann laut. «Idee.» Er rieb sich den Nacken. «Und wenn wir's umdrehen? Nicht nur D gleich S, sondern auch S gleich D? Dann wäre vielleicht auch E gleich F. Mal sehen.» Er nahm noch einen Schluck Caipirinha. Dann ging er daran, seine neue Theorie anzuwenden.

Folgende Buchstaben waren wichtig: D, S, E, F, K, O und das U. Was war denn dann dieses hier? «etulfl»? Das wäre vorerst «ftulel». Na ja. Oder vielleicht dies hier? «Afgzfw». Das wäre «Aegzew».

«Scheiße», knurrte Roberto. «Es reicht nicht.» Er stand abrupt auf und stieß den Stuhl mit den Kniekehlen von sich, so daß er umfiel. «Alles Quatsch.» Er stampfte im Zimmer auf und ab und raufte sich die Haare. «Alles, was du machst, ist Quatsch! Quatsch, Quatsch, Quatsch!» Und noch einmal: «Quatsch!»

Er wollte schon aufgeben, den Zettel zerknüllen, wegwerfen, schlafen. Aber an Schlafen war nicht zu denken. Jetzt nicht mehr. Also konnte er genausogut noch mal einen Versuch wagen. Er richtete den Stuhl wieder auf und beugte sich wieder über das Papier.

«So, was haben wir denn da?» fragte er, sich mühsam beherrschend. «Nftl!» stieß er hervor. «Spba! Pba!» Er stutzte. Pba?

(Idee)

Wenn «Su» Du bedeuten sollte, wieso sollte dann nicht auch das Wort «Ich» drin vorkommen? «Ich», das konnte dies «Pba» sein. Gleich am Anfang. Wieso nicht das «Ich» am Anfang? «Pba» ist «Ich». Und «Spba» wär dann «Dich»! Roberto greift wie elektrisiert nach dem Kugelschreiber und notiert hastig:

$$P = I \quad\quad B = C \quad\quad A = H$$

Das mußte doch reichen. Er hatte jetzt dreizehn Buchstaben. Er notierte:

$$D = S \quad K = O \quad U = U \quad F = E \quad P = I \quad B = C \quad A = H$$
$$S = D \quad O = K \quad\quad\quad\quad E = F \quad I = P \quad C = B \quad H = A$$

Wenn es jetzt nicht hinhaute, war er entweder ein Vollidiot und Rapsfeld, oder seine schöne Theorie war beim Teufel, und das Ganze war bloße Zeitverschwendung, geboren aus irgendeiner Art von Irrsinn, die von ihm Besitz ergriffen hatte.

Roberto kicherte.

Letzteres hätte ihn kaum mehr erstaunt als ersteres.

«Also», sagte er. «Ich egsch…» Er jubelte! Ein SCH! Wenn das kein guter Anfang war! Weiter, weiter! Mit angespanntem Gesicht und klopfendem Herzen notierte Roberto Buchstabe für

Buchstabe. Als er mit der ersten Zeile fertig war, glühte sein ganzer Körper, und er fühlte sich wie der Erschaffer der Welt. Die erste Zeile hieß:

«Ich egschaffe Dich in mepwem Hegzew.»

Die korrekte Übersetzung mußte zweifellos lauten:

«Ich erschaffe Dich in meinem Herzen.»

«O Gott», sagte Roberto, plötzlich brach alle Euphorie von ihm weg und machte einer bangen, nervösen Erwartung Platz. «O Gott!»

Der Rest war einfach. Roberto übertrug ihn ohne Pause. Dann, wieder und wieder, während Gedanken und Empfindungen in ihm durcheinanderstürzten, las er das Gedicht. Denn es war ein Gedicht.

> Ich erschaffe Dich in meinem Herzen,
> denn Du bist alles, was in meinem Herzen ist.
> Du bist, wie Du erschaffen wurdest, schön,
> so wie die Welt schön ist.
> Jedoch, so wärst Du nicht genug.
> Ich erschaffe Dich in meinem Herzen
> schöner noch und stolzer, als je eine Welt war.
> Denn Du bist mein alles.
> Du tauchst aus den Fluten auf,
> aus den Wellen Deines eignen Haars, das flutet.
> Und Du bist in mir, in meinem Herzen,
> so wie ich in Deinem Herzen sein will.
> Denn ich will.
> Ich will Dich, so wie ich die Welt will,
> und die Welt will Dich und mich,
> will uns,
> bevor die Welt uns tötet.

Roberto lehnte sich in seinem Stuhl zurück. Sein Herz schlug mit der Kraft einer Faust gegen seinen Brustkorb. Er mußte an

Gockel denken. «Kitsch», hätte Gockel zu diesem Gedicht gesagt. «Der reine Kitsch.»

Robertos Körper straffte sich. Er wußte, es war noch nicht
«zu spät».

Die Stimme aus dem Dunkel

Roberto stapfte, den Kopf in den Nacken gelegt, durch den Sand. Der Mond war nicht zu sehen, es war dunkel, fast schwarz. Er blickte zum Dorf hin, wo vereinzelt Licht in den Häusern brannte, zwei, drei Fenster. Dazu das halbe Dutzend Straßenlaternen, die pastellig grüne und rosa Teilstücke der Straße aus dem Dunkel hoben. Etwas bewegte sich in der rosa Zone, hundert, zweihundert Meter entfernt. Eine Katze. Oder eine große Ratte.

Plötzlich erlosch alles Licht. Roberto erschrak. Stromausfall. Es war, als stünde er in einem Vorführraum, stockfinster, und jemand hätte den Film abgestellt. Auf seiner Netzhaut bildeten sich, ganz blaß in Komplementärfarben, die Straßenlaternen ab, lösten sich in Einzelpunkte auf, vergingen. Düsternis und Meeresrauschen. Der weiße Schaum der brechenden Wellen schien aus dem Nichts auf eine schwarze Wand projiziert zu werden. Die Sterne waren Löcher in der Wand, und es war Roberto mit einemmal, als würde er durch diese Löcher hindurch beobachtet. Als würde jemand jeden seiner Schritte verfolgen. Ja, sogar voraussehen.

Verrückter Gedanke, dachte er. Aber so, eingeschlossen in Schwarz, fehlten ihm die vertrauten Konstanten, die einen Menschen auf dem schmalen Grat des klaren Urteilsvermögens halten. Ohne rechts oder links hinabzustürzen in einen Kosmos des Irrsinns. Plötzlich schien es, als wäre dieser Kosmos, der sonst durch Licht, durch farbige Bilder ferngehalten wird, ganz dicht herangerückt. Als hätte er alles Vertraute verdrängt und sich nun eingenistet in der Welt. Die schwarze Unterseite des Lebens.

Unsicher ging Roberto weiter, vorsichtig, als könnte er jeden Augenblick gegen ein Hindernis stoßen.

Roberto blieb stehen. Das war doch eine Schreibmaschine? Ein Tackern hinter der Brandung. Tack-tack. Ganz leise. Tatata-tack. Dann wieder das Rauschen des pechschwarzen Meeres.

Robertos Augen hatten sich inzwischen an die Dunkelheit gewöhnt, und er konnte in all dem Schwarz Schattierungen entdecken. Palmen, deren Wipfel über die Linie des Horizonts ragten. Auch die Umrisse der Hütten. Da! Wieder das Klacken. Eindeutig: eine Schreibmaschine. Neugierig folgte Roberto dem Laut. Er ließ den Sandstrand hinter sich, ging nun auf dem festeren Untergrund zwischen den Hütten. Er fühlte sich wie ein Eindringling, wie er so zwischen den ärmlichen Behausungen hindurchschlich. Jeden Moment erwartete er bei der Schulter gepackt und zur Rede gestellt zu werden. Etwas traf ihn an der Nase, und er prallte zurück.

«Scheiße», zischte Roberto. Er hielt sich die Nase. Eine von diesen Stacheldrahtleinen. Sie hatte ihn an der Nasenspitze geritzt. Die Leute benutzten sie hier als Wäscheleinen. Die Stacheln ersparten das Klammern. Sie hingen niedrig, weil die Bewohner dieser Gegend Roberto kaum bis zum Kinn reichten. Roberto verfluchte die Hausfrau, die die Leine gespannt hatte, und bückte sich darunter durch. Das Klacken der Schreibmaschine hatte aufgehört. Er sah sich um. Der Strom war weg, okay. Aber wer Schreibmaschine schrieb, mußte doch wenigstens eine Kerze oder so etwas angezündet haben … Er drehte den Kopf in alle Richtungen. Aber er sah kein Licht.

Allerdings sah er etwas anderes: Eine der Hütten schien sich irgendwie von den anderen zu unterscheiden, in der Art, wie sich ihr schattenhafter Umriß gegen die Schwärze der Umgebung abhob. Roberto trat näher an die Behausung heran. Es war ein ausgedienter Zirkuswagen. Der Boden des Wagens lag zu ebener Erde, da die Räder abmontiert waren. Roberto schlich leise zu der Treppe hin, die drei Stufen hinauf zur Tür führte.

Die Tür stand halb offen. Roberto lauschte. Tatsächlich: Hier war noch jemand wach. Er hörte Stimmen, leise Worte. Er horchte angestrengt, verstand aber nichts. Manchmal machte er nur einen Vokal, einen Zischlaut aus. Nach einer Weile kam er zu dem Schluß, daß da jemand leise Selbstgespräche führte. Eine Frau, wie es schien. Die Stimme klang ausdruckslos und fahrig, als sei sie betrunken.

Dann herrschte Stille.

Etwas knarrte – ein Bett? –, und der Wagen schwankte, kaum merklich. Roberto stand starr, unfähig, sich zu rühren. Die Frau von drinnen gab einen Laut von sich. Ein Wort. Roberto dachte erst, er hätte sich verhört. Doch dann wiederholte sich das Wort. Wiederholte sich noch einmal. Ein Wort, als Frage gesprochen. Es klang so: «Rapsfeld?»

Robertos Herz setzte für einen Schlag aus.

Ein Stuhl wurde gerückt, drinnen. «Roberto?»

Die Welt stand still, einen Moment lang. Es war, als hätte die Welt selbst all ihr Wirken aus dem ganzen Universum abgezogen und in einen Trichter gefüllt, dessen Tülle in Robertos Körper mündete. Vergangenheit und Zukunft, Zeit und Raum schienen ineinanderzugleiten, direkt hier, in seinem Körper. Roberto schwankte. Ein Summen dröhnte in seinen Ohren, wurde laut, lauter, erstarb dann, hinterließ ein hohes, anhaltendes Pfeifen. Er starrte in das dunkle Rechteck der Tür. Eine Hand, kaum zu erkennen, erschien, griff um den Türrahmen. Er faßte danach, unwillkürlich. Sie war warm und weich, die Hand, und sie entwand sich ihm.

«Sonia», sagte Roberto endlich. Seine Fingerkuppen pochten, und die Haare auf seinem Handrücken standen zu Berge. Er hatte sie gehört! Er hatte sie berührt! Dies war kein Traum! Dies war die Wirklichkeit.

«Sonia», brachte er hervor. «Bist du es wirklich?»

Ein Augenblick des Schweigens. Dann: «Ja.»

«O Gott.» Danke, lieber Gott, dachte Roberto. Er lachte

plötzlich, hatte sein Zwerchfell nicht mehr unter Kontrolle. Seine Tränendrüsen auch nicht. «Wie hast du mich erkannt?» Er schnappte nach Luft.

«An deinem Atem.»

«An meinem Atem.» Robertos Brust war verkrampft. Wieder rasselte eine Art Lachen aus seinen Lungen. «Du hast ein langes Gedächtnis.»

Drei, vier Sekunden vollkommene Stille. Dann ein Knarren, schließlich: «Du bist mir zuvorgekommen.»

«Zuvorgekommen?»

«Ich hab geahnt, daß du hier bist. Ich hab so was gehört.»

«Du hast gehört? Von mir?»

«Von einem Deutschen, der Fragen stellt. Der eine blonde deutsche Frau sucht.»

Roberto war ratlos. «Wieso hast du dann nicht …?»

Ihre Stimme klang scharf. «Ich wollte dich nicht sehen. Und hier denken die Leute, ich bin Argentinierin. Alle sind Argentinier für die. Oder Amerikaner.»

«Und wieso …?» Roberto mühte sich, zu begreifen. War er immer noch der dumme Schuljunge für sie? Der sich in Mülltonnen versteckte? Ein Kind mit Glatze und Umstandsmütze? Robertos Stimme zitterte. «Wieso wolltest du mich nicht sehen?»

Sie antwortete nicht. Sie trat hinaus zu ihm. Ihre Silhouette, kaum zu unterscheiden vom schwarzen Hintergrund. Ihr Duft. Er erkannte ihren Duft. Er wollte sie umfassen, sie an sich pressen. Er wollte weinen in ihrem Schoß und lachen. Er wollte in sie flüchten, vor der Welt, und er wollte die Welt in ihr finden. Er wollte sie retten und von ihr gerettet werden.

Er riß sich zusammen.

«Es ist, äh, lange her», sagte er, «daß wir uns gesehen haben.»

Er glaubte, bei ihr Befremden zu spüren. «Du nimmst es gelassen auf», stellte sie fest.

«Gelassen? Wieso?»

«Weil …» Sie zögerte. «Ach so. Der Strom ist weg.»

«Ich erkenne kaum die Hand vor Augen.»

«Ach. So ist das.»

«Siehst du denn was?»

«Ich hab mich dran gewöhnt.» Der Wagen ächzte, als sie ihr Gewicht verlagerte. «Ich hab mich an alles gewöhnt.»

«Ach», sagte er leichthin. Er fühlte, daß etwas nicht stimmte. «So schlimm ist es ja nun auch nicht. Das Meer ist hier, die Sonne.» Er rang sich ein Lachen ab. «Und außerdem: Ich mag Zirkuswagen. Als Kind hab ich mir immer gewünscht, in einem Zirkuswagen zu wohnen.»

Sonia entgegnete nichts.

Robertos Hände fuhren nervös an den Nähten seiner Hose entlang. «Vorhin bin ich …» Er wollte das mit dem Stacheldraht erzählen, aber er brach ab. Es war unwichtig. Zusehends verunsichert erkannte er, daß die Situation sich seiner Kontrolle entzog. «Ich, äh, seh wirklich so gut wie nichts», sagte er hilflos.

«Man gewöhnt sich daran.» Ihre Fingernägel schabten am Türrahmen. «An die Dunkelheit. Nachts zumindest. Bei Stromausfall.» Ihre Stimme war seltsam schleppend. «Man bemerkt es schon fast gar nicht mehr. Es gibt hier sowieso nicht viel zu sehen.»

Darauf wußte Roberto nichts zu sagen. Es entstand eine eigentümliche Pause, die sein Unbehagen noch steigerte. Er verspürte den Wunsch fortzulaufen.

«Então», sagte Sonia endlich, als wollte sie die Unterhaltung noch einmal von vorn beginnen. «Você chegou, finalmente.» Ihre Stimme war bemüht aufgeräumt, als würde nun auch sie einen Versuch machen, sich zusammenzureißen. «Fala português?»

«Falo.»

«Gut», sagte sie. «Blöd warst du ja nie.»

«Ich habe mich bemüht.»

Sie seufzte. «So bist du also doch noch gekommen.»

«Hm ja», sagte er dumm.

Sie lachte ein seltsames Lachen. «Ich hatte so was schon immer geahnt.» Ihre Stimme klang fremdartig, als käme sie von weit entfernt. Von irgendwo tief unten oder hoch oben. Sie war ihm so nah, daß er ihre Körpertemperatur fühlte. Er kämpfte den Impuls nieder, sie einfach zu umarmen. Unwillkürlich saugte er so viel von ihrem Duft ein, wie er kriegen konnte. Vermischt mit anderen Gerüchen. Einem hauptsächlich, der ihn beunruhigte.

Sie stieß ihn von sich. «Aber ich hatte gehofft, du würdest mich nicht finden.» Sie ließ sich auf der obersten Stufe nieder und seufzte schwer. «Aber was soll's? Jetzt bist du da. Und du hilfst mir, das zu tun, wovor ich Angst hatte, all die Zeit.»

Roberto trat eine Stufe tiefer. «Ich verstehe nicht ...»

«Trotzdem. Du störst. Du bist zu früh dran.» Ihre Stimme war merkwürdig klein. «Eine Stunde zu früh.» Schließlich, nur mehr ein Flüstern: «Oder Jahre zu spät.»

Die Worte lasteten im Raum. Roberto fühlte ihr Gewicht, aber er wußte ihre Bedeutung nicht zu benennen.

«Was ist mit dir?» fragte er besorgt.

Sonia richtete sich fahrig tastend auf.

«Bist du krank?»

«Mach dir keine Sorgen. Mir geht es gut. So gut wie schon lange nicht mehr.» Er bemerkte, wie sie schwankte, im Türrahmen. «Aber ich bin unhöflich. Ich sollte dich wohl hereinbitten. Also: bitte.» Sie machte eine einladende Geste.

«Danke.»

Sonia tauchte vom Dunkel der Nacht in die Schwärze des Zirkuswagens. Roberto stieg die letzte knarrende Stufe empor und folgte ihr vorsichtig. Das Geräusch, auf Holz zu gehen. Das Nachgeben der Bohlen. Geruch nach Holz, Moder, Parfums. Wie damals, auf dem Dachboden. Roberto stieß gegen einen Stuhl.

«Hast du keine Kerzen oder so was?»

«Leider nein. Den Stuhl kannst du mitnehmen.»

Sie führte ihn zum Ende des Wagens, wo sie einen Vorhang beiseite zog und sich auf einer quietschenden Matratze niederließ. «Nimm Platz.»

Roberto setzte sich auf den Stuhl. Er rieb sich angespannt die Knie. Es war hier wie in einem dunklen Sarg. Er erinnerte sich an den «Minister», in dem sie gemeinsam gelegen hatten. Er erinnerte sich auch an den Sarg, in dem seine Mutter und der Große Ubaldo gemeinsam gelegen hatten. In Robertos Gedanken war er immer noch «der Große Ubaldo». Er war nicht «mein Vater».

Roberto hustete nervös. Sein Wunsch, Sonia anzusehen, wurde übermächtig. Er wollte ihr Gesicht sehen, damit er ihre Gefühle sehen konnte. Und er wollte sie sehen, ihr Fleisch, ihre Haut, ihr Haar. Er wollte auch noch mehr. Er sehnte sich danach, das zu bekommen, was er einmal ausgeschlagen hatte und was ihm danach immer vorenthalten worden war. Er wollte sie besitzen. Und er glaubte, ein Anrecht darauf zu haben. Begründet durch lebenslange Sehnsucht. Und er spürte, daß auch sie wußte, daß er ein Anrecht hatte, irgendwie. Ein Anrecht, das er sich erworben hatte, damals auf dem Dachboden. Und damals auf der Straße durch den Hamstertrick. Durch den Hamstertrick war seine Mutter gestorben. Roberto wollte Ersatz für diesen Verlust. Er wollte Sonia besitzen. Und dann würde er sie nie mehr loslassen.

Er ruckelte auf seinem Stuhl. «Oder Streichhölzer?» fragte er. «Hast du nicht ein paar Streichhölzer, irgendwo?»

«Nein.»

«Schade.» Er zuckte zusammen. Ein furchtbarer Verdacht keimte plötzlich in ihm auf. Und wenn sie entstellt war? Vielleicht wollte sie deshalb kein Licht haben. Lepra. In Brasilien gab es noch Lepra. Oder schon wieder. Viele Fälle. Er hatte darüber gelesen. Die Geißel der Menschheit. Überall tauchte sie wieder auf. Vorbote der Apokalypse. O bitte, Gott, laß sie nicht ... Mit einer raschen Bewegung beugte er sich vor und erwischte aufs neue ihre Hand. Diesmal ließ sie ihn gewähren. Er strich über ihre Finger. Sie waren nicht mehr ganz so glatt wie früher, aber das waren seine ja auch nicht. Es waren gesunde Hände. Äußerlich. Aber er spürte etwas in ihnen. Ein Nachlassen. Ein … Nach einer Weile entzog sie ihm wieder die Hand, und er hörte, wie sie nach einer Flasche tastete. Sie trank. Der Alkoholgeruch war durchdringend und beunruhigend. Nachdem sie getrunken hatte, behielt sie die Flasche in der Hand.

«Und?» sagte sie. «Was willst du hier?» Die Worte kamen schlaff aus ihrem Mund, ausgefranst. Es klang spöttisch, oder einfach betrunken. Oder beides.

«Ich … hab dich gesucht.»

«Gesucht.» Sie schien darüber nachzudenken. «Wieso?»

«Weil …» Roberto rang mit sich. «Weil … Ich wollte dich wiedersehen.»

«Wiedersehen. Wiedersehen.» Das Wort hörte sich häßlich an, aus ihrem Mund. «Wir sind keine Kinder mehr, Roberto. Wir sind ganz anders geworden.» Sie ließ lange Pausen zwischen den Sätzen, als wolle sie, daß er auch ja alles verstand. Oder als sei ihr jeder Satz zuviel. «Wir sind ganz andere Menschen.» Die Flasche gurgelte. «Wir können uns nicht wiedersehen. Weil wir uns noch nie gesehen haben, eigentlich. Wir kennen uns überhaupt nicht, eigentlich.»

Roberto war empört. Wie konnte sie so etwas sagen? Jetzt, nachdem er all diese Anstrengungen auf sich genommen hatte? Es war, als hätte sie seine Träume mit einer achtlosen Handbewegung weggewischt, wie Staub, wie Krümel. Das durfte sie nicht. Das durfte sie nicht! «Das ist doch Quatsch!» brach es aus ihm heraus.

«Von mir aus. Aber das ist meine Meinung.» Sie trank wieder einen Schluck.

Roberto schwieg. Eine verzweifelte Trauer überkam ihn. Er hatte das Gefühl, daß ihm die Situation vollends entglitt. Er wußte, daß er etwas erwidern mußte, daß er ein Bild von der

Welt und von der Zeit und von allem entwerfen mußte, das ihren Fatalismus entkräftete. Ein positives Bild. Er mußte etwas formulieren, das sie beide in sich aufnahm. Aber was? Sein Hirn schien ihm wie leergefegt, an anderen Stellen voller Gerümpel, das er nicht sortieren konnte. Dann fiel ihm etwas ein. Es war ein vorbeiwehender Strohhalm im Wirbelwind seiner Gedanken, und er griff danach.

«Wir jagen unsre Beute durch verschiedne Schächte», deklamierte Roberto zögernd. «Liebe. Ist nur in der Weite. Wir. Werden uns nicht finden. In der Weite.» Er lächelte einen schüchternen Triumph ins Dunkel. «Ich habe dich gefunden. In der Weite.»

«Nein», sagte sie entschieden. «Du bist nur in deinem Schacht weitergekrochen. Es kommt dir vielleicht so vor, als wärst du ausgebrochen.» In ihrer Stimme schwang Verachtung mit. «In die Freiheit. Aber das stimmt nicht. Es ist ein hermetisches Universum. Du bist nur auf deinen Schienen weitergefahren. Schienen, die schon lange verlegt waren, bevor du geboren wurdest.»

Roberto schüttelte den Kopf. «Glaubst du das wirklich?»

Sie schwieg lange. Die Flasche gluckste. Ein langgezogenes Ausatmen. Dann ihre Stimme, erschöpft, ermattet: «Wie hast du mich gefunden?»

«Schillo.»

«Ach. Die Kuchen.»

«Ich hab ihn immer zu Weihnachten besucht.»

«Wie geht's ihm?»

«Schlecht.»

«Das ist gut.»

«Und du …? Wie bist du gerade hier …? Was hat dich gerade hierhin verschlagen? Nach Brasilien? Und hierher? An diesen Ort?»

«Was weiß ich?» Sie hob die Arme, ließ sie auf die Matratze zurückfallen. «Schicksal. Mein Schacht. Meine Schienen.»

«Ihr seid damals plötzlich weggezogen. Von einem Tag auf den anderen.»

«Meine Mutter. Sie hatte diesen neuen Mann. Ihren Freund.»

«Den Ingenieur.»

«Ja. Wir sind zu ihm gezogen.»

«Und du? Wolltest du nicht dableiben?»

«Mir war es egal. Ich war ein Kind. Ich ... Vielleicht erinnerst du dich, es ist mir etwas passiert.»

«Schillo.»

«Der Freund meiner Mutter hatte in Brasilien zu tun. Ich bin mitgefahren. Und dageblieben.»

«Einfach so?»

«Nicht einfach so. Nichts ist einfach so. Aber ich bin dageblieben. Hiergeblieben.»

«Und deine Mutter und ihr Freund ... Haben sie nicht ...?»

«Meine Mutter lebt inzwischen in Süddeutschland. In irgendeinem Kaff. Sie hat kein Geld, wenn du das meinst. Sie hat auch nicht mehr viel Verstand. Sie lebt in einem Heim, dort. Von dem Ingenieur hab ich nie wieder was gehört.»

«Und Brasilien ...» Roberto überlegte, versuchte zu verstehen. «Du bist einfach hiergeblieben.»

«Man muß das tun, wovor man Angst hat.»

«Angst?»

«In die Höhle des Löwen bin ich gekrochen.» Sie sprach leise wie zu sich selbst. Roberto hatte Mühe, ihre Worte zu verstehen. «Ich habe Haß gesucht. Rache. Aber ich habe Liebe gefunden.»

«Wovon redest du?»

«Ich habe mich verliebt.»

Roberto fühlte einen Stich in seinem Herzen. «In das Land.»

«Wie du willst.» Sonias Stimme war ohne Mitleid. «In das Land, wenn es dir so besser gefällt. In das Leben auch. In die Art zu leben.»

«Schillo», sagte Roberto. Er fuhr sich mit der Zunge über die

Backenzähne. «Frau Wienholz … Sie ist eine nette Frau, übrigens. Ich hab sie ja öfter mal besucht.» Er hustete. «Es hat lange gedauert. Weihnachten, immer. Brasilien wußten wir, aber mehr nicht. Aber dann, irgendwann, war der Poststempel endlich leserlich. Sete Cascatas.»

«Und darauf bist du losgefahren, mich zu suchen.» Sie brachte eine Art Lachen heraus. «Mich zu erretten.»

«Ja.»

«Nein.»

«Was?»

«Du lügst.»

«Nein. Ich lüge nicht.» Roberto war ungehalten. «Wie kommst du darauf?»

«Das letzte Päckchen habe ich vor zwei Jahren geschickt.»

«So?» Roberto reagierte schuldbewußt, und er ärgerte sich darüber. «Dann eben vor zwei Jahren!» sagte er wütend. War er ihr denn Rechenschaft schuldig? Hätte er gleich kommen sollen? Nach fünfzehn Jahren gleich hierhergejettet kommen sollen, Hals über Kopf? Ohne einen Pfennig Geld? Mit Schulden? Mit den Hypotheken auf dem Haus? Sich so in ein ungewisses Abenteuer stürzen? Auf der Suche nach einer Frau, die ihn vielleicht verlachte? Was hätte er ihr schon bieten können? Wie hätte er sie retten können? Es war schließlich Geld, das die Welt regierte! Und er hatte andere Dinge zu tun gehabt. Er hatte Besseres zu tun gehabt! Und das hätte er auch jetzt, jawohl! Gerade jetzt! Jetzt mehr denn je! Was tat er hier eigentlich? Was erwartete er? Er benahm sich wie ein dummer Junge! Es wurde Zeit, endlich erwachsen zu werden. Und Sonia? Früher. Das war lange her. Sollte sie doch allein glücklich werden! Wie hatte er sich einbilden können, sie zu lieben? Was für ein Quatsch! Was für ein Scheiß! Sie hatte schon recht gehabt, sie kannten sich doch gar nicht! Blödsinn!

Roberto spürte, daß seine Gefühle, so lange im Zaum gehalten, sich in einem wüsten Schwall Bahn brachen. Er war Gefühle nicht gewohnt. Sie gerieten aus der Kontrolle, in der er sie immer gehalten hatte. Aber es tat gut, wütend zu sein. Wütend sein hieß die Dinge in der Hand haben. Die Oberhand haben.

Sonias Stimme war ruhig. «Zu spät, Roberto.» Er hörte, wie sie einen Schluck nahm. «Zu spät.»

Roberto fiel. Er fiel tief. All seine Wut brach weg. Es war ein Sturz ins Nichts. Im Nichts gab es Kugeln. Die Kugeln waren kalt und böse. Sie waren wie die Welt. Sie waren wie der Himmel. Sie waren wie Gott. «Der Himmel», hatte Alfred Dillinger seinen Sohn einst gelehrt, «der Himmel ist kalt. Zweihundertdreiundsiebzig Grad unter Null. Das ist die größtmögliche Kälte. Die Kälte des Weltalls.» Roberto hatte gezittert. «Es gibt keine Luft dort. Und kein Leben. Es gibt dort nicht einmal Geräusche. Denn die Luft trägt die Geräusche. Schwarze Leere. So sieht der Himmel aus.»

Roberto sah sich, nackt und steifgefroren, durch die Leere treiben. Geräuschlos. Sinnlos. Um ihn herum waren Planeten. Große, mitleidlose Kugeln. Er zitterte. Ihm war sehr kalt.

«Mein armer Schatz.»

Das war Sonia. Sie legte eine Hand auf sein Knie. «Du tust mir leid.»

Robertos Verzweiflung schlug um in verzweifelte Hoffnung. Gleichzeitig spürte er Scham. Er atmete stoßweise. Preßte Tränen hervor. Er sah seine Mutter, wie sie mit rotgeäderten Augen zu ihm aufschaute. («Weißt du, du denkst, wir Erwachsenen, wir sind so stark. Aber das stimmt nicht. Wir versuchen nur, stark zu sein, so wie du. Du bist ein Kind. Solange meine Mutter lebte, konnte ich auch immer noch denken, ich bin ja noch ein Kind. Ein bißchen größer als du, aber noch ein Kind. Jetzt ist sie tot, und ich bin eine Waise.»)

Jetzt bin ich eine Waise, dachte Roberto.

Es war das erste Mal, daß er das dachte; es in diese Worte faßte.

Die Engel sind verbrannt.

Ich bin allein auf dieser Welt.

Oder nicht? Er drückte seine Hand auf die Sonias.

«Alle tut ihr mir leid», sagte Sonia.

«Wer alle?» schniefte Roberto.

«Alle. Alle, die leben.»

Sie zog die Finger unter seiner Hand hervor. Er hörte sie trinken. Hörte das Gluckern der Flüssigkeit, die in ihren Körper lief. Eine seltsame Ruhe überkam ihn. «Du solltest nicht soviel trinken», sagte er.

«Es ist Medizin.»

«Trotzdem, Sonia.»

«Hier nennt man mich Elena.»

«Elena. Wieso?» Er dachte an obskure Religionsgemeinschaften, bei denen die Mitglieder ihre Namen abgeben, zusammen mit ihrer Vergangenheit und ihrem Selbst. Aber die Erklärung war einfach:

«Sonia Ellen Kraal heiße ich. Ich hatte genug von Sonia. Also wurde ich Ellen. Oder Elena.»

«Elena. Auch ganz schön.» Er seufzte. «Aber mir gefällt Sonia besser.» Er dachte über die beiden Namen nach, woher sie wohl stammen mochten.

«Du mußt jetzt gehen.» Ihre Worte rissen ihn aus seiner trügerischen Ruhe. Die Unterhaltung war fast normal gewesen, einen Moment lang, und das hatte ihm gutgetan. Er hatte sich wohl gefühlt. Er hatte sich gefühlt, als würde er mit Sonia auf einem Sofa sitzen, in einem schönen Haus. Einem Haus, das sie gemeinsam bewohnten.

«Sonia», sagte er, eindringlich, flehend. «Sonia, ich habe Geld. Ich habe alles, was du brauchst. Was wir brauchen.»

«Vergiß es.»

«Aber …» Sein Luftschloß stürzte in sich zusammen.

«Vergiß mich. Vergiß Sonia. Vergiß alles.»

«Nein», jammerte Roberto trotzig.

«Schwachkopfo», sagte sie in mildem Spott. Sie seufzte.

Und wieder flackerte die Hoffnung in Roberto auf. Schwachkopfo. Dieses gemeinsame Wort aus ihrer Kindheit war wie ein Band zwischen ihnen. Es war etwas, das niemand außer ihnen verstand. Es war wie ein gemeinsames Sofa. Wie ein gemeinsames Haus. Es war wie die Welt zu zweit.

Er sagte leise, mürrisch fast und doch beschwörend: «Die Welt will uns, will dich und mich, bevor die Welt uns tötet.»

Schweigen.

Dann: «Das hast du also auch gefunden.»

«Es lag auf dem Müll und wehte in meinen Garten. Ich wußte sofort, daß es von dir ist.»

«Der Wind des Schicksals. Garten?»

«Ich hab hier einen Bungalow gemietet.»

«Der wohlhabende Herr Tourist. Und das andere? Das mit der Weite, wo hast du das gefunden?»

«In deinem Papierkorb. Beim Umzug, damals.»

«Ach. Der Papierkorb. Ja. Also auch auf dem Müll. Welch hoher Symbolwert.»

«Es sind wunderschöne Gedichte.»

«Ja?» Ihre Stimme klang verändert, als sie fragte: «Findest du?»

Es war die Stimme von Sonia. Sonia, wie sie früher war. Sie war nicht zart gewesen, früher, das paßte nicht, zart. Sie war einfach umwerfend gewesen. Sprühend, voller Leben, voller Hoffnung. Nein, nicht Hoffnung. Voller Gewißheit. So war auch ihre Stimme gewesen. Und so klang sie nun wieder. Das erste Mal klang ihre Stimme jetzt, als trüge sie Leben in sich. Roberto witterte seine Chance. Er richtete sich auf. «Natürlich finde ich das.» Und das war die Wahrheit. «Sie haben … Größe. Sie haben… Ich weiß nicht. Ich habe nie etwas Vergleichbares gelesen.»

«Das ist nett von dir, das zu sagen.» Sie strich sich über den Arm. Er hörte das: Sie streichelte ihren Arm.

Ein Vogel stieß eine dissonante Folge von Lauten aus, und

Sonia richtete sich kurz von ihrem Lager auf. Sie starrte an die Decke, oder durch die Decke hindurch auf das, was darüber war, dann sank sie wieder zurück. Roberto hatte gar nicht registriert, wie die Dämmerung begonnen hatte. Aber sie hatte begonnen. Er konnte sehen. Ganz schwach, ganz langsam lösten sich grobkörnige graue Punkte aus dem Schwarz, bildeten Formen, formten Bilder. Ein Bild war Sonia. Sie lag auf ihrem Bett, auf dem Rücken, und er sah den Umriß ihres Gesichts im Profil. Das heißt, er ahnte ihn, und er ahnte die Flut goldenen Haars, die auf dem Laken ruhte. Lang waren die Haare, lang, fast bis zu ihren Füßen. Beide schwiegen sie, Sonia in ihre Gedanken versunken, er selbst in seine Betrachtungen. Nur wenige Minuten dauerte es, bis Roberto ihren ganzen Körper sah. Und dieser Körper war schön. So schön. So begehrenswert. Die langen, schlanken, muskulösen Beine. Sie trug Shorts, und ihre Schenkel, ebenmäßig in ihrer sanften Rundung zu Hüfte, Scham und Hintern hin, raubten ihm fast die Sinne. «Komm», schien sie zu sagen. Aber ihr Mund öffnete sich nicht. «Komm», schien sie zu flehen, mit ihrem Körper. *(«Komm.» Die Treppenstufen knarrten, und er folgte ihren dünnen Waden, ihren Fesseln, die in weißen Söckchen steckten. Sie war neun, und sie hatte noch keine Brüste, aber kecke Brustwarzen, die wie Kirschkerne unter ihrem dünnen roten Pullover saßen.)*

Sie hielt die Flasche zwischen ihren Brüsten. Die Finger waren lang, gebräunt, dunkel gegen das weiße Etikett. Ihr Gesicht, das Profil, ein Meisterwerk sanften Schattenspiels. Jetzt begann ihr langes Haar zu schimmern, ja zu leuchten ... Roberto rieb sich die überanstrengten Augen, und grüne Blitze explodierten hinter seinen Lidern. Seine Augen waren gereizt, und als er sie wieder öffnete, legte Tränenflüssigkeit einen Weichzeichner über das Kunstwerk, das er anstarrte. Sie war so schön. Aber sie würde nicht wollen, daß er sie berührte. Das spürte er. Noch nicht. Und er respektierte es. Er betrachtete sie wie ein Gemälde, so unbeweglich, wie sie da lag, nur ihre Brüste mit der Flasche hoben sich, senkten sich, langsam, stetig. Sie war eine Idee, so wie sie da vor ihm lag. Ein Ideal. Eine Ikone.

Roberto meinte schon, sie sei eingeschlafen, als sie die Flasche nahm, die sie zwischen ihren Brüsten gehalten hatte, wie ein Baby. «Geh jetzt, Roberto», sagte sie. «Endlich. Bitte.» Leise jetzt, sehr leise. «Ich bin zu weit fort.»

Sie war kurz davor einzuschlafen. Aber Roberto wollte nicht, daß sie einschlief. Er mußte sie wach halten. Irgendwie wußte er, daß er sie wach halten mußte. Er durfte jetzt nicht alles verspielen. Jetzt, wo Vertrautheit zwischen ihnen geweckt war. «Du wolltest doch immer Schriftstellerin werden?» sagte er hastig.

«Ich wollte auch Zirkusartistin werden.»

«Ja, ja. Aber das mit der Schriftstellerin, da warst du doch richtig ernsthaft. Und du warst gut. Schon früher warst du sehr gut.»

«Du wirst lachen.» Sie sprach undeutlich, müde. «Ich bin Zirkusartistin geworden. Ich habe als Zirkusartistin gearbeitet. Das war mein Beruf.»

«Daher der Wagen? Hier?»

«Daher der Wagen, hier.»

Roberto betrachtete ihr Profil, zärtlich und bekümmert. Sie war so mutig, dachte er. Und sie ist doch gescheitert. Sie hat ihre Freiheit gesucht, und gefunden hat sie das hier: Elend.

Das Glück hatte jetzt ein Ende für die Blausternamazone, jetzt und hier. Das sah er, das spürte er. Aber das Glück konnte auch wieder einen Anfang nehmen. Einen neuen Anfang. Einen Anfang, wie er eigentlich hätte gewesen sein sollen. Roberto sah Sonia an, wie ihr Körper sich immer deutlicher in der Dämmerung abzeichnete. Sie lag dort auf dem Bett, die Augen geschlossen, und er wußte, sie brauchte ihn. Und er spürte, wie ihn eine große Kraft erfüllte, seine Brust ausfüllte, seinen Körper. Er wußte in diesem Moment, er würde es schaffen. Er würde es für sie beide schaffen, zunächst. Und dann würden sie es gemeinsam schaffen. So mußte es sein, dachte er, während er die Wonnen

seiner Gewißheit genoß, so mußte es sein, wenn man glücklich
war.

Er sah von seinem Stuhl auf sie hinunter. «Und?» fragte er.
Seine Stimme war ganz heitere Zuversicht. «Was warst du denn?
Als Artistin, meine ich.»

«Alles. Hauptsächlich blond.»

«Hm», machte Roberto. Er versuchte, sie sich vorzustellen,
als Seiltänzerin. Als Löwenbändigerin. Er dachte an das mutige
kleine Mädchen, das damals mit ihm nachts auf den Dachboden
geschlichen war. Er fragte: «Und … Schreiben? Hast du noch
andere Sachen geschrieben?»

«Nein.»

«Du hast Schreibmaschine geschrieben. Das hab ich gehört.
Ich bin der Schreibmaschine nachgegangen.»

Sie seufzte. «Ich hab auch geschrieben, ja.» Ihrer Stimme
fehlte jede Modulation. «Ich wollte zum Zirkus. Ich bin beim Zirkus gelandet. Ich wollte schreiben. Ich hab geschrieben. Ich hab
alles erreicht. Nicht wahr? Was will man mehr vom Leben? Es ist
genug.»

Sie trank.

Roberto achtete nicht auf ihre Worte. Er war nun ganz in
seiner Welt der Zuversicht gefangen. Er lächelte versonnen und
sagte: «Wir haben uns einmal geküßt, weißt du noch?»

Sie schwieg.

«Es war in einem Sarg.»

«In einem Sarg.» Sie klang amüsiert.

«Du erinnerst dich doch?»

«Natürlich erinnere ich mich. Schwachkopfo.»

«Wir sind gestört worden, bei dem Kuß. Wir haben uns nicht
zu Ende küssen können.»

«Kann man sich zu Ende küssen?»

«Ich weiß nicht. Aber ich würde es gern ausprobieren.»

«Was?»

«Dich zu Ende zu küssen.»

Sie schwieg. Roberto spürte ein Unbehagen, das von ihr ausging. Aber er spürte auch, daß sie es wollte. Daß sie es auch wollte! Das spürte er ganz deutlich.

«Ich möchte dich küssen, Sonia.»

Schweigen.

Was hielt sie zurück?

Er nahm all seinen Mut zusammen. «Und ich möchte mit dir schlafen.»

«Roberto …»

«Ja?»

«Geh lieber. Geh jetzt lieber.» Ihre Stimme wurde von einem Schluchzen erstickt.

«Sonia.» Die Worte kamen nun aus ihm heraus. Sie waren immer in ihm drin gewesen, und es war ihm, als hätte er sie immer gesagt, wieder und wieder. Aber er wußte, er hatte sie nie gesagt. Jetzt sagte er sie.

«Ich liebe dich, Sonia! Verstehst du nicht? Ich liebe dich! Ich hab dich immer geliebt! Und verdammt noch mal, ich werde dich immer lieben! Nur dich!»

«Zu spät.»

Für einen Augenblick erstarrte Roberto.

«Wieso zu spät? Verdammt, bist du verheiratet? Dann laß dich scheiden. Ich hol dich hier raus. Ich liebe dich.»

«Zu spät.» Sie weinte jetzt.

«Wieso zu spät?» rief Roberto erregt.

Doch während er noch das letzte Wort seiner Frage sprach, erkannte er, wieso. Es war nur eine Idee, zunächst, eine kurze Irritation. Er war aufgesprungen, von dem Stuhl, in seiner Erregung. Und das Licht des Morgens war inzwischen heller. Mit etwas Anstrengung hätte man fast eine Zeitung lesen können. Er sah sie an, und ein flüchtiges Gefühl des Entsetzens überkam ihn. In diesem Moment setzte der Strom wieder ein. Das Licht ging an. Es war eine Lampe, draußen, die einen Keil von Licht ins Innere des Wagens warf. Die Spitze des Keils traf Sonias Gesicht.

Robertos Atem stockte. Die rechte Seite ihres Gesichts, die Seite, die sie immer von ihm abgewandt gehalten hatte: Das war nicht Sonias Gesicht. Das war eine zerschundene, zerschnittene Fratze.

Er stand über ihr, starrte auf sie hinunter, sein Mund stand offen. Er keuchte, konnte es nicht fassen, starrte in diesen Alptraum von einem Gesicht.

«Der Strom ist wieder da», stellte Sonia bitter fest. «Nicht wahr?»

Roberto nickte. Erst einen Moment später wurde ihm klar, daß sie das Nicken nicht sehen konnte. Sie hatte ihre Lider jetzt geöffnet. Dort, wo Sonias Augen hätten sein sollen, waren zwei matte unförmige gallertartige Erhebungen, gelb, grau, rot. Sie hockten in den Augenhöhlen wie ein verschimmelter Vanillepudding, den man dort hineingegossen hatte. Tränen flossen aus ihren toten Augen.

«Hast du jetzt kapiert? Hau ab!»

«Ich ... Ich ... Sonia. Sonia, was ist mit dir passiert?» Roberto war in Panik. Er schlotterte am ganzen Körper.

«Das, was passiert ist, eben. Schicksal.»

«Ich ...» Er rang die Hände. Er raufte sich die Haare, riß ein Büschel mit einem Geräusch wie Gras aus seiner Kopfhaut. Er spürte keinen Schmerz, nicht da. Die Welt, wie er sie kannte, wie er sie sich gerade zurechtgeträumt hatte, diese Welt gab es jetzt nicht mehr. Aber was gab es statt dessen? Lähmende Angst erfüllte Roberto. Sein Atem ging stoßweise. «Ich ...» keuchte er. «Kann ich dir irgendwie helfen?»

«Du kannst abhauen. Verschwinde endlich. Laß mich allein!» Sie nahm einen großen Schluck aus der Flasche. Sie war zur Hälfte leer, jetzt. Roberto sah die Flasche an. Flaschen gehörten zu der Welt, die er kannte.

«Was ... was trinkst du da eigentlich die ganze Zeit?»

«Sagte ich doch. Medizin.»

«Wogegen?»

«Gegen das Leben.»

«Was?»

«Hast du's immer noch nicht kapiert, Roberto?» Sie richtete sich auf den Ellbogen auf und starrte ihn mit ihren zerstörten Augäpfeln an. «Du störst mich. Du störst mich bei meinem Tod. Du störst mich bei meinem Selbstmord.»

«Was?» Roberto sprang auf. Er riß ihr die Flasche weg, drückte sie an seine Rippen. «Ich hol einen Arzt!»

«Wozu?»

Roberto wußte nicht, wozu.

«Ich bin in guten Händen.»

Roberto nickte. Er ließ die Flasche sinken. Er setzte sich wieder.

«Wir alle sind in Gottes Hand. Das ist etwas, was ich gelernt habe.»

Roberto sah zum Fenster, wo sich der Himmel von einem blassen Grau zu Blau verwandelte.

«Gibst du mir die Flasche wieder?»

Roberto sah die Flasche an. «Nembutal» stand auf dem Etikett. Und es war ein kleiner Totenkopf in die Ecke gezeichnet.

«Sieh mich an, Roberto. Sieh dir mein Gesicht an.»

Roberto sah zu Boden.

«Dieses Leben hab ich doch schon längst verwirkt. Was soll ich denn noch? Hier hält mich nichts mehr. Auch du nicht. Du wendest dich von mir ab wie alle anderen. Ich kann es dir nicht einmal verdenken.»

Ein Schluchzen kam aus Robertos Kehle.

«Gibst du mir die Flasche wieder?»

Er gab ihr die Flasche.

Sie trank, langsam, bis nur noch ein kleiner Rest in der Flasche war. Sie machte eine Pause, in der sie Atem schöpfte. Dann trank sie auch den Rest, und dann sah er zu, wie sie starb.

Roberto wartete lange Zeit. Aber das Leben kehrte nicht zu ihr zurück. Die Seele war davongeflogen. Vielleicht winkten die Frösche bereits. So wartete er auf seinem Stuhl, starr, im Angesicht des Todes, der auch sein eigener Tod war. Starr, wie das Kaninchen vor der Schlange. Er saß dort den ganzen Tag. Allein mit der Leiche der Frau, die er hatte lieben wollen. Er hörte das Quartier um sich herum erwachen. Er hörte die Geräusche des Tages. Schwatzende Menschen. Schreiende Kinder. Rufende Mütter. Aber niemand klopfte oder klatschte vor der Tür des Zirkuswagens in die Hände. Niemand reckte sich auf die Zehenspitzen und sah durch das Fenster. Es dämmerte bereits wieder, als Roberto aus seiner Starre erwachte und sich dem Schmerz auslieferte. Fast glaubte er, ihn nicht zu überleben, und er ertappte sich dabei, wie er die Flasche Nembutal aus Sonias kalten Fingern riß, um sie sich an den Hals zu setzen. Aber sie war leer. Erst jetzt nahm Roberto den Schreibtisch wahr, die Schreibmaschine darauf, die Unmengen von Papier. Neben der Maschine lag ein Stapel, säuberlich aufgeschichtet. Unter dem Tisch gab es noch mehr, beschriebene und leere Bogen in alten Supermarktkartons. Roberto stützte seine Fäuste auf die Schreibtischkanten. Ein Blatt war noch eingespannt, und er las:

Fsdkw, Mhgpsk hmhsk!

Sein Blick streifte hinunter zur Tastatur. Daher also: Er sah nicht das vertraute QWERTZUIOPÜ der deutschen Anordnung. Es mußte eine brasilianische Schreibmaschine sein, oder vielleicht eine turkmenische, was auch immer. Sonia hatte blind geschrieben, natürlich, und sie hatte sich auf die deutsche Anordnung verlassen. Roberto dechiffrierte die erste Zeile des Blattes. Er las:

> Edson, marido amado!
> Edson, geliebter Ehemann!
>
> Eines sollst Du wissen. Ich habe nie geliebt, bevor ich Dich kennenlernte. Und ich werde nie wieder lieben, nach Dir.

Roberto las nicht weiter. Er riß das Blatt von der Walze. Er zerknüllte es mit einer Hand, und die Adern standen aus seinem Unterarm hervor wie Würmer. Wut durchströmte seinen Körper. Er fühlte sich betrogen. Betrogen um seine Gefühle. Ja, er fühlte Eifersucht. Er fühlte sich in seinem Schmerz betrogen. Er wollte seinen Schmerz nicht teilen. Wenigstens seinen Schmerz wollte er für sich haben. Die lebende Sonia war ihm vorenthalten worden. Wenigstens die tote Sonia wollte er für sich haben. Dieser Schmerz sollte ihm gehören, ihm allein. Er drückte das Stück Papier in seiner Hand, bis es zu einem harten kleinen Klumpen wurde, bis es vom Schweiß seiner Hand durchweicht war. Der Krampf breitete sich von seiner Hand aus, über seinen Unterarm, die Schulter und den ganzen Körper. Aber Roberto drückte noch fester, preßte noch stärker. Der Schmerz war jetzt körperlich, und er drängte den seelischen Schmerz zurück. Dann starb die Wut langsam ab und der Schmerz, und was blieb, war eine ungeheure Leere.

Roberto starrte Sonia noch lange an, so, aufrecht dastehend, den Klumpen Papier in seinen Händen. Er starrte sie an, bis jede Pore ihres Körpers sich unauslöschlich in sein Gedächtnis brannte.

Er starrte sie lange an. Und er durchlebte Welten während dieser Zeit. Wenn ich sie nur lange genug ansehe, dachte er beispielsweise, wenn ich sie nur intensiv genug ansehe, mit der ganzen Kraft meines Herzens, meines Seins, dann muß sie wieder aufstehen! Sie muß dann einfach wieder aufstehen. Das ist ein Gesetz. Ein Gesetz der Natur. Sie kann gar nicht anders. Die Welt kann gar nicht anders, als sich meinem Wunsch zu fügen. Wenn ich es mir nur richtig, richtig wünsche!

Aber die Welt nahm keine Notiz von Robertos Wünschen.

Vielleicht wünschte er auch nicht stark genug.

Roberto verließ Sonia erst in der nächsten Nacht. Erst in der Nacht, als niemand ihm begegnen konnte. Er schleppte sich durch den Sand des Strandes, mühsam, Fuß vor Fuß setzend, als hätte er tausend Jahre nichts anderes getan und als würde die Zukunft tausend Jahre lang nichts anderes für ihn bereithalten.

Träume der Liebe, Träume des Hasses

Roberto», hauchte Alaya zärtlich. «Roberto Dillinger.» Sie kannte seinen Namen. Der Zahlmeister der «Estrela do Mar» hatte ihn ihr gesagt. Unbegreiflich eigentlich, daß sie bei dem Namen nicht hellhörig geworden war. Das Bestattungsinstitut hatte genauso geheißen. So ein Zufall. Und was so ein Bestattungsunternehmer ist, der kennt sich aus mit Dingen, die verbrennen, im Krematorium, und mit den wenigen Dingen, die nicht verbrennen.

Alaya öffnete die Augen und sah sich selbst im Spiegelbild des Fensters. Das Licht war gedämpft, und die Leute schliefen. Der Bus glitt durch die Nacht. Sie drückte ihr Gesicht an die Scheibe. Palmen zogen am Fenster vorbei, Sterne zwischen den Wedeln. Eine Hütte. Ein Mann davor, der rauchte. So spät noch wach. Zwei Uhr war es nun wohl. Oder schon drei? Im Morgengrauen müßten sie ankommen, in Sete Cascatas.

Alaya Moreira drehte sich auf die andere Seite, wo ihr Platznachbar, ein kahlgeschorener junger Mann, mit offenem Mund schlief. Sein Kopf wackelte im Rhythmus der Fahrt.

Alaya betrachtete die vorbeiziehende Landschaft, die Dunkelheit, die der Bus zerteilte, seinen Scheinwerfern folgend: vorwärts strebend, vorwärts … Der Pullover rutschte ihr von der Schulter. Sie hob ihn auf, stopfte ihn zwischen Schulter und Ohr und wartete auf die Träume, die ihrer harrten und die – wie immer – von großer Liebe handeln würden und von weitaus größerem Haß.

Ein Gefäß des Schmerzes

Als Roberto aus seinem Bungalow trat, mußte er blinzeln, weil ihn die Sonne blendete, die bereits wieder im Sinken begriffen war. Es war heiß. Es hätte zumindest heiß sein sollen. Robertos Haut hätte brennen müssen, so ungeschützt den Sonnenstrahlen ausgesetzt. Er hätte in den Schatten flüchten müssen. Aber Roberto spürte keine Hitze. Er spürte gar nichts. Er hörte auch nichts, nur seinen eigenen Atem, Luft, die der Unterdruck seiner Lungen in den Hohlraum seines Körpers sog. Er verengte den Hohlraum, und die Luft entwich. Einatmen (Rauschen). Ausatmen (Rauschen). Roberto ging über den Rasen, der ihm unwirklich grün erschien. Sein Körper war seltsam taub, als träumte er dies alles oder als sähe er in einen Monitor, der ihm die Welt vorgaukelte. Er hatte Lust, den Monitor auszuschalten. Dann würde die Welt untergehen. Oder er? Oder beide? War das nicht einerlei? Oder war er vielleicht ein Versuchsobjekt in einem riesigen Experiment? Die ganze Welt als Rattenlabyrinth. Und er die Ratte. Alle starrten auf ihn. Schaltkreise. Überwachungsapparate. Was würde er tun? Würde er zum Strand gehen?

Ja, sagte Roberto. Ich gehe zum Strand. Die Worte klangen seltsam metallisch, und er sagte sie nur in seinem Kopf. Er schritt über die staubige Straße und durch das Gestrüpp und die kleinen Dünen. Dann lag der Strand vor ihm, blendend weiß, und vor dem Strand das offene Meer. Roberto ging geradewegs auf das Meer zu.

Er wollte den Monitor abstellen.

Das Meer war blau und heiter. Wenigstens hätte es heiter

sein müssen, Roberto hätte heiter sein müssen. Aber es war nicht heiter. Ebensowenig wie er. Es warf nur blaue Punkte auf Robertos Netzhaut. Akustische Reize in Robertos Ohr. Olfaktorische Reize in Robertos Nase.

Ein paar Menschen lagen am Strand. Ein paar Touristen, wenige. Ein paar Ortsansässige. Zwei Fischer reparierten ein Netz.

Roberto spürte kaum die Kühle an seinen Füßen, und die Nässe. Er ging weiter, bis das Wasser seine Hüften erreicht hatte. Er ließ sich nach vorn fallen. (Rauschen, Platschen.)

Das Meer schloß sich über Robertos Scheitel. Salzwasser drang ihm in die Nase. Er fühlte, wie seine Körpermasse ihn nach unten zog. Er würde es einfach in sich eindringen lassen, wie in eine Flasche. Wie in ein Gefäß. Ein Gefäß des Schmerzes war er, und das Wasser würde seine Hohlräume füllen und den Schmerz verdrängen.

Er nieste das Wasser aus. Hustend kam Roberto an die Oberfläche. Er schlug mit seinen Armen, prustete und rang nach Luft. Ein paar Augenpaare richteten sich vom Strand auf ihn. Robertos Herz klopfte. Seine Lungen schmerzten. Er hustete noch ein paarmal, keuchte. Die Leute guckten. Mit einemmal war Roberto die Situation peinlich, und er bemühte sich um gleichmäßige Bewegungen. Er zwang sich gar ein Lächeln aufs Gesicht, obwohl er bezweifelte, daß man das auf die Entfernung wahrnahm. Die Aufmerksamkeit der Menschen löste sich sofort von ihm, und Robertos Sinne, jetzt klarer, richteten sich auf das aus, was an Land geschah. Er sah, daß die beiden Fischer aufgestanden waren. Sie gingen jetzt nach rechts über den Strand, in gemessener Eile. Kirchenglocken läuteten.

(«In Brasilien hat man Angst vor den Toten», hörte Roberto jemanden in seiner Erinnerung sagen. Adilson? «Die Toten werden noch am selben Tag beerdigt.» Er erinnerte sich, wie er gedacht hatte, der Grund liege wohl eher in den hohen Temperaturen und der Luftfeuchtigkeit, Faktoren, die die Verwesung beschleunigten.)

Die Kirche war neu und aus Beton, sah aber recht ansprechend aus. Sie lag erhöht, wie auch der Friedhof, und vom Wasser aus konnte Roberto beides sehen. Eine Prozession bewegte sich von der Kirche zum Friedhof. Es war keine besonders gelungene Prozession. Der Sarg sah schäbig aus, selbst aus der Entfernung. Lächerlicherweise regte sich Robertos Berufsethos. Das hätte er besser hingekriegt. Der Sarg war verschlossen, natürlich. Eine Aufbahrung hatte es sicher auch nicht gegeben. Na gut, so vorzeigbar war sie ja nicht mehr, das mußte er zugeben. Aber eine gute Kraft hätte das mit ein bißchen W und S schon wieder hingekriegt.

Wiederherstellen und Schminken.

Und endlich zersprang etwas in ihm. Etwas um ihn herum. Der Monitor explodierte, und die Welt drang auf Roberto ein. Gleichzeitig stürzten seine Gedanken in bodenlose Schluchten des Schmerzes. Robertos Mundwinkel wurden nach hinten gezogen, als zerrte irgendein kleines, sehniges Wesen mit aller Macht an einem Zaumzeug, das es ihm übergestreift hatte. Roberto versuchte, das Wesen abzuwerfen, sich der Trense zu entledigen. Aber es ging nicht. Ein jammernder Ton von ganz unten drang aus seiner eingeschnürten Kehle. Schleusen öffneten sich hinter seinen Augen. Und er fügte dem trägen Meer ein paar Tränen hinzu.

Roberto heulte Rotz und Wasser. Als seine Vorräte an Flüssigkeit versiegt waren, als er sah, wie der Sarg dort hinten, ganz klein, in die Erde gesenkt wurde, da war ihm, als sähe er seine eigene Seele, irgendwo in seinem Hinterkopf, und sie war zerschnitten und verätzt, wie ein alter Lumpen.

Ja, dachte Roberto und spürte plötzlich eine wohltuende Ruhe. Ja. Er stapfte aus dem Wasser. Die Bermudas schlappten naß um seine Schenkel.

Wiederherstellen und Schminken.

Ja.

Das war es, was Roberto mit seiner Seele tun würde. Mit seinem Herzen. Ja. Alfred Dillinger hatte recht gehabt. Manchmal mußte Gottes Werk halt nachgebessert werden. Es gab für alles Wege.

Ein dreiköpfiges Monstrum stampft
Schlitzaugen zu Brei

Als Alaya Moreira aus dem Bus stieg, war es neun Uhr abends, und auf dem Marktplatz von Sete Cascatas lief gerade ein Katastrophenfilm über schlitzäugige Menschen, die von einem dreiköpfigen hochhausgroßen Monstrum zu Mus verarbeitet wurden. Die Dorfbewohner schauten, je nach Bildungsniveau, gebannt oder amüsiert auf die Mattscheibe, und Alaya hörte, während sie ihre Koffer aus dem Gepäckraum des Busses zerrte, eine ehrlich bekümmerte Stimme sagen: «Arme Japaner.»

«Entschuldigung.» Alaya wandte sich an das Mädchen, dem das Schicksal der Japaner ans Herz griff. Es saß auf einer Bank und blickte Alaya verschüchtert und überrascht zugleich an.

«Entschuldigung. Weißt du, wo hier ein Hotel ist? In welcher Richtung?»

«Hotel? Tem não. Hier gibt es kein Hotel.»

«Oder eine Pension. Irgend jemand, der ein Zimmer vermietet, in dem ich schlafen kann.»

«Ich ... Nein, ich weiß nicht.» Das Mädchen lächelte dumm. «Aber der Mann dort vorn, Celso.» Sie nickte über die Schulter. «Der weiß vielleicht was. Ich glaube, der macht so was auch manchmal. Zimmer vermieten, mein ich.»

«Ah, gut. Der da?» Alaya sah zu dem Mann hin, der an einem Stützpfeiler lehnte, eine Zigarette rauchte und sich den Film mit angespannten Kiefermuskeln ansah.

«Ja», sagte das Mädchen. «Der.»

«Danke.»

Das Mädchen nickte lächelnd.

«Gut. Dann frag ich ihn.» Alaya griff nach ihren Koffern,

als sie, einer Eingebung folgend, innehielt, das Mädchen in halb
gebückter Haltung anfunkelte und es fragte: «Sag mal ... Ist
hier ein ausländischer Tourist aufgetaucht? Vor einer Woche
oder so?»

Das Mädchen sah sie starr an, als sei sie ein dreiköpfiges
Monstrum, das im Begriff stand, es zu Milchpudding zu verar-
beiten.

Alaya lächelte zögernd. «So ein großer. Aus Europa.»

Das Mädchen schüttelte den Kopf. Sie hatte die Schultern
hochgezogen. Etwas war ihr unheimlich an der fremden Frau.
Und sie mochte den Deutschen mit dem blonden Haar. Er war so
ein lustiger Mann. Und sie mochte die fremde Frau nicht, auch
wenn sie ihre Sprache besser sprach als der lustige Mann. «Não»,
sagte sie. «Tem não, um alemão.»

«Ich hab nichts von einem Deutschen gesagt», sagte Alaya,
und ihr Lächeln bekam eine gefährliche Milde. «Ich sagte nur:
ein Ausländer.»

«Ja? Wirklich? Ach so.»

«Aber du hast recht. Der Mann ist Deutscher. Wie konntest
du das wissen?»

«Ich ... Ich hab geraten.»

«So? Geraten. Geraten hast du, ja?»

Das Mädchen nickte angestrengt. Ein Brüllen kam vom
Fernseher her, und das Publikum zuckte zusammen. «Arme Japaner», druckste das Mädchen. Sie biß sich auf die Unterlippe
dabei und sah furchtsam auf den Boden zu Alayas Füßen.

«Nun.» Alaya hob ihren Koffer. «Wir sehen uns sicher
noch.» Damit ging sie, den Koffer schwer an ihrer Seite, zu dem
Mann hinüber, der Celso hieß.

Gott zu sein

In jener Nacht war das Schicksal auf Robertos Seite. Das spürte er von dem Moment an, da die Sonne hinter den Hügeln versank. Er hatte gewartet, bis die Nacht hereinbrach, nichts getan außer warten, denn die Nacht war seine Verbündete.

In der Dunkelheit des Alls erschienen die Dinge seltsam plan. Wie zweidimensional. Es gab keinen Mond in jener Nacht. Der schwarze Kirchturm ragte über Roberto in den Sternenhimmel wie eine Requisite aus einem Film, eine notdürftig aufrecht gehaltene Fassade, die jeden Moment auf ihren Schatten herabklappen konnte. Er beeilte sich, an dem Gotteshaus vorbeizukommen, und strebte eilig dem Friedhof zu. Seine Schritte waren unhörbar, die Insekten der Nacht schluckten die leisen Geräusche mit ihrem irrsinnigen, nie nachlassenden Gesang.

Der Weg stieg steil an, und der Boden war feucht und rutschig. Roberto hatte den Blick vor sich auf die Erde geheftet. Es hatte am Abend geregnet, und die unbefestigte Sandpiste am Hang war von tief eingeschnittenen Rinnsalen durchzogen. Am Rand raschelten Palmen in der nächtlichen Brise. Es war etwas kühler geworden, nach dem Regen, und eine Gänsehaut überzog Robertos Haut. Oder war es ein Schaudern? Er wechselte die Schaufel auf die andere Schulter. Ein Hund schlug an. Er war an einem Pfosten vor einer Hütte angebunden, die Roberto erst jetzt wahrnahm. Der Hund kläffte wie von Sinnen. Er zerrte an seiner Leine und verschluckte sich vor Aufregung. Roberto beschleunigte seinen Schritt. Als er ein paar Meter weitergegangen war, beruhigte sich das Tier. Ein Glück. Aber für den Rückweg würde er eine andere Strecke wählen müssen.

Auf den letzten hundert Metern vor dem Friedhof gab es keine Hütten mehr. Zwischen den Kokospalmen konnte Roberto das Meer ahnen, das dunkel unter ihm lag, und anhand der Sterne nahm er die Krümmung der Erde sehr deutlich wahr. Er verharrte einen Moment, um Atem zu schöpfen, als er tatsächlich sah, wie ein, zwei Sterne aus der Grenzlinie von Wasser und Horizont geboren wurden, aufstiegen und sich zu den anderen gesellten, die das Firmament mit ihrem schwachen Schein erhellten.

Als Roberto das Tor des Friedhofes erreichte, fand er es unverschlossen. Er durchschritt die Reihen kleiner Grabhäuschen, kam zu dem Areal, in dem die schlichten Holzkreuze begannen. Hier, im äußersten Winkel, das hatte er vom Strand aus beobachtet, hier war sie beerdigt worden. In dem vorbereiteten Grab, an dessen Rand er tags zuvor gestanden hatte.

Er näherte sich nun dem frischen Grabhügel, er roch die umgegrabene Erde, sie erschien feuchter, kälter in seiner Nase. Er kannte diesen Geruch. Es war der Geruch des Herbstes, aber auf Friedhöfen roch man ihn auch im Sommer, und er bedeutete, daß für einen Menschen der Herbst des Lebens zu Ende gegangen war. Was danach kam, war Winter. In Ewigkeit.

Das Kreuz, soviel erkannte er in der Düsternis, hatte eine Inschrift erhalten. Seine Finger fuhren den eingeschnitzten Schriftzug nach.

ELENA

Nur Elena. Roberto nahm die Schaufel in die Hand, und der erste Spatenstich grub sich knirschend in die Erde.

Das Graben hatte lange gedauert, er hatte sich Blasen an den Händen geholt, und die Haut hatte sich von seinen Handflächen gelöst. Ein Fingernagel war ihm abgebrochen, als er versucht hatte, den Sarg zu öffnen, ohne ihn zu zerstören. Schließlich mußte doch Gewalt herhalten, und das hatte ziemlichen Krach gemacht, aber niemand hatte ihn bei seinem Tun gestört. Dann die Erkenntnis, daß er keine Schubkarre dabeihatte.

Er hatte anscheinend angenommen, sie würde neben ihm hergehen, nachdem er sie aus dem Gefängnis ihres Sargs befreit hatte.

Mitnichten.

Es war eine merkwürdige Art von Ernüchterung, die Roberto überkam, als er die Leiche aus der Grube hob, sie aus dem Dunkeln ins schwächliche Licht der Sterne zerrte. Er hatte sie nicht mehr berührt, im Zirkuswagen, als er dort einen Tag lang mit ihr zusammengewesen war, nach ihrem Tod. Jetzt hatte er sie berührt, und erst jetzt fiel ihm ein, daß er sie ja transportieren mußte. Aber es schien, als meine es das Schicksal diesmal gut mit ihm. Als billige es seinen Plan. Denn als Roberto sich, Sonias Leiche zu seinen Füßen, hilfesuchend umsah, erschien, wie ein Trugbild, die Silhouette einer Schubkarre auf seiner Netzhaut, keine zehn Meter entfernt. Der Friedhofsgärtner mußte sie dort stehengelassen haben, wahrscheinlich hatte er sie für die Ausschachtung von Sonias Grab gebraucht. In der Karre lag ein verwelkter Blumenstrauß, der Roberto als Polster für seine Geliebte passend erschien. Er schnüffelte: Chrysanthemen. Dann hob er Sonias Leiche in die Karre und schob los.

Das stählerne Rad eierte und quietschte leise. Entgegen seiner Absicht mußte Roberto denselben Weg den Hang hinab nehmen, den er schon für den Hinweg benutzt hatte. Dort war die Hütte mit dem Hund, der gebellt hatte. Wenn er schon bergan, leise, zu Fuß den Hund zu einem Kläffanfall veranlaßt hatte, was würde erst geschehen, wenn er nun mit dieser quietschenden Schubkarre an ihm vorbei wollte? Und mit einer Leiche, deren Geruch er selbst zwar noch nicht wahrnahm, der dem Hund aber sicherlich nicht entgehen würde? Doch alle Besorgnis nützte nichts. Es gab keinen anderen Weg.

Robertos Haltung verkrampfte sich, als er in die Nähe der

Hütte kam. Er mußte die Schubkarre auf der abschüssigen Strecke festhalten wie ein Pferd, das durchzugehen drohte. Dann sah er den Hund. Steifbeinig stand er vor der Hütte und beobachtete ihn. Roberto hörte ihn schnüffeln, wittern. Aber der Hund bellte nicht. Im Gegenteil. Zitternd schlich er rückwärts, duckte sich angstvoll nieder, so gut es ging. Lediglich jämmerliches, verängstigtes Winseln war zu hören, ein Fiepen, kaum wahrnehmbar zunächst, klagend wie das Rad der Schubkarre. Dann steigerte sich das Winseln des Hundes, wurde laut, als versuchte das Tier mit einer Mauer aus hochtönendem Schall das dräuende Unheil von sich abzuwenden. Roberto sah, wie in der Hütte ein Licht entzündet wurde, aber da war er schon vorbei.

Und so, die klagende Schubkarre vor sich herschiebend, darin die Leiche von Sonia, von Elena, durchquerte Roberto das nächtliche Dorf. Einmal verfing sich ihr langes Haar im Rad der Karre, und der Leichnam machte dadurch einen Ruck, so daß ihr Gesicht Roberto augenlos anstarrte, das entsetzliche, entstellte Gesicht.

Dies war der Moment, da Roberto kurz davor war, aufzugeben. Die Karre stehenlassen, einfach weg. Aber er besann sich. Er drehte ihren Kopf so, daß die unversehrte Seite nach oben schaute, und schob weiter. Inzwischen hatte die Morgendämmerung begonnen, und Roberto war auf der sandigen Straße, die zu seinem Bungalow führte. Wäre ihm jetzt nur ein Mensch begegnet, ein Frühaufsteher, ein Bäcker vielleicht, ein Fischer oder ein später Zecher … Aber es war, wie durch göttliche Fügung, keine Menschenseele zu sehen, weit und breit. Robertos Handeln, da war er sicher, stand im Einklang mit seinem Schicksal.

Nachdem er die Haustür hinter sich verschlossen hatte, schob er Sonias Leiche ins Arbeitszimmer. Er richtete dort alles her, so gut es ging, und begann sofort mit seiner Arbeit. Zunächst mußte er sie duschen. Und dann weiter … Er arbeitete wie im Fieber. Er arbeitete gut, absolut konzentriert, und je mehr er sich in seinem Tun verlor, desto erregter wurde er. Es war die Erregung des Künstlers, mehr noch, des Schöpfers.

Es war auch die Erregung des jugendlichen Helden vor der Liebesnacht.

Die ganze Prozedur war nicht einfach, er mußte viel improvisieren, und viele Dinge konnte er nicht tun, mit den unzulänglichen Mitteln, die ihm zur Verfügung standen. Dennoch: Nie zuvor hatte er sich derart im Einklang gefühlt mit sich selbst, mit seiner Arbeit, mit dem Universum. Er war ein Werkzeug. Ein willfähriges Werkzeug in der Hand des Schicksals. Und er war das präziseste Werkzeug, das man sich denken konnte.

Als er endlich von Sonia abließ, rieb Roberto sich die geröteten Augen. Draußen war die Sonne bereits wieder im Sinken begriffen. Er betrachtete seine Finger. Sie zitterten. Er war müde. Seine Nerven lagen bloß. Er würde schlafen müssen.

Es strengte an, Gott zu sein.

Er schlüpfte aus seinen Kleidern und fiel aufs Lager. Dann träumte er. Im Traum spürte er, wie ihn eine große Kraft erfüllte, die sein Herz ausfüllte, seinen Körper. Eine lichte, goldene Kraft, und da wußte er, er würde es schaffen. Er war stark. Stark wie die Welt. Er würde es für sie beide schaffen. Roberto zuckte im Schlaf. Er träumte, er wäre glücklich. Ein glücklicher, glücklicher Mann.

Edsons Fehler

Edson war Stierkämpfer. Er kämpfte im Zirkus «Dois irmãos» gegen halbwilde Stiere. Bei den Hörnern packte er sie und ließ sich von ihnen gegen den Bretterzaun donnern, so lange, bis sie geschwächt waren und er sie zu Boden ringen konnte. Sein Broterwerb war hart. Aber er hatte sich nie unterkriegen lassen. Er war ein kräftiger Mann mit eisenharten Muskeln und dunklem, ungebärdigem Haar. Sein Körper war von Narben übersät, und seine Augen funkelten wild, bereit, jederzeit zu reagieren. Für ihn hatte Leben immer Kampf bedeutet. Im Kampf hatte er Elenas Herz erobert, und im Kampf hatte ihn seine eigene Liebe zu ihr verlassen. Schließlich hatte er sie an den Tod verloren. Den hatte er nicht bei den Hörnern packen können.

Der Tod war feige gewesen.

Und in einem verborgenen Teil von Edsons Bewußtsein sehnte er sich nach einer Revanche. Er sehnte sich auch nach der Zartheit, mit der ihn Elena umfangen hatte, früher, nach den Momenten, da er selbst weich sein durfte, und verletzlich. Er sehnte sich nach ihr. Es war ihm nicht möglich, ihren Tod einfach hinzunehmen. In der mythologischen Götterwelt Brasiliens gab es mannigfaltige Geschichten über die Wiedergeburt. Und dann erfuhr man immer wieder von Wundern aus den Fernsehern, die in den Dörfern auf den Marktplätzen standen. Wunder des Glaubens und auch Wunder der modernen Medizin.

Daher, als Edson vor dem leeren Grab seiner Frau stand, wirbelten seine Gedanken durcheinander, alles erschien ihm möglich, alles war er bereit zu glauben. Wenn nur Elena wieder bei ihm wäre.

Andererseits wußte er auch von Grabräubern, die Leichen ausgruben, um an Eheringe zu kommen oder an anderen Schmuck, den man den Toten mitgegeben hatte.

So mischten sich in seinen Gefühlen und Gedanken Wut, bange Erwartung und Wunderglaube, als er den Totengräber befragt hatte, der gleich beim Friedhof wohnte. Der Totengräber hatte behauptet, er wisse von nichts, nur, daß sein Hund gebellt habe und gewinselt, in der vorigen mondlosen Nacht. Und da sei diese Spur auf dem Weg, wie von einer Schubkarre.

Edson war der Spur gefolgt. Es war eine mühsame Angelegenheit, einige Male hatte er sie verloren, auf härterem Grund, doch er hatte sie immer wiedergefunden. Bis sie auf die Asphaltstraße gemündet war.

Nun war Edson kein Mann, der schnell aufgab. Das Blau hinter den Hügeln mischte sich mit dem Rosa bereits zu einem tiefen Violett, als seine Augen sich auf den Bungalow richteten, der neben dem Baugrundstück stand. Dessen Fenster reflektierten das violette Licht nicht: Die Fensterläden waren geschlossen. Aber er sah, daß hinter den Läden Licht war, Licht, das flackerte, wie von vielen Kerzen. Und er sah die Spur, die über die Rasenfläche des Vorgartens verlief. Die tief eingegrabene Spur des eisernen Rades einer Schubkarre.

Was er dann sah, nachdem er sich dem Haus genähert hatte, nachdem er einen Blick ins Innere erhascht hatte, raubte ihm schier die Sinne. Sein Herz drohte vor Freude und Verwirrung fast zu zerspringen.

Sie lebte.

Elena lebte!

Edson preßte seine Wange an den Fensterladen. Eine Sparre des hölzernen Ladens war herausgebrochen, und so, mit etwas Mühe, konnte er erkennen, was in dem Raum vor sich ging. Es war das Schlafzimmer, und Kerzen flackerten auf dem Fußboden neben dem Bett. Ein Mann war da, er sprach mit ihr, in einer fremden Sprache. Sein Haar war braun, mit blonden Strähnen, er war groß, und seine Stimme war voll Freude, voll Vertrautheit, wie es Edson schien. Elena lag auf dem Bett, auf der Seite. Der steile Schwung ihrer Hüften hob sich über der schmalen Taille. Sie hatte Shorts an, und ein Top. Ihr Haar, golden, flakkernd im Schein der Kerzen, war um sie ausgebreitet.

Sie lebte!

Was war geschehen? Was hatte das zu bedeuten? Es war gleichgültig. Gedanken und Gefühle sprühten wie ein Feuerwerk durch Edsons Hirn. Seine Knie zitterten, und eine Flut von Tränen brach aus seinen Augen. Er stürzte zur Tür, sie war verschlossen. Er hämmerte dagegen.

«Elena!» rief er. «Elena! Mach auf!»

Und dann, als nichts geschah, brach er die Tür mit zwei kräftigen Tritten auf. Er rannte in das Schlafzimmer. Der Mann dort stand unbeweglich, wie gelähmt. Er starrte Edson nur an. Edson achtete nicht auf ihn. Er stolperte zu seiner totgeglaubten Frau. «Elena.» Abrupt blieb er stehen. Sie war so schön wie nie zuvor. Schöner noch, als sie je war, auch vor dem Unfall. Und ihr Gesicht. War es nur eine Täuschung durch das Kerzenlicht? Nein. Es war … heil. Ihr Gesicht war heil und unverletzt. «Elena, was …?» Edson stotterte. Er stammelte: «Ein Wunder.» Verwirrt sah er zu dem Mann hin, der hinters Bett getreten war.

«Sind Sie …?» fragte Edson. «Was …?» Er stockte. «Sind Sie Arzt?»

Der Mann lächelte dünn. Er bückte sich leicht, das gleichbleibende Lächeln stets auf Edson gerichtet.

Edson blinzelte. Wieder blickte er auf seine Frau. Vorsichtig ließ er sich auf das Bett nieder. Tränen liefen ihm über die Wangen. «Elena?» Er nahm ihre Hand. Sie war kalt. «Was …» Er wandte den Kopf, verwirrt. «Was ist mit ihr?»

«Was soll mit ihr sein?» Der blonde Mann sprach jetzt portugiesisch. Er starrte Edson an. Starrte ihn geradewegs an. Mit diesem steinernen Lächeln.

Edson wußte mit dem Gringo nichts anzufangen. Er verwirrte ihn. Irritiert schüttelte er den Kopf, als könne er den Fremden so aus der Welt schaffen, wie einen störenden Gedanken. Zögernd tastete er nach dem Gesicht seiner Frau. Ihre Augen. Es war ein Wunder: Sie hatte wieder Augen. Edson stutzte. Aber die Augen ... Er beugte sich vor. Es waren ... Das Grauen ließ Edsons Körper erbeben.

Bemalte Pingpongbälle?

Voller Entsetzen wandte er sich um. «Was ...» stammelte er. «Was ...?» Er sah den Mann an, der nun direkt vor ihm stand. Ein Gedanke, schwarz wie der Tod, senkte sich in Edsons Bewußtsein, und er fragte sich voll namenloser Furcht: Was war nur geschehen? In jener Nacht, als kein Mond geschienen hatte? In jener Nacht, als der Hund des Totengräbers so jämmerlich gewinselt hatte?

Roberto starrte Edsons grüne Augen an. «Sie haben schöne Augen.»

«Was?» Edsons Oberkörper wich zurück.

«Sie haben sehr schöne, sehr grüne Augen, wußten Sie das?»

Da war etwas Schweres in der Hand dieses Verrückten. Etwas, das er hinter seinem Rücken hielt. «Wer sind Sie?»

Robertos Stimme war freundlich. «Für dich», sagte er lächelnd, als spräche er zu einem kleinen Kind, «für dich, Edson, bin ich Gott.»

Zu spät wurde Edson klar, daß er in eine Falle gegangen war. Zu spät bemerkte er seinen Fehler. Er war kleiner als der Gringo, ja, aber wesentlich muskulöser. Normalerweise wäre er mit dem Mann spielend fertig geworden. Aber nun saß er auf dem Bett, seine Bewegungsmöglichkeiten waren eingeschränkt. Er nahm die Bewegung seines Gegenübers wahr, riß schützend einen Arm hoch. Ein schrecklicher Aufprall, der Arm wurde taub. Edson biß stumm die Zähne zusammen. Der Gringo holte noch einmal aus. Jetzt sah Edson den schweren Hammer, der auf ihn heruntersauste. «Zu den Fröschen», ächzte der Mann, während der Hammer durch die Luft raste. Das war das letzte, was Edson in seinem Leben hörte. Aber es waren deutsche Worte, und so verstand er ihre Bedeutung nicht. Er hörte nur ihren Klang. Für Edson war es der Klang des Todes.

Roberto ließ den Hammer sinken, stellte ihn an die Wand. Er packte den Kadaver des Mannes und rollte ihn vom Bett, fort von Sonia, die zu besudeln er gewagt hatte. Er nahm einen Zipfel der Decke und wischte die verunreinigten Hautpartien sauber.

«Gut», sagte er zu Sonia. «Jetzt bist du unbefleckt. Er jedenfalls wird dir nicht mehr zu nahe kommen.» Sein Gesicht war ernst, aber freundlich. «Und ich ... ich bin bereit zu vergessen. Ich verzeihe dir.» Er nahm ihr Kinn zwischen Daumen und Zeigefinger. «Es ist vorbei. Es ist nie geschehen.»

Sonia nickte.

«Ich bin dir immer treu gewesen. Im Herzen. Und von nun an wirst auch du mir treu sein.»

Er sah sie an, stirnrunzelnd. Die Pingpongbälle ... Es war schwierig gewesen, sie dort reinzubringen, zwischen dem Jochbein und dem Stirnknochen hindurch. Und alles, ohne die Knochen zu zersägen. Die Bälle sahen natürlich auch nicht so gut aus, obwohl er sich beim Bemalen viel Mühe gegeben hatte. Er hatte nichts Besseres gehabt. Roberto kratzte sich den Nacken. Er würde sie aufschneiden müssen, um sie wieder rauszukriegen.

Denn jetzt hatte er etwas Besseres.

Die Stadt war insgesamt größer, als es auf den ersten Blick den Anschein hatte, zu groß, als daß jeder jeden kennen konnte. Wenn aber Roberto Dillinger tatsächlich hier war, so mußte er über kurz oder lang am Strand auftauchen. Also würde sie hier Beobachtungsposten beziehen. Alaya hatte sich gerade einen angenehmen Platz am Strand ausgesucht, im Schatten einer schrägstehenden Palme, als sie mißgelaunt feststellte, daß sie ihr Badetuch vergessen hatte. Sie hatte wenig Lust, den Weg zurückzugehen, zu ihrer freudlosen «Pension», einer größeren Betonhütte mit Anbau. Den Anbau bewohnte sie, und es fiel diesem Celso anscheinend schwer, zu begreifen, daß dieser Teil des Hauses nun nicht mehr zu seinem Privatbereich gehörte.

Zweimal hatte sie ihn bereits sanft hinauskomplimentieren müssen. Er war harmlos, aber schmierig. Ein hagerer, schmieriger Mann mit hohler Brust und saurem Mundgeruch, und mit einem heuchlerischen Lächeln im Gesicht. Immerhin hatte sie ihm schon gehörig auf den Zahn gefühlt, auf weiblich kokette Weise, anders war aus Männern ja nichts herauszuholen. Aber er wußte nichts von Roberto Dillinger.

Ja, zwei Rucksacktouristen waren da, aber das waren Amerikaner oder Australier. Sie spielten den ganzen Tag lang mit einer Kokosnuß Football am Strand oder heizten mit ihren Cross-Motorrädern durch die Dünen. Immerhin: Das Mädchen, das den Monsterfilm gesehen hatte, kannte ihn. Auf die könnte sie also immer noch zurückkommen.

Alaya lächelte ein dünnes Lächeln gegen den azurnen Himmel. Das Meer war blau wie aus dem Bilderbuch, und Alaya Moreira sehnte sich danach, sich ins Wasser zu stürzen. Sie sah versonnen über den Horizont, wo fern die Segel der Fischerboote auszumachen waren. Ein Schwarm fliegender Fische spritzte glitzernd aus den Wellen. Die Sonne brannte heiß. Aber kein Badetuch. Seufzend machte sie sich auf den Weg zurück zu ihrer Pension.

Celsos Haus war alles andere als einladend, mit dem kleinen verrotteten Vorgarten und den überall aus dem Betongerüst stakenden Anschlußrohren. Der Anbau sah aus wie von einem verhaltensgestörten Idioten entworfen, und die Fenster waren zu klein und zu hoch. Sie zuckte die Achseln. Das Bett war okay, und es war das einzige, das sie kriegen konnte. Sie ging durch den Vorgarten, wobei sie über den Kotflügel stieg, der seit ihrer Ankunft mitten im Weg lag.

Eine unbestimmte Ahnung ließ sie vor der Tür verharren. Sie runzelte die Stirn. Es war ruhig. Zu ruhig. Normalerweise quakte immer der Fernseher oder das Radio dudelte. Alaya drückte vorsichtig die Klinke und trat in den Schatten des Hauses. Nach der prallen Sonne ließ sie ihren Augen einen Moment Zeit, sich an die Dunkelheit zu gewöhnen. Sie hörte ein Schaben, als würde etwas über den Boden geschleift. Behutsam setzte sie ihre Strandtasche ab. Sie stützte sich vorsichtig auf eine Stuhllehne und streifte die Schuhe von den Füßen. Barfuß ging sie leise durch die Küche, dann durch den Vorraum, der zum Anbau führte.

Ihre Tür war angelehnt. Sie hatte sie zugemacht, als sie weggegangen war. Sie hatte sie sogar abgeschlossen.

Etwas polterte dumpf dort drinnen. Alaya kannte das Geräusch. Es war das Geräusch, das der Deckel ihres Koffers machte, wenn er gegen eine Bettkante stieß.

Sie schlich an die Tür.

Der Rücken des Mannes war bloß, es war heiß. Was nicht zu der Hitze paßte: Er zitterte. Die Haut auf dem Rücken des Mannes zitterte wie das Fell eines Pferdes, das eine Fliege verscheucht. Celso hatte den Koffer unter dem Bett hervorgezerrt. Der Deckel war aufgeklappt. Irgendwie hatte er ihn aufbekommen. Mit einer Nadel! Er hielt sie noch in der rechten Hand, zwischen Daumen und Zeigefinger. Er kniete vor dem geöffneten Koffer und zitterte. Pling. Die Nadel fiel ihm aus den verkrampften Fingern.

«Mein Gott», murmelte Celso zu sich selbst. In fassungslosem Schrecken starrte er auf das, was in dem Koffer war. «Mein Gott!» Er atmete laut und keuchend.

Alaya trat einen Schritt vor, und es knackte unter ihren bloßen Füßen.

Celsos Atem verstummte. Wie erstarrt kniete er vor dem geöffneten Koffer. Die Gewißheit dessen, was kommen mußte, steigerte sein Entsetzen ins Unermeßliche.

Alayas Stimme war ruhig, friedlich wie der Tod: «Das war ein Fehler, Celso. Ein großer Fehler.»

Als Celso seinen Kopf geduckt zu ihr wandte, hatte die Leichenblässe sein Gesicht bereits vereinnahmt.

Roberto?»

Die Welt stand still, einen Herzschlag lang.

«Ja», sagte Roberto. «Ich bin es. Wie hast du mich erkannt?»

«An deinem Atem.»

«An meinem Atem.» Er trat ins Schlafzimmer. Sein Herz lief über, als er sie sah, auf dem Bett. Ihr Körper gebadet im goldenen Licht der Kerzen.

«Roberto», hauchte sie. «So bist du also doch noch gekommen.» Ihre grünen Augen blickten ihm entgegen. So wunderschöne, sehr, sehr grüne Augen. «Ich habe es immer gewußt.»

Er setzte sich neben sie auf das Bett. Sie trug Shorts und ein grünes Top. Sie war so schön. So wunderschön. «Sonia», sagte er, und seine Blicke glitten über ihren Körper. In ihre Augen. «Sonia. Sonia.»

«Das heißt ‹Träume!›, auf portugiesisch.»

«Ich weiß.» Er lächelte. «Ich habe immer von dir geträumt. Und ich habe dich überall gesucht.»

«Und jetzt hast du mich gefunden.»

«In der Weite.»

«In der Weite.»

Er dachte an die Abgeschlossenheit des Dachbodens. So lange war es her. In einem anderen Leben. Wie viele Leben hatten sie geführt, in der Zwischenzeit? Und doch war es so, als hätten sich all ihre Leben jetzt, in diesem Moment, zu einem einzigen verbunden. Er sah ihr zärtlich in die Augen.

«Wir haben uns einmal geküßt, weißt du noch?»

«Natürlich weiß ich das noch, Schwachkopfo.»

«Es war in einem Sarg.»

«Ja. Lustig.» Ein Schauder durchlief sie, und sie zog die Beine an den Körper. «In einem Sarg.»

Er legte sich neben sie, stützte sich auf den Ellbogen. «Aber wir sind gestört worden, bei dem Kuß. Wir haben uns nicht zu Ende küssen können.»

«Kann man sich denn zu Ende küssen?»

«Ich weiß nicht. Aber ich würde es gern ausprobieren.»

«Was ausprobieren?»

Er berührte scheu ihren Schenkel. Sie ließ es geschehen.

«Dich zu Ende zu küssen.» Er glitt über sie, von zitternden Armen gestützt, näherte seine Lippen den ihren. Ihr Mund war halb geöffnet, und sie schloß die Augen. Leicht berührte seine Zunge ihren Mundwinkel. Die Lippen strichen aneinander. Dann grub er seinen Mund in den ihren, zu einem ungestümen, langen, wilden Kuß.

«Ich liebe dich, Sonia», sagte er, als er sich von ihr löste. Ihr Goldhaar war zerwühlt. Sie sah ihn an, mit grünen Augen unter schweren Lidern. «Verstehst du nicht? Ich liebe dich. Ich habe dich immer geliebt.»

Ihre Worte waren süß und leicht, und doch hoben sie das Gewicht der Welt auf, als sie leise entgegnete: «Ich liebe dich auch, Roberto.»

«Was?» Ein Leuchten erfüllte sein Gesicht, von innen heraus. «Sag das noch mal, bitte.»

«Ich liebe dich.»

«Noch mal.»

«Ich liebe dich, ich liebe dich, ich liebe dich!» Sie schlang ihre Arme um seinen Hals, und mit einem Jauchzen preßte sie ihren Körper an seinen. Und er verlor sich in ihrem weichen Gefieder. Nur noch, um sich die Kleider von den Leibern zu reißen, lösten sie sich voneinander. Für diesen Augenblick waren sie geboren worden. Für diesen Augenblick hatten sie das Leben durchlitten. Beide waren sie fort gewesen, und beide hatten sie gewartet, auf den anderen, ein Leben lang. Und beide hatten sie sich gesucht. Sie hatten sich gefunden, in der Weite.

Sonias Nacktheit war wie ein Wunder, eine Offenbarung. Roberto strich mit zitternden Fingerspitzen über ihre Schenkel, die Hüften entlang. Sie tastete nach seinem Glied. «Du bist wiedergekommen», sagte Roberto mit erstickter Stimme.

Er befeuchtete seine Finger und berührte aufreizend sanft ihre Klitoris. Sie stöhnte. Er spreizte ihre Beine weit …

Es war die Nacht der Nächte. Es war die Welt der Welten. Ein Verschmelzen aller Dinge, allen Seins.

Es wurde eine Nacht, wie sie nur Götter sich erdacht haben konnten. Und sie wären dabei rot geworden.

«Ich will mehr», sagte Sonia, nachdem sie zum erstenmal gekommen war. Sie drehte sich auf den Bauch. «Fick mich von hinten.» Sie kniete sich hin und spreizte ihre zitternden Pobakken mit den Fingern auseinander. Ihr Hintern war karamelfarben gebräunt, ein heller Strich, nach innen weißer werdend, dort, wo sich die runden Hälften teilten. Er drang aufs neue in sie, versank in ihr, tiefer und tiefer. Sein Stöhnen schwoll an, wurde lauter als ihres.

«Warte», sagte sie, als sie spürte, daß sein Höhepunkt nahte. Sie sah ihn über die Schulter an. Ihre Haut glitzerte feucht im Kerzenschein. «Ich will ihn in den Mund nehmen.»

«Ja», sagte er und zog sich langsam aus der Wärme ihrer Scheide. Sie kam zu ihm, leckte an seinem Schwanz entlang, dann umschlossen ihre Lippen seine pralle Eichel. Er stöhnte.

Sie ließ ihn frei. «Ich habe ihn pochen gespürt», flüsterte sie. «Es ist …» sie schluchzte, «… schon … ganz komisch, wenn da etwas in deinem Mund ist, was lebt und pocht.»

Roberto nickte.

«Es ist wirklich … ganz komisch.» Sie lächelte. «Roberto», fügte sie fast scheu hinzu.

«Ich weiß.» Roberto nickte. «Wie der Hamster. Damals. Weißt du noch?»

«Auf sicher weiß ich das noch, Schwachkopfo.» Sie giggelte mit einemmal. «Auf sicher.» Sie wischte sich die Tränen weg, und ihre Augen wurden ernst. Sie sah ihn an, ihre Pupillen bohrten sich in seine. «Und jetzt fick mich», verlangte sie. «Fick meinen Mund.»

Er tat es.

«O Liebling, fick mich», schrie sie erstickt. «Fick mich!»

Er tat es. Er starrte auf seinen dicken Schwanz, der in ihrem Mund ein und aus fuhr. Sie wand sich, stöhnte, schrie. Ihre Möse und ihr Anus zuckten unter seinen Fingern. Die Welt will uns, dachte Roberto. Will dich und mich, bevor die Welt uns tötet. Und für einen Augenblick hatte er das Bild seiner Mutter vor Augen, auf dem Präparationstisch in der Werkstatt, wie sie sich nackt auf der «Leiche» rieb, und für einen Moment sah er den Großen Penis des Großen Ubaldo, seines leiblichen Vaters, zwischen den Lippen seiner Mutter ein und aus fahren. Roberto fühlte die Explosion kommen. «O Gott!» rief er seinen Schöpfer an, als sein warmer Samen Sonias leichenkalten Mundraum überschwemmte.

Tatsachen des Sterbens

Ein Hund bellte, nah, und der durchdringende Ton stieß spitz in die Bilder in Robertos Kopf, durchwirkte sie grell, bis nur mehr Schatten blieben, die ins Grau verblaßten. Der Fensterladen klappte in einer lauen Bö. Er stand offen, und hinterm Fliegengitter draußen war die Nacht. Der Nachbarhund stand am zerfasernden Rand des hellen Rechtecks, das sich aus Robertos «Arbeitszimmer» nach draußen legte, und kläffte sich die Seele aus dem Leib.

Roberto starrte den Hund an, der nun knurrte und dessen Augen kurz aufleuchteten wie die «Katzenaugen» seines Fahrrades, damals. Das Knurren ging über in ein Hecheln. Dann trollte er sich. Der Gesang der Insekten füllte aufs neue die Nacht, regelmäßig übertönt vom Anbranden des Meeres, dem Atem des Planeten. Roberto gähnte. Jetzt, da alles über ihn hereingebrochen war, da alles seinen Weg gefunden hatte, fühlte er eine seltsam entspannte Leere. Er war fast heiter. Was ihm auch zugestoßen war, was er auch getan hatte: es lag hinter ihm. Irgendwann ist der Geist so überflutet von Schrecken, daß dem Schrecken kein Raum mehr bleibt.

Roberto spürte eine lichte Heiterkeit, auch körperlich fühlte er sich leicht, wie ein Ritter etwa, der seine Rüstung abgelegt hatte. Er war barfuß, und seine Sohlen tasteten über den Holzfußboden. Er spürte eine sinnliche körperliche Empfindsamkeit, die er genoß. In der Küche nahm er eine Avocado aus der Schale, nur um sie zu berühren. Er rollte sie unter seiner Handfläche auf dem Tisch und lauschte dem hohlen Geräusch der Frucht. Der Kern drinnen war lose. Zeit, das Ding zu essen. Aber Roberto hatte keinen Hunger. Ich glaube, ich werde nie wieder etwas essen, dachte er bei sich. Ich glaube, es müßte doch möglich sein, nur von Liebe zu leben, und von Gedanken. Roberto seufzte. Auf einmal kam es ihm hier drinnen stickig vor, er fühlte sich eingesperrt. Er sehnte sich nach Weite, nach einer lauen Brise in der Nacht, nach Wind, sei er auch noch so schwach, der ihm anzeigte: Ich treib dich weiter. Fort von hier. Fort.

Roberto lächelte. Lächelnd ging er zur Haustür, trat auf die Veranda. Der Wind war lau und warm, zärtlich, fast zu zart. Robertos Haarsträhnen kitzelten ihm die Stirn. Er strich sie hinters Ohr. Wie viele Leben leben wir? dachte er, als er, den Kopf in den Nacken gelegt, den Sternenhimmel des Südens betrachtete. Eins nur? Oder doch…?

Worin bestand die Aufgabe? Er sah empor, versuchte mit seinem Blick die Schwärze zu durchdringen, die zwischen den kalten Sternen lag. Versuchte dorthin zu gelangen, wo sein Schöpfer sich versteckt haben mochte. Gib mir ein Zeichen, dachte er, und seine Hand stützte sich auf die Lehne des Rattanstuhls, die knirschend nachgab, ein paar Millimeter. Gib mir ein Zeichen.

Doch der Himmel blieb unverändert. Keine Sternschnuppe. Nicht einmal ein Flugzeug oder ein Satellit, der seine Bahn über das Firmament zog. Nur Sterne und Planeten, unbewegt in ihrer jahrmillionenalten Anordnung. Schon über den Dinosauriern hatte diese Sternenkonstellation gethront, und sie würde über Lebensformen strahlen, die nach den Menschen kommen mochten, nach den Säugetieren.

Nein, der Himmel gab kein Zeichen. Er war unbewegt. Doch auf Erden bewegten sich die Dinge. Der warme nächtliche Wind ließ die Hecke rauschen. Mücken und Falter kreisten um die Lampen, warfen Schatten. Vielleicht sah Roberto noch andere Schatten außer diesen. Vielleicht auch nicht. Vielleicht sah er ein Zeichen. Jedenfalls: Als er in den Bungalow zurückging, ließ er die Tür unverschlossen.

Er ging in die Küche, zum Kühlschrank, der summend offenstand. Hatte er ihn offengelassen? Roberto trat näher, das Licht von dort drinnen warf ihm seinen gelben Schein auf die Brust. Dampfende Kälte drang aus dem Kühlschrank, und ein eisiger Hauch betastete die gespannte Haut über Robertos Jochbeinen. Der Hauch stieß in sein Rückgrat, fuhr dort eisig hinab. «Gott», flüsterte er. Er sank in die Hocke. «Mein Gott!» Er kniff die Augen, blinzelte. Aber es ließ sich nicht verleugnen: Er starrte in das gedörrte Gesicht des Großen Ubaldo.

Er hatte ihn sofort erkannt. Obwohl der Kopf nur mehr faustgroß war und obwohl lange Fäden Lider und Lippen zusammenhielten. Wie erstarrt hockte Roberto vor dem Schrumpfkopf seines leiblichen Vaters. Er hatte seinen Vater vermißt, sein Leben lang. Er hätte ihn gebraucht. Nun hatte er ihn bei sich: im Kühlschrank, neben den Fischresten von gestern.

Plötzlich ein leiser kurzer Ton, wie ein mißglücktes Pfeifen. Roberto fühlte einen Stich, seine Hand fuhr zum Nacken.

«Wenn du mich jetzt liebst, dann mußt du mich immer lieben.»

Alaya.

Roberto drehte sich langsam um, den winzig kleinen Pfeil zwischen den Fingern. Alaya ließ ihre Hand sinken, die das kleine Pusterohr hielt. Sie trug Schwarz, und ihr Mund leuchtete rot. Er ließ die Kühlschranktür zufallen, blinzelte. Aber der Kopf, wie hatte sie …? Ubaldo war doch eingeäschert worden. Ein Grinsen huschte über ihn hinweg. Natürlich! In der Aufbahrungshalle. Sie war allein gewesen. Sie hatte ihm einfach den Kopf abgesägt, vor der Einäscherung. Zur Musik von Wagner. Nein, Mahler war's. Aber wozu? Roberto wiegte seinen eigenen Kopf, der tonnenschwer war. Um seine «Kraft» zu erlangen? Ein taubes Kribbeln stieg in Robertos Körper. Er sah auf, angestrengt. «Was … war an dem Pfeil?» Die Worte preßten sich aus seinem Mund wie zähe alte Brötchen, unzerkaut.

Alaya lächelte ein dünnes Lächeln. «Ich hatte dich gewarnt, als wir in meine Kabine gegangen sind. Das war kein Spaß.» Und wieder, für einen kurzen Moment, war ihr Gesicht das eines Kindes, offen, heilig, groß die Augen. «Und was du dann getan hast. Das war alles andere als Spaß.» Ihr Blick verhärtete sich. «Wo ist der Stein?»

«Es …» Roberto keuchte. Jedes Wort war groß und sperrig. «Es … gibt keinen Stein.»

«Lügner!» Alayas Augen glühten. «Du lügst! Wie du immer gelogen hast. Ich weiß, daß der Stein in der Urne war. Er hatte ihn ja noch in seinen Eingeweiden, als er starb.»

«Es gibt … keinen Stein. Ich hab ihn … weggeworfen.» Das Kribbeln wurde schwächer, aber die Taubheit nahm zu, überall.

«Du hast ihn was?»

«Ins Meer.» Roberto versuchte, einen Finger zu bewegen. Die Bewegung war langsam, mühselig, als zöge er eine Schaufel durch dicken Schlamm. «Ich wollte … das *Herz* meines Vaters. Nicht seine … *Scheiße*.»

Das Bild eines Goldesels kam Roberto in den Sinn. Goldscheißend. Diamantenscheißend. Dann das Bild Sonias. Sonias Augen. Sonias Kuß. Er murmelte: «Ich wollte … irgendein Herz.» (Ein Herz, groß wie der Mond.)

«Meins hab ich dir angeboten. Du hast es verschmäht.» Sie faßte ihn scharf ins Auge. «Dein Vater? Was hast du da eben gesagt? Von deinem Vater?»

«Irvim … Ubaldo … Moreira. War mein … leiblicher Vater.»

«Du lügst schlecht.» Ihre Mundwinkel zuckten. «Ich wünschte, du würdest besser lügen.»

«Es stimmt … aber. Wir sind …» Die Worte waren schwer wie Felsbrocken. Er schaffte es kaum, sie aus seinen Lungen hochzudrücken. «Du bist meine Halbschwester.»

Alaya legte den Kopf in den Nacken. Sie lachte schallend. «Deine Halbschwester? Ich?» Sie bleckte die Zähne. «Dann hab ich meinen Bruder gefickt?» Sie sah ihn an wie einen Hund, der Kunststückchen vorführt. «Das ist das Beste, was ich seit langem gehört habe.» Ihre Augen wurden wieder kalt, aber das Lachen blieb um ihren Mund, wie etwas, das sie dort vergessen hatte.

«Und was das Herz des Großen Ubaldo angeht», sagte sie. «Das *war* von Stein. Er war eben ein Arschloch. Wie sie alle.» Sie ballte die Hand um das Blasrohr. Ihre Knöchel traten weiß hervor. Ihre dunklen Augen sanken in seine. «Den weitaus wertvolleren Stein, den hatte er im Magen. Und den will ich jetzt.»

Robertos Augen verdrehten sich schmerzhaft. «Selbst ... wenn ich wollte», keuchte er. «Ich könnte ihn dir nicht geben.»

«Er könnte dein Leben retten.» Sie drehte sich nach etwas um. «Und er könnte dir Schmerzen ersparen.» Sie zog einen bekümmerten Schmollmund. «Schlimme, schlimme Schmerzen.»

Sie hatte eine Tasche dabei, die sie nun vom Küchenstuhl nahm. Sie öffnete sie, setzte sie auf dem Boden ab und kickte sie zu Roberto hin. Die Tasche war mit rotem Samt ausgeschlagen und enthielt eine Art Gestell aus Draht. In dem Gestell befanden sich sechs kugelförmige Gegenstände, etwa faustgroß. Haarige Kartoffeln, die dort drinnen lagen wie die Kugeln eines Boulespielers. Indes: Es waren Köpfe. Menschenköpfe, kunstvoll auf die Größe eines Apfels reduziert. Lippen und Lider vernäht, aus denen lange Fäden wuchsen. Nichts Menschliches war an ihnen, und doch waren sie grausam menschlich.

Sie sahen aus wie Affen. Roberto mußte plötzlich an diese Affen denken. Drei Affen mit blonden Perücken. Wo hatte er die noch gesehen?

«Ich ...» Es juckte Roberto jetzt am ganzen Körper. Er wollte sich kratzen. Aber es gelang ihm nicht. Er war gelähmt.

Alaya stand am Küchentisch, scheinbar unbeteiligt. Roberto sah zu ihr hin, aber sie war weit, weit weg.

«Du hattest die Wahl.» Ihre Stimme drang wie durch Watte. «Auf dem Schiff. Du hättest die Liebe wählen sollen.»

Er hatte die Liebe gewählt. Aber es war zu spät gewesen. Zu

spät. Roberto preßte die Worte aus seinen Lungen. «Die Liebe ist vergebens.»

«Dann ist auch das Leben vergebens.»

Roberto hätte genickt, wenn er gekonnt hätte.

«Bemüh dich nicht», sagte sie wie durch dicken Nebel. Sie hockte neben ihm, eine Hand an ihrer Tasche. «Du hast dich mir nicht hingeben wollen.» Er spürte ihren Atem im Gesicht. Heiß. «Deine Liebe. Dann muß ich mir eben holen, was ich brauche.» Sie sah ihn an, in bekümmertem Triumph. Roberto spürte die Wärme ihres Körpers. Es war ein seltsames Gefühl. Seine Muskeln waren vollständig gelähmt. Doch die Nerven lagen bloß. Lagen offen zutage unter einer feindseligen Welt. Einer Welt, die über ihm hing, groß und tödlich. Einer Welt, die Schmerz war.

Alaya: «Und du würdest staunen, wieviel Geld damit zu machen ist. Die Amis hauptsächlich. Die zahlen jede Summe für einen echten Schrumpfkopf.»

Roberto krächzte. Er konnte nicht mehr sprechen. Kein Wort entrang sich seiner Kehle. Ein Krampf lähmte ihm sämtliche Glieder. Er atmete mühsam, pfeifend. Dann fiel er zu Boden, seitwärts, den Kopf über die Schulter gedreht, wie er dagehockt hatte.

«Es ist ein Gift», sagte sie ausdruckslos. «Ein altes Gift. Es lähmt, aber es tötet nicht.» Sie betätigte einen Knopf im Innern der Tasche. «Der Tod wird nicht so schmerzlos sein.» Sie hob das samtene Futter mit den Schrumpfköpfen heraus. «Hier ist noch Platz», sagte sie, auf das Gestell weisend und die freien Plätze dort. Unter dem Gestell war ein Hohlraum. Etwas glitzerte dort, etwas Blankes, Metallisches, Gezacktes. Eine Säge.

Robertos Bewußtsein floh. Er sah sich selbst, wie er als Kind auf der Kramerkoppel spielte und Käfer betrachtete, die zwischen dem Kopfsteinpflaster umherkrochen. Sieben Punkte. Er hatte viel erlebt. Seine Mutter würde bald zum Abendessen rufen. Es würde Pfannkuchen geben.

Alaya musterte Roberto, der unter ihr lag, strich mit zwei Fingern zärtlich über seinen Hals. «Und jetzt: Beiß die Zähne zusammen.»

Sie hielt die Säge ruhig, ohne ein Zittern, und für einen Moment sah Roberto sich selbst in der Klinge. So sieht man aus, dachte er, bevor man stirbt. Er dachte an Frösche, die winken.

Schließlich der Schmerz. Der Todesschmerz.

Dann, als er den Schmerz nicht mehr spürte, sah er den Wasserfall. Es waren sieben, genaugenommen, sieben Fälle. Sete Cascatas. Sie bestanden, so schien es, aus purem Licht, so hell, so strahlend. Aber Roberto blinzelte nicht, er kniff nicht die Augen zusammen. Er spürte die Helligkeit, wie sie wohlig in seinen Körper drang, und lächelnd ging er auf den Wasserfall, den Lichtfall zu, strahlend jetzt und voller Neugier:

Was mochte hinter dem Wasserfall sein?

Alaya Moreira ihrerseits machte sich daran, die Spuren des Todes zu tilgen. Sie tilgte damit auch die Spuren von Robertos Leben, so wie das Meer seine Fußabdrücke am Strand ausgelöscht hatte.

Roberto Dillinger war einen weiten Weg gegangen. Den Heiligen Gral hatte er gesucht, nicht weniger; viel weniger hatte er gefunden.

Er hatte den Mond angelächelt, in seinem Kindersarg, und sein Atem war zu glitzerndem Kristall geworden. Er war voller Hoffnung gewesen.

Er war betrogen worden, wer weiß, wann? Vielleicht bereits im Moment seiner Geburt. Vielleicht schon früher. Vielleicht zu Anbeginn der Welt.

Roberto hatte an den Kuß geglaubt, daran, daß man sich zu Ende küssen kann. Er hatte an den Zeppelin geglaubt, der ihn erretten würde. Manchmal ahnen wir ihn, wie er über der Wolkendecke schwebt und nach uns Ausschau hält. Wir warten auf die Leiter, nach der wir uns strecken, an der wir uns hochhangeln können, um endlich anzukommen. Endlich, eines Tages ...

Und so recken wir die Hälse und suchen mit unseren Augen durch die Wolken zu dringen, die über uns sind, allezeit. Wir halten klamme Finger in die Luft, Windrichtungen zu bestimmen, und wir eilen bald hier- und bald dorthin. Und wir wundern uns, mit den Jahren, daß das Luftschiff nicht kommt, entsetzen uns, daß die Wolken höher werden, mit jedem Jahr. Wir fragen uns: Wie kann das sein? Wir bangen: Wird die Strickleiter ausreichend lang sein? Und wir merken nicht, daß wir fallen.

Und doch werden wir einmal ankommen.

Endlich, eines Tages ...

Wir werden den Zeppelin sehen.

Aber es wird ein schwarzes Kreuz auf den silbernen Rumpf des Luftschiffs gemalt sein. Denn unsre Hoffnung ist unser Tod. Dies ist unsere Hoffnung. Dies unser Ziel, dem wir unaufhaltsam entgegenfallen:

Das Ende

Nach dem Ende:

Als Adilson am nächsten Tag, dem 11. November 19.., nach Sete Cascatas zurückkam, fand er seinen deutschen Gast nicht mehr vor. Was er aber vorfand, im Beutel seines geschätzten Vorwerk-Staubsaugers, war ein Diamant, so groß und schön, wie Adilson es nicht für möglich gehalten hätte. Den Erlös aus dem Verkauf des Steins verwendete er gemäß einer Notiz von Roberto Dillinger, die ebenfalls im Staubsaugerbeutel steckte. So konnte sich Dona Corajosa der teuren Operation unterziehen, die ihr weiteres Wandeln auf diesem Planeten ermöglichte, und bald war sie mit über einhundert Jahren (offiziell) die älteste Bewohnerin des Staates Pernambuco und – durch deren alljährliche Besuche – auf du und du mit den wechselnden Gouverneuren. Dieser Umstand und der sorgsam verwaltete Reichtum wurden zur Gründung einer Stiftung eingesetzt, mit Namen «Dillingers Luftschiff». Es gab dazu ein Symbol, einen Zeppelin, der eine Strickleiter auf die Erde hinabläßt, um die elternlosen, mutlosen und verzweifelten Kinder zu erretten. Mit der Zeit entstanden weitere Waisenhäuser in Recife und dann auch in anderen brasilianischen Städten und in der ganzen Welt. Und immer hießen die Häuser «Casa dos Corajosas» oder «Home of the Brave» oder «Zeppelin», und sie alle standen unter der Patronage von «Dillingers Luftschiff». Und immer, wenn den Kindern am «Tag des Luftschiffs», dem 10. November eines jeden Jahres, von Roberto Dillinger erzählt wurde und von dessen selbstloser Güte, fühlten sie tiefe Dankbarkeit in ihren Herzen.

Als man mir, dem Autor, einen blonden Schrumpfkopf zum Kauf anbot, lehnte ich zunächst kategorisch ab. Es war ein heißer Abend in São Paulo, diesem steingewordenen Alptraum von einer Stadt, der Smog biß in die Lungen, und der Verkäufer war ein betrunkener amerikanischer Traveller aus Seattle namens John. Ein junger Mann, dem sie alles geklaut hatten und der Geld brauchte. Immerhin konnte er noch sprechen, ohne allzuviel zu lallen, und er erzählte mir eine Geschichte zu dem Schrumpfkopf. Er sagte, er habe ihn von einer wunderschönen Frau gekauft, die sich Alaya Moreira nannte, und er hatte sich sogar Notizen gemacht, auf die er zurückgriff, in jener langen Nacht in einer schrillen, lärmigen Bar unweit des Zentrums, in der er sich das Geld für seine Heimreise verdiente. Er betonte, daß der Kopf einem Deutschen gehört habe, und ich sei doch auch Deutscher. Ich erinnere mich, wie ich den Schrumpfkopf berührte und wie ich plötzlich das unerklärliche Gefühl hatte, es sei wahr, was mir der Mann erzählte. Und so war es tatsächlich die Geschichte, die mich faszinierte. Die Legende, die mich zum Kauf und damit zur

Herausgabe einer beträchtlichen Summe bewegte; und später zur Niederschrift dieses Romans.

Und nun, da ich zum Ende komme, fällt mein Blick wieder auf den faustgroßen Kopf, der mir auf meinem Schreibtisch ruhig, mit vernähtem Mund, vernähten Lidern gegenübersteht. Manchmal glaube ich, er war es, der mir die Kraft gegeben hat, all dies niederzuschreiben. Vielleicht war es eine Kraft, die – Alayas Glauben zufolge – aus seinen einst braunen, nun durch Sonne und Salz für die Ewigkeit blondgebleichten Haaren strömte. Manchmal hab ich wahrhaftig geträumt, der Schrumpfkopf spreche zu mir, flüstert mir all dies ein. Oft schon habe ich der Versuchung widerstehen müssen, die Fäden zu lösen, die Augen und Lippen geschlossen halten. Ich habe da nämlich diese fixe Idee: Der Kopf würde so zum Leben erwachen, würde seine Augen aufreißen, die mich durchdringend ansähen, und sein Mund würde sprechen.

Aber ich habe es nie getan.

Ich habe nie die Fäden gelöst.

Aus Furcht.

Furcht, daß es doch keinen Wasserfall gibt und keine Frösche, die winken. Aus Furcht, er würde mir erzählen von Kugeln, kalten, seelenlosen Kugeln, zwischen denen er treibt, kalt, im Dunkeln, ohne Anfang, ohne Ende. Einsam. Im Nichts.

Danksagung:

Ich möchte den folgenden Menschen danken:
ALFRED WISSMANN, meinem Vater, der mir im Leben nicht
helfen konnte (wie auch nicht sich selbst), dafür im Tode.
NIKOLAUS HANSEN, der stets an mich geglaubt hat.
JOHN aus Seattle, mit dem ich ein Geschäft machte.
ALBERTO DARLINGER, der Gegenstand dieses Geschäfts war.
SIV BUBLITZ, wegen ihrer geduldigen, ordnenden Hand.
AMOS SCHLIACK, dessen kleine Tat große Wirkung zeitigte.
SUSANNE KOCH, die mir Brasilien zeigte.
CLAUDIA HOHLWEG, in Liebe.

Inhalt